知音动漫图书·漫客小说绘
ZHI YIN COMIC BOOK 以梦想之名 点燃阅读

小说绘

饕餮记 贰

殷羽 著

中国致公出版社　知音动漫

知音动漫图书·漫客小说绘出品

献给亲爱的鼹鼠先生

"爱是恒久忍耐，又有恩慈。"

——《哥林多前书》

殷羽sama

目录

001　第一章　桃花酒

025　第二章　百家饭

049　第三章　杨枝露

071　第四章　明月珠

095　第五章　琼华梦

117　第六章　浮元子

141　第七章　嘉庆李

165　第八章　红鲤冻

189　第九章　金蚕蛊

211　第十章　忘忧糕（上）

239　第十一章　忘忧糕（下）

266　番外　长乐铃

饕餮记 貳

第一章 桃花酒

多谢你，赐我这一场繁华梦境，如今，也到了该醒的时候了。

·零·

白头发的少年蹲坐在街旁。

在黄昏逐渐暗淡下来的光线中，那头白发莹莹生光，原本该是极其显眼的，但奇怪的是，整整一天，无论有多少人从他身边经过，都好似看不见他一般。

集市已经接近尾声，熙熙攘攘的人群逐渐散去，无数只脚经过他的身边，却刚到他跟前便自动转了方向。偶尔也有人会流露出看得见他的样子，多是些孩子或者老人，而他也会用挑剔的眼光打量他们。

不，这个并不合适，衣着整洁，面色红润，一看就是被照顾得太好的。旁边那个缓缓走着的驼背老妇人，身上散发着孤独的气息，独居者也不适合，她就算死去，恐怕也得等上三日，才会被人发现。

老妇人像是觉察到了他的注视，朝这个方向转过脸来，紧接着很快便面露惊恐，抓紧了手中的包袱，遮着眼睛逃走了。

直到头顶传来细弱的疑问，隐隐带着咳嗽："你怎么了？为何你会一个人在此？"

他终于抬起头来，露出满意的微笑。

纤细的脖颈、蜡黄的脸，衣裳破旧，但被洗得非常干净。有人爱她，愿意照顾她，直到她死前都会紧紧地将她抱在怀里，哪怕被染上病气也在所不惜。非常好。他朝她摊开自己的手，上面布满红肿的冻疮。

小姑娘吓了一跳，抚摸着他的手："这是上个冬天留下的吗？你在发抖？你很冷吗？要不，我给你焐一焐吧。"直到这时她才发现他皮肤滚烫，呼吸带着酸臭。

"你，你生病了吗？"

他没有说话，只是紧紧地抓着她的手，满意地望见自己手臂上开始生出鲜艳的红斑。它们犹如无数只鲜红的瓢虫，渐渐地爬满了他的手背，甚至开始朝小姑娘的手上攀爬。

白头发的少年忽然咧嘴一笑，嘴里似乎有无数细小的利刃闪过："我很好，再好不过了。"

· 一 ·

若是到了无夏城，一定要尝尝天香楼的桃花酒。

师傅还活着的时候，常在慕云生面前叨叨这几句，一来二去，他都背得滚瓜烂熟了：师傅路过无夏城那次，正好遇上天香楼的朱成碧掌柜要做桃花酒，可惜天公不作美，那一年春季风雨交加，却将半个城的桃花都给打残了。幸好她家账房的常青公子，有一支能生花的妙笔，硬是在一夜之间，画出了满城盛放的山桃。

"说来也奇怪，用这种桃花酿成的酒，清醇甘洌，能叫人瞬间忘记了世间的烦恼忧愁。"老头子一生好酒，却很少露出如此神往的表情，连红通通的鼻尖，都似乎在放射着光泽，"饮一口，便如十里桃花，春风万里啊。可惜她一共只做了十坛，大部分都叫琅琊王收藏了，自那之后再未酿过。能不能喝到，便看你小子的造化了……"

有师必有徒，慕云生也是个好酒之辈，一听说天香楼再次拿出桃花酒来售卖，便忙不迭一路寻了过来。不巧的是，天香楼上虽然悬着圆形的朱字灯笼，二楼却飘着月白色的窗帘，是明明白白的闭门谢客。

午时已过，他双手开始颤抖，手心中渗出冷汗，耽搁不得。他念念不舍地朝在风中打着转的朱字灯笼望了一眼，扭头便上了一旁的春熙楼。

春熙楼的店小二眼尖得很，看他衣着寒酸，背着方形药箱，鞋袜尘土遍布，便知道这是个四处流浪的江湖游医。见他只要了坛银光酒，连花生也不曾多点一盘，店小二上了酒

之后，将白布巾往肩上一搭，鼻子朝天出了出气，抬腿要走，这时慕云生伸手拦住了他："烦请小二爷再倒碗水来。"

"怎么，本店的酒，解不了你的渴？"

"不是为了我。"慕云生赔着笑，稍微敞开了一下衣襟，一只毛茸茸的脑袋立刻冒了出来，一对大耳简直像是随时能扑扇着飞起来。却是只成人巴掌大小的小狐狸，浑身的皮毛都是雪白通透的。它闻见了酒香，立刻来了精神，舞动着两条前腿就要扑去桌上，叫他一把按住了脸，要再塞回怀里去。

"这小兽跟着我长途跋涉，也是一日水米未进，烦请给一点水……"

"啊啊啊啊，本店不许带宠物！"

慕云生毫无悬念地被赶了出来，蹲在春熙楼外，跟那只狐狸大眼瞪小眼。

"别看我，这次全都是因为你。"他故作严肃地绷着脸，却朝袖子里一伸手，摸出那坛银光来，"多亏我眼疾手快！"他想要将坛口凑到嘴边，手一抖，洒了不少到前襟上。那小狐狸踩着他的胸口，自衣襟上一点点地舔过去，直到温热的舌头舔上了他的下巴，逗得慕云生翘起了嘴角。

"酒鬼！"他刮了刮狐狸的鼻梁，"如今钱也用尽了，到了港口该拿什么来付船费？我说芊芊，到时候，不如将你押给船老大，好让他载我去桃花岛，如何？"

那狐狸也干脆，张开小嘴，细小的尖牙一闪。

"哎哟哎哟，那是我的鼻子，鼻子！"

一人一狐正闹成一团，却听得旁边有少女嬉笑，他回头，身旁不知何时停了辆牛车。拉车的是头浑身雪白的母牛，前额用胭脂描着朵山桃，正歪着头打量着他。车前站了个身着樱桃色褶子的婢女，看起来顶多不过十五岁，一双细长媚眼灵动无比。

"先生万福。"她见他望过来，利落地朝他行礼。

慕云生连忙回礼："先生二字，愧不敢当。"

"那坛里除了银光，怕是还掺有一多半的水吧？喝这个，岂不是辱没了慕神医？"帘幕朝两侧略抬起了些，一只水晶般通体透明的小酒坛叫人推了出来，不过六寸来高，坛内是晶亮的酒液，数朵重瓣山桃缓缓沉浮，如婆娑起舞的小姑娘一般。

"我这里还有一点私家酿的桃花酒，若神医不弃，可愿一尝？"帘内又伸出了只纤小的少女之手，仿佛故意一般，缓缓掀开了酒坛的盖子。

慕云生浑身颤了一颤，芊芊立刻觉察到了，担忧地朝他抬起了头。那酒香甘冽，先如入骨寒风，将他的五脏六腑都生生刮过，偏又有层层温煦在后，有如春日再临，桃花朵朵绽放。

他自然是想要的，但天底下哪有白吃的宴席呢？更何况，这朱掌柜上来便叫他慕神医，实在是叫人不得不防。他摸了摸鼻子，眼神恢复了清明："这位掌柜的，怕是认错了人吧？在下不通医理，这坛……"

"三年前的夏天，临安时疫，中者皆高热，身现红斑，不出七日便辗转哀号，僵死而亡。太常寺诸医官束手无策，幸得一位养着只狐狸、自称姓慕的游医路过临安，以汤剂配合金针，活人无数，官家因此特赐'神医'之名。"帘幕内的女声娓娓道来，"如今这无夏城东、寒潭寺外的兴善街上，有一名姓聂的洗衣妇的小女儿也起了红斑高热，与当年临安时疫极为相似。慕神医若愿前往，我这里自有重酬，这坛桃花酒，不过是个彩头。"

慕云生本想开口，手却不受控制地抖了起来，不着痕迹地藏进了袖子里，两手交握，只是不作声。

车中的人等了一阵，看他始终不答话，叹了口气道："罢了。神医执意不肯，我也不便勉强。樱桃，便将这一小坛酒送与神医吧。"

那婢子依言取了酒坛，双手捧给了他，又回身进了车里。也未见任何人驱赶，白色母牛便自个儿扭转了方向，拉着车离开了。

慕云生听得车轮辘辘作响，一路远去，只盯着手中的酒坛，坛内酒液兀自晃动，花瓣轻纱般漂荡起伏。

"确实是好酒啊……要不，咱还是去看看？"他吸了吸口水，蹲下来，跟那小狐狸商量，"总不好白拿人家东西。"

小狐狸闪动着黑眼，恨铁不成钢地朝他扑了过来。

"——哎哟，芊芊！我的手指！"

· 二 ·

终究还是来迟了一步吗？

慕云生把芊芊放在肩上，远远地望着那个坐在齐腰深的河水里的妇人。眼下虽已是初夏，河水依旧带着凉意，可她全然不顾，只是痴痴地望着前方。她怀里抱着个孩子，露出一张双目紧闭的蜡黄小脸。

"妞宝，你还热不热？娘给你擦脸，一会儿就不热了啊。"她拍着她，晃着她，给

她唱歌。孩子在她怀里一动不动。她忽然"哇"的一声就哭了出来，撕心裂肺一般，"妞宝，你睁眼看看娘，你现在不热了吧？"

她抚着孩子的脸，就像是刚刚才意识到怀中的冰冷："你怎么了？你为什么这么凉？娘给你焐一焐……"

慕云生默然而立。从七岁拜老头子为师，到如今这么些年了，他见过为数众多的死亡，也听过无数次痛彻心扉的哭声，早该将一颗心磨得硬硬的。更何况就算自己早到一步，也未必能挽回什么。可这母亲的哭声，还是如锥子一般，扎上心来。

老头子曾经叹过，他这人重情任性，又意懒好酒，并非做医生的好料子。可说归说，老头子还是倾囊以授，最后在死前，连祖传的金针都传给了他。

"医者仁心，这套仁心针，当配你这心软之人。"

现在想来，老头子当是对他寄予厚望的吧。若他在天有灵，瞧见慕云生如今这番穷困潦倒的模样，不晓得又会说些什么？

"走吧，芊芊。"他转身要走，小狐狸却跳下来，咬住他的衣角，朝那对母女的方向拖去。他不解地想要抢回衣角，它却只是不放，嘴里呜呜作响。

难不成——他脑中一闪，有如混沌之中劈进来一道闪电：三年前临安那场时疫，也有不少人高烧多日，水米难进，到后来渐入昏迷，浑身僵硬，犹如死去一般，但若探其脉象，尚有些许微弱残留。若用老头子留下的仁心针，以针摇法入阳白、鱼腰穴，指捻法入印堂穴，泄尽邪气，仍有唤醒希望。

他先是一喜，接着后知后觉地想起，如今的他早已今非昔比，双手抖得如此厉害，行不得金针了。当下心中凄凉一片，取了那坛藏在怀里的桃花酒来，直接掀开盖子，灌了好几口。

说来也奇怪，那酒液入喉，有如春风拂面，整个人都轻飘飘起来，四肢百骸都充满了力量。他若有所悟，一低头，望见原本颤抖的双手一点点地稳了下来。

他轻轻地握了握手，紧接着猛地跳入了河中，一路涉着水花，深一脚浅一脚地朝聂氏赶去，一面从怀中取出了一只紫檀木盒，托在手中，飞快地打开，取了金针在手。

聂氏对他的接近毫无察觉，等他抓住她的肩膀之刻，才惊惶地叫起来。他无暇解释，将两根金针刺入了那小女孩的阳白穴，她湿透的身躯猛地一颤。他不敢停顿，再取了两根，刺入鱼腰。

最后一根金针让他高高举了起来，却轻轻地落了下去。这一针需凝神静气，绝不可有丝毫差错。他的手悬在半空，原本是极稳的，却不知怎么地轻轻一抖：眼前所见的，竟并非面色蜡黄的小女孩，而是紧闭双目的少妇——面如芙蓉，眉若秋黛，正是素心。

他手中的针已经刺入了她的印堂穴。一丝鲜红的血自入针处缓缓流出，有如细小蜿蜒的蛇，流过她的脸。

谁在哭？是谁抱着所爱之人，哭得如此悲伤？他模糊地想。

求你再睁眼看我一眼，哪怕只有一眼也好——

"痛痛痛痛痛！"他捂着鼻子大喊。原来小狐狸芊芊见他出神，跳过来再度咬住了他的鼻梁。

身边传来几声细弱的咳嗽，聂氏欢喜不尽，抱着孩子一迭声地喊着妞宝。慕云生松了口气，只觉得背上冷汗阵阵，手重又抖了起来。他收了针盒，又赶紧取出了桃花酒，仰着脖子灌了几口，这才觉得缓解了些。

"呼——果然是好酒啊！"他摇头晃脑，正待品鉴一番，却瞟见了小姑娘的手腕，顿时变了脸色。他过去将孩子的衣袖一翻，但见手腕上皆是鲜艳如血的红斑，与他三年前在临安所治的疫病一模一样。

慕云生站在齐腿深的河水之中，头顶烈日，却浑身冰凉。

所谓疫病者，为人感乖戾之气而生。若只一人患病，则虽有小忧，尚无大患。若病气转相染易，由一人至一室，一室至一族，可至灭门。

如今，只是个开始而已。

慕云生背靠着聂氏家简陋的木门，心中一阵阵地发苦，于是接着喝怀中的桃花酒。

天气闷热潮湿，巷道中偶尔刮过的河风是唯一的清凉。他一口接着一口，不多时便将一坛子酒都喝尽了，醉得一塌糊涂，闭目待睡。

谁承想身边的两丛香石竹抖了抖，竟钻出来个楚楚可怜的美人，浅浅地颦着双眉，望向他的眼波中有万般柔情，却只是脉脉不语。

她朝他俯下身来，朱唇悬在半空，就差一点，便能偷吻到他，却堪堪停住了，不曾再往下落。

慕云生忽然笑出声来："素心，我是不是只有喝醉了才能见到你？"

美人吓坏了，要逃走，却叫他抓住了手。

"没关系，我不会睁眼，我一睁眼，你就会消失了。这样很好，很好……"他的声音慢慢低了下去。

那美人也静静立着。过了一阵，她似乎以为他已经睡着，便想要将手抽回来，这动作惊醒了他，叫他重又絮絮叨叨地念起来："素心，我做了个噩梦，梦到你死了，就死在我

手里。那一刻我好怕，五脏六腑都像是被人烧尽了——但我醒来一想，你不是在桃花岛等我吗？还时常在我喝醉了之后来陪我？"

她沉默一阵，忽然又下定决心般转过身来，将他发抖的手拽在手里："我在桃花岛等你。"

她的声音如此地轻，几乎能融化在风中。

"当真？"慕云生笑了起来。

他已然醉了，又满面风霜，可这一笑，却依稀有当年被封为神医时的意气风发。他嘴角带着这笑，呼吸渐渐平缓，终于真的睡了过去。

·三·

临安大疫虽已过去三年，可当初的惨状依旧历历在目，慕云生不敢掉以轻心。此等疫病，常常会沉寂几年又再爆发，其势态甚至比前次更加严重，若再用同样的药方，恐怕并不能起到同样的效果。一连几日，他对妞妞寸步不离，反复核验孩子的细弱脉象，又熬制药汤，多加了几味和解表里、疏肝升阳的药物给她，金针却是不敢再动用了。

他自己心里清楚，当日多亏那坛桃花酒，方能让他在河水中唤醒僵死的妞妞。如今他的手又抖得如此厉害，再勉强施为，只怕是误人害己。

幸而几日下来，孩子的病势日渐好转，他又对她身边人等诸多排查，未见有类似红斑者，终于是放下心来。若能将这病气控制在一人，不再危及其他，也算是苍天垂怜。

妞妞这孩子极为乖巧，虽只有十岁，却也懵懂地知道了害羞，前几回她病势昏沉，并不十分认得慕云生，这一日见他进来，却将被子拽上来盖了半边脸，只睁着双黑白分明的眼睛望着他。

慕云生咳嗽了一声，故作严肃道："将手伸出来，再让我诊脉。"

孩子摇了摇头，朝被子里缩得更深了些。

慕云生转眼间便将芊芊从怀里放了出来，毛茸茸的白狐狸跳到妞妞的身上，在她胸口踩了踩。妞妞"呀"地叫了一声，顿时忘记了害羞，伸手将小狐狸一抱，在那雪白的毛上摸来摸去。

芊芊就势躺了下来，露出肚皮，一副享受的样子，回给慕云生的却是个带了几分凌厉的眼神。

"呵呵。"慕云生摸着鼻梁上的牙印苦笑。

"这小狗的毛真漂亮！"妞妞一边摸着一边说，"就跟那满头白发的小哥哥一样。"

"白头发的小哥哥？"

连日来，慕云生一直想问她染病的由头，却因她病势过重，不便回答。如今第一次听她亲口提起。

"嗯，他的头发有这么长，"妞妞比画着，"打着卷儿，可漂亮了。可是他蹲在地上，缩成一团，不停地搓着手，很冷的样子。我看他那么可怜，跟他说，要不我给你焐一焐……"

"所以你牵了他的手？"

慕云生垂下眼，小姑娘的手背上，皆是触目红斑，前几日高热时鲜红如血，如今虽然消退了颜色，却恐怕是要留下永久的瘢痕。

他长叹一声："这病气必定便是他过给你的。下次若再有这等事，便别去管了吧。"

"怎么可能？"妞妞抬眼望他，眼神澄澈坦然，"再有下次，我还是会牵小哥哥的手，就算染病也没有关系。我只是不忍让他一人受冻罢了。"

万般慈悲，只是不忍。

慕云生有些恍惚。上一次有人对他说这样的话，已是在多年前一个漫天飞雪的、阴霾的黄昏。他跟着年迈老仆，千里迢迢赶到镇江，投奔时任镇江府尹的程家老爷。

他父亲在世之时，跟程老爷曾是结拜兄弟，还亲口许下过他跟程家小女儿的亲事。可他与老仆在门外候了一日，眼见天色一点点暗淡下去，到最后，只有一个满脸不耐的仆人出来说，程老爷今日另有要事，二位还是请回吧。

慕云生拽着老仆就要走，可他双腿都站僵了，叫旁人扶了一把，才勉强站稳。

伸手扶他的，是个容貌妍丽、衣着富贵的少女，不知何时起便无声无息地出现在了雪地中。她戴着狐狸皮镶边的手套，说话时，唇间冒出团团白雾，更衬得双唇鲜艳欲滴。

"你怎么会冻得如此厉害？叫人瞧了心中不忍。"

他顺着她的目光往下看，望见自己在室外冻了一天的手，已经生出了红肿的冻疮。

"这手套给你。"少女脱了一只手套，递给他，又怜惜地将他的手焐在自己的手里。包裹上来的温暖触感，叫他一抖。

"我叫程素心。"她眨眨眼睛，"小哥哥，你叫什么名字？"

素心，素心。如果不是父亲早逝，慕家败落，她当是他从小定亲的妻。

"慕叔叔？"妞妞担忧地唤道。

慕云生赶紧眨了眨眼睛，驱散眼中的雾气。

"呵呵，没事，只是想起了一个跟你一样好心的小姐姐。我们曾经是很好的朋友。"

芊芊沿着他的胳膊爬了上来，默默地舔了舔他的侧脸。他将它抱在怀里，摸了摸头。

"她如今在哪里？"

"她啊，在一个叫作桃花岛的地方等我呢。"慕云生笑眯眯地说，"我原本就是要出东海去寻她的。"

慕云生从聂氏家中出来，便去了无夏城济安坊。

上次临安时疫之后，各大城镇中便设了济安坊，由太常寺直接派遣医官任职。这还是三年前他向官家进的言。如此一旦某地疫病爆发，可直接上告临安府调派医官，以免延误时日，造成更多人染病。

如今妞妞虽然康复，但听她所言，作为病气源头的那个白发少年，却散落在了无夏密集的人口当中，失去了踪迹。这等情况，得速速报告济安坊，也好早做打算。

"你又是何人，敢说这等话？时疫是何等重要的事情，若是误报，上面怪罪下来，如何担当得起？"

济安坊里接待他的医官将两只脚都支在桌子上，上下打量着他，神情倨傲。

慕云生心知是自己衣着寒酸的缘故，只得忍气吞声地拱手道："那患儿此刻便在兴善街，大人若肯随我前去，一望便知。"

"兴善街？"对方嗤笑一声，"也难怪，似你这等江湖游医，怕也只能给那里的人看病——"

"大人此言差矣。"慕云生打断了他，"孙药王曾有云：凡大医治病，必当安神定志，无欲无求，先发大慈恻隐之心，誓愿普救含灵之苦。若有疾厄来求救者，不得问其贵贱贫富，普同一等，皆如至亲——大人能穿上绿公服，为保和郎，怎地连这道理也不懂？"

他刚进来时半驼着背，一副唯唯诺诺的样子，如今却像是变了一个人，目光炯炯，侃侃而谈，竟生出些指点江山的激昂气势来。

那医官赶紧将两腿放下，端正了坐姿，又觉得不对，刚想发作，背后便传来掌声："不愧是慕神医！好久不见，怎么今日没带你最引以为傲的金针？"

"易大人！"

从后堂转出来的人嘴角含笑，一身光亮耀眼的紫公服。他却是慕云生此刻最不想看见的人。

"尔等真是有眼无珠，可知这是三年前官家亲封的'神医'慕云生？还不赶紧给慕大人看座？"

慕云生的嘴角有些抽搐。当年为了说服官家使用自己革新过的方子治疗时疫，慕云生跟太常寺诸多医官轮流辩论了足足三日，从切脉说到行针，又自医理说到药方，直到将对方说得哑口无言。易子安不巧便是当初跟他辩论的医官之一。

"不必了，在下还有要事在身，只是这兴善街的可疑病患……"

慕云生将妞妞的病情又说了一遍，易子安听着，眼中的光芒越来越亮。他拈着胡子，唇边尽是讥诮："这么说，慕神医也不知道究竟所患何病？"

"若单论症状，与三年前临安时疫极为相似，但究竟是否为同一种，尚未确定。不过疫病若潜伏多年再爆发，往往来势更加凶险，我这里有一道新研制的药方……"

易子安抬起手来，打断了他："慕神医这番'独到'的高论，在下三年前便已经领教过了。在下这里还有慕神医当年留下的方子，若真是时疫再发，也有应对，你就不用再操心了。"

"可三年前是三年前，如今这疫病与当初未必完全相同——"

易子安站了起来，是明白的送客姿态："慕神医还是多操心下自己吧，我看你这双手毁成这样，怕是再执不得金针了吧？"

芊芊在他怀里，听了这话，立刻炸了毛，挣扎着要钻出来，慕云生不得不使劲将它按回去，赶紧告辞出来。未走出几步，芊芊便挣脱出来，伸着尖尖的牙。

他叹口气，认命地伸过手指头，让它一口咬住。

"人家哪里说得不对？"

芊芊一点要收回的意思都没有，只咬着他不放。他还要再劝，却有几声对话从身后飘过来："那便是传说中的慕神医？却是这样一副潦倒模样？"

"他啊，原来也算是个人物，可惜成名之后，得意忘形，失手治死了御史家小儿子的内眷。那内眷出身镇江府程家，闺名好像是唤作素心？"

慕云生一抖，后面的话，便听得不太分明。他抱着芊芊离了济安坊，朝兴善街的方向走去，可那些断断续续的句子，仍是一路纠缠了上来，仿佛扑闪着翅膀的飞蛾。

"据说是难产，连金针都动用了，还是出了大红……"

"有什么法子呢？人各有命，这慕云生天生便没有做大医的命，声名扫地又整日借酒浇愁，一天天颓唐下去，竟然连手也抖起来，再执不得金针。你看他如今，成了什么样子？"

慕云生忽然停住了脚步。芊芊从他身上跳下来，抬头望他，急得喉咙中吱吱作响。

"真奇怪，"他喃喃自语，"方才他为何说素心死了？"

小狐狸身体一僵，接着犹如下定了莫大的决心，沿着他的腿便爬了上去，一双翠色闪耀的眼睛，眼看便要直直地与他对视。慕云生却猛地扭过了头——前方街口，摔出了个身着布衣的男人，他全身瘫软，朝地上仰天一躺，便如一只松软的面粉口袋，呻吟不止。

慕云生脑中"嗡"的一声，他飞奔过去，将这人的衣襟撕开——滚烫的肌肤上尽是红斑，触目惊心。

·四·

兴善街上爆发了疫病，男女老幼，无一人幸免。

狭窄潮湿的巷道之中，被病气挟裹的病患们倒了一地，尽是红斑高热，与妞妞当初的症状一模一样。耳畔全是呻吟哀告，犹如地狱再临。

慕云生狠狠一咬牙，扭头便跑了起来，无论如何，他也得先查看妞妞的状况。那母亲感谢的热泪都还沾在他的手上，难道就要在转眼间，再度坠向深渊？

"妞妞……"

他推开门。屋内光线昏暗，弥漫着病人特有的酸臭味道。室内唯一一个站立着的小小身影，听到他的声音，朝他转过脸来。小女孩换了一身干净的衣裳，梳了头，两侧脸上都有泪痕。

"慕叔叔。"妞妞异常平静地说，"我娘死了。"

聂氏躺在床上，双目紧闭，满脸都是红斑。能看出来妞妞尽了最大的努力，给她娘整理好了遗容。

慕云生默然立了一会儿，终究还是摇了摇头："若我能仔细一点，便能及时发现她已被染上病气，不，不仅是她，这一条街上的人，若是我能及早提醒，让大家注意——我没能救得了你娘，就像我没能救得了素心。"他的拳头一点一点攥起来，却丝毫没有感到疼痛，"是我学艺不精，害死了素心……"

他究竟为何会手抖呢？最后印堂的那一针——如果眼前不是素心，他还会犹豫吗？在那之后的无数个夜里，他反复地问过自己这个问题。医者，当以所有病患为至亲，可要是至亲患病，危在旦夕呢？

他怎能忘记？现在他全都想起来了——

"慕叔叔？"妞妞惊叫起来。

慕云生呆呆地立着，双目当中都有晶亮的泪涌出，他面目僵硬，犹如在梦游一般。那只小狐狸从他怀中跳出，晃了晃尾巴，立刻拔高了身形——是个腰肢纤细、环佩叮当的美貌女子。

"……素心？"

"嘘。"那女子将手放在他脸上，小心地将泪一点点都拭了。

慕云生愣了一阵，忽然反应过来，将那女子拦腰一搂，埋头在她怀里。

"……我做了噩梦，素心，我又梦到你死了。"他闷闷地道。接着又笑起来。笑声中带着哽咽，"我后来一想，你不是在桃花岛等我吗？"

那女子一下下拍着他的背，轻轻摇晃，露出了一丝微笑，双侧的眼角都朝上翘起来。

妞妞本来只觉得诡异万分，此刻却被她一双翠绿色的眼睛吸引住了。只见她将一只手指翘了起来，竖在嘴边，做了一个"嘘"的姿势。

"我们去桃花岛。"她笃定地说，"你，我，还有这个小姑娘，我们一起去。这座城，它只会伤你、谤你、嘲讽你，你何必还要再救他们？"

便在此刻，妞妞听到了一声陌生的女子叹息，近在耳畔。她一回头，只觉得云雾缭绕，迎面而来，有整整一面墙都消失了，取而代之的是满地的芦苇，犹如新雪一般，映着月光。一轮巨大的圆月之下，停着一辆牛车，由雪白的母牛拉着。

她再眨眨眼，牛车腾空起来，隐入了墙中，只有一处模糊的污渍，还勉强残留着车辆的形状。

谁承想却是走不成了。

兴善街闹了疫病的事情，流传得非常之快，不出一日，整条街便被百十来个全副武装的兵士围得水泄不通。慕云生认得他们的服色：全黑的皮甲，褚红色制服，加上旗帜上的玄武标记——这是临安大疫之后设立的净衣卫，为的是及时隔离病患，掩埋尸体。

慕云生只觉得脊背上一阵阵的发寒，难道事态已经到了如此紧急的地步了吗？

带队的长官他倒是认得，此人姓李，单名一个执字，是个满脸络腮胡子的莽汉。当初在临安，他曾找慕云生看过风寒。

他原本想带着妞妞，去找他说个情，求放他们出去。转念一想，却又作罢了。李执这人脾气顽固，兴善街上旅舍里住着的商贩，有患病较轻的，也曾想尽了办法想让他通融一二，却都叫他给驳了回来。

"我等乃是奉了官家之命，封锁兴善街，自然连一只老鼠都不会放出去！"李执吹胡子瞪眼睛。

慕云生正在发愁，却有一个年轻人自己找上门来，自称是他曾经的病患，痊愈之后，在无夏城做一名艄公。如今见他有难，特地前来相助，可在半夜偷偷沿着护城河，送他出无夏城。慕云生想了一阵，始终未曾想起有过这样一位病人，但情况紧急，无暇细想，便同意随他前去。

当夜本来晴空如洗，到了午时，却不知道从何处升腾起来一团团阴云，将月光遮挡得严严实实。慕云生抱着熟睡的妞妞，让芊芊趴在自己的肩膀上，跟着这位艄公，登上了一艘窄小的乌篷船。他将妞妞放在船底，他卧在她身上，屏息静气。

那艄公一身黑衣立在船头，手中长橹缓缓入水，又再抽出来，带起一圈圈的涟漪，小船也随之轻轻晃动着。也不知过了多久，慕云生被晃得有些犯起困来，却忽然听到耳边喧哗，岸上灯火闪耀，隐约可见褚红色制服：是巡夜的净衣卫！

他倒吸一口气，只觉得心都要从嗓子眼里跳出来了，那艄公不慌不忙，只从袖子里取出一支普通的笔来，探入河水之中，蘸了水流，朝空中虚画了一笔。

说来奇怪，半空中，竟叫他画出了一面水墙，便如一匹波光闪耀的丝绸，那艄公伸手将其一抓，又回身朝慕云生身上一扯。整条乌篷船，连同艄公自己，都被盖在了这水流组成的绸缎之下。

"谁在那里？"

隔着水流，慕云生听见岸上的净衣卫质问，又见灯笼不停晃动，想是被举着朝河中央照了又照。他大气也不敢出，终于等到兵士们撤走，乌篷船重又摇晃起来，才松了一口气。

这下他再也不敢乱动，那流水覆盖在船上，仍旧是波光粼粼，一路罩在他跟妞妞头顶。又过了大半个时辰，艄公伸手将水流一收，随手扔入江中，慕云生站起身来：眼前一片茫茫大江，天幕沉沉，晶莹的星座闪耀，如此贴近，仿佛伸手可及。

已是到了钱塘江口，再往东，便是东海。桃花岛、素心，都在东海之上等着他。他又转头回望，江岸之上，点缀着几处灯火，隐约勾勒出无夏城的形状。

那年轻的艄公不知何时站在了慕云生的身边，跟他并肩望着那灯火阑珊之处："净衣卫都出动了，怕是在准备焚街吧。"他抱着胳膊，语气轻松，"就跟三年前在临安时那般。无论死活，人畜不留。"

"怎能如此？"慕云生攥紧了拳头，"这病并非不可治！易子安，他说他手中有可以奏效的药方！"

"这几日来患病者有增无减,济安坊已经束手无策,先生不知?"

"果然与三年前有异么……"他喃喃自语,忽然想起了什么,"妞妞!妞妞便活了下来,这是铁证!若济安坊肯用我的新方——"

"先生为何如此着急?你不是已经顺利逃出无夏了吗?"对方打断了他,朝他转过来的一双眼深沉犹如夜色,"无夏城将来怎样,与先生再无关系——先生还是出海去吧。"

慕云生脚下一个趔趄,只觉得胸口热血直直地往上涌,便有如当日饮下了那桃花酒一般。

"回去!"他忽然喊。妞妞原本在他脚边缩成一团熟睡,此刻受了惊动,揉了揉眼。慕云生赶紧过去轻拍着她的后背,放低了音量:"我也不瞒你,这孩子,便是我自疫病中救出来的,面上虽有瘢痕,但确已痊愈。这药方是有效的,我得再回去一趟!"

"我们刚才是如何逃出,先生也看见了。只怕这一回去,便再难脱身。"

慕云生哑然。他望着岸上城郭之中的灯火,仿佛看见那火焰蔓延,将整座城池都包绕其中,惨痛哭号,不绝于耳。而自己,犹如一只不自量力的飞蛾,妄想着靠一己之力,扑过去,便能熄灭那烈火。

"即使如此,你也还是要回头?"

"……是。"

那人望了他片刻,接着朝他一作揖:"先生高义,常青代无夏城百姓谢过。"

慕云生恍然,想起老头子曾说,天香楼的常青公子有一支生花妙笔,可绘万物成真,当即欢喜道:"原来是天香楼的常公子!在下不知何德何能,能得公子相助!"

他想了想,索性厚着脸皮继续道:"既是如此,便请公子再助我一回。我有只小兽,眼下无人照看,便暂且托付给你,待疫病平息之后,我再去天香楼接它——哎哟!"

他原是伸手从怀里托了芊芊,递了过去的,谁知芊芊前所未有地发起怒来,这次是真的咬破了他的手掌,两条前腿死死地抱着他的手指,双目发红。

慕云生叹了口气,将手又缩了回来。

"罢了,罢了,你便随我一起去吧。"他朝小狐狸脑门上一弹,"不过,这次可没酒喝了啊!"

·五·

用药之道,讲究的是君、臣、佐、使。每一味药,都各自有其所任的角色,所起的作用,除此之外,还得顺天时、应地利、讲人和。是以这世上,并无万用万灵的药方。

慕云生根据妞妞新发病情的特点，在三年前医治临安时疫的药方基础上做了改动，换了熬制方法，写成了新的方子。一回到无夏城，他再也不敢耽搁，直接去找了李执。

跟在身边的妞妞面上虽然残留有瘢痕，行动却是与常人无异，确已康复，是这药方再有力不过的铁证。易子安虽说对他有诸多成见，却也知道轻重缓急。

连续几日里，他们熬制汤药，分赠患者，又指挥着净衣卫清扫街道，掩埋尸体。眼见着存活下来的病患渐渐地退了高热，进入了那日妞妞一般的僵死状态。

这一日，慕云生正在检视陷入昏迷的患者，只觉得旁边有人拽住了胳膊。他一回头，腰就被人给死死抱住了，眼前晃动着覆盖了银发的头顶——是个驼了背的老妇，平日里在兴善街的街口卖粥。

原来她的独生儿子，也陷入了昏迷。老人家无论如何都不相信，只道是儿子断了气，哭得肝肠寸断。又听说慕云生有金针，可起死回生，便赶过来求他。

"神医慈悲，求你救救我儿！"老妇人见他犹豫，竟放开了他，径自在地上磕起头来。

"老人家，这哪里使得！"他连忙去拦，"不是我不肯，只是这双手……"他将手伸给老妇人看，现在他的手指，哪怕只是平伸，也控制不住细微地颤抖。

"神医说哪里话来？那聂家小女儿，难道不是神医用金针唤醒的？她能救，我家儿子却不能救吗？"老妇人只是不起，拽着他的衣襟不放，"若我儿不醒，我也没有活路了。神医救的不是一条命，是两条啊！"

妞妞也在这个时候，贴着墙根蹭了过来，怯怯地立在一旁。等他千哄万哄地哄好了老妇人，言道必定想办法唤醒她的儿子，又将她送走，妞妞才敢靠近。

"慕叔叔。"她拧着衣角，"是我说漏了嘴。"

"不是你的错。"慕云生揉了揉她的头顶，"老人家是对的，人命都是一般贵重，我既然救了你，怎么可能不救其他人？"

话虽如此，他藏在袖子里的另一只手，还是慢慢地握成了拳头。如今之计，只有找那天香楼的朱成碧，再求桃花酒。

当天夜里，慕云生便做了一个梦。

他梦到自己站在芦苇丛中，耳畔尽是苇叶摩擦，有如涛声。头顶一轮占据了半个天穹的巨大的圆月。月光犹如晶莹的粉末，正在一串一串地坠落下来。

他面前是那辆曾停在街中，邀请他去兴善街诊病的牛车。此刻车帘叫人高高掀起，露出几道白玉制成的石阶，阶上云雾弥漫，犹如仙境。

慕云生不由自主地迈上了石阶，一步步向上而去。他所进入的殿堂立着朱红色的圆柱，盘绕着螭龙，当他经过时，它们的眼珠全都转过来望着他。

当他终于走到大殿的中央时，跪坐在正中的位置上等待着他的是个金眼的少女，她不过十三四岁的年纪，衣着华贵，双髻下方饰着累累的明珠。

在她身后，是一只足有两人来高的水晶酒瓮，其间的桃花足有人头大小。光是看过去，他就已经感到舌头下涌出了唾液，双手抖得更加厉害了。

"慕神医。"她开口道，"我在等你。"

慕云生认出了这个声音。她便是当初从帘幕之间，将水晶坛内的桃花酒向他推过来的人。"你在等我？"他原想问，出口的却是："可否请朱掌柜再赐桃花酒？"

她沉默一阵，伸手在酒坛外面轻轻地抚过，方才开口："慕神医，近日来，可曾觉得身体不适？"

慕云生一愣。他右腹确有些胀满、疼痛，食欲不振，但以为是劳累所致，并没有放在心上。

"旧疾而已。眼下，还是救无夏城的百姓要紧。"

"我来便是要送这坛桃花酒给你的。有了这酒，你就能唤醒昏死的患者，终止这场瘟疫。我用桃花酒重新开始售卖的消息引你来无夏，就是为了今天。"

"那掌柜的又为何犹豫？"

"因为我挨了训。"她露出一丝苦笑，"有人告诉我，我该将所有的事实都告诉你，否则，这对你来说太不公平。"

她身边的云雾稀薄了一些，将一直静静立在她侧后方的人影显露出来。那人一身黑衣，胸前是一只用金银双线绣的生了角的狮子，此刻他正朝慕云生拱手示意。

正是那日扮作艄公的常青公子。

"五百年前，莲灯和尚在无夏化为莲心塔，将黑麒麟和通天引一并镇压于塔下，自那之后，神兽白泽处心积虑想要重开莲心塔，多次在无夏兴风作浪。那传染疫病的白发少年，便是他的化身。"朱成碧娓娓道来，"他大约是想等着无夏陷入混乱，再伺机毁坏莲心塔。我一得知此事，便知道世上唯有慕神医一人能止此疫病，所以才找到了你。"

常青在一旁开口道："这原本是我家掌柜跟白泽之间的事情，却无辜连累了神医，实在抱歉。"

"什么连累，治病救人，难道不是他的天职？"

"虽说如此，你将饮桃花酒的后果告诉他了吗？"

朱成碧缩了缩肩膀，不情不愿地开口："……那桃花酒是我用你画出来的桃花酿的。少量饮用，可令人如仙如死，自然也可以控制手抖。"

"还有呢？"常青语调严厉。

"但它酒性猛烈，非一般凡间酒所能比，对饮用者造成的损害极大。以慕神医现在的身体状况，无异于饮鸩止渴，再喝下去，只怕会有性命之虞。"

慕云生只觉得头脑昏沉，过了一阵才慢慢反应过来："你们的意思是，我能救无夏，但却要赔上自己的性命？"他自他俩的脸上一个接一个地看过去，"你们如此坦率，就不怕我从此离开无夏，撒手不管？"

"所以我才说，根本不该告诉他。"朱成碧咕哝着。

"神医会吗？"常青反问，"那日我送你，明明是出了无夏的，神医又为何中途折返？"

"我……"慕云生哑口无言。

"桃花酒就在此处，饮与不饮，全凭神医自己做主。"

醒来时，透明的水晶酒瓮就搁在他的床头。朵朵桃花犹如一双双通红的眼睛，逼视着他。

慕云生伸了手，指尖刚触到瓮身，立刻烫着了一般缩了回来。芊芊原本蜷在他枕边，被他惊动，抬头一见那桃花酒，立刻吱吱叫起来。

"你且不用着急，我不是不知分寸轻重的人。"他抚着小狐狸的头顶，"我还要跟你一起去桃花岛呢。"

正在此时，敲门的声音突然响了起来，急如骤雨。慕云生心中纳闷，不知是谁深夜来访，打开门，但见易子安独自站在外面，背上背着只匆忙扎起来的包袱，还在用袖子擦额头的汗。

"易大人这是……"

"嘘！"易子安将一根手指放在嘴上，左右看了看，凑过来跟他飞快地道，"赶紧收拾行李，算了，别收拾了，直接跟我走吧，再晚点儿，连命都没了！"

他上前一步，拽了慕云生的手腕就要走。

"你是不知道，官家已经下了令，明日天亮就要焚街，整条兴善街上的男女老幼，无论是否患病，一个也走不出去！"

易子安拽了一阵，慕云生却只是立在原地不动。

"怎么可能，不是连日来，都再无新增病患了吗？这疫病分明已经得到了控制，除了那十几位昏迷不醒……"

"就是那十几位昏迷不醒的惹了祸!"易子安急得跳脚,"太常寺的和安大夫与我的恩师江大人都过来看过,说这十几位至今不醒,必定是病气又有新的变种,为保住无夏城剩余的百姓,只得牺牲整条兴善街!我这是看在你我毕竟身为同行的份儿上……"

"你那时也在,为何不提醒江大人,这十几位,如妞妞一般,只需金针唤醒,便可痊愈的?!"

易子安嗫嚅起来:"那,那可是我的授业恩师……"

慕云生逼视着对方,他挣脱了易子安的钳制,朝后退了一步:"多谢易大人前来相告。"

他不会走,易子安从慕云生紧抿着的嘴唇中读出了这样的信息。一股莫名的愤怒在他的胸中涌动:自己好意前来提醒,而眼前这个不知天高地厚的家伙,竟然选择要留下来,跟这些必死之人死在一处?

"你当我不知道你想要的是什么?"易子安刻薄地道,"你以为你靠你的金针,能力挽狂澜,在黎明之前,唤醒这十几位病患——说不定,官家还会再封你个比神医还要高的名头,到时候,可不正是功成名就?"他反手,再次将慕云生的手腕钳在手中,"只可惜,你酗酒无度,这双手早就废了……"

话刚说到一半,突然便有鲜红液体一滴滴掉在被他抓住的手心当中。易子安惊愕抬头,便见慕云生另一只手捂着嘴,指缝间,正有鲜血涌出。

易子安吓得松了手。慕云生分明是嘴里含着血,却是在笑,双眼都眯了起来:"易大人说得对,我多年沉溺酒乡,这身体早就是风中残烛。倒是易大人千金贵体,还是早点走吧。再晚,怕是走不掉了。"

这段话不长,他却分了三次,断断续续地说完。仿佛是为了回应他,从四周阴暗的角落中,闪现出了沉默的人影,挤挤挨挨,摩肩擦踵,将他们二人团团围在中央。那是些面上还残有疤痕的、正在康复中的病患,连同昏迷者的家人。之前跪地求过慕云生的老妇人也在其中。

无数双眼睛望着他们二人。却没有人开口。只有绵长的呼吸声。

易子安只觉得寒毛倒竖,他将包袱甩去肩上,又将袖子一抖,转身就走。凡他所到之处,病患都主动让开了,当他挤过去之后,人群又自动合拢。

他分明已经走出去很远的距离,却还是能听到,慕云生朝着病患们,一字一顿地说:"诸位放心,慕某在此向天发誓,定不相负!"

·六·

三年前，临安大疫。

疫病持续了整整一年，疾疫所到之处，几乎十室九空。

一名肩上扛着只狐狸的江湖游医贡献出了他特殊的药方，可缓解红斑高热，又擅使金针，可唤醒僵死多日的病患。

三年后，临安城逐渐复苏。龙颜大悦，封给他"神医"的称号，并特许他直接入太常寺，为和安大夫，着金鱼袋、紫公服。

又半年后，慕神医收到了镇江府捎来的书信，言说素心出嫁后，不出三月，夫婿便死于急病，如今已回了程家。过不了几日，程老爷又亲自前来拜访。

"是老夫当初一时糊涂，活活拆散了青梅竹马的你们，这些年来我心中愧疚。如今素心已归，若蒙贤侄不弃，愿再结姻缘之好，不知意下如何？"

如何？能娶程素心是他一生最深沉、最美好的梦境，如今竟然要成了真。他还能如何？

直到入了洞房，慕云生都还在恍惚当中。他立在洞房里，望着红烛垂下泪来，灯花跳动，哔剥作响。

新娘子端坐床边，桌上已经准备好了两只酒杯，是剖开的葫芦形状，一旁的酒却不是女儿红，而是一只通体透明的酒瓮，里面朵朵桃花起伏。慕云生犹如被雷电击中，愣在当场。

桃花酒。对的，是这个名字。可他为何会知道？

新娘子忽然来到了他的面前，自己抬手将盖头一掀，他只知道那双似笑非笑的眼睛，眼角上翘，闪着翠绿色光芒，寸寸逼近，紧接着便尝到她唇上胭脂的滋味。是蜜糖一般的甘甜，叫人舍不得放开。

素心，素心。他的心抽泣着，喊着这个名字。即使是在大喜的夜晚，却也还是弥补不了内心的悲伤。

既然如此，便让他多梦一会儿吧。

慕云生跟素心的第一个儿子，名为含璋。

孩子满月的那日，慕云生摆下酒席，请了满堂的客人。他端坐在堂上，正在逗弄儿子脖子上的长命银锁，就有仆人来报，说是有人送了慕神医一份贺礼，一坛水晶瓮的桃花酒。

慕云生一愣，便将孩子交回给素心，跑出门去，只来得及望见牛车的一角，伴随着辘辘转动的车轮，拐过街口，便消失了。

待他再回到堂中，桃花酒已经被打翻在地，遍地一片狼藉。素心立在一旁，脸上凶相毕露，正在咆哮。他叹了口气，过去顺手将含璋接了过来，又抚着她的手，直到她一点点重又平静下来。

接下来，他再没见过桃花酒。到七十岁上时，整个太常寺中几乎都是他的门生，老头子留下的针灸之术，叫他写成了《金针匮要》，天下传扬。素心跟他共生了四个儿子和两个女儿，儿子都在朝中，所任皆是要职；女儿所嫁，也皆是天下望族。慕云生须发皆白，渐觉体力不支，便告老还乡，跟素心回到故乡镇江，重又修缮了败落的慕府。

这一年的冬至，又是大雪纷飞，慕云生却不知为何，定要夜里出去赏雪。素心百般劝阻，他仍是不听，独自披了披肩，拿了拐杖，兴致勃勃地要往山上去。素心哪里放心得下，只得紧紧地跟着。

慕云生走了一阵，停下了脚步，指着大雪掩埋下的一片树林："你还记不记得，我第一次遇到你，便是在那片林中？"他抖索了半天，从怀里摸出一只破旧的狐狸皮手套来，多年反复的摩挲，上面的毛都掉落了不少，"你的那只呢？"

素心不语，也自怀中取出一只手套来，递了过去。慕云生将两只手套并排着放在一处，低头看着，慢慢地止不住地呵呵大笑，双肩都在发抖。

"原来如此，原来如此！"

他转身，将两只手套并排放在一处，举到素心面前：一只已经破旧不堪，另一只，却是崭新的，雪白的狐狸皮毛似乎还带着体温。

素心变了脸色，立刻便要去抢，慕云生将手朝上一抬，叫她扑了个空。

"素——不，芊芊，是你吧？"他双目灼灼，完全不像一个七十岁的老翁，逼视着她，"我当初在雪地之中，猎人埋下的扣里，救出来的小狐狸，就是你；心疼我生了冻疮，过来给我焐手的，也是你；半夜翻墙出来，跟我相会的，听我讲故事的，也从来都不是程素心，而是你，对不对？"

他捏着手中的两只手套："这只手套如此之新，眼看是你现场变幻而出，来不及变旧，因此才露了马脚！"

从他叫出芊芊的那一刻起，素心便跪了下去，雪地寒冷，她却像是毫无知觉，一双碧眼只望着他，尖细的小牙咬着嘴唇，却是一个辩解的字都没有。

慕云生忽然想起来，真正的素心死在他针下之后，他日日买醉，好几次差点醉死过去，才有了手抖的毛病。然而每次醒来，芊芊都睡在他的胸口，护着他的心脉，手指上总

又新添了牙印，想来是它气急了的缘故。也就是在那时，他身边出现了喝醉后才会出现的素心，许下了去桃花岛的承诺。

半生痴恋，却是个彻头彻尾的谎言。

慕云生朝她迈了一步，伸手放在她纤细的脖子上，似乎随时都能掐死她。她却只是闭上了眼睛，眼角渗出一滴泪，又很快被寒风舔去了。

这只小狐狸用幻术将他密密麻麻地缠绕，修改了记忆，转换了人生，所为的，却只是想让他有一个活下去的理由。

"如今眼下这一切，也是假的吧？"慕云生长长地叹了一口气，"我的儿女们，我的那些个学生，连同这处新修的慕府——也都是假的吧？"

他每说出一个字，就感觉到身体又挺直一分，视野也清楚一分。等他说完这段话，头顶传来咔嚓一声，就像是摔碎了琉璃制成的酒杯。

重新回到二十四岁的慕云生抬起头来，只见碎裂了一角的夜空之中，挤进来一轮巨大的圆月，高悬于他们头顶，还在一分一寸地逼近。

雪地中，传来车轮辘辘转动之声。雪白的母牛拉着牛车远远而来，眉间依旧用胭脂画着一朵桃花。

"多谢你，赐我这一场繁华梦境，如今，也到了该醒的时候了。"他在芊芊的耳边轻声说道，接着放开了她，朝牛车大步而去。

"朱掌柜，我的桃花酒可温好了？"

"这几十年来，我一直在断断续续地做一个梦：一座名叫无夏的江南小城疫病横行，我行走在两侧躺满了病患的巷子里，给他们熬制药汤，隔离病患，眼看着他们一点点地好起来。朱掌柜，这可是真的？"

牛车那绣着桃花的雪白纱帘掀了起来，双髻的少女跪坐在原地，她的整个面容都藏在阴暗当中，怀中抱着一坛水晶般透明的桃花酒，酒液当中桃花婆娑而舞。

"是真的。"

"我还梦到，官家的净衣卫要在日出之前焚街，有数十位病患僵死未醒，如不用我的金针唤醒，便是要活活烧死——这可也是真的？"

"……是。"

"如今在那个真实的世界里，离天亮还有多久？"

"两个时辰。"

慕云生松了一口气。伸手要去接那透明的酒坛，没想到朱成碧将其抱得更紧了些。

"慕神医，你可知你目前的身体状况，根本受不住这桃花酒？哪怕是再多一滴，都有可能要你性命？"

慕云生心中有如明镜：若非如此，芊芊也不会大费周折，制造这样一场幻境，拼了命也要在天亮前困住自己。

"慕某心知肚明，只是……"

猛兽的咆哮忽然响起，生生打断了慕云生。凛冽的风，夹杂着飞舞的雪粒，噼噼啪啪地打在牛车之上。那被他们二人扔下，跪在雪地中的芊芊，此刻再也顾不上维持素心的外表，开始膨胀出覆盖着白毛的四肢，身后冒出纠缠舞动着的九条毛茸茸的长尾，只有翠色的眼瞳依然如故。

"九尾灵狐！"朱成碧感叹，"自通天引断绝后，倒是多年未见了。"

两只带着尖利爪子的脚掌一左一右踩在他身体两侧，在雪地里留下深深的印记。体型庞大的九尾狐将他护在怀中，朝着牛车翕动着嘴唇，剧烈地咆哮着。

"你用桃花酒引他来此，又一点一点诱他陷入如今境地。汝要救无夏，便要我家云郎殉葬？"

牛车之中，少女那涂了胭脂的娇小嘴唇，朝一侧微微翘起："不错。我应了莲灯尊者，会守住无夏城，守住莲心塔，无论是人类还是妖兽，都休想挡在我面前——小心我将你们全都吞了！"

阴暗之中，忽然燃起一对金眼，有如熔化的黄金。她裙摆起伏，从下方涌出无穷无尽的黏稠阴影，沿着牛车的四壁爬行，紧接着翻出无数苍白兽脸，眼瞳处只是一片空白。

那九尾狐还要向前，却被一只人类的手轻触了鼻尖："芊芊，你可知我当初为何会自猎人的扣里，救了断腿的你？"

它一愣，用女子的声音答道："云郎你心怀慈悲。"

"当初风雪夜中，你为何又替我焐手？"

"我见你冻得手都通红，着实不忍。"

"这便是了。"慕云生揉着它的下巴，柔声说道，"如今无夏一城安危，诸多性命，皆系于我身。医者父母心，若我不饮下这桃花酒，如何能心安？而你又如何忍心，见我从此活在愧疚当中？芊芊，你与我一般，心中尚有恻隐未灭。我一直错认你为素心，如今大梦初醒，方知与我相恋者从来都是你。夫妻一场，便请你，成全了我吧。"

万般慈悲，终是不忍。

那九尾狐的形体渐渐萎缩下去，重新现出素心的样子，只顾着伏地痛哭，单薄的双肩耸动不止。

朱成碧取了琉璃制成的浅盏，捧了酒瓮来，倒出满满的一杯酒。慕云生伸手接过，就势将浅盏放在鼻下，轻轻一嗅。

"果真是好酒！"他赞道，"却也值得一死吧！"

美酒入喉，顿时有更多的鲜血涌上来，又叫他生生咽下去了。

那一刻天地静默，万物低伏，连纷扬的大雪，都消失了声响。

绍兴十三年，无夏疫病横行，幸得慕氏神医配出小柴胡汤方，此方可止红斑高热，慕神医又擅金针，可令僵死者复苏。疫既止，神医操劳过度，吐血而亡。是夜，无夏城中凡有桃树处，皆万花竞放，灿如烟霞。仁心金针由此失传。

淳熙二年，江南多处大疫，经年不止，有聂家女名栖云者，奔走数地，以金针活人无数。因其面有瑕，人称"疤面观音"。曾言慕神医当年于桃花盛开之夜，携九尾灵狐同归东海桃花岛，即为其师矣。

饕餮记 貳
百家饭
第二章

· 零 ·

宋紫檀遇到那云游僧人,是在山中的一处小瀑布。

这地点是她精心挑选的。瀑布下有处潭水,潭边的石缝中生着丛丛金银花,采回去晒干,是一味不错的药材。待她回去的时候顺手采上一两把,便能解释她消失的这半日都干了些什么。

阿爹跟小球都只道她是出来采药,只有十四岁的宋紫檀自己知道,她是为了将满肚子无处倾诉的苦恼,说给那一潭沉默的碧水听。

"今天爬树又输给了小球。要是我再强壮一点,个子再高一点就好了。"

她对着潭水叹息,水面忠实地映出她目前的样子:纤细的身材,淡淡的双眉,满头细弱的黄发,无论吃下去多少东西似乎都不长个子。连只有七岁、刚刚开始换牙的弟弟宋小球都跑得比她快,能爬到比她更高的枝头上。

"我跟小球都是阿爹的孩子,为何如此不同?"

其实,要论起长相来,宋小球跟阿爹才是一个模子里刻出来的:一样的浓眉,一样的脑袋,连睡着了之后腆着肚子、没心没肺地伸展着胳膊腿儿的样子都是一样的。唯一的区别只是阿爹更加严肃,整日里脸上都不怎么见得到笑容。

……不，其实也是能见到笑容的。宋紫檀苦涩地想起，如果小球从远处跑过来，撞在阿爹的肚子上，阿爹会伸出手臂，将他高高地举起来。那个时候，阿爹也会淡淡地扯动嘴角。

而宋紫檀只会站得远远的，看着这一幕。每当这个时候，她就会格外地思念母亲。

"昨晚我又梦到了阿娘，还是在那间窗外能望得到好多高楼的房间里，阿娘给我换上新的衣裙，是用鲜艳柔软的丝绸制成的……"

她甚至能清楚地记得，裙边上绣的是一串迎春花。

梦里的世界，跟眼下所处的现实如此不同。她记得那些连绵的青瓦、拥挤的人潮、河上的小桥和天边耸立着的佛塔。那该是座城市？

便是在此时，一个年轻男子的声音响了起来："这么说，姑娘是在为此事烦恼？"

那声音如此清越，刚好盖过了瀑布的水声。她才发现水潭里多了一个人的影子——云游僧人打扮的男子就站在对面，正在将斗笠取下来。

被听到了——刚才所有的牢骚、抱怨、小心事，居然全都被一个外人给听去了！

宋紫檀又羞又恼，恨不得一头扎进水潭里，她赶紧站起来："你是谁？不不不，别告诉我，我也不想知道，这个地方我也不会再来了！"她扭头就走，想了想又回头警告，"别跟来，别跟任何人说你见过我！"

年轻的云游僧倒是没有追上来，他只是双手合十，念了句佛号道："姑娘身处迷幛之中，只差有人点醒。你可曾想过，自己或许并非是令尊的亲生女儿？"

她想过。

吠日村只是苍梧山中一处不起眼的村落，在向阳的山坡上散落着三十多户人家，家家都是猎户。这么一个小村子，人人都认得她，知道她是村长宋远山的长女。这倒是无妨，可她每回在村里走动，都有村里的人，用一种响到几乎是故意让她听到的音量在背后窃窃私语："看，那就是远山家的女儿。"

如果她愤然回头，他们先是被吓得一惊，接着会展开灿烂的笑容，热情得不似作伪，只鼓动着村里的孩子们上前来，往她的口袋里塞各种稀奇古怪的东西——新发的笋壳、从山下换来的珍贵鸡蛋、花纹特别的鹅卵石、各色各样的花朵……

一天两天也就算了，整整七年，她再怎么年幼，也该猜出些这些礼物背后的意思了——他们在同情她。

但他们，又为什么要同情她呢？

这个疑问，曾经无数次地从她的心海内浮现上来，却都在成形之前，叫她生生按了回

去，连想一想都觉得对不起阿爹和小球。

如今却让一个陌生的和尚说出了口。

各种复杂的情绪翻涌而起，她恼怒地问："你凭什么说我不是阿爹的女儿！"

小和尚静静看着她，道："因为我见过你的亲生父母，他们就在苍梧山外，无夏城中。"

"我不信！"宋紫檀咕哝着，却竖起耳朵，等着他的下一句。

"无夏城中的宋氏夫妇，十年前弄丢了他们的小女儿，一直没有中断过寻找。小僧的师父跟他们颇有些渊源，这次听说小僧准备云游修行，特意嘱托我替他们多方留意。我见过宋夫人一面，你跟她生得可真像，她也有这样的眉毛，下巴也是尖尖的。"

果然是这样吗……宋紫檀红了眼眶，仍在强言道："我……我还是不信。"

"小僧也料想是如此。空口无凭，叫姑娘如何信得？"他自怀中取出一件被精心包裹的幼女小裙来——茜红的绸缎上，用金线细细地绣着迎春花。

梦中之物，此刻竟然叫人当面拿了出来，宋紫檀顿时哑口无言。

"姑娘在这村中，过得也未必如意，可愿随我去一趟无夏？"

她伸手，原本是要接那件小裙的，一听他如此说，赶紧收回了手："阿爹，阿爹不会同意的。小球也还得我看顾——"

"啊——"他拖长声音说，"小僧倒是有个法子。"

云游僧拿出来托在手心中的，是一只小小的银瓶。

· 一 ·

天彻底黑下去之后，山林中便亮起了萤火。

它们三三两两地自藏身的树洞、叶下、水间飞起来，越聚越多，就像是一条蜿蜒在林间发着光的河流。原本陷入了黑暗的山林，因此笼罩在淡蓝的微光之中。

忽然就有一只孩子的手，伸进了飞舞的萤火。萤火虫四散奔逃，这孩子只得了把空气，却也不恼，只站在原地，抬了头，呆呆地看了半天，方才反应过来："哇！紫檀姐，你来看啊，这边也有好多银吼（萤火）！"

宋小球还不到七岁，生得虎头虎脑，浓眉大眼，正处在缺门牙的时期。"萤火"叫他吐出来，生生变成了"银吼"。

他唤了一阵，不见回应，回身朝篝火边跑去。蹲在篝火旁边的宋紫檀环抱了双臂，一对纤细的淡眉拧得紧紧的，盯着跳跃的火焰，正在出神。

"阿姐——"

她像是受了一惊，迅速地将什么东西藏到了袖子里："嘘，别吵！"

男孩子喔了一声，学着她的样子在篝火旁边坐了下来。可以他的性子，哪里安静得下来，才眨了两回眼就开口："姐，你说银吼是怎么来的？"

"夫子不是说，是腐烂的草化成的么。"宋紫檀心不在焉地回答。

"可爹爹说，人的魂要是散了，也会化成这山间的银吼（萤火）。要是，要是小球的魂，也变成了银吼（萤火）怎么办⋯⋯小球有些想阿爹了。"男孩子咕哝了一声，紧接着又喊起来，"啊啊啊，又灰（飞）起来了，好多好多！"

宋紫檀捂住了脸："你能，闭嘴，哪怕一小会儿，吗？宋小球！"

她等了一阵，周围果然安静了下来，耳边只剩下林间的细微风声和自己的心跳。宋小球靠在她的身上，双目紧闭，半张着嘴，竟是睡着了。

她咬住嘴唇，默默地望了一阵宋小球毫无防备的脸，终于还是将先前藏在袖子里的东西掏了出来。

拔掉瓶塞之后，带着腥臭的墨水味迎面而来，她不由得捂住了鼻子。

那云游僧说，里面装的，是姑获鸟的血。他还说，姑获是一种生有九个头的怪鸟，最喜在夜间出没，将血滴在小儿的衣服上，再回头将这孩子掳走。但如今在神州大陆上并没有真的姑获鸟，五百年前莲灯和尚镇压黑麒麟时，将姑获族群也一并镇压在莲心塔下了。

这一瓶东西也不是真的姑获鸟之血，只能唤来假的、由他画出的姑获鸟，最多在夜间飞动两下，让阿爹跟村里人手忙脚乱一阵，为了避祸，多半还会将孩子们送出村去。

她瞒着阿爹，以"看银吼（萤火）"的理由将小球带上山来，就是为了能够做成这件事。事到临头，她却犹豫起来。瓶身被她拿在手中，倾了半天，却只是微微抖动。那云游僧再三向她保证，这样做并不会真的伤到小球，可要是，他撒了谎呢？

"阿姐——"小球喃喃地说，翻动了一下，嘴角的口水都蹭在她身上。

这一声吓得她几乎跳起来，银瓶也跟着一晃。瓶中腥臭的液体啪嗒一声，终于还是落在了小球的后颈。身旁的篝火猛地蹿了起来。宋紫檀几乎惊叫出声，紧紧闭上了眼睛——她似乎听到了划破空气的振翅声。

结果却什么都没有发生。四下依旧安静，只是所有的萤火都不知去向。宋紫檀环顾四周，打了个寒战。

"自己吓自己。"她拍了拍胸口，开始晃动小球，"起床了，起床了，回家去睡！"

029

第二章 百家饭

小球还想再睡，揉着眼睛，含糊地应答着，却忽然睁大了眼睛，朝着宋紫檀背后的篝火一指："阿姐！鸟！好大的鸟！"

越蹿越高的火焰上聚集起了浓烟，一只覆盖着黑羽的鸟头从烟雾之中探了出来，它的脖颈之上，项链一般环绕着另外八只头。

在看到宋小球的那一刻，九只鸟头同时发出了长啸，啸声犹如箭矢，直直地插入了宋紫檀的双耳。她只觉得耳中有热血淌下来，却也顾不得擦。

这瓶姑获鸟的血，不是假的吗？！

她当场看到的，那和尚蘸着瓶中的液体，在地上画了只猫崽。那小东西当场便拥有了生命，却抖动着四条腿儿，弱得连站都站不起来。

她只是想乘乱被送出村去，以避祸的机会去无夏看一看啊！

宋紫檀自篝火中拖了根燃烧的木棍，握在手中，将小球的背一推："跑！小球你快跑！"

小球让她推了一个趔趄，再爬起来时满脸鼻涕和泪，扑过来就抱她的腿："阿姐，我不走！"

"宋小球！你到底听不听话！我再也不要你这个弟弟了！"

"我不走！爹说过，我要保负（护）阿姐！"

他总是这样，宋紫檀欲哭无泪。就像今天早上，他明明已经先一步爬到了树上，却又要溜下来，朝她伸出一只小手说，阿姐我来拉你。

她一直朝那姑获鸟挥舞着燃烧的木棒，但她的力气实在是不足，很快便双臂无力。怪鸟得了机会，朝两侧伸展了翅膀，眼看是要俯冲下来。

她弯下腰去，紧紧地抱着小球。千钧一发，却有一枚飞箭自山林中射来，正中最大的那只鸟头，瞬间便将鸟的形体撕裂了。

宋紫檀认出了箭尾黑白相间的羽毛，跌坐在地，哭出声来："阿爹——"

· 二 ·

幸好阿爹及时找上山来，救了他们两个。

宋紫檀满以为这次会得到阿爹的惩罚，可万万没想到，真正受到惩罚的却是小球。

他被罚在屋外跪了一天，好好反省一下没能保护好姐姐，叫她受了伤这件事。

宋紫檀想要替小球申辩，可这次父亲格外严厉，面色阴沉，眉头紧锁，完全不容她插一句嘴。

她很快便得知了父亲面色不好的原因。

第二天夜里，那怪鸟又再次出现，而且不止一只。整整一夜，窗外都回荡着振翅声。

宋远山因此召集了村里的其他猎户，日夜在她跟小球的窗外巡逻。

宋紫檀知道都是自己的错，赶紧将所有事情一五一十地都说了，只隐藏了她怀疑自己不是阿爹亲生女儿的部分，说是自己贪玩好耍，经不起水潭边忽然出现的云游僧诱拐，想要趁机去见识繁华的无夏城。

那只瓶子她也一并交给了阿爹，可阿爹说，瓶中只是普通的墨汁。连同阿爹重新又捡回来的，射中过姑获鸟的箭头，上面也沾的是墨汁。

这么说，这怪鸟果然是那云游僧画出来的？

回家后她就将小球的脖颈擦了又擦，想要洗去当初自己滴上去的东西，可小球的脖子后面是干净的，眼看上去什么都没有。

而姑获鸟，还在一夜接着一夜地出现。

"死和尚，快出来！我再也不信你了，赶紧把那姑获鸟收了！"

宋紫檀悔得肠子都要青了，那和尚却不见了。

她喊了半天，却无人理睬，愤愤地将一块石头朝潭水中扔去。谁知道潭水吞了那石头，紧接着便眼看着水涨了起来，白浪层层翻滚，一直升腾到半空，只听得"砰"的一声，白浪中竟然弹出了一辆牛车，落到了她的身边。

被系在车辕上、跟车一起被弹出来的是一只她从未见过的野兽，长得跟只雪狮子似的。只可惜浑身雪白的长毛浸透了带浮萍的潭水，颇为狼狈。

等一下！这是怎么回事？她只听说过深潭中会生龙，如今这么小的潭……泥鳅成精了吗？

她还在跟那野兽大眼瞪小眼，一个异常熟悉的男声从牛车里传了出来："……钱塘君指的都是什么路啊！近倒是近了，可居然要借道这么小的水潭？差点儿挤进来一车的水！"

宋紫檀瞠目结舌。那欺骗她、教她犯下错事的云游僧，居然只是换了身衣裳，便大摇大摆地再次出现了！他似乎对宋紫檀要杀人的眼光毫无察觉，一把掀开帘子下了车，就开始拧自个儿衣襟上的水。

"啧啧，这可是新做的，花了不少银子呢，都给沾上浮萍了。"他心疼地絮叨，忽然发现宋紫檀呆立一旁，马上凑了过来，脸上是个再和蔼温柔不过的笑，"这位小姑娘，你可知道吠日村该怎么走？"

"秃驴，死骗子！害得本姑娘好苦！"这混蛋居然一脸茫然，宋紫檀气得七窍生烟，过去将他满头黑发一抓，"这假发又是从哪里骗来的？"

"这是真的！小姑娘你别用力啊！"

从牛车里传出了女子清脆的嬉笑声："姑娘，快来看啊，这边有个小姑娘骂咱家常大公子呢。口口声声说他是骗子，还说公子害了她。"

"不晓得是什么时候欠下的风流债。哎哎，这就是长得太帅的烦恼啊——"

声音有两个，几乎一模一样，颇有默契地一唱一和。被宋紫檀抓着的那人不由得眼角抽搐："樱桃、翠烟，一路行来多有辛苦，掌柜的由我来照顾，你俩还是回画里歇会儿吧！"

有一支笔从他袖子中神不知鬼不觉地滑出来，落入掌中，他轻巧地在半空中虚画了半个圆。

牛车里的女声顿时消失，只剩下诡异的寂静。

宋紫檀被这一手略微震了一下，紧接着又想起，这不正好证明，那姑获鸟就是他用这笔画出来的么？

"还不快收了那捣乱的怪鸟？"她接着扯手中的头发，却发现扯不下来，"这是真的？"

他歪着头朝她苦笑："这位姑娘，在下是无夏城天香楼的账房常青，咱们之前……有见过吗？"

"……跟我长得一模一样的和尚？"常青听了一阵她的解释，扶着下巴皱起了眉，"又是那家伙……"

"你们认得？"宋紫檀追问。

相处的时间长了，她也能发觉，眼前之人跟她之前遇到的云游僧，虽然在相貌上几乎无从分辨，但在身体的姿态、神色，尤其是看人的方式上并不相同。

一个略带阴郁，一个却温柔和煦，就好像是冬天的雨云跟晴空中懒洋洋的白云般差异明显。

"岂止是认得，相——当——的熟。"常青拖长了声音，"那家伙是仁兽白泽，可自由变换形体。在下不知何故得了他的青睐，满世界地替他背着黑锅，上一次苦主找上门来时，差点连这只眼睛都保不住。"他抚摸着左眼，略微打了个寒战，"对了，刚才听姑娘说，你是吠日村宋远山宋村长的女儿？"

宋紫檀点了点头。常青严肃地看着她："既是如此，宋家姑娘，恐怕这一次，他是为你而来。"

为我？她满心疑惑。常青还要再说下去，却忽然侧身将她挡在身后，朝一侧的山林问道："谁在那里？"

宋紫檀还要说话，常青却制止了她，只望着阴影之中，面色严肃。他将一根手指放在唇上，示意她噤声，接着回身上了牛车，再次出现时，手中举着只圆滚滚的灯笼，上面写着个"朱"字。

灯笼也浸了水，眼下是熄的。

常青放下灯笼，随手从地上揪了根草。宋紫檀这才看清，他另一只手里竟然抱着个看起来顶多有三岁的小姑娘，却穿着成人式样的齐胸桃襦，双眉之间也学了大人的样子，点了朵桃花。

这家伙看起来年轻，女儿却已经这么大了吗？

宋紫檀想着，又见他将那小姑娘朝着灯笼举了起来，接着用草叶挠了挠她的鼻子。小姑娘本来昏昏欲睡，一双金眼半睁不睁的，叫他一挠，立刻打了个喷嚏。几点火星随之喷了出来，落入灯笼之中，顷刻间光芒大涨，将他们周围方圆数十丈的阴影都照得无所遁形。

"此乃饕餮金焰，可破阴霾，除邪瘴——阁下还是主动现身的好！"

有一人迎着光亮应声而出，朝他恭敬地行礼："常青公子，好久不见了。"

"阿爹？！"宋紫檀一惊。

常青松了口气："远山君，多年不见，别来无恙？"

宋紫檀还未回过神，就见阿爹严肃庄重道："都是托公子的福。当年幸得公子庇护，将我们一路护送到苍梧山，找到此处藏身之所。七年来还算是平静，只是没想到连这里也被白泽发现了。"

"我家掌柜的也知道事情紧急，一接到传讯，立刻着我驾车赶来，可是要请她再次制作百家饭？"

"是。"宋远山回答，他也望见了常青怀里还在打呵欠的小姑娘，"不过，朱掌柜这是？"

"背着我偷喝了些酒，耍了阵酒疯，跑出去在荒郊野地睡了一夜，又感染了风寒。就成了如今这个样子。"常青摇头叹气，"什么时候才能让人省点儿心？"

三

宋紫檀听山下来的游商们提起过无夏城中的天香楼。据说，它就建在莲灯和尚所化成的莲心塔对面，乃是家远近驰名的食府。掌柜的名唤朱成碧，做得一手好菜，却懒得出奇。

在她的想象中，这位掌柜的怎么也得是位徐娘半老、风韵犹存的少妇，却怎么也没想到，其真身居然是个还在吃手的幼女，头顶上还盘着两只袖珍的小角，被常青抱在怀里，睁着双金眼好奇地朝四周望着。

……这样也能做饭？不会掉到锅里去吗？

说起他俩带来的这口锅来，却也颇为少见——其外形是口三足的青铜鼎，倒入山泉之后，其下无需架柴生火，便可自动地沸腾起来。

听说要做百家饭，整个吠日村都惊动了，全村人都围在了那青铜鼎的旁边，秩序井然地排着队。无论男女老幼，个个都在手中握了把珍贵的白米。常青手中举着一只袋子，另一手托着朱成碧，让她将各人手中的米一家一家地嗅过去。

若是那幼女两眼发光，说一个"饿"字，他便点点头，打开袋口，叫这位村民把米放进去。这人多半欢喜得难以自禁。可要是朱成碧皱起眉头，打了个带火星的喷嚏，这把米就会被拒收，拿着米的人肩膀瞬间就垮了，哭丧着脸离开。

可宋紫檀发现，过不了多久，被拒绝的这位又会出现在队伍的最后，手里捧着新的米。

吠日村里百十来号的村民，无一例外都是猎户，不事耕种，所以这些白米是跟山下上来的游商用猎物换的。平日里家家都舍不得吃，只有过年过节，会拿出来做一做祭祀神灵的米糕。

如今看他们如此慷慨，宋紫檀竟然有些不太习惯。不过她很快又再想起来常青的解释："掌柜曾说过，百家饭的关键，在于要用从一百个人手中，心甘情愿交付出来的米，带有每一个人的祝福，制成之后，方有驱除邪祟，令天地重回清明之力。"

剩下的，他没有再说，但宋紫檀知道，姑获鸟这样的妖兽，即使在通天引断绝之前，妖兽与人类共存之时，也算得上是妖兽当中的邪祟。

眼下她只希望这由全村人的祝福制成的百家饭，能够驱逐骚扰村子的姑获和那潜伏在暗中不怀好意的白泽。

还在这样想着，常青手中的袋子就伸到了她眼前。

"我？"

"没错，这村里的每个人都献出了一把米，你呢？你可有什么愿意心甘情愿地献出来的吗？"

宋紫檀大窘。家里的米本来就不多，最后一把，刚才已经让阿爹率先第一个献出去了。

"我，我没有什么能给你的了……"

"是么？"常青意味深长地道，"好好想想，总会有的。"

金眼的小姑娘从他怀里探出头来，一眨不眨地盯着她："饿。"

"乖，这个不能吃。硌牙。"

这么高的评价真是谢谢你啊……

朱成碧一听说不能吃，立刻露出嫌弃的表情，转身把头埋在常青怀里，再不想看宋紫檀一眼。

"对了，宋家姑娘，你有没有发现，这村里的人，特别喜欢你？"常青拉家常一般地随意说着，"他们是不是一见到你就忍不住欢喜起来，总想给你些什么礼物？"

"你，你如何知道？"

被套话了。宋紫檀咬住嘴唇，正待要否认，却听见阿爹的声音从身后传来："紫檀，我有话要跟你说。"

宋远山挺直了脊背，在女儿面前正襟危坐，整个人好似一座沉沉的山脉。

"我们之前确实是住在无夏城中，你梦中所见过的佛塔、高楼，还有你娘，都是真的……"

宋家原本是无夏城中的古董商人，日子过得还算富裕，可七年前，不知何故，忽然受到了姑获鸟的袭击。那是跟这次一样，由腥臭的墨汁所化成的怪鸟。虽然天香楼的朱掌柜和常青公子应声赶来，用百家饭逼退了姑获鸟，可宋紫檀的娘还是在这场灾祸当中去世了。宋远山带着儿女，躲进了苍梧山。

"是我的疏忽，如果我早些告诉你真相，而不是绝口不提，那云游僧也不会这么容易便诱拐了你。"

宋紫檀的眼圈红了。自她带小球上山以来，阿爹并没有责骂她，但他此刻说的话，比直接的责骂还要让人难过。

"阿爹，是我错了，求你让我见一眼小球……"

"我让村里人送小球出去避祸了，姑获鸟的目标是他，留在村中，只会拖累你。"宋远山面无表情、斩钉截铁地道。每次他用这种语气说话，宋紫檀就知道，再也没有商量的

余地。

"不过,我也知道你一个人会寂寞。正好近日上山得了只小狗,就让它陪陪你吧。"他将一只半岁左右的小黑狗放在了地上。它浑身的绒毛还没有褪尽,朝她拼命地摇晃着尾巴,两眼晶晶亮。

居然,很像小球。

宋紫檀用几件旧衣服给小黑狗搭了个暖和的窝,将它放在自己的床头。到了夜里,小黑狗睡在里面,一起一伏地打着细小的呼噜,宋紫檀却睁了双眼睛,望着床帐,怎么也睡不着。

小球那家伙,半夜最喜欢踢被子,自己倒是伸着胳膊腿儿,睡得四仰八叉,浑然不知,每次都是宋紫檀半夜起来给他重新盖上。

如今,也不知道他身在何处,有没有踢被子?会不会着凉?

宋紫檀愁肠百结,一转眼看见床头的小黑狗,腆着只覆盖了白毛的小肚子,伸着四条腿儿,也正睡得四仰八叉,不由得伸了手,拖过一旁的旧衣,要给它盖上。

这动作惊动了小狗,它飞快地翻身起来,发现是她,立刻晃着尾巴,舔着她的手背。

宋紫檀索性将它抱了起来,问:"常公子说,白泽是为我而来,他还说,我总能有东西献给他的,可我能有什么值得他们看上眼的?"

小狗睁着黑亮的眼睛,无辜地看着她。

"也不怪爹不让我见小球。出了这种事,小球肯定恨死我这个当姐姐的了。他肯定再也不会理我了。"她苦恼地抓着自己的头发,"啊啊啊,我该怎么办——"

见她如此,小黑狗也团团转,发出焦急的呜呜声。

就在此刻,窗上忽然传来动静,就好像有人在轻轻地叩动着窗户,想要进来。

"小球?"

宋紫檀欢喜起来,跑过去,将窗一推,探头出去。可外面什么都没有,只有树影晃动,风声隐约呼啸。

她失望至极,慢吞吞地要关窗,忽然见一旁的小狗翕动着上唇,喉咙里发出低沉的咆哮。

"怎么了?"

四周明明如此安静,除了风声,听不见其余的任何声响。宋紫檀忽然意识到,被阿爹安排在窗外守卫的人们呢?他们怎么可能连一丝声响都没有?

她飞快转身便要关窗,可几乎就在同一个时刻,窗棂上出现了带着翅膀的阴影,越来越大，越来越近。

小黑狗蹿到了她的身前。明明是那么幼小的一只黑狗，却努力竖起了背毛，用尽全力吠叫着。

那阴影竟然像是有所忌惮，重新消失了。

宋紫檀跌坐在地，才发觉自己竟然在瑟瑟发抖。小黑狗过来，伸着温暖的舌头，一点一点地舔着她的脸。

"阿姐，你别怕。我已经长大了，我是男子汉。"

她的脑海中响起了话语声。

"阿爹说，姑获只怕黑狗。我会保护你的。"

……小球？宋紫檀满脑混乱。小球为什么会在这里？小球是只狗？！姑获鸟想要的不是小球吗，为何需要保护的人是她？

下一刻，她面前的窗户猛烈地爆炸开来。

宋紫檀只觉得胸口受了重击，整个人都朝后飞了起来，拦腰撞到床上。她一口气喘不上来，喉头腥甜，眼前发黑，几乎昏死过去。过了好一阵，她才缓过劲儿来，重新又能看清眼前的情景。

她曾在山上见过的恐怖怪鸟已经闯进了室内，比她当初所见的形体，更加巨大。它扑打着翅膀，反反复复想要向她扑过来。

而那只幼小的黑狗，正在一步一步朝前走去，每一步都坚如磐石。它的脊背高高耸起，从中间开裂，体形增长，成为一只牛犊般大小的黑狗，交错的犬齿间流淌着唾液。

"阿姐快跑！"

小球的声音在脑海中响起来。满是痛楚。

·四·

宋紫檀整个人都呆住了。

她见过这样的黑狗！是的，她之前怎么能忘记呢？

她太过于出神，以至于没有察觉，这屋里还有第二只姑获鸟，已经到了她的面前。尖利的长喙在空中闪过，如同悄无声息地收割的利刃。

她只觉得胸口传来轻轻的"铛"的一声，姑获鸟的长喙只刺穿了她些许皮肉，便碰到了某样坚硬的物体。剧痛只持续了短短一瞬，紧接着便是一波接着一波的震动。

然后,她的胸口开始放射出光芒,随着那震动,一波一波地朝外传去。

啄中她的那只姑获鸟惊慌失措。它想要抽出喙来,却被紧紧地吸附住,只能叫那一波一波的光芒给生生地撕裂,坠落在地。

只是黏稠的墨汁而已。

宋紫檀捂着胸口,她双膝发软,随时能倒地。

"等一下,等等,不能昏倒,小球……"

屋里已经重新安静下来。遍地都是由掉落的羽毛溅成的墨汁,阴暗当中,她一时找不到小球的踪迹,只知道那只姑获鸟盘踞在床帐顶端,嘴里不知叼着何物。

"把小球还给我——"

接着,她看见了萤火。

无数细小的、昏黄的萤火,从姑获鸟叼着的那只幼小的黑狗身体里飘散出来。它们绕在她的身边,留念地盘旋了一阵,便从碎裂的窗户飞出去了。

姑获鸟的形体渐渐融化,重新恢复为墨汁。那只幼犬从帐顶掉落下来,宋紫檀扑过去,将它软绵绵的身体接在怀里。

在宋紫檀逐渐由昏暗变为黑暗的视野里,它浑身冰冷,蜷缩着四肢,一动不动。

虽然尽了最大的努力变形,但说到底,它毕竟只是连绒毛都没有褪尽的小狗罢了。

宋紫檀再次睁开眼睛时,看到的是宋远山的脸。他将她的头枕在膝上,低着头,默默地看着她。

这个角度,让阿爹刀砍斧削一般严肃的脸,也带了些许柔和。

"阿爹,我刚刚忽然想起来一件事情。"

失神的那一瞬,她重新成为了七岁的宋紫檀,被梦中温柔的母亲牵着手,在楼宇间奔跑,头顶被楼房分割的天空中,不时闪过不祥的黑影。

母亲忽然倒下,她哭着想要重新拽她起来,却没有成功。九只头的怪鸟停在她面前,得意地朝她逼近,尖利的长喙刺穿了她的胸口。

——那个时候,明明是该死掉的吧?

可再睁开眼,身侧便是温暖的身体,她伸手抚摸,触到的是带着丝绸般光泽的黑毛。巨大的黑狗舔着她的脸将她唤醒,它的腹侧是深浅不一的伤口。

跟阿爹腹侧的旧伤痕是一样的伤口。

跟用小球的声音信誓旦旦地说要保护她的小狗是一样的黑狗。

"阿爹,那是不是你?"

宋紫檀等着答案,她牙关紧咬,全身都在发抖。宋远山用手掌盖住了她的眼睛。

"从今往后,不能再叫我阿爹了,小主人。"

宋远山原本姓盘,是盘瓠之国的贵族。

盘瓠国在西南的深山当中,是高辛帝的公主和天降鳞狗所生的后裔,国中子民皆为犬头人身,而贵族则能完全化为人身,只在需要时,重回犬形。十多年前,老盘瓠王去世,贵族们为争夺王位开始了混战,盘远山不愿参与其中,便带着几十名追随者远离西南,进入了中原。

谁知道即便如此,也未曾远离争斗,他与追随者一离开盘瓠国的范围,便发现自己中了诅咒——只能维持犬形,无法重新现出人形。

"我带着子民,一路颠沛流离,经历过饥荒、洪水,与野狗群混战,等到达无夏城,我身边剩下的人,不到来时的三分之一。"

但宋家收留了他们。也不多,只是府内众人平日里剩下来的一碗饭,一处能够遮风避雨的屋檐,一声略带亲昵的呼唤,一只挠在头顶的手,仅此而已。却是雪中的炭。

"自那时起我便暗中下了决心,此番恩情,将来必定要有回报的一日。"

姑获鸟的袭击,几乎毁掉整个宋家,机缘巧合的是,朱成碧为了驱散姑获鸟而制作的百家饭,也去掉了盘远山和盘瓠国民们身上的诅咒。他们终于可以自由地化出人形,可宋家人均已死去,只有一个孤女活了下来。

"多年来看护不周,还请小主人原谅。此处已经不再安全,我已经安排好车队,立刻送你回无夏,在朱掌柜的天香楼中,可暂避一时……"

这信息量委实不小,宋紫檀的脑中一阵接着一阵地发蒙,她刚发现,自家阿爹和弟弟都有可能是黑狗,接着就被告知,阿爹其实不是阿爹,弟弟也很有可能不是弟弟。

对了,小球被姑获鸟啄中了!

"小球……小球呢?"她立刻翻身起来,发现昏迷不醒的幼犬就躺在离她不远的地上,她过去将它抱起来,焐在怀里,"阿爹,我看到萤火,从小球身体里飞出来,那是什么?"

宋远山叹了口气:"那是他的魂魄。姑获鸟天生畏惧黑狗,但我们若是被它啄中,也一样会受伤。魂魄被击散,如果不能在三日内重新聚拢,就会一直这样睡过去,直到死去。"

阿爹的声音，什么时候变得这样冰冷过？

"他是我的亲生儿子，却护主不力，有这样的结果，也是咎由自取。"

"三天……对的，阿爹，我们还有时间，你得想想办法……"

"来不及了，姑获鸟随时可能再回，车队已经准备好，我们明早天一亮就出发。"

"那小球怎么办？"

"时候不早了，小主人，还请早点休息。这次我会亲自守在外面，不会让姑获鸟再惊扰到你。"

宋远山朝她僵硬地鞠了一躬，退了出去。

宋紫檀独自环抱着双臂，只觉得浑身发冷。

她果然不是阿爹的亲生女儿，难怪她跟阿爹一点都不像。可这个并不是亲爹的阿爹，现在却要放任亲生的宋小球去死。这么些年来，她一直怀疑，一直在暗地里嫉妒小球。如今却恨不得能一口咬死自己。

昏迷的幼犬还在她怀里，它那么冷，沉甸甸的，就好像一块冰。

她焐了半天，却怎么也焐不热。

宋紫檀的眼泪一滴一滴地落下来，掉在幼犬身上。

就在此刻，她的胸口重新出现了光芒。虽然微弱，却随着她的心跳，一次一次地波动着。

·五·

"常公子，你之前曾说过，百家饭制作好之后，可以驱散邪祟，赶走姑获鸟。那，那些被姑获鸟所伤、魂飞魄散的人呢，百家饭是否也能唤回他们的魂魄？"

宋紫檀趁着天黑，瞒过守在门口的阿爹又一次偷偷溜了出来。眼下她站在门口，怀里抱着只软趴趴的黑色幼犬，面色不善。

常青看了看朱成碧，她微微眯了眯眼睛，点头。

"可以。"他颇有些迟疑，"但如今的百家饭仍是不成，还缺一样……"

"一样什么？"宋紫檀轮流看着他们两个，"你之前问我要的东西是什么？那姑获鸟对我穷追不舍，害得小球被击散了魂魄，它想要的东西究竟是什么？"

她胸口不住起伏，是气急败坏的样子，却有丝丝光泽在泄漏出来，一时明亮，一时又暗淡下去。

常青望了一阵，终于还是叹了口气。

"仍是不成。"他最终说,"眼看时机未到,宋家姑娘,你若真想知道,不如去问令尊……"

"我爹已经把什么都告诉我了!盘瓠国的事,他不是我亲爹,连小球也是只黑狗,我们全村都是黑狗村的事情!"

宋紫檀到了此刻,才开始慢慢反应过来。难怪全村的人,从老人到小孩,都那么喜欢她,总是想要送礼物给她,其最终原因,是因为她是这里唯一的人类小孩!

那种对人类天生的喜爱,对人类小孩天生的照顾之情,对他们来说,是根植在血脉当中的吧。

"既然如此,我也不瞒着你了。你怀中这只便是小球吧?它眼下这个样子,你必定心急,但定魂碗不出,百家饭无法成功,你着急也没有用……"

"定魂碗?那是什么?"

常青被噎了一下:"你不是说你爹把什么都告诉你了吗?"

"谁让你之前套我话?"宋紫檀面有得色,"快说,定魂碗是何物?"

"啊,那是小僧多年来,梦寐以求之物。"忽然在头顶响起带笑的话语,忽远忽近,不知来源。

是那云游僧!

宋紫檀尚未来得及反应,就叫常青往怀中一拽。他从袖中滑出笔来,另一只手将她的后脑捂在自己怀里。她紧闭着眼,抱着小球,耳畔只听得风声大作,一时是野兽咆哮、振翅之声,一时又是群犬狂吠、树叶应声摩擦之声,犹如狂风暴雨一般。也不知过了多久,才慢慢地歇了。

她只闻到一股淡淡的血腥,抱着她的那只袖子渐渐地湿了,力道却依然未减。

"好小子,倒是将她护得紧,只可惜,这次你护错了对象,我本来就不是冲她而来的。"

宋紫檀贴着常青的胸口,能听到他的心忽然狂跳起来。她挣扎着扭头,便见一只姑获鸟悬在头顶,利爪之间抓着的,却是朱成碧。

她那双金眼悬在半空,遥遥望着他们,接着毫无紧张感地打了个呵欠。

"定魂碗不能强行取出,否则必定会碎裂,只能等着这丫头心甘情愿地献出来——我且不论你用什么法子,天亮之前,用定魂碗来换这只饕餮。"

云游僧的声音渐渐远去,姑获鸟伸展翅膀,连同朱成碧一起,融入了黑暗当中。

常青将宋紫檀一松。他持笔的那只手微微下垂,蜿蜒的血迹沿着手腕一路滴落下来。

宋紫檀想碰，却叫他微微偏转身体，不着痕迹地躲开了。

"到了如今这个地步，定魂碗为何还不出？"

宋紫檀听他的语气，似乎对她有埋怨之意，但她丈二和尚摸不着头脑："我……"

"定魂碗不能出！"

他们周围，犹如被无数利刃刮过，一片狼藉。只有那只煮着百家饭的鼎尚且完好。一只水牛般大小的黑狗踩着满地的碎片走了过来，拳头大小的黑眼望着她。

"小主人，你得答应我，不能出定魂碗。你曾被姑获鸟伤及魂魄，那碗在你胸口，是稳定魂魄所用，若是取出，你不出一时三刻，必死无疑。"

黑狗朝她靠得更近了些，轻嗅着她的脸。

猛兽如此温柔，像是在小心翼翼地嗅着朵蔷薇。

"紫檀，女儿……"她阿爹的声音在叹息，"你是宋家最后的血脉。离开这里，忘记我们，重新寻找你自己的生活。这样，至少吠日一村，不曾白死。"

宋紫檀的手臂上滚过了寒战，这句话是什么意思？发生了什么？

黑狗闭上了眼睛。

无数晶莹的亮点从他黑色的皮毛底下飞了出来。

"阿爹——"

窗外，躺着更多的黑狗。几乎是每走一步，都有黑狗，倒在通往这里的路上。为了阻挡由白泽所召唤而来的姑获鸟群，不让它们接近宋紫檀，吠日村付出了惨重的代价。昏黄的萤火从他们体内散发出来，汇聚在一起，就像是无数坠落的星辰。

宋紫檀冲出来的时候，只来得及望见它们消散的那一刻。

七年前，无夏城中的古董商宋家，得了一只据说是从唐朝国师段清棠墓中流出来的玉碗。这碗虽说算是文物，却也没有价值连城，宋紫檀的父亲一开始并没有予以重视，直到天香楼的朱成碧破天荒地登门拜访，请他借此碗一用，她好制作百家饭。

宋父这才知道，玉碗是用定魂玉制成的，有安定魂魄之效。可谁也没有料到的是，白泽竟然也想要这只碗。

紫檀的父母都因此丧生，年幼的她也同样受到了袭击。被姑获鸟贯穿身体的那一刻，如果不是赶来的宋远山用定魂碗固定了她的魂魄的话，她是真的应该死去的。

"你身体一直孱弱，便是因为魂魄不稳。"

常青潦草地解释着。他一直低着头，尝试着重新操纵那支笔，可他手腕颤抖不止，必须要用另一只手扶住，才能勉强固定。

"大家全都……"宋紫檀抱着她爹的脖子，呆呆地坐在原地，"全都是因为我……"

你又有什么可以献出来的吗？常青曾这样问过。

她的家人为她付出了那么多，可她从来都不曾知晓，只觉得烦恼，却从来没有想过，自己能为他们做些什么。

她心中犹如火烧，身体却冰凉，一时间，只觉得胸口一波一波地鼓动，重又放起光芒来。

常青猛地回头，可那光芒最终还是消退下去："罢了。你还是走吧。"

"总有办法的，常青公子，你有生花妙笔，神通广大，你一定会有办法救回朱掌柜的，还有我爹，还有小球——"

她一提朱成碧，常青的脸色越发难看了。他腕上的血已经流向了笔尖，竟然开始被那支笔吞吃进去。

整个笔尖都开始变得血红。

"没错，我得将她找回来。谁叫我欠她的银子太多？不过，吠日村的人就未必了，你还是听你爹的，赶紧离开吧。不过是一群缠人的狗罢了，也值得你拿命去赌？"

宋紫檀全身的血都汹涌起来："你说什么？"

"那定魂碗，一旦进入血肉，就必须要拥有者心甘情愿，方能自动浮现。他们为你献出了一百把白米，献出了祝福，成了这百家饭，如今，甚至为你献出了魂魄。"

常青冷笑："可定魂碗至今毫无动静——可见你当他们不过是一群狗罢了，说不定此刻你心中，正在暗自庆幸，终于解脱枷锁，重获自由呢！"

"你胡说！"宋紫檀握紧了拳头，"谁允许你说他们是狗！他们才不是狗！"

她想起村里的孩子，被大人推搡着上来，朝她怀里塞来的鸡蛋和花朵；想着老得没有一颗牙的老奶奶，只要一看见她，就会露出空荡荡的牙床笑起来。还有阿爹，小时候她学写"犬"字，总是忘记最后那一点，是阿爹亲自握着她的手，一笔一画地教她。然后是小球，总喜欢吊在她腿上，害她一步都走不动……

人总是要到无一所有之时，才知道自己本来曾经拥有过一切。

"那是我爹，是我弟弟，是我的老师、阿伯、姨娘，是我奶奶——你怎么敢这么说他们！"

她胸口一阵剧痛，但也让愤怒给生生盖过。那痛楚在她血肉之中逐渐浇筑、成形，散发出强烈的光芒。

自那光芒深处，有一物缓慢成形，逐渐浮现出来。常青目不转睛地看着，伸手接住——是一只通体洁白、光华流动的玉碗。

"如今，这百家饭才算是真的要成了。"他弯着眼睛，朝她微笑，"宋家姑娘，之前多有得罪，还望海涵。"

"……你方才是在激我？"

"谁让你套我的话？这下算是扯平了。"

·六·

宋紫檀行走在深夜的山林之中。

她不觉得寒冷，也不觉得黑暗。她双手捧着只散发着光芒的玉碗，它犹如火炬，温暖着她，里面一粒粒晶莹的白米，饱满欲滴，就跟用玉石雕刻成的一般。

望着它，便觉得平安喜乐。连胸口一阵接一阵的痛楚，也可以忽略不计。

她最终止步之处，便是当初带小球看"银吼"的地方。这里能俯瞰整个山坡，也是能看到最多萤火之处。

按照常青教她的方法，她凝神静气，接着将晶莹的米粒抓在手中，弹向半空，同时唤着吠日村村民的名字："吴家阿伯、李家阿娘、岑夫子，回来吧。"

树叶之间，青石之下，开始有点点的亮光，朝她汇聚过来。但山林间风声更响了，阴影汇聚成了无数翅膀，高高升起，带着九只头，朝她扑下来——而她不闪不避，连眼睛也不曾眨过。

阴影在碰到她之前，就被那只玉碗的光给逼退了。

这是一百个家人给她的祝福，一百次的心甘情愿，一百次的付出。

庇护在身，她又有什么可怕的。

常青站在一座吊桥的一头。

这吊桥眼看是年久失修，桥板都是破破烂烂的，吊绳上也生满了青苔。

吊桥的另一头，站着戴斗笠的云游僧。

不说话的时候，他俩看起来几乎一模一样。

"定魂碗终于出了，不枉我等了这么久。"

"定魂碗虽然出了，却不是为了你。"

两人同时开口，说的话却大相径庭。

"你让那小丫头带着碗去招魂,自己到这里来,以为能拦住我。"

"若不是掌柜的沿途留下记号,我也没有那么容易能找到你。"

云游僧点着头:"好学生,可你要如何才能阻止我呢?让我猜猜,此刻你的袖子里藏着的,不会正是我四千年前画给黄帝的精怪图吧?"

"赵三哥、阿六、郝奶奶,回来吧!"

宋紫檀的眼中,开始涌出了泪水。因为她看到,那些聚拢过来的萤火,开始拼凑出形状——一只接一只的狗,将她围在中央,节奏一致地摇着尾巴。

她用袖子擦了擦眼泪,赶紧抓了碗里的百家饭,一口一口地喂给它们。米粒被无形的舌头舔走了,消失在虚空当中。

隐约有细小的爪子抓她的膝盖。宋紫檀朝下一望:一只萤火组成的幼犬抬起了前爪,巴巴地望着她,跟她讨着米饭。

"小球!你回来了!"她的眼泪终于掉了下来,"对不起,对不起!"

她反复道歉,直到全身发起抖来,站都站不住。

常青握紧了手中的笔。

他的右臂伤得严重,如今只能用左手作画,要想成形,必须是再熟悉不过的事物——必须是,暗地里不知道观察了多少次,在心中默默地描画了多少次,直到烂熟于心,闭眼也能画出的事物。

他竟然真的闭上了眼睛。

白泽的笑声还在回响:"让我猜猜,你会画什么?你能画的每一种妖兽,我都能做得比你更好——穷奇?赤豹?貔貅,还是狰?"

每说一种凶兽的名字,常青的耳畔便多增加一种咆哮声,它们被白泽用自己的血赋予了形体,从他挥洒出来的墨汁当中升腾起来,尖牙利齿一起划破了风,气势汹汹兜头而落,想要将他灭顶。

可直到最后一刻,他才睁开了眼。

"是么,我这里有你从未见识过之物。"

他虚抬左手,笔尖流淌出鲜红的线条——虚空当中,只是寥寥数笔,却是神形兼备。

金眼的双髻少女重又站在他眼前,惊讶地睁大眼睛,接着朝他欢喜地笑起来。白泽绘出的猛兽已经袭到她的后脑,却在半空中撞上了一堵墙,紧紧地贴在了上面。

那少女回头看了看它们挤成一团的羽毛跟鳞片，叹了一口气："饿。"她耸了耸肩。

宋紫檀全身颤抖，已经无法站立，只得跪倒在地。

小球紧张起来，伸着舌头想要舔她的眼泪，却发现舔不到，只急得呜呜叫起来。

定魂碗离开身体之后，常青在她面前伸出了三根手指："三刻，这是你能离开定魂碗坚持的最长时间。能唤回多少人，全看造化。不过，听我一句劝，如果全身发寒，双眼模糊，便放弃吧。"

岂止是双眼模糊，她已经看不清东西，连手中的玉碗，都一会儿变成两个，一会儿又恢复成一个。

要放弃吗？可她还没有找到所有人。阿爹，她还没有唤回阿爹。

宋紫檀重新站了起来。每挪动一寸，都消耗着她仅存的体力，但她仍然是将那碗百家饭高高地举过了头。

这是我能为你们做的事情。只有这么一件，小小的事，但却是我拼尽全力，所能点亮的、最亮的灯火。若你看到，若你知晓，请你回来。

"魂兮归来，魂兮归来！"

阴暗的山林之中，刹那间，光芒四射。

金眼的少女张开了嘴。那嘴越张越大，边缘遍布利齿，内里竟然隐约有星光闪烁，犹如一面罩下来的幕布一般，将她跟常青面前的妖兽一裹。

顷刻间，原地便只剩了烟尘。

她打了个嗝，喃喃道："不好吃。还是饿。"

接着扭过头去，一口咬在了山壁上。这一口几乎撕扯下来半边山壁，顿时激起了山崩，一时间泥流滚滚，石砾飞溅，朝立在吊桥旁边的两人席卷而下。

宋紫檀躺倒在地，正在失去意识。

最后残存的一点触感里，似乎有巨型的野兽，在她耳畔嗅着，舔着她的脸，想要将温暖传递给她。

"阿……爹……对不起，对不起。"她奋力想着，可再也睁不开眼睛。

重新成形的黑犬们围成一圈，朝着圈子内部低着头。那个唤他们的名字，将意识和身体都重新还给他们的少女躺在中央，胸口的魂火已经完全熄灭了。可最大的那只黑犬还在一遍一遍，耐心地舔着她的脸。

幼小的黑狗在旁边呆呆地坐了一阵，接着好像想起了什么，它也靠了过去，张开嘴。有一颗细小的"银吼"飞了出来，撞上少女的胸口，"砰"的一声，便熄灭了。

它像是不肯放弃似的，接着张开嘴，吐出了更多萤火般的魂火，朝着少女的胸口汇聚而去。其余的黑狗像是得到了启发，纷纷张开了嘴。

既然萤火是散落的魂魄，那么，如果聚集足够多的萤火，是否能够重新点燃熄灭的魂火？

一百个的祝福，一百朵萤火，渺小的力量，最终汇聚成一朵拳头大小的火焰，在无数双黑眼睛的注视下，落入已经冰冷的少女的身体。

它们等待了很久，久到皮毛上都聚集起了露水。

直到少女终于猛地一颤，重新开始了呼吸。

·七·

石流挟裹而来，常青想退，却发现身后就是深渊。

唯一值得欣慰的是，他之前已经望见：对面的云游僧试图跃起登上一只姑获鸟的背部，然而那只姑获鸟却在半空中被人斩成了两截，导致他重又掉落回石流之中，被挟裹着，坠入了桥下的深渊。

虽然白泽未必能这么容易便被消灭，不过，总也算是拖了个垫背的。他乐观地想。这一松懈，原本还在啃着山壁的假朱成碧一愣，瞬间便消散了。

此时石流已经寸寸逼近，他再无容身之地，干脆扭头，朝深渊中一跃而下。

不出他所料，那斩断姑获鸟的人踩在崖壁上，朝他弹了过来，在半空当中，将他一抱。

她盔甲上的红缨鲜艳夺目，扫在他脸上。带红妆的金眼近在咫尺。

"呃——"虽然早就料到，但真的见到和料想完全是两回事情。朱成碧的风寒未愈，但她如果要跟白泽的姑获鸟抗衡，就得化出饕餮将军来。而此刻他才后知后觉地想起来，他一向比较擅长对付朱成碧，却不太晓得如何应对饕餮将军。

"刚才那是什么？"她带着他在崖下寻了处凸起的山石，以躲避那还在滚滚而下的石流。

常青没来由地一阵心虚："那，那是我画的你……"

"你？"饕餮将军皱起了眉毛，打量着他。

喂，只是风寒而已，不会失忆吧？

"我想起来了。"她点点头，将右手的长刀翻转过来，紧贴着他的耳朵，插入了山壁。

"段清棠。"她贴着他的耳朵，低低地吐出一个让他完全猝不及防的名字，"汝为何在此？"

　　常青只觉得胸口一甜，几乎要喷出一口老血来。可他还没来得及发作，饕餮将军便打了个喷嚏。他眼睁睁看着她在一阵烟雾当中，恢复成双髻少女的模样。

　　"汤包，原来你在这里！"她过来揪着他的衣襟，眼泪汪汪，"为什么这些姑获鸟一点儿也不好吃，全是墨水味儿！跟我之前在蓬莱吃的叫花姑获完全不一样！"

　　"……除了吃你还知道些什么！！！"

　　绍兴五年，无夏城富商宋某得唐时玉碗，趋之者众，许以高价，宋持碗不出。时人不齿，或言其欲以奇货居之。九月初三夜，九头怪鸟袭宋府，府中无人生还，碗亦不知下落。数年后，有人于苍梧山见少女持一碗，夜光湛湛，可穿林透室，不知是否为宋家旧物。

饕餮记 贰

杨枝露

第三章

· 零 ·

少年在夜间急急奔跑，穿过阴森的长廊。

在他手中，是一根即将枯萎的杨枝，只有顶端还残留着最后一片绿叶。他捧着这杨枝，犹如捧着珍宝，满心欢喜，连眉骨上新裂开的伤口，都快要感觉不到疼痛。

长廊两侧的柱子上，盘着蛇形的雕塑，它们吐着信子，自半空中冷冷地注视着他。长廊的尽头，占据了整片开阔的庭院的，是一处被朱砂绘制的封印所包绕的池塘。池边的树上交错着绳索，挂满了一张接着一张的咒符。

他在池边停下脚步，喘息着。察觉到他的到来，池塘中水花翻涌，升起来巨大的身形——竟然是一条足有水缸般粗的白蛇，双目赤红。

"这可是你衷心所愿？"上半身化做人形的白蛇看着他怀里的杨枝，脸色晦暗。

"是。"少年靠前一步，认真地看着他的眼睛，"这是我的愿望，除此之外，再无它求。"

"好一个再无它求！"池塘中水花四溅，蛇尾卷了过来，将少年死死勒住，"竟连你也……亏我还真的……"

少年只觉得肋骨根根剧痛，几乎不能呼吸。白蛇却忽然止住了话头。伸出的右手还悬在空中，手指上已经生出了根根尖利的指甲，那手掌上裹着条手绢，打着拙劣的蝴蝶结。白蛇迟疑了一瞬，缠着少年的蛇身松了些，少年眉骨上的新伤又撕裂了，温热的血流下来，滴落在那蛇身上。

白蛇明显地颤抖了一下，紧接着便生出了蛇牙，咬住右掌上的手绢一撕，然后翻转了手腕，指甲的尖端便朝自己前额正中的朱砂痣插了进去，生生撕开了皮肉。

淋漓鲜血，将白蛇的脸衬得狰狞无比。

少年怀中的杨枝掉落在身侧，最后一片绿叶无声无息地撞在了地面上，瞬间成灰。

· 一 ·

许如卿第一次见到大白的时候，其实被他吓得不轻。

那天他一大早便起了床，梳洗一新，顶着早晨的寒气站在了父亲的院子里。

父亲是许家这一辈的家主，子女众多，许如卿的生母只是个婢子，又已经去世，他在许家虽不曾缺衣少食，却根本就是多一个不多，少一个不少的存在。他甚至疑心那个一年也召见不了自己一回的爹，还记不记得自己的名字。

但这会儿，他却被单独召唤到了书房，说是要"父子亲近亲近"。这在许如卿的记忆中，前所未有。

书房的蓝色棉布门帘纹丝不动。父亲想是还没有醒？他低眉顺眼地站了一阵，终究还是冻得瑟瑟发抖起来。

"你说，咱家那个七少爷，是真傻，还是假傻？"

拐角处传来几个婢子的议论："前些日子，二少爷带着其他几个少爷，不是烧了他上学堂的课本吗？你不晓得，那个傻子只知道愣愣的，哭也不晓得哭一声！"

许如卿默默地握紧了拳头。

"烧便烧了吧，反正他也不会背。上回那个什么诗，不是花了一个月也不曾记下来？我看他是真傻，要不然，为啥还要跟二少爷他们道谢，说什么多谢哥哥教诲？"

"多谢几位哥哥教诲，如卿铭记在心。"他是真的这样想的，也是真的这样说的。更重要的是，如果哭了，只会让那些欺辱他的人更开心罢了，有什么用？他愣愣的，不动，不逃，半天才说一句话。时间长了，围着他的人自然就散了。就像这些婢子的议论声，不也渐渐远去了嘛。

许如卿从口袋里，摸索出一条陈旧发黄的手绢，它被人叠成了长耳朵兔子的形状，

还点了两点红眼睛。他将兔子放在掌心，用另一只手掌盖着，手指一拨，兔子立刻活了起来，耳朵一动一动。

"进来吧。"陌生而威严的父亲掀开了门帘，唤他。

许如卿吓得一抖，来不及收好那手绢兔子，只好捏在手里，跟着他进了书房。

父亲似乎真是打算与他"亲近亲近"，领他进了书房，温和地问："如卿，眼下开了春，你该有十六岁了吧？"

许如卿低着头答道："父亲大人记错了，我是腊月生的。十六岁的是芳卿哥哥。"

情形一时有些尴尬。父亲似乎还想说点什么，但终是作罢，背了双手转身，只吩咐他跟上。许如卿垂着头，盯着他的脚后跟，两人一前一后出了书房的偏门，上了那条两侧的柱子都盘绕着蛇的长廊。

许如卿素来最怕这些冷冰冰的东西，当即吓得加快了脚步，一下子撞上他爹的后背。父亲冷不丁地被他一撞，停下来将他一瞪，许如卿立即整个人都缩小了一圈。

"唉，这一辈怎么就挑中了个傻子？"父亲注视他一阵，叹了口气。

这时他们已经站在了一片池塘旁边，春寒料峭，许如卿脑子里还在想着那些蛇，禁不住打了个哆嗦。父亲发现他双手颤抖、眼神涣散，将他的手拉过来一看："这脏兮兮的是什么？"

许如卿急起来，他一急就不知道该说什么，满头大汗也不成言语。父亲看了这窝囊样子，更是心头火起，随手一扬，就要将那手绢扔进池塘——但却没有成功。

白衣青年出现在父亲的身后，轻巧地夺过了那只脏兮兮的兔子。他眉眼狭长，是极好看的丹凤眼，额前的朱砂痣，红得如同血一般。

"这是什么？"青年将兔子托在掌心，伸手戳了戳兔子的头，带着笑问。

许如卿看了看父亲脸色，觉得应该是在问自己。

"手、手绢兔，是我娘……"他声音越来越小，后面叫自个儿吞回去了。

父亲的声音在耳边响起："这便是我那个不成器的老七。还请重新考虑，代言人的人选能否替换——"

"不。"青年抬起了一只手，止住了许业臻的话，"本大爷喜欢这傻小子。"他俯下身来，笑嘻嘻地打量着许如卿，一根冰凉的手指轻触着他的脸……不，不对！这白衣青年两手都捧着那只手绢兔子，哪里来的手触自己的脸？！

许如卿僵硬地转过脖子，从下方翘起来悬在自己脸侧的，是一根冰凉的蛇尾巴尖儿，还俏皮地冲他摆了摆。

"啊啊啊啊啊啊——蛇啊——"

二

"许家祠堂中供奉着家神"的传闻，在无夏城中其实不算新鲜。

许家祖上原来是镇江府的医官，迁到无夏之后，就做起了药材生意，后来因为生意越来越红火，也开始经营些诸如织造、木材、造船的营生。说来也奇怪，许家无论做哪门生意，都顺风顺水，偶有几次天灾人祸，也都平安度过，就仿佛是有神灵庇佑一般。

许如卿或多或少有耳闻，甚至也有学堂中的同学出于好奇，过来跟他探听虚实。但家神这类的家族秘密，从来就不是他能接触到的。没想到竟是真的，而且，还是条蛇。

许如卿怕蛇，但他也怕别的东西，例如父亲的板子。

总之，被吓破了胆也没有用，他还是被半强迫性地拽过来当了代言人，从此就得住在池塘旁边的屋子里，跟那可怕的蛇妖朝夕相对。给他收拾房间的下人动作飞快，天还没黑就赶紧撤走了，留下他一个人在被窝里哆嗦了一宿。

那蛇却很乖，整整一个晚上没来骚扰他。

第二日早上，骚扰的人才终于出现，却是以老二许芳卿为首的几个哥哥。

"听说某个小傻子交上了天大的好运气，竟然被选中了做代言人？"二哥上下打量着他，语气不阴不阳。

"不过据说，家神的脾气暴躁，不好相处，就你这样的，小心哪天被吃了！"

许如卿原本低着头，一言不发，只等着他们说完。这时一个声音加入了进来，温润俏皮，略带笑意："不不，我不喜欢人肉，人肉不好吃。"

二哥犹在继续道："这家伙从小怕蛇，该不会是，吓得尿裤子了吧？"那声音回道："这倒是没有，不过哭一宿也是可以理解的，差不多每个代言人刚来时都这样——"

终于反应过来的孩子们齐齐转头，那白衣青年趴在湖边的石头上，懒洋洋的，朝他们挥了挥手。

"其实你们几个也不用嫉妒，本大爷也挺喜欢你们的。"他嘴角开裂，蛇牙突出，鲜红的信子伸了出来，又缩了回去，"不如一起留下来喝茶？"

几个娇生惯养的公子哥，哪里见过这等阵势，当即吓得屁滚尿流，哭着回家各找各妈去了。家神大爷朝他们离去的方向望了一阵，回头问："你为啥不跟他们一起跑？"

"……喔。"许如卿呆呆回答。原来还可以跑？

"……你过来。"

许如卿又呆呆地走了过去。家神大爷伸出几根雪白的指头，将他的脸朝两侧一扯，随

即又"砰"的一声弹了回去。接着便一副心情不错的样子哼起歌来，扭头要沉回池塘。

"等等！"许如卿喊了出来。对方回头，他才想起应有的礼节，"家、家神大人，你为何会选我？"

最初的惧怕退下去之后，这个问题便盘旋在了心头：父亲前前后后一共有四房夫人，光儿子就有十六个之多，众多子女无不聪明伶俐。只有他，呆板、木讷，又只是个妾生的儿子，为何家神独独会选中他？

家神抬起一侧眉毛："想不通？那就想到通为止吧。"

许如卿并不聪明，却非常执拗，他真的蹲在了池塘旁边想了整整一天。眼看着夜幕低垂，繁星满天，寒气渗透了他的衣裳，他却连姿势都没有变过。直到家神终于忍耐不住，从池水里哗啦一声冒出来，气急败坏地道："真是受不了你了！那只是一句玩笑，玩笑好吗？你知道什么叫作修辞手法吗？你还就当真了？"

一件夹袄被劈头甩了下来，许如卿的视线被挡住了，他伸手拽了一阵，也没能顺利挣扎出来。紧接着耳边就响起了叹气声，有人握住了他的一只手，慢慢地帮他套上袖子。那只手干燥、修长，出奇的温暖，一点儿也不冰冷。

"怎么这么笨。"家神抓着夹袄的衣领，往下一扯，对着冒出来的那只脑袋说。许如卿有点儿晕，他依然在惧怕家神的蛇尾，但，自从阿娘去世之后，再无人这样待过他。

"……你为何选我？"

"真是被你打败了！行行行，是因为你是这一辈许家人中最优秀最出色的好不好？"

许如卿当了真，于是正在一边辛苦整理衣裳、一边哀叹自己的老妈子命的家神大人，忽然被许如卿握住了手腕。

"……名字。"少年问，"你的名字是什么？"

青年一愣，随即微笑起来，半眯着狭长的蛇眼，眉间朱砂痣熠熠生光，靠过来，在少年耳边轻轻地吐出两个字。

"大白，大白。"许如卿重复，接着郑重地抬头，"我会努力，做你最优秀的代言人。"

他已经想通了，反正至少大白上半截看起来还比较像个人，他只需要努力忽视他的蛇尾就好了。

可大白竟然朝后退了退，微微蹙起了眉头，露出复杂的神色来："那也不是什么值得这么骄傲的事情吧。"

他低声嘲讽，说罢垂下了肩膀，默默地要潜回池底去。那个背影，怎么看怎么萧索，就差配上几片飘落的秋叶了。许如卿忽然想起来，自己至少还有关于阿娘的回忆，可他，一条不晓得在这池塘里待了多久的蛇，只有孤零零的一个。

"等一下！"许如卿僵直地走过去，窘得全身都在冒汗，眼睛望着别处，将那只手绢兔子递了出去，"这个借给你，不过，只借一下。要是有什么伤心事，可以告诉它。"

大白盯了那兔子一阵："噗——哈哈哈哈！"

果然被嘲笑了……许如卿刚准备收回，手里的兔子就被郑重地接了过去："谢谢。"

大白又趴回石头上，懒洋洋地甩着尾巴，哪里还有半点伤心的样子？他甚至还就"如何做好代言人"这个话题发表了一番洋洋洒洒的演说，其中心思想就是：从今往后，要对他各种好，千般好，百依百顺，满足他的任何要求。春天要吃这个，夏天要吃那个，每日按摩沐浴是少不了的……直听得许如卿昏头转向。

"至于眼下嘛，还是搞点儿美酒来吧？"

这，根本，就是个，错误！

许如卿其实还是留了个心眼的。他生怕大白喝醉了耍起酒疯来，不好收拾，所以只去厨房寻了些凤和楼的"雨中"。这是青梅酒，却是最淡的一种，连四姐姐都能当饮料喝。谁晓得，这蛇也不知道是真醉还是假醉，酒疯却是撒了个十足十，抱着酒坛子在池塘里一圈一圈地游，还对着月亮唱："天生我材必有用，爷想咋整就咋整！五花马，千金裘，呼儿将出换美酒……"他一斜眼睛，瞧见了许如卿，"来来来，与尔同销万古愁！"

"我，我不能喝！"

大白竖起眼睛看他，丹凤眼更狭长了："怎么不能喝？许，许兄？想当年咱俩大闹金山寺那阵儿……"

这里面有金山寺什么事儿？许如卿无奈地举起茶杯，安抚性地跟他碰了碰杯子，一饮而尽，还把空杯子给大白看："喝干了吧——"

整个世界忽然奇怪地晃动起来，他只觉得四肢发热，头脑发沉，刚想起身，就咚地一头栽倒在地。奇怪的是，依旧能听见大白在旁边嚷嚷："怎么就醉了呢？我只是往你的茶里加了半杯青梅酒。青梅也会醉？青梅也算酒？"

许如卿无法回答。他眯着眼睛才能勉强看清大白的身影，他垂着长发，静静地注视了自己一阵，接着又开始在池塘里一圈一圈地游了起来。

游了一阵，大白便停了，回头看着湖边挂满咒符的绳子。许如卿睁睁地看着他游过去，抬起身来，伸手触摸。

一瞬间，电光四射。

大白的手背上有血流下来，叫他伸出信子来舔了。

"啧。"许如卿听他冷冷道，声音中一点醉意都没有。

· 三 ·

这一醉，便丢脸地睡到了第二日早上。

醒来时，许如卿睡在池塘旁边的地上，却并不曾着凉。大白的蛇身在他周围蜷了一圈又一圈，本来该是冷血动物，却奇异地散发着温暖。看他醒来，大白俯下身，翘着嘴角："醒了？可还记得昨晚是谁把口水流了我一身，还说梦话来着？"

这分明是在调侃，许如卿却依旧当了真。他脸红起来，挣扎着要爬起来道歉，就听见身后传来仆人的声音："七少爷，家主有请。"

许如卿有些迷惑，难道又要去"父子亲近亲近"？

许业臻召唤他到书房，温言细语一阵，同时给了个小小的蜡丸，让他带给家神。他依言照做，看着家神将那蜡丸轻轻一捏，里面是张写了字的小纸条——

试问闲愁都几许，道是无晴却有晴。旁边还有两枚红印，分别盖着两个数字：叁、肆。

许如卿越发迷惑了。他虽记性不好，几年的刻苦努力下来，脑子里好歹也装了些东西，知道第一句出自贺铸的《青玉案》，第二句则是刘禹锡的《竹枝词》。这两句风马牛不相及，还有那两个数字，放在一处，究竟是什么意思？

他这样想着，不由得问了出来。家神却面无表情，也不理他，只将字条收起来，回身便潜入水中。

直到深夜，家神都没再出现。

许如卿一直靠着长廊的柱子等着，终究是支持不住，睡了过去。睡梦中，他总是隐约听见有一个声音，遥遥地念着那两句诗：试问闲愁都几许，道是无晴却有晴。

那声音又像是哭，又像是笑。他心中叫那两句诗塞得满满的，又酸又涩，不由得辗转起来，再难入睡。

睁眼时，却猛然望见盘踞在头顶房梁之上的体型庞大的白蛇。许如卿的心都要跳出来了，整个人却犹如被梦魇压住一般，动弹不得。血红的眼睛，尖利的蛇牙，不断滴落下来的腥臭的液体。

会被吃掉吧？这一次，一定会被吃掉吧？

一个念头忽然闪了出来：不能退缩，不能眨眼！

也不晓得是在哪本书上看到的，如果退缩，或者躲避，就会被猛兽吃掉。唯一的生路，是鼓起勇气，背水一战。

许如卿也瞪大眼睛，跟那灯笼般的两眼对视。

"傻子。"雷鸣般的声音在头顶响起来，震得他耳朵疼痛。白蛇跟他对视一阵，终于游走。他这才喘上气来，只觉得胸口剧痛，爬起来时，沾了一手腥臭的液体。

那是血。从房梁上滴落下来的，是妖兽墨色的血。

"大白！"

许如卿连滚带爬，一路顺着血迹追了过去。血迹一路蜿蜒去了池中，旁边扔着大白常穿的那件雪白的锦衣，已经破烂不堪，如同被野兽撕咬过一般。他再往前走了几步，又在地上见到了他当初塞给大白的手绢兔子。

那件锦衣上血迹斑斑，可这兔子却还是干干净净的。

许如卿将手绢兔子捏在手中，只觉得心乱如麻。眼看大白受了伤，想必是现了原形，他若再往前，恐怕是真的会被吃了。可让他将大白独自扔在这冰冷的池水当中不管不顾，这是他万万做不到的。

正在此时，耳畔传来了泼水的声音，像是有人在大白最爱趴的那块石头后面挣扎。许如卿心中一喜，竟然忘记了害怕："大白——"

"滚！"大白半身都在水中，蛇尾甩动不止，所幸仍是人形，正在咬牙切齿地拔着贯穿了手掌的一枚箭头。听到他的声音，头也不曾抬，只扔出石头般僵硬的一个字。

那箭头是寒冰凝聚而成，似有倒钩，在他伤口中搅动，却无法被顺利拔出。许如卿心头一顿，要知道能凝冰成箭者，整个无夏城中只有一人——巡猎司的鲁鹰鲁教头。大白，你究竟做了什么？

望着一股一股的墨血涌出来，他只觉得那箭头是扎在自己身上，痛得无法言语，于是压下疑问蹚进了池水，一步一步地朝着大白靠近。

池水冻得他直发抖。大白不是蛇吗？蛇不是最怕冷的吗？他之前从来不知道，待在冰冷的池塘中是如此难受。

大白已然虚弱，甚至连挣开他的力气都没有。

许家傻子紧咬着嘴唇，将箭头轻巧地转了个方向，一点点取了出来，接着从怀里摸出一瓶药粉来，全都倒在那伤口上。那血起初还汹涌，接触到药粉后，便慢慢地止了。

"……你倒是熟练。"大白看他一眼，"你那几个哥哥的教导？"许如卿不作声，抖

散了那只手绢叠成的兔子，小心地裹到大白手上。大白的手要往回缩，被他按住了。

"傻子，这可是你娘给你的。日后你再有伤心事，可要跟谁去说？"

这个夜里，大白的语调一直阴沉，到了此刻，才有点儿恢复成平日里调笑的样子。许如卿没有回答，他还在仔仔细细地裹着大白的伤处，最后打了个笨拙的蝴蝶结。

"看，像不像兔子耳朵？"他指着那两处飞起来的手绢边角道，"日后我若再有伤心事，便跟你这只大兔子说。"

听了他的话，大白的脸先是一红，接着又渐渐地白了，好一阵才恢复成原来嘻皮笑脸的样子。

"小傻子，本大爷今晚高兴，给你讲个故事吧。"他懒洋洋地朝石头上一躺，"从前有一只修炼千年的白蛇，某一回失了法力，危机时刻被个过路的小牧童给救了……"

许如卿听到这里，反应过来："这个我听过，是许仙跟白娘子的故事嘛！白蛇变成美人，还给许仙生了个儿子呢！"

"胡扯！"谁晓得大白真的冒起火来，头上的火苗都快能看见了，"这都是那些个写话本的酸秀才在胡扯！老子明明是……我讲这故事里的那白蛇明明是公的！"

"喔。"许如卿傻傻点头。

大白气哼哼地将脸扭向一侧："你还要不要听了！"

"要听，要听的！"

一开始，白蛇确实是只想报恩。

报完了恩情，便再不相欠，自己便能回山潜心修炼——这样想着，却不知怎地，一来二去，跟这人类成了朋友。彼时那小牧童已经转世，这一世姓许，是镇江府的医官，平日里喜欢着一袭青衣。白蛇半开玩笑地唤他小青，他也不曾反驳，只是笑眯眯的。

那时镇江瘟疫横行，野鬼出没，他们二人白日行医，夜晚捉鬼，做了不少好事。有一回许小青被旱魃所伤，伤口无法愈合，白蛇为救他竟然盗了仙草，引来了天雷一路追击。原本天雷要罚，也只该罚那白蛇一个，谁知道许小青以人类之躯，却紧抓住那白蛇不放，与它同受了万钧雷霆。危机之时，那白蛇拼了千年道行，将许小青护了下来。这一下不得不现了原形，只能回西湖湖底继续修炼。

临别时，许小青在他们初遇的断桥边折下了一枝杨枝，送给白蛇当作送别的赠礼。而白蛇在杨枝上施下了一个法术，许诺说："直到我们下次见面，这杨枝都不会枯萎。"

"后来呢？"许如卿催促，"后来，他们可有再见面？"

"没有。"大白忽然斩钉截铁,"许小青后来老死在镇江,那蛇在西湖下,他们从此再也没有见过。"

大白转过来看他,那双蛇目非常深,几乎能将人吸进去。

"时候不早了。"他桀然一笑,"小孩子要早点睡觉去。"

·四·

接下来一连数日,大白都待在池塘里养伤。

说是养伤,其实不过是变着法子地折腾许如卿,一会儿要他寻这样东西来吃,一会儿要他上藏书楼查那样东西的来历,将他这个倒霉的代言人使唤了个不亦乐乎。好不容易消停了半日,又要许如卿出去逛逛,看看最近无夏城中都发生了些什么新鲜事。

许如卿念在大白是伤员,又困在池中多时,以他贪玩好耍的性子,这次想必是闷坏了,便依言出了门去打听。

最近无夏城里出了件大事,商会薛头领家收藏的闲晴壶被盗了。这闲晴壶是唐朝时传下来的宝贝,据说壶身由整块水晶雕成,四壁中皆有细碎冰晶,若是第二日天气晴好,冰晶便会减少,由此可预知天气,颇为神奇。

近来无夏城中多家富商被盗,盗贼行踪隐秘,现场又有妖兽留下的痕迹,薛头领还特地请了专门捕猎妖兽的巡猎司羿师前来看守。

"没想到还是被盗走了!"许如卿在空中比画着,"据说,那盗贼有这么粗的腰,没有手也没有脚!"

大白晒着太阳,不耐烦地哼了一声。

"就这些?就没有别的有趣的事儿?"

"啊,要说有趣的话……"许如卿往好吃好玩的方向想了想,总算想起来另一件事。天香楼的朱成碧挂出了桃花薄绢窗帘,这次给大家免费品尝的是一款新的甜品。但尝过的人都说,这根本不是什么甜品,反而苦到让人咋舌,据说是用柚子和一种前所未见的、来自天竺的甘露果做的。

"甘露果……么……"

"大白,你不会也想去试吃吧?"

大白眯起眼睛问:"怎么?我若想吃,你便能带我去?"

许如卿哑然。这池边的朱砂封印和绳索上的咒符,他只认得一丁点儿,但这密密麻麻

的阵势，明摆着是要将湖中的凶兽永远困在其中，让其不得自由出入。

"我只有在得到代言人给的任务之时，才可以离开这池塘。"像是猜出了他心中所想，大白道，"除非，这位代言人心甘情愿地带我离开。"

一瞬间，大白伸手触碰咒符的场景再度浮现，蜿蜒的血从他的手背上流下来。

"所以，你可愿带我去天香楼？"

许如卿张口结舌，只觉得冷汗涔涔，幸得身后再度传来仆人的声音，连调子都是一样的："七少爷，家主有请。"

两岸猿声啼不住，青鸟殷勤为探看。

这次许如卿抢在大白的前头，捏碎了蜡丸，小纸条上是两句完全不相干的诗句，旁边也盖着红印：伍和贰。

大白伸手将纸条接了过去，慢慢地揉成了一团。许如卿心烦意乱地想着大白刚才的话：他说任务，什么任务？跟这些诗句有关系吗？大白的伤又从何而来？

他还在为自己的笨拙懊恼，一旁的大白已经头也不回地潜入了水中。

"可你的伤还没有好全！"

回应他的只有水面上剩下的涟漪。

许如卿蹲在池塘边等到了深夜，最终还是睡了过去。

他做了一个噩梦。他梦到大白遍体鳞伤地躺在池塘中央，整个池子都被他的血染得变了色。许如卿在梦中挣扎起来，可无论他如何努力，都无法靠近大白。反倒是大白慢慢地自池子里爬了出来，一只手垂在身侧，拖着一把他之前从未见过的剑。

梦中的大白垂下头，久久地看着许如卿。他的发丝扫过许如卿的脸颊，身上的血腥气不断地传过来。

许如卿心口疼痛，脸颊上却蓦地一烫。大白将一只手放上了他的脸，却不像平常那样，戏谑地一扯，只是珍重地停留在那里。

蛇不该是冰冷的生物吗？

为何那只手如此滚烫，直叫人想要放声大哭？

许如卿猛地睁开眼睛，坐了起来。

天色已经大亮，他身边并没有受伤的大白，连池水也是平常的颜色，甚至连任何能表明大白出现过的痕迹都不曾有过。周围的一切都依旧如故。

但许如卿知道，经过这个早晨，一切不可能再恢复到以往。昨夜的梦境将要消逝的那一刻，大白手中的那把剑短暂脱离了他的控制，发出了清脆的、犹如鸟鸣的震动声。

啼鸟剑。

他曾在藏书楼读到过相关记载：这是官家赐给巡猎司的宝物，夜间可在室内自行盘旋，鸣声如鸟。要取得它，必须闯入无夏城巡猎司的总部，与整个无夏城的羿师为敌。

原本纷乱复杂的碎片，忽然之间各自找到了恰当的位置，显示出可怕的答案：这个被许家奉为家神的大白，是个贼。他不断地受伤，正是因为他不断地偷盗宝物。

许如卿撑着桌子，摇摇晃晃地站了起来，然后大步冲进藏书楼，在书架上疯了般翻找，将一本又一本的古旧书籍毫不在意地扔到地上，激起来的灰尘呛得他连连咳嗽。

一本兽图谱掉落在他面前，正是他在找的那本《神州妖事录》。之前阅读时，因为跟大白有关，他特地留意下作者：疏星楼主，正是巡猎司徐疏影徐学士的化名。翻开的书页上画着只发狂的巨大白蛇，胸腹上特地标出了三块鳞片，用朱砂点成了红色，插着只明晃晃的剑。

"……狂蟒之怒，凶险无比，唯有七寸乃致命之处，可杀之。"许家的小傻子跌坐在地。

他在藏书楼里呆坐了整整一下午，然后主动敲开了父亲的房门。

·五·

"大白，父亲已经同意了，我带你去天香楼。"

一听到这话，大白立刻从池塘底下冒了出来。自那个做噩梦的夜晚过后，这是他第一次出现，看起来苍白消瘦了不少，却似是欢喜得很。但见他身形一晃，便在许如卿面前化去了蛇尾，眼睛跟指甲的形状也发生了变化，看起来，不过是个风度翩翩的寻常人类公子哥儿罢了。

"逛街吃好东西去啰！"他笑起来，随手将池边挂着咒符的绳索一撕。绳索应声而断。

也不知道大白是有多久没有自由自在地离开过那池塘，这一下被许如卿带入了闹市，就跟乡下来的孩子一般，凡事都新鲜无比。

"你看，你看，这个灯笼是会自己打转的！你们城里人真会玩儿。啊啊啊，那边有用橘子串的冰糖葫芦！"

许如卿步履沉重，双手揣在怀里，跟在后面一声不吭。

他跟父亲提出要带大白离开池塘，并以性命担保会将他带回来，得到的却是一个响亮的耳光。

"你的命值几个钱？"父亲的咆哮似乎还在耳边，"那条蛇才是我许家的摇钱树，只要有了它——"

书房屏风后面忽然伸出了一只白皙修长的手，打断了他父亲的话。这人召了许业臻过去，也不知说了些什么，父亲才点了头，允许他带大白出来。

……那人是谁？

"你有没有听我在说什么？"一根糖葫芦被伸了过来，戳着他的脸。大白怀里抱着好几个热气腾腾的纸袋，上面插着风车、灯笼、糖人，甚至还有一只面塑的孙悟空。

"付钱去！"他得意洋洋，"谁叫你是我的代言人呢！"

是了，他是大白的代言人。当初是他先握住大白的手，是他许下承诺，要做他的代言人。如今，他却是要食言了。等大白尝过天香楼的甜品，他便要告知巡猎司，他们寻找的盗贼，就被困在许家的池塘之中。

犯罪伏法，天经地义。更何况，有徐学士在，巡猎司想必早就知道大白的致命之处。去自首，然后待在巡猎司的狱中，总比遭到围捕猎杀要强，不是吗？

自出得门来，他一直在心中默默念着，可这份决心，遭大白此刻灿烂的笑容一撞，竟然寸寸动摇，化为齑粉。

热血朝头上涌过来，他差一点就要脱口而出，告诉他自己已经知道的一切。大白却将他的手一牵，笑吟吟地指了指他们头顶上写着朱字的圆形灯笼："呐，天香楼到了。"

大白牵着他上了天香楼。两个双生的婢女迎上前来，就像是认得大白一般，将他俩直接带上了二楼的雅间，又用白瓷的小碟上了那道传说中的新甜品。

"我家掌柜的说了，这甜品新研制出来，还未曾取名，两位尝过之后如有灵感，不妨说给她听。"穿翠绿褙子的婢女脆生生地道，又摆上了茶，"这茶是赠送的。"

小碟的形状是只端坐的白兔，碟内撒满晶亮的柚子粒，这些柚子粒浸泡在橙黄色的液体当中。许如卿尝了一口，果真是苦涩异常，然而奇妙的是喉咙深处会引起一丝回甘。第二口再吃下去，苦味却淡了，倒是甘甜一分比一分诱人。

许如卿不解道："真奇怪，明明这么苦，为何我总还是想要再吃一口？"他去捧了一旁的茶喝了，还想再发表些评论，身体却摇晃起来，"咚"的一声趴在了桌上……又来！他心中狂喊，却只是四肢发热，动弹不得。旁边的门帘一掀，跳出个十三四岁、梳着双髻的小姑娘。

"还真是只有半杯青梅的量？青梅也会醉？青梅也算酒？"她手中持着把团扇，像是觉得好玩似的用扇柄戳着许如卿的脸,语气跟大白一模一样。一个紧跟在她身后的年轻公子道:"你自己不也是一样,有什么资格说别人?"

"我就不会睡。"

"是是是,你只会现原形喷火炸掉半个天香楼而已。"

许如卿认得后来这位,是在天香楼当账房的常青公子,这么说,眼前这小姑娘,便是朱成碧?许如卿趴在桌上,看起来已经沉沉睡去。他们像是不知道他能听见一般,自顾自地说着话。大白一拍手:"忽然想起我还在西湖湖底那阵,有一回朱掌柜喝醉了,啃掉了半截断桥。这笔维修费用,常公子准备啥时候结清?"

"呃——"一提到钱,常青立刻一脸严肃,"好不容易哄得小许公子肯带你出来,咱们还是说正事要紧。过了今夜,月亮的方位发生变化,这画可就是白画了。"

他从怀里拿出来一幅画,展示给大白。大白伸了只手,悬在那画面上方。

许如卿从未见过大白如此专注,忽然间惶恐不已:大白看来跟他们早就相识,连这次出来品尝甜品也早有预谋,他们故意用青梅酒放倒了自己,究竟是想要做什么?这画中又有什么玄机?联想到大白的盗贼身份,许如卿更加着急了。他想要喊出声来,可喉咙嘶哑,真正发出的,不过是一丝呢喃而已:"大……白……"

大白浑身一颤,收回了那只手。他又跟朱常二人不知说了些什么,朱成碧立刻皱起了眉头。

大白说完,便朝许如卿走来,拽了他的胳膊,往自己的肩上一放。许如卿昏昏沉沉,又听得常青在身后说:"白兄要想清楚了,许业臻的胃口越来越大,先是要闲晴壶,接着又是啼鸟剑,一次比一次凶险,完全不给你休养恢复的机会。我跟掌柜的都在疑心,他背后是白泽指使,若果真如此,你这次回去,只怕是凶多吉少!"

"抱歉。"大白的脚步只停顿了一下,扭头道,"时候不早了,小孩子该上床睡觉了。"

"这个榆木脑袋!"朱成碧愤愤道,"今后你的事,我再也不管了!"

大白背着许如卿,在巷子里走着。深邃的夜空中飘着细碎的小雪,已经在大白的头顶积了薄薄的一层。

"大白。"

"嗯?"

"刚刚在天香楼上,我喝了茶,不知怎地就睡过去了,但睡得并不沉。我听到常公子

说……"

"你听错了,他什么都没有说。"

许如卿深呼吸了好几次,才寻找到要说的话:"我去爹的书房,求他允我带你出来时,瞧见了一只四壁都是冰晶的壶,西墙上多了把装饰精致的剑,之前也从未见过。"

试问闲愁都几许,倒是无晴却有晴。他真是笨啊,直到此刻才幡然醒悟。第一句的第三个字,和第二句的第四个字,加在一起,正好是"闲晴"二字——闲晴壶。

两岸猿声啼不住,青鸟殷勤为探看——第五个字和第二个字,分明在说啼鸟剑。

这便是代言人给的"任务"了。

寒冰凝成的箭头,染满整个池子的血,池塘边为了囚禁凶兽而设下的重重封印,一次又一次,越来越难以盗取的宝物……愧疚、痛楚和疑惑一起涌出,许如卿浑身发抖,连牙齿都在打架:"是我,是我亲手递给你的……"

他亲手递出去的蜡丸里,隐藏着锋利的刃。可大白为何不逃走?许家究竟是靠什么,竟能这样驱使他?还有,藏在父亲书房里的那人是谁?

每走一步,便越接近真相,可眼前依旧是迷雾重重。

"傻子。"大白笑出了声,"跟你有什么关系?"

"大白,你走吧!"许如卿忽然想到这一层,开始在他背上扭动,"把我扔下来!眼下你已经出了封印,又无人跟着我们,这千载难逢的机会,你赶紧逃走吧!"

"那你呢?"

"你不用管我——"

大白皱起眉头来回头看了他一眼,接着又朝前走去。

"乖乖待住了!"他呵斥道,"你以为,束缚住本大爷的,真的是那个小小的池塘?"

此刻他们已经站在了许府门前,新挂上的灯笼散发着朦胧的红光,两侧的石狮子头顶上都积着雪。大白停下来,抬头看了一阵门楣上高悬着的那个"许"字。

"我可是,你们许家这一百四十年来的家神啊。"

·六·

常记溪亭日暮,青海长云暗雪山。

第三只蜡丸刚到手,就让许如卿捏碎了。里面的纸条上写着这样两句诗。旁边的红印只有一个，是个"壹"字。

每一句的第一个字，凑在一起，却不是任何宝物的名字，而是一个人名——常青。

"你让他去杀人？你让他去杀他的朋友？"

"什么时候轮到你质疑我的决定？"许业臻吼起来，"还不赶紧把字条拿去给他？！"

许如卿置若罔闻，他还在盯着那犹如滴血的红印。许业臻最见不得就是他这副呆傻的样子，气愤起来，随手拿了一旁的镇纸就敲在他额上："还不快去？！"

顿时有血从眉骨上流下来，钻心的痛。许如卿的心里却忽然一下子清明开阔了起来，他甚至觉得自己这一辈子，都没有这样聪明过。

"父亲如此生气，是因为你并不能直接驱使他。"他血流满面，却笑得由衷欢喜，低声道，"所有的任务，必须要通过代言人才可以传达。而如今，我才是他的代言人。"

"混账！"许业臻气得一脚踢翻了他，"要不是年满五十就得让出代言人的位子，你以为我不会亲自驱使他？那蛇妖亲口跟我说过，选你做代言人，只是因为你傻！你还以为他真的看中了你——他能看中你什么？"

许如卿点点头："父亲说得对，我是许家出了名的傻子，可连我都晓得，这一百多年来多亏家神庇护，许家方能有如今安泰富足。家神于我许家有大恩，如今却被逼着做些鸡鸣狗盗之事。"他向来口齿笨拙，语速也慢，但一字一字，越到后来，越是坚定洪亮。这几句话犹如奔涌的洪流，一发不可收拾，"孩儿再傻也知道，这是忘恩负义！"

许如卿这十几年的人生，犹如在飘着细雪的夜晚孑然独行。哥哥们欺他、辱他，父亲冷落他，他便竖起了一堵冷淡呆傻的高墙，任何击打落在上面，都不会激起反应。可这不代表他不会愤怒，不代表这十几年来重重累积的屈辱，没有像炽烈闷烧着的火炭一般烧灼着他的心。更何况，如今遭到欺辱的并不是他，而是那个背着他，行走在漫天细雪之中的青年。他依然记得他后背的温暖，记得自己半睁着眼睛却怎么也控制不住眼泪，濡湿了大白的衣裳。

就算明知回许家后可能面临的命运，大白也不曾背弃过他。要他在此刻背弃大白吗？绝不可能。

"你打死我吧。"许如卿端端正正地跪坐起来，朝他爹磕了一个头，"孩儿宁可去死，也不会逼大白去杀人。"

许业臻面红耳赤，眼看要暴怒，屏风后面忽然响起了慢条斯理的话语声："许家主，你果然养了个好儿子。"一直藏在暗处的人走了出来，是个满头卷曲白发的青年。

常公子？许如卿一愣。不，不对，虽然相貌一样，但这人的额上有鲜红的眼纹。

他笑眯眯地蹲在许如卿面前，从怀中取出根快要枯萎的杨枝递了过来："你听过白蛇和许小青的故事吗？"

那白蛇，当初其实是见过许小青最后一面的。

许小青终生行医，到了耄耋之年，还亲自背着药箱上山采药，不幸遭了虎患，受了致命的伤。在他即将去世之前，那白蛇得知消息，带着杨枝出现在他的床头。

最终还是没有能够保护好他，这让白蛇感到万分懊恼。所以他在许小青咽下最后一口气前，当着满堂许家子孙的面给出了承诺：从今往后，我将是你许家的守护家神，你的后人，只要拿着这杨枝来找我，我便任他驱使。

直到——"直到这杨枝上所有的叶片，都枯萎为止。"

白发青年将杨枝塞到许如卿手里，那枝条上面，只有最顶端还残留着最后一枚绿叶。

"这杨枝，是那白蛇的心。他为许家操劳了这一百四十年，慢慢地，将心血熬成了灰，如今只剩最后一丝希望还在。许家少爷，你可想过要放他自由？"

许如卿蓦然睁大了眼睛。

放大白自由，这是他想都未曾想过的好事，可父亲呢？父亲绝对不会同意——许业臻在白发青年身后站着，肩膀有些瑟缩，看起来竟然对这白发人颇为忌惮。

"你只需要将这杨枝拿去给大白，什么也不用多说，他自己便明白了。"

许如卿内心隐隐不安，可"给大白自由"这件事情如此美好，他生怕自己一迟疑，机会便稍纵即逝，接了那杨枝便朝池塘边跑去。谁晓得大白一见到杨枝，竟然激愤如此，不仅袭击了他，还生生从自己的额上，挖出了蛇珠。

那是枚发着温润光芒，鸽蛋般大小的玉珠，脱离了大白的手之后，在空中缓缓下落。终于被一只手稳稳地接住了，是那给他杨枝的白发青年。

"是你！为何骗我？"许如卿喊起来，他被大白甩在一旁，见他失了蛇珠，重现兽形，只在池中哀嚎翻转，心痛得简直要目眦欲裂。

"我可不曾骗你。傻小子，当初是这蛇自己许下诺言，持杨枝者，愿任其驱使。你爹是个不中用的代言人，这蛇宁可困在此处，接一些万分凶险的任务，也不肯向他交出蛇珠。幸好这一辈的许家人里出了个你。"

他呵呵笑起来，蛇珠在他手中转动，淡淡生光："我就知道，只要你出马，他一定会挖出来给你。如今这样下场，只能怪他自己，当初非要用这宝贵的定魂玉珠来炼蛇珠。"

他拍了拍许如卿的脸，身形渐渐消散在空中。

"多谢你，小傻子，咱们后会有期。"

·七·

绍兴十四年，无夏城中忽现雪白蛇妖，身粗如牛，长十丈有余，双目赤红。所过之处屋舍倒塌，护城河水随之上涨，淹城南数百户。可怜许府百年家业，皆为废墟。

那白蛇虽痛楚不堪，倒像是还有一丝清醒，也不去追寻常百姓，只一路追着许业臻而来。许业臻给吓得魂飞魄散，他之前都是听了白发人的谗言，又被白蛇盗来的珍宝耀得迷了心窍。如今白蛇已经将他逼到了护城河边，吐着鲜红的信子，眼看是要扑下来——

"我错了！家神大人饶命啊！"他抱着头，半身都泡在水里，只道是此命休矣。等了一阵，却未有动静，方才战战兢兢地抬头一看，挡在他身前的，是许如卿。

那白蛇也像是认出了他，犹豫起来。

"好儿子，不像你那几个哥哥，跑得一个比一个快，反倒是你，还惦记着为父的性命——"

"不对。"许如卿打断了他，"我只是不想眼睁睁看着大白杀人而已。"

许业臻面色难看至极，但考虑到事态紧急，还是解下了腰间的啼鸟剑，塞进了许如卿手里："用这个！此刻它抬着头，正好露出七寸，就在——"

"胸腹下方，三枚淡红色鳞片。"许如卿喃喃。他抬头望着白蛇，缓缓地举起了啼鸟剑。

许业臻还来不及问他如何知晓，啼鸟剑就已经震动起来，发出了哀鸣。剑光一闪而过，鲜血喷涌。

"大白那个傻子！"

白发青年消失后不久，朱成碧就出现了。

"他跟你爹有过约定，若是代言人带来的不是蜡丸，而是杨枝，则意味着，代言人想要的是他额上的蛇珠。"她跷着二郎腿，坐在屋檐上，远远地望着发狂的白蛇。

"那天他上我天香楼，本来是要逃走的。我跟常青安排许久，终于等到他说动了你，将他带出了封印。常青画了一条直通西湖的通道，只要他迈出一步，便可从此自由，可他居然眼睁睁放弃了！"

"为何？"许如卿迷惑地问。

"为何？"朱成碧反问，"我那道甜品，分明苦涩无比，为何你还要一口一口，舍不得放弃？许家人贪得无厌，那杨枝屡遭摧残早该枯死，为何还有一片绿叶，不肯枯萎？"

总还是，有那么一丝希望的。无论是多么苦涩，尽头处总有一点甘甜在。无论与人类相处的岁月多么地不堪，总有那么一个人，两个人，带来的温暖和慰籍，足以让杨枝上的最后一片绿叶坚持下来，总也不肯枯萎。

例如许小青，例如许如卿。

"你知道那蛇跟我说的是什么？'只要许家还有一个后辈值得守护，我就还是许家的家神。'"

鲜血喷涌，却不是妖兽的墨血，而是人类的鲜血。

许如卿松开了手中的啼鸟剑，任其掉落在护城河里。

白蛇猛扑下来时，蛇牙贯穿了他的肩膀，正好让他能够将一只手放入它的口中。

"呐，大白，你心心念念的甜品。"痛楚眩晕之下，许如卿勉强扯出了一个笑容。他的手中一直握着个用糯米皮包裹的小团子，里面仔细包着大白在天香楼尝过的那道甜品。朱成碧交给他时说过，如今大白失去蛇珠，痛楚发狂，唯有这来自天竺国的甘露果，能重新唤回他的神智。

"否则，我就得亲自出马了。"她眼中闪过一丝金色，"唉，那条瘦骨嶙峋的蛇，想也知道不会有多好吃……"

许如卿再听不见她后续的叨叨，他全副心神，都放在那个小团子上了。这甘露果，真能有如此功效？

杨枝已完全化为了灰烬，可见大白对人类是彻底地失去了希望。重重折辱，屡遭背叛，还能让他再相信一次吗？

那蛇含了糯米团子，只是一愣，双目中的红光渐渐淡下去，蛇口也不由得一松。被他叼着的许如卿倒了下来，叫水流一冲，卷入了护城河中的更深处。

河水冰寒刺骨，肩上的伤口腾起血雾，他根本连挥动手臂上浮的力气都没有。

这一次，是真的会死掉吧？许如卿在水中睁大双眼。奇怪的是，现在反而不再疼痛，只是懒洋洋的。他甚至还望见，前面的河水中出现了一只雪白的大兔子，双目赤红，还在散发着光芒，就跟娘给他叠的手绢兔子一样。它朝他游过来，一次又一次地接近，却一次又一次被水流冲开了。

大……白？他的意识已经模糊了，只是反复地想着：对不起，没能做好你的代言人。

我太傻了，才会受了骗，连累了你。但是，我不曾背叛过你，我许如卿宁可去死，也不会背叛你。请你，再相信我们一次吧。"

忽然，那兔子睁大了双眼。它身后绽放出了耀眼的光芒，无数根碧绿的杨枝从光芒中汹涌地生长出来，刺破了河水，朝着许如卿汹汹而来，又小心翼翼地将他围在中央。

无夏城的护城河中，居然长出了一株茂盛的杨树。

朱成碧带着常青在一旁围观，看着树冠上跳下来两个人：大白已经恢复了人身，抱着许如卿，紧张地检查了一番，便开始施展法术，给他治疗肩膀上叫蛇牙贯穿的伤口。

"啧啧！竟然连已经成了灰的都能发出新叶，真是叹为观止。"朱成碧踱过去，"别担心了，一时片刻就能醒。"

"你闭嘴。"大白头也不抬。朱成碧哪里受过这种待遇，当时就要发作，却被常青拽住衣领拖到一边去了。

许如卿在这个时候睁开了眼："兔子……刚才水里有只大兔子救了我……"

"你傻啊？啊？我就没见过你这么蠢的家伙！"大白双肩抖动，眼看是气得直哆嗦，"不知道躲开吗？那么大一条蛇，别人都怕，你为什么不怕！"

"长出来了。"许如卿伸手摸他的额头，指着大白额头重新开始发光的地方喃喃道。

"啊。"大白脸上有点儿挂不住。他也不知道怎么回事，只知道伤口处重新长出了蛇珠，连同法力也回来了。

"太好了，太好了……"许如卿一下子放松了，顿时觉得又心痛又委屈，又愧疚又惊吓，万般滋味都涌上心头，不由得大颗大颗地掉下泪来。起初还是无声哽咽，到后面竟然变成了哇哇大哭。大白手忙脚乱地安抚一阵，发现没有效果，只得朝一旁的常青投去求救的眼神。

"谁弄哭的，谁负责哄。"常青闲闲道，手中还拽着朱成碧，"我能搞定这边这只饕餮就已经耗尽全力了。"

·八·

经这么一番折腾，大白跟许家的约定作废，他得了自由身，却并没有马上离开无夏城，倒是天天在天香楼二楼晃荡。鉴于他总是做一些诸如占了美人榻晒太阳、偷吃珍藏多年的食材这种事，朱成碧对他深恶痛绝，要不是他确实还没有完全恢复，简直是要分分钟

将其扫地出门。

常青对他又有不同。他也不训大白，整日里只是笑眯眯地坐在他面前絮叨："你表面上看起来潇洒恣意，其实骨子里再迂腐不过，难道就不能有所变通？非要被许业臻骗出了西湖，困在一处那么小的池塘里，那滋味是好受的？"

大白被他念得头痛，怏怏地趴着。

"若是许小青再转世，看见你这个样子，他心里能好受？他又会怎么说？"

大白抬头看了他一阵，忽然露出笑容："他啊，必定是要絮絮叨叨地念我，骂我迂腐，不懂得变通，叫人骗了之类的吧？好了，知道你是为我好，一会儿跟大爷喝酒去？"

"白、流、霜！"

"喔？常兄如何知道在下真名？"

常青一愣，这名字是自己跳出来的，只觉得万分熟悉。

哪怕数度涉过忘川，转世轮回，他也未曾忘却。应该是，非常重要的名字吧？

大白靠过来，将他轻轻一搂，又很快放开了。

"之前你曾问过，我守护许家一百四十年，悔不悔。我现在可以回答你。"他眯缝了狭长的丹凤眼，蛇目中流光溢彩，"我大白，九死不悔。"

朱成碧将掀开的帘子放下，退了出来。

许如卿傻傻地跟在她后面："常公子为啥知道大白的名字？我们为啥不进去？"

"嘘！"朱成碧竖起一根手指，"汤包正在念人的兴头上，我才不要进去撞他的枪口。你有那个闲工夫，不如跟我来想想这甜品的名字吧？"

"能让杨枝起死回生，如此珍贵的甘露果，用来做甜品，真的没问题吗？"

朱成碧笑而不答。这世上哪有什么能起死回生的甘露果呢，不过是普通的芒果罢了。大智若愚，大巧若拙，真正起死回生的，是眼前这小傻子始终不渝的一番真心。

"啊，我想到了。"她两手一拍，"不如便叫杨枝露罢！"

绍兴十四年二月，无夏城中屡有珍宝失窃，巡猎司疑为妖蛇所为，后果有白蛇现于护城河中，兴风作浪。许七公子以啼鸟剑斩之，白蛇化为杨树，至今枝叶繁茂，生生不息。

饕餮记 贰

明月珠

第四章

> 庄生晓梦迷蝴蝶，望帝春心托杜鹃。
> 沧海月明珠有泪，蓝田日暖玉生烟。
>
> ——李商隐《锦瑟》

·零·

那蝴蝶凭空出现，就停在她的左肩。

秦月珠吓了一跳。她手中的笔才刚刚提起来，新写成的"蝴蝶"两个字还墨迹未干。它们在纸上蜿蜒，边缘略微发光，一时膨胀起来，一时又缩了回去。

"蝴蝶？"她懵懂道，伸出一根手指。那蝴蝶丝毫不惧，爬到她的指尖，骄傲地开合着翅膀。这是只黑尾凤蝶，翅膀上的花纹跟蜿蜒的墨迹一般，似乎也在微微发光。

眼下门窗紧闭，它从哪里来？难不成，真的是被她自虚空当中召唤而来？

秦月珠着迷地看着它，又惊又喜，一时无语。

"好哇，亏得我到处找你，你却在这里偷懒！"

"阿娘！"秦月珠见是母亲，双手捧了那蝴蝶，欢喜道，"蝴蝶！是我召唤来的！我才刚写了蝴蝶两个字，跟我爹一样……"

她的声音渐渐低了下去。眼前的妇人衣着富丽，梳着百花髻，满头瑟瑟钿朵，耳间腕上挂的都是明珠，脸上却殊无笑容，叫浑身的珠光一照，更冷上了几分。

"跟你爹一样的怪物？"她念着怪物两个字，用鼻孔哼了一声，"真跟你爹一样，又有什么用？当年可是他自己穷困潦倒，病倒在我娘家门口，让我给救了一条命，可见这能力不能吃不能穿，你就是唤来一千只蝴蝶，也一点用都没有。"

秦月珠手中的蝴蝶应声而碎，重新化为水沫，溅到了她脸上。她不由自主地侧身一躲，原本藏在袖子里的一样东西不小心滑落出来，她连忙伸手去抓，她娘已经抢先一步，一把捞了起来。

"又是这块没人要的玉牌？也就你还当个宝。"

秦月珠也不搭话，抬手便抢了过来，继续放在掌心缓缓摩挲着。那玉牌不过寸许大小，上面刻着一个"蜃"字，质地温润，却无人能识是何种玉石。

这是她爹留给她的唯一的东西。

"怎么，还想着去寻你爹？"她娘见她沉默不语，越发生起气来，"这么些年了，他可有回来看过我们母女一次？哪怕差人捎点儿银子回来也好。我养你这么些年，花了多少钱，这倒好，养了只小白眼狼——"

"这些年，我也替你采了不少珠子。"秦月珠回嘴道。她自幼便识水性，同龄的孩子还在学跑，她便已经能在海浪中自如往来。阿娘说这等本事，可不能浪费，于是她从十二岁上便成了名采珠女，到如今已快四年，采得的明珠不计其数。她娘这一身穿戴、家中四进的瓦房、使唤的仆人，都是拜她采珠所得。

"你不提倒好，一提我就生气，最近你采回来的珍珠是不是越来越小？"

阿娘这是明知故问。眼下正是六月初，那东海上的海市便要开启了，无夏、泉州、绍兴……来自各城的船队早就开始集结。哪家采珠人不趁此机会加紧采珠，好托给船队带去海市上交易？近海的早被捞得一干二净，非要寻，也只能往更深更远处去寻。可那是要冒性命危险的。

"若是要更大的珍珠……"她慢吞吞道，"倒也不是没有。"

她娘的耳朵立刻竖了起来，等着下一句。

"我上次经过一处深渊，望见底下传来宝光，跟过去看时，见过一只珠贝，竟有小磨盘般大，里面若有珍珠，恐怕得有鸡蛋大小。但深渊中，常有蛟龙守卫，若是惹怒了它们……"

"可这难不倒我家月珠，是不是？"她娘喜笑颜开，"鸡蛋大小的明珠，得换多少银

第四章 明月珠

073

子！上次你二婶子买了副七宝璎珞的金钗，还跟我这儿炫耀，等你拿到明珠，咱也做副金钗，看不耀花了她的眼！"

"阿娘……"秦月珠的心慢慢地凉了下去。入深渊采明珠，好借机让阿娘松口允她去找父亲，这本来就是她的打算。可话一出口，她才意识到心里终究还是存了那么一点点微薄的希望，竟然在期盼着，母亲能够顾着自己的安危，阻止她冒这么大的风险。

"干吗？"她娘斜睨了她一眼，"咱就把话说到这里，你带那明珠给我，我就出这路费钱，送你去海市里的蜃楼阁找你爹。否则休想我花这份冤枉钱！"

· 一 ·

秦月珠站在海边，最后一次检查着入海寻珠所必须携带的装备。

四顾无人，她脱掉了衣服，露出黝黑光滑的皮肤和海豚般纤细灵活的腰肢。她在腰间绑上绳索，系上用鱼鳔制成的小囊，还有一把锋利异常的匕首。这是她在一艘古老的沉船中捡到的。它在海中沉了那么久，生了厚厚一层铜绿，可经过打磨之后，依然锋利得可以割断掉落在刀刃上的头发。

那深渊中的珠贝太大了，不便于携带上陆地。最佳的情况是她在海底便能直接用匕首撬开它，取得软肉当中血泪凝成的珍珠。

秦月珠深深地吸了口气，闭上了眼睛。

海潮的喧嚣渐渐地退了下去，另一股新的海潮声大了起来，就像是在她的体内，存在着另一片海洋：它原始、古老、澎湃汹涌，以亘古不变的节奏起伏着。从她还是个孩子时起，它便一直存在。有时，它与真实的海洋之间，还会彼此应和，就像是同一支曲调中的两个音符。

秦月珠等待的，便是它们彼此协调共鸣的一刻。

她猛地睁开眼睛，毫不犹豫地一跃而下。

入水之处，几只海鸥在空中盘旋，领头的一只个头尤其大，头顶覆盖着鲜红的翎羽。

很少有人知道的是，海底也存在着光亮。

鹿角珊瑚的顶端带着蓝色萤光，头顶游过的水母，透明的身体中央一朵桃花微微发亮。海水温柔地托举着她，熟悉而令人心安。

秦月珠一点点向前游去，辨认着之前用锋利的匕首在其珊瑚礁上刻下的印记。上一次，望见深渊中的宝光时，她便留了个心眼，做了记号。那时她胸中所含的气即将耗尽，非得回返不可，只好空手而归。

但这次不同。寻找阿爹，乃她自懂事起，便隐藏在心中的愿望。这一次，一定要采到珠贝里的明珠！

她越潜越深，眼看已经超过了日光所能照亮的范围，海水犹如黑暗的沉重帐幔，将她重重包裹。秦月珠只觉得胸腹疼痛，两耳轰鸣，却还是睁大眼睛，努力辨认着。幸好那珠贝仍在原处，缠在海藻当中。

她大喜，径自游了过去，将它翻过来抱在怀里，又取了匕首，从壳缝中一点一点伸进去。她手中匕首被磨得吱吱颤动，那珠贝却咬得死紧，如何都不打开。

她还要再寻石块来敲，却被一阵光亮所耀。她用手背遮着眼睛，朝那光亮之中看去——鹿角狮鬃，鹰爪蛇身，在海水当中朝着她游来的，竟然是两只蛟龙！

莫非她真的惊动了宝珠的护卫？秦月珠的心跳猛烈地加快了，情急之下，随手捡了身边的石块，朝深渊对面，黝黑沉重的水幕中一扔。

等了好久，下方才传来沉闷的"砰"的一声。

那两只蛟龙身在亮处，果然对黑暗中的事物辨别不清，听到下方响动，立刻扭转了龙头，游过去查看。秦月珠得了这个机会，抱着那沉重的珠贝，一蹬腿，便向头顶的光亮之处游去。

她胸中之气即将耗尽，两耳中的轰鸣已经变为剧烈的疼痛，自她采珠以来，从未下潜过这么深。怀中的珠贝简直重若千钧，一寸一寸地拖着她往下坠去。

原本轻而易举便能浮上的海面，此刻竟显得遥不可及。更糟糕的是，脚下射来了亮光——那两只蛟龙，知道受了骗，正在朝她追赶过来！

秦月珠紧紧咬住了牙关，几乎能尝到血的味道。

此刻若是丢掉珠贝，说不定还能有一线生机——可难道真的要放弃吗？

她绝望地想着：明明还差一点，我就能浮上海面，还差一点，我就能去找我爹，阿爹……

忽然间，她怀中的珠贝猛地一轻，脱离了她的掌控，开始朝上方悬浮起来。她惊讶地睁大眼睛，望见它打开了一条缝，光芒四射间，竟然冒出了一位公子！他满头碧蓝短发，容貌却极为年轻，自海水中伸手过来，在她掌心中一笔一画地写着：蝴蝶。

身周重重包裹的海水，哗啦一声，化为成千上万只黑尾凤蝶。它们扇动着翅膀，竟将她连同那珠贝一起包裹在其中，托出了海面。

那位年轻的公子，在接触到第一缕阳光的那一刻，便化为了水沫。

二

万万没想到，那珠贝当中竟然并无明珠。

她娘空欢喜了一场，少不得又冷言冷语了几句，又说无夏城里有座天香楼，里面的朱成碧掌柜尤其喜欢各类少见的新鲜食材，常常愿意花重金购买。这珠贝不如拿去给了她，说不定还能换点儿银子。至于能换多少，够不够她去蜃楼阁的路费，就看她的造化了。

秦月珠因此出了门。她换了男孩装束，又带了只牛皮做的巨大水囊，灌满海水，将那珠贝放在里面养着。那珠贝看起来大，竟然也不十分沉。

进了无夏城，她跟人一打听天香楼，便有人指点：可曾望见青瓦之上的那座七层佛塔？那便是莲灯和尚当年所化，对面就是天香楼。待她寻过去，望见一栋三层小楼，二层的圆窗上雕着两枝重瓣山桃，斜挑出来一盏写着"朱"字的圆形灯笼，应当是此处无误。可眼见门窗紧闭，台阶上飘着落叶，一幅冷清样。

她过去敲了半天门，才有个穿翠绿色褙子、生得白净娴雅的婢女过来开了门。她一听秦月珠说明来意，顿时面有难色。

"我家姑娘应了旁人相邀，要出海前往海市，这几日我们手忙脚乱，正在收拾东西。一时半会儿，只怕是忙不过来……"

"翠烟？你还不赶紧收拾箱子去，在跟谁说话？"清朗的男声从二楼传来。那婢女连忙应声，把秦月珠的事儿又说了一遍。秦月珠守在门口，便听那人一路叨叨着，从楼上下来："总有人荤素不忌，什么都敢拿来献给你家姑娘，你家姑娘那个性子又是鲁莽得很，恨不得什么都敢尝尝味道，总是要吃到胃疼才肯罢休，我说了她多少次？这回也不知道是什么……"

秦月珠内心一阵忐忑：这家伙如此龟毛，必定不好相处，一会儿若是杀起价来，自己恐怕得不了什么好处。正这样想着，那人已经到了门口，出人意料的，却是位眉目如画、温润如玉的青衣公子，笑起来时两眼都眯成一条缝。

"怎么？有什么好货也给我瞧瞧？"

这公子自称是天香楼的账房，名为常青。秦月珠料想他既为食府账房，必然在食材上见多识广，于是打开水囊，取了那珠贝出来。他见了那珠贝，翻来覆去查看一阵，才点了点头："还真是少见。"

他扔下这话，将翠烟与另一名穿樱桃红色褙子的婢女使唤得团团转。一会儿要她俩去找朱掌柜的过来，一会儿又让她俩赶紧取木盆和新鲜海水来，别让珠贝失了滋味。

秦月珠只有十六岁，城府也不深，开口便问："你肯出多少钱？"

"这个嘛……"常青抬眼看她，"还是等我家掌柜的自己来出价吧。"

秦月珠总觉得他嘴角上翘，笑得像只狐狸。

常青跟两个婢女让她在此等候，说完便上楼去了，一楼的厅堂里顿时显得有些冷清。秦月珠百无聊赖，索性趴在木盆边，瞧着那珠贝。它被养在了盛满海水的木盆里，像是舒服了，竟然张开了一条缝，伸出条雪白的腿儿来，喷着水。

她又想起那日在海中，握着她手的公子，忍不住伸手敲了敲那珠贝的壳儿，轻声问道："喂，那日是不是你在海水里救了我？"

珠贝被她惊动，先是咔嚓一声合上了，接着犹犹豫豫，又打开一条缝，冒出丝丝缕缕的雾气，在厅堂之中，绕着她，越聚越多。雾气当中，有一个人形影影绰绰，她看清他的短发，正是当初那位公子。

原来他平日都是躲藏在这珠贝之中？难道是珠贝成了精？

"好哇！好哇！好哇！我刚听汤包说时，还不肯信——竟被巴巴地送上门来了！"

自雾气中忽然冒出个梳着双髻的小姑娘，眼看比秦月珠年纪还要小，一手拎着裙边，一手叉腰，毫无形象可言地仰天大笑起来。被她这么一搅和，雾气中的人形立刻消散了。浓雾也退回了贝壳之内，连珠贝都翻身掉了个个儿，明摆着是不理她。

"哼哼，如今我为刀俎，你为鱼肉，躲也没有用！"

那小姑娘望见了秦月珠，立刻热切地凑过来："小丫头，你要多少钱？多少钱都可以，我一定得买下来！"

"什么小丫头！"秦月珠抗议，"叫姐姐！你还没有我高呢！"

"咳咳！"有人在一旁连声咳嗽，却是常青，"掌柜的，你这样让我怎么压价？"

秦月珠颇费了一番功夫，才相信了眼前这小姑娘竟然就是传说中的朱成碧。她一路来到无夏城，为的就是要把珠贝卖给她，可真正事到临头，她又犹豫起来："这珠贝，若是教你们买去之后……会如何？"

"会如何？"朱成碧用团扇挡了脸，低低地笑着，"这里可是天香楼，你说会如何？照我看来，新鲜的话，还是隔水清蒸的比较好，又或者，直接打开壳儿来，配糖渍萝卜、白梅醋，一口吞了，也是清甜鲜嫩得很……"

秦月珠心头一紧。她还记得，若不是那珠贝里的人在她掌心中写下蝴蝶两个字，她早就没有命了，可她不仅捉了他，还一路将他送到了刀俎之间。

"我，我不卖了！"她伸手去捞盆里的珠贝。

第四章 明月珠

"掌柜的跟你说笑呢,她与你手中那珠贝是旧识,不会将他怎样的。"常青来拦她,又转头朝朱成碧道,"正好咱们明日便要出发去海市,不如送佛送到西,干脆直接将这珠贝送回蜃楼阁……"

"你们要去海市?"她心头一动,竟如此之巧?"带我一起去!我有问题要问雪公子。若你们肯带我去,这珠贝就让给你们!只是不能吃……"

朱成碧跟常青交换了一个含义不明的眼神。

"这倒奇怪了。"她似笑非笑,"你也要找雪公子?"

· 三 ·

蜃楼阁。雪公子。

数百年来,这两个名字在神州大陆上可谓是无人不知。

据说,蜃楼阁中存有如同浩瀚烟海一般的知识和信息,任何人只要得了蜃楼阁主人雪公子的首肯,都能进入阁中,向他提出任何问题。而无论多么刁钻古怪的问题,雪公子一定能给出相应的答案。

只是这位雪公子脾气古怪,他想要索取的报酬,并非金银,常常是令人意想不到的东西。

而且,蜃楼阁的入口,从来只在东海的海市之中,这海市一年才开一次,无人知其确切位置。即便如此,也常常有人不惜倾家荡产,也要上一趟蜃楼阁,以解答心中的疑问。

海市能有如今的繁盛,成为沿海各大城市交易的重要据点,跟蜃楼阁的存在有很大的关系。

因为那枚玉牌,秦月珠一直疑心阿爹就是蜃楼阁中的人。但就算事实并非如此,只要她能见到雪公子,并且直接向他提问,不就能知道阿爹现在何处了吗?

秦月珠觉得自己真是聪明非常。

第二日,秦月珠还是将珠贝放在随身的水囊里,跟着朱常二人去了无夏城的港口。几人径直上了栈桥,但见桥身两侧泊满了各家船队,都在整装待发。

秦月珠自幼不曾离开过家乡,哪里见过这么多样式不同的商船,更别提琳琅满目的货品,一时欢喜得很,张口就胡乱念道:"大风起兮云飞扬——"

这句话刚出口,她就觉得要糟。她体内的海洋应声起了震动,刮过了狂风,就跟那天,成千上万只蝴蝶被她从虚空当中召唤出来一样。她拖长的尾音还没有完全消散,原本平静的港口应声刮起了真正的狂风。

秦月珠目瞪口呆，只听得货船们乒乒乓乓一阵互撞，水手们操着各地方言彼此对骂。一艘正在下锚、还没有来得及停稳的货船被吹得横过了船身，整个歪斜过来，船头生生撞上了栈桥。

一瞬间，阿娘畏惧的神色再次出现在她眼前。跟你爹一样的怪物，她在说。

这究竟是什么力量啊，只是信口胡言的一句话，却造成了如此糟糕的后果！

栈桥上的人们惊呼不止，纷纷跳入水中逃生，混乱当中却有一个跟家人失散了的小女孩，像是被吓傻了似的，浑身发抖，却站在原地一动不动。眼看那船朝着她的方向，轰隆隆地碾了过去。

常青动了动胳膊，从袖子里滑出支笔来，在空中只一画：透明的空气中立刻起了波动，显露出覆盖着层层鳞片的长尾。

一只完全由墨色绘成的游龙自他的笔下挣脱出来，朝失控的货船扑了过去，狠狠地撞在船身一侧。

货船朝侧面倒了下去，可折断的桅杆被高高弹起，在众人的惊呼声中，朝着那小女孩迎面砸了下去。

"快躲开！"

秦月珠心魂欲裂，不由得喊了起来："停下来，停下来！"

这都是我的错！秦月珠狂乱地想着。可我不是故意的，我不知道该怎么办，不知道该如何控制它——停下来！如果这狂风真的是来自于我，那我一定也能让它停下来！拜托谁来都我让它停下来！

眼见着桅杆朝那小女孩寸寸逼近，秦月珠呜咽着，紧紧地闭上了眼。

一瞬的绝对宁静。

有谁的手指，一点一点轻抚过她的脸；有谁轻轻地拥着她，犹如怀抱着世间唯一的珍宝。再一次，他执起她的手，在她的手心中写字，一笔一画，都像是画在她的心上：大风。

她再睁开眼睛，只来得及望见光芒之中，碧蓝短发的公子渐渐地消散了身形。从被他接触过的地方开始，她体内的海洋起了战栗，一阵接着一阵的狂风，自她周身涌了出来。

那桅杆遭此狂风，速度渐缓，终于在离那小女孩不到一寸的地方生生扭转了方向，砸在一旁的地上。

围观的人们欢呼起来，秦月珠松了一口气，这才晓得自己两手握得紧紧的，都是冷汗。

一只顶着鲜红翎羽的海鸥不紧不慢地飞过，将这一切都看在眼里。

·四·

秦月珠心有余悸。

栈桥上的人们都只道是常青出手阻止了这场灾难，围拢过来不住口地称赞，夸他"妙笔生花，名不虚传"之类的。常青一面应付着，一面自人群包围中看了秦月珠一眼。这一眼颇为严肃，顿时叫她羞惭无比，整个人都缩小了一圈。

若是这一次，跟在她身边的人不是常青呢？若是珠贝里的那位公子没有能够及时现身提醒呢？

毁坏商船，伤及无辜——这样下去，她会成为阿娘所说的怪物吗？

秦月珠不由得攥紧了拳头。无论如何，这次去蜃楼阁，一定要问清楚阿爹的下落，她要亲口问他，从他那里继承来的，究竟是怎样的力量？

她怀抱着如此心事，跟着朱常二人上了船，寻得了一间舱室安顿了下来，又去寻了器皿，给那珠贝换了新鲜的海水。过了一阵，便觉船身震动，窗外的景物缓缓朝后退去。

她对着窗外瞧了一阵，一成不变的景色终是瞧得无聊了，便起了身去寻翠烟她们。一连经过好几间舱室，才遥遥地听见人声。走近几步，就听见一个尖细老迈的嗓音在说："照朱掌柜所说，这蜃楼阁的雪公子手上的明珠，果真是滋补的佳品？"

她素来是个好奇宝宝，胆子又大，此刻听见有人提蜃楼阁和雪公子，哪里按捺得住。她循着声音，来到了一扇雕花的木门前，门后是间宽敞的花厅，除了她靠着的这扇门，花厅的其余三面均是用珍贵的整块琉璃制成的观景大窗，映着外面一天一海。

坐在厅中首位的青衣文士还在继续说下去："前些日子，老朽的脑子有些糊涂，亏得孩子们孝顺，听说这猴脑最为滋补，便猎了几只猩猩来，用铁钳将它们的脖子一夹，立刻便开颅，用玉勺直接挖了吃……"

秦月珠不由得一阵恶寒。这人满头黑发，面容光滑，瞧起来不过三十来岁，可双眼却深深地陷了进去，行动缓慢，再加上说话的语气，倒像是个七八十岁的老人。朱成碧说是受人相邀出海，便是此人吗？

这文士做了个手势，一名身着艳丽纱衣的舞姬立刻款步走了上来，给他献了茶。

"以形补形，吃啥补啥。"他品了一口，颤抖着声音接着说，"老祖宗说的，怎么会有错？不晓得那明珠与之相比，又如何？"

"珍珠向来可安神定惊、明目去翳、解毒生肌，肖珉然先生不是一只眼中起了白翳吗？正巧我也技痒得很，一直想寻个机会，借那雪公子的明珠做一道珍珠明目羹，如今遇上肖先生，可不正是机缘巧合？"

朱成碧坐在他对面，正在慢条斯理地摇着手里绘了牡丹的团扇，樱桃和翠烟立在她身侧。今日的朱成碧似乎与往日不同，声线娇媚犹如成年女子，眼角的红妆浓得能滴下血来。

"不过……那雪公子乃是蜃楼阁首脑，平日里轻易不现身。况且据说他极为看重那宝珠，向来都是含在嘴中，要拿到手只怕不易。"

肖珉然呵呵笑起来："我身边养的这些孩子，倒还有些用处。"

两个蒙面人悄无声息地出现在肖珉然身边。秦月珠下意识地退了半步，脊背上滚过寒战——她一直盯着厅内，竟然不知道他们是何时出现的。

"肖大，肖二。"肖珉然垂着眼吩咐，"替我取点妙妙唇上的胭脂来下酒。"

原本跪着的舞姬听了这话，立刻站了起来。蒙面人的刀紧跟着倏忽而至，刀光闪烁，绕在她身前飞舞，便如闪烁着银翅的一对儿蝴蝶。妙妙的面纱早已被切为碎片，可她稳如磐石，连睫毛都不曾颤动一下。

刀光再凝，肖大和肖二将刀平平地捧到肖珉然面前。那刃上，是薄薄一层胭脂，妙妙的唇上失了颜色，却一滴血也不曾流出。

"好技艺！"朱掌柜鼓起掌来，"这位妙妙姑娘也是好胆量！"

"她吗？"肖珉然伸手将刃上的胭脂一抹，又在指尖细细地捻了，"据说这一族可以通经活络、消肿止痛，我吃了她三百多个同族，如今只剩下她一个，她可是老朽的心头至宝。"

妙妙立刻展开了艳丽笑容，她面纱已去，露出高鼻深目，含情脉脉地只看着他。

那一刻，秦月珠对肖珉然的厌恶到达了顶峰，胃中翻江倒海，立时就要呕出来。她连忙捂住嘴，可那两名蒙面的护卫已经受了惊动。几乎在眨眼之间，他们中的一个已经到了她的面前，隔着雕花的木门，直直地望着她的眼睛。

糟糕！她惊惶失措，就像是被人紧紧握住了心脏。耳畔的轰鸣声却一刻强过一刻：那是她体内那片海洋的浪涛声，就像她在码头上释放出狂风时一样，它们汹涌起来，狂暴起来，强烈要求着释放。

秦月珠朝后退了一步，迷迷糊糊地伸出了手："大风——"

不！这里是在船上！如果她唤来的狂风摧毁了整艘船，所有的人都会落水，会被脚下万顷碧波活活吞噬！她仅存的理智还在挣扎，拼命想要让这一切停下来，拜托谁来帮助她停下来！

一只手落在了她伸出去的手背上，轻轻一握。

秦月珠一愣。另一侧的手也叫人抓住了，还被塞了只碟子，上面是只盛着杏仁酪的白瓷小碗。

"原来在这里。"常青立在她面前，眯了两眼笑着，"不是叫你拿点心给姑娘，怎么偷起懒来？"

秦月珠瞪着手里的杏仁酪，竟放松下来，差点失控的力量也慢慢平复下去。她硬着头皮，将杏仁酪捧去给朱姑娘。朱姑娘半捂着脸，兴致缺缺地接了过去。

肖珉然在一旁阴沉沉地盯着秦月珠，活像一只披散了羽毛的老鹰："常青公子，你家这名小厮之前倒是从未见过？"

"一时兴起，新画的。"

"难怪。"肖珉然点头，"倒是有些缺乏管教。"

常青侧过身来，巧妙地替她挡住了肖珉然的视线。

"既然如此，回头便让她少出现，再不让她搅了肖先生的清静了。"

·五·

事情到了这个地步，秦月珠也无法再隐瞒下去，只好一五一十地跟常青说了自己的身份、能从虚空中唤出实物的能力、据说拥有相似的能力却在十几年前便神秘失踪的父亲。

"我娘说，他只留下一枚写着餮字的玉牌给我。若我能去餮楼阁见到雪公子，必定能知道我爹的下落。"

她还以为常青会颇为惊讶，没想到他只是点点头。

"原来如此。不过……君子何辜，怀璧其罪，多加小心，不要在有心人面前显露得太多。"

常青说这话时颇为感慨，秦月珠联想起他袖中那支同样可以生花的笔，不由得猜测他是否有过类似的经历。这有心人三个字，多半指的便是肖珉然。其实根本不用提醒，在秦月珠眼里，肖珉然是个又恶心又恐怖的老怪物，尤其是，据朱成碧说，他其实已经有上百岁了。

"这一百多年来也不知让他吃了多少珍禽异兽，滋补到如今，浑身上下散发着的贪欲，竟连我都熏得头疼，胃口不好……"从花厅回来她便脸朝下趴进了软垫里，直哼哼。

"既然如此，当初又何必答应他相邀？"

朱成碧爬了起来，一双大眼一眨不眨地盯着秦月珠："谁跟你说，邀请我的人是他来着？"她好笑地问，接着忽然转了调子，"等一下，从这个角度看，还真是长得有点儿像。"

像谁？秦月珠差点脱口而出。莫非你见过我爹？

谁知常青在旁边又打开了只食盒，问道："好不容易央得梅氏糕点第十二代的石弈武做了天地同春，你既胃口不好……"

"吃！"朱成碧顿时忘记了要说的话，蹦跳着朝常青扑过去了。

那天夜里，秦月珠陷在了一个可怕的梦里。

她梦到了一处从未见过的繁华集市，车马穿梭，人语喧哗。她梦到自己在人群中行走，所接触到的人一个接着一个开始变得透明。到了最后，她甚至梦到自己召唤来了狂风和海潮，吞没了整个集市。

她在梦中挣扎、踢打，最终醒了过来，只觉得半身都是汗，躺在原地喘息了一阵，才慢慢地感觉到了冷。

时间已经是半夜。她将脸贴在船板上，听着海潮一下接着一下，拍打在船身上，忽然便痛哭失声。

她原以为，不顾一切地找到阿爹，便能解决一切问题。可这力量太可怕了，而且还在一分一秒地增长，越来越容易失控。万一，阿爹也没有办法呢？万一，他就是因为害怕这力量伤害到她跟她娘，才选择离开的呢？

怪物。那个生她养她的女人在说。

那一刻，秦月珠只觉得海浪之上，星空之下，只悬浮着她一个人。孤独得刻骨铭心。

"阿爹，我好害怕……"她蒙着脸啜泣着，"为什么你不在这里？"

就在此刻，有人的手落到了她的手背上，温柔地引导她放下手来。她眨着泪水迷蒙的眼睛，望见舱室中不知何时布满了雾气，那位碧蓝头发的公子站在其中，关切地望着自己。这是第一次她离他这么近，能看清他双眼澄澈，犹如琉璃。

"哇啊啊啊啊，你又出现了！"秦月珠挣脱了他，整个人撞上了后面的舱壁，才想起来自己满脸是泪。她用手背胡乱地擦着，那珠贝里的公子却靠得更近了些，捧着她的脸，一点一点地将她的泪尽都拭了。

"……谢谢你。"秦月珠莫名其妙地有些脸红，想起来在码头上他的相助，连忙道，"那天要是没有你，我真的不知道该如何是好，多谢你指点，你……"

眼前的人安静地看着她，没有流露出一点反应。

第四章 明月珠

083

"你……你能听懂我的话吗？你叫什么名字？"

他缓慢地眨了眨眼睛，接着合拢了双手，再慢慢打开：一只黑尾凤蝶出现在他的掌心。

秦月珠又惊又喜："你也会吗？你也能唤出蝴蝶？"

他点了点头，放了蝴蝶，任它在室内一圈一圈地飞着。

"原来我不是一个人。"她看着那蝴蝶，喃喃。就像是，在原野上独自跋涉许久时，忽然望见，远方的地平线上，升起了一束摇曳的灯火。

"我们是一样的！我们是同类！你知道吗，我从来没有遇到过跟我一样的人，除了我爹，可我不记得他，只有我娘说他是怪物。可你不是怪物，不是吗？你处处帮我，待我这么好——"

秦月珠情不自禁地拽他的手，他丝毫没有反抗，眼中甚至有一丝笑意。

"你不会说话吗？"她终于反应过来，"也没有名字吗？那，我给你取个名字吧。既然是从珠贝里来的，我叫你阿贝可好？"

自那之后，阿贝夜夜都会出现。为了逗她开心，他一只接一只地变出了蝴蝶、杜鹃、鸽子，甚至还有一只幼年的大象。虽然到了第一缕阳光透过舷窗的时候，它们全都融化成了水沫，但它们带给秦月珠的欢喜是不可计数的。她意识到，这种力量本身并没有坏处，甚至可以创造出美好之物——只要她将那狂暴而且不可控制的一面，牢牢地封锁在内心深处。

如此经过了七八天，他们终于来到了海市附近。

海市虽然一年一次，时间固定，但地点却经常变换。众人只知道是在东海的某处海域，船队到了附近，也只是逡巡等候。这一日一大清早，海上便起了云雾，将天地全都笼罩在其中。

秦月珠听经验丰富的水手说，这就是海市即将出现的征兆，因此屏息等待着。渐渐地，自那云雾之中，传来了一阵接一阵的喧嚣：是车轮碌碌，马匹嘶鸣，欢声笑语。

"海市开啦！"

也不知道是哪条船上的水手大喊。随着那喊声，雾气顷刻间尽皆散去，阳光轰然降临，照亮近在咫尺的一整块陆地：就在刚刚，那里还是一片海面，此刻却已经是楼房林立的繁华集市，酒旗错落招展。

秦月珠愣在原地。眼前的海市，与她在梦中毁灭的陌生集市一模一样。恍然间，她竟如那梦蝶的庄生一般，不晓得身在何处。还要举步向前吗？她踌躇起来。若是恶梦成真，该如何是好？

她腰间的水囊，像是感应到她的心意，竟然发起光来。一只黑尾凤蝶出现在她的手指上，扇动了两下翅膀，朝着海市的方向，径直飞过去了。

那是……阿贝给的鼓励吧？

她一路追寻阿爹的下落到此，眼看蜃楼阁就在眼前，哪里有中途折返的道理？

"等一下！"她朝着那蝴蝶喊："我来了！"

·六·

这一行人终于进入了海市。

朱成碧心心念念要逛街，肖珉然只想赶紧去蜃楼阁。双方商谈一阵，终于还是各退一步，说好半个时辰后在蜃楼阁入口处再聚。

秦月珠也想去蜃楼阁，可她既然扮成了小厮，只得规规矩矩地跟着朱成碧。朱姑娘倒是显得对海市熟悉得很，熟门熟路地逛了一阵便找到了家卖烧饼的小店。店主是个蓝眼睛的胡姬姑娘，做好了烧饼，用精细的小竹筐子盛了，递来给她，她连忙道谢去接，手指却从她的袖子中间穿了过去，犹如穿过雾气一般。

她吓了一跳，盛着烧饼的竹筐掉入怀中，却是沉甸甸的真实。朱成碧过来取了一个，捧在手里嗅着。

"虽已熟了，可其中的樱桃馅儿，色泽犹存。这樱桃毕罗的技艺，自唐时至今，已经失传了。"

"可她分明会做，怎么能说失传？"秦月珠扭头看着蓝眼胡姬，她还在笑着跟她们招手。

朱成碧微笑不语，反倒是一旁的常青开了口："你这一路过来，可听见酒馆里有人唱歌？"

秦月珠慢慢回想着："咱们路过的酒馆，我听见里面有人明显是喝醉了，一直在唱歌，唱的好像是，好像是……"

"'云想衣裳花想容，春风拂槛露华浓。'"朱成碧学着那调子哼起来，"那老家伙，自打叫高力士给脱了回靴子，得意得很，近来醉得越发厉害了。"

秦月珠几乎跳了起来："你是在说……不可能！"

"当然不可能，在想什么呢？"朱成碧白了她一眼。

"那并不是真正的李白，你所看见的，是蜃楼中的幻象。是几百年来，游历神州各地的蜃楼书吏所收集，并且呈现给雪公子的，是关于李白的记忆叠加的结果。真正的李白早

已死去，但属于他的幻象却还活着，依然天真烂漫，永远烂醉如泥。"常青解释道，"这便是蜃楼阁和雪公子所保管的东西了。"

已经失传的技艺，已经死去的诗人，早已枯萎的花朵。然而在这海市蜃楼的幻象当中，他们被保存了下来，依然以为自己还活着，永远活着。

难怪蜃楼阁能回答任何问题，雪公子所看守的，分明是一所浩如烟海的图书馆。

他们三人正在这边说着话，周围的景象却一点一点地变了：眼前的店铺渐渐地透明，连原本微笑着的胡姬姑娘，脸上虽然保持着原来的表情，可整个人从衣袖开始，也一点点地散成了雾气。

秦月珠大惊失色。可朱成碧像是早就预料到了这一切似的，继续往嘴里塞着樱桃毕罗："近四百年来，蜃楼阁保管的东西越来越多，雪公子独力支撑，早就不堪重负了。"她半睐着金眼，分明别有用意地道，"若是有个人，也能有这能力，可自虚空中唤物，能帮上他一把……"

她话还未说完，秦月珠已经冲了过去，一把抓住了那蓝眼胡姬的袖子。她原本是要整个消逝的，却在秦月珠手中一点点地恢复了血肉和色彩，重新又眨了眨眼睛："哎呀，也不知怎么回事，刚才竟然犯起困来？这位客人，可是还要再尝尝我家的毕罗？"

朱成碧踱过去时，秦月珠已经松开了手，盯着自己的手掌发呆。她刚才一时冲动，完全没有料到真能帮上忙，连原本在波动的店铺和街道，都一起恢复了正常。在他们身周的，又是当初那个繁华的集市了。

"你既有这种能力，有没有想过进入蜃楼阁做一名书吏？"朱成碧问她。

秦月珠恍然大悟，难怪阿爹会有蜃楼阁的玉牌！他必定是在这蜃楼中，找到了运用自己能力之处，也做了一名书吏！若是她也能——

"不过你可要想好了。入蜃楼阁者必须永远留在海市，除非奉雪公子之命，否则终生不得再归返陆地，你可割舍得下？"

终生不得归返。

她第一时间想起来的人，竟然是阿娘。阿娘会思念她吗？还是，只会惋惜损失的那些银子呢？

秦月珠原想，既然连这海市都是蜃楼阁的幻象，这蜃楼本身，不晓得又该是多么辉煌。真到了眼前，才发现，挂着"蜃楼"两个字的牌匾的，不过是一处窄小的入口。

一名布衣装扮的中年人站在门口迎接他们，态度不卑不亢："在下乃蜃楼阁书吏。几位客人如有要提的问题，可以告诉我，由我转告给主人即可。"

肖珉然自然不肯，只说这问题异常机密，必定要面见雪公子。中年人却说公子近来抱恙，不见海客，丝毫不肯松口。双方正在胶着，秦月珠瞧见了中年人腰间垂着的"蜃"字腰牌。

跟她父亲留给她的腰牌一样，只是，面前这人的腰牌是木质的。那是不是意味着，父亲也是蜃楼书吏，只是地位更高？

她将自己贴身带着的玉牌取了出来，低着头递给了中年人："求见雪公子，有要事相询。"

中年人面上神色变幻，颇为精彩。他愣了一阵，才接了她的玉牌，重又走回门内。众人跟着他都进了蜃楼，见他将那玉牌往墙上一处凹下去的地方放了进去。他们脚下的整块地板都颤动起来，紧接着开始向下缓缓而落。

下降持续了很长时间，终于停止时，他们面前出现的是一处方方正正的入口，其内流转着光华。中年人侧了侧身，朝入口内做了个请的手势。

秦月珠跟着众人，进入了一座宽敞的厅堂。

厅堂的四壁都是玉石，其内不断有细小的光芒流过，犹如游动的细蛇。正对着他们的那面墙上，纵横交错地缠满雪白的长发，发梢深深地镶嵌在墙壁中。

而端坐在墙下的那些白发的主人是——阿贝？！

蜃楼阁的主人雪公子人如其名，连睫毛都是雪白的，年轻俊美，宛如谪仙，凛然不可亲近。但他生得跟阿贝一模一样。这是怎么回事？秦月珠咬住了下唇，抓住腰间的水囊，轻轻叩了叩里面的珠贝，却没有任何响动传来。

就在这一刻，雪公子睁开了眼睛。

犹如兜头一桶冰水泼了下来：那双眼通透犹如琉璃，却什么都没有。没有流露出认识秦月珠的样子，甚至没有一丝感情。

"又是你。"雪公子盯着朱成碧时，有墨迹凭空浮现，出现在他头顶的空中，组成了这样三个字。

"是我。"朱成碧懒洋洋回答，"还是上次那个问题：我能吃你吗？"

"尊驾每年都要问一遍，答案还是不能，我背上背着整个蜃楼。"

朱成碧耸了耸肩，将位置让给了肖珉然。

"你要问什么？"墨迹重新组成了疑问。

"先不忙问问题，还是请公子看看今次肖某带来的酬谢吧。"

087

妙妙离开了肖珉然的身侧，朝前走去。她已经换上了舞蹈时的盛装，腰间和腕上系着一串串雪亮的铃铛，随着她妙曼的步伐，响动不已。

"胡旋？"雪公子略微点头，更多的文字浮现出来，"只可惜我这里已经有了。"

仿佛是为了证明这句话一般，另一个与妙妙一模一样的舞姬忽然出现在她身边，立刻开始舞蹈，旋转得像是一朵盛开中的牡丹花。

"不愧是雪公子！"肖珉然抚掌笑道，"我来时便想，雪公子拥有如此浩瀚的记忆，还有什么是能让你动心的——普通的胡旋怎么敢拿得出手？妙妙所会的，是沙漠民族独有的一种胡旋，公子需要靠近一些，方能看出区别来。"

妙妙应声而舞。和她那影子一般的模仿者不同，她扬手的姿态如此决绝，而弯下腰去的时候又如此悲伤，就像是在和情人分手。

雪公子看着她。他琉璃一般的眼中，是她跳动的影子。

"若我吸干她的记忆，她将永远不能再像这样舞蹈。"

"她心甘情愿。"肖珉然得意地笑起来。

雪公子终于像是被他说动了，那些缠绕着墙壁的白发开始缓缓松解，让他从原地站了起来，朝妙妙靠得更近了些。妙妙还在舞蹈，但她的动作越发激烈，双眼只望着肖珉然一个人。

不！不对！

秦月珠心中警铃大作。肖珉然不怀好意，而妙妙的神情如此悲伤，是在跟他做最后的诀别。

"别靠近她！"

话音未落，雪公子的身体忽然一颤。肖珉然身边等待多时的杀手立刻有了动作。几乎就在眨眼之间，肖大高高跃起在空中，朝雪公子挥起了手中的刀，而肖二的刀已经抵破了秦月珠后背的衣裳，眨眼间，便能刺穿她的心脏。

秦月珠的耳中，瞬时灌满了来自体内海洋的喧嚣。

只要眨眼之间，她便能召唤来毁灭的狂风，或者是呼啸的海潮，撕裂眼前这些令她战栗、令她厌恶的恶人——可如果是那样，整座海市便会如她梦中所见，被她毁灭殆尽。

这是，眼前这位雪公子的创造。她亲手参与了一点点，才知道这是多么困难的事情。要让胡姬姑娘的脸上重回红晕，几乎耗尽了她最后一丝力量。

创造是多么艰难，而毁灭又是如此容易。

这电光火石般的一刹那犹豫，带来的后果是贯穿后背的寒意。

真糟糕。到最后,还是没能见到父亲。

秦月珠这样想着,朝前一头栽倒。

·七·

秦月珠撞进了厚厚的雪层。

原以为会贯穿后背的疼痛并没有降临,她皱着鼻子等了一阵,只感到沾了整脸满手的雪带来的寒意。她爬起来,茫然四顾:玉石厅堂已经彻底消失,取而代之的是一片蛮荒的雪原,一直延伸到视野的尽头。

妙妙纱裙之下的蝎尾已经伸出,但在半空中便寸寸结冰,肖二仍在秦月珠身后,保持着当初持刀抵着她后背的姿势,刀锋之上布满蓝色的寒霜。

秦月珠大着胆子过去将他轻轻一戳,他便硬邦邦地倒在了雪地里。

雪公子站立在雪原之上,低着头,看着倒在他脚下、全身披挂着冰凌的肖大和肖珉然,他们二人都睁着大眼,仿佛还在盯着半空中浮现着的十个墨迹淋漓的大字:千山鸟飞绝,万径人踪灭。

……好可怕的幻境成真之力。秦月珠缩了缩脖子,与之相比,她那点儿微末的力量简直是班门弄斧。

"哎呀呀,不枉我们布了这么长时间的局,可算是将这伙贪得无厌的恶人一网打尽。这招请君入瓮,雪公子可还满意?"

原先朱成碧所在之处,如今是一只秦月珠从来没有见过的妖兽,生着山羊般的长角,眼中燃着金焰。它用少女原先的娇媚嗓音懒散地说着,抖了抖身上的雪,露出护在怀里的常青。

"原来真正邀请你出海的人,是雪公子!"秦月珠这才明白过来。

她这么一喊,三双眼睛都转了过来,一起盯着她。

"你要问什么?"

空中墨迹变幻,出现了新的文字。

"我……"

雪公子琉璃般的大眼,一眨不眨地盯着她。

"你救了我,你可以问一个问题。你的问题是什么?"

"为什么你跟阿贝会如此相像?"

"不不不，在那之前，还有更重要的问题——我爹在哪里？"

有风吹过，他们身边的碎雪随风飞扬。但雪公子的面上依然没有任何变化，他眼中只有一片澄澈。

"他是不是不肯见我？"秦月珠颤抖着声音问，忽然觉得疲惫异常。她离开家乡，跨过了重重大洋，为的是能够来到他的面前，向他提出这个问题。但她从来没有想过，这个问题背后，可能根本就没有答案。十几年音讯全无，要么是他已经不在人世，要么是他根本就已将她们母女俩忘得一干二净。

雪公子头顶的墨迹变幻不止，却始终没有固定的形状。

秦月珠蹲了下来，用双臂环着自己："我走了很远的路才到这里来，不是想要带他回去，也不是想给他添什么麻烦，我就是想看看他是个什么样子的人。我想确认一下，这个世界上，还有跟我一样的人。"

她嘟囔起来，更像是在对着面前的雪地自言自语："我跟我爹一样，我也能从虚空中召唤出实物。可这力量不受我的控制，险些伤害了别人，我想问问我爹，这力量既能创造，也能摧毁——我该怎么办？"

雪公子靠得更近了些，眨眼间，一只脆弱而美丽的黑尾凤蝶凭空出现，停在了他的手指上。

接着，他向秦月珠伸出了另一只手，那只手的掌心，浮现出袖珍的雪暴，闪过细小的雷霆。蝴蝶与雷霆之间，是雪公子澄澈的双眼，无悲无喜。

一手创造，一手毁灭。不过是，一念之间的事情。

秦月珠的内心微微触动，若有所悟，却并不是十分清晰。她抬头去望雪公子，正好他也在低头望着她，嘴角甚至微微牵动，神情之间，竟然与阿贝惊人相似。

但他随之朝后退了一步，缓缓闭上了眼睛。幻境消散，他们重又回到了玉石厅堂之中。无论她再提出怎样的问题，他都不肯再给出任何答复了。

她一路寻来，满心以为能寻到阿爹的下落，却是这样的结局。

·八·

刚出了蜃楼入口的大门，人声喧嚣，海市依旧。可无论是楼房还是行人，都在渐渐地转为透明，似乎要重新回到雾气中去。

发生了什么事？朱成碧曾说雪公子多年独力支撑，已经不堪重负——莫非，他出了什么事？这个念头才刚刚形成，秦月珠便感到一阵熟悉的恶寒。

"啊，原来你在这里。"肖珉然的声音从身后传来。秦月珠刚想跑，就让他一把抓住了头发，挣扎之中，一头黑发披散下来。

"是个姑娘？倒是正好。女孩子的血，向来味道便是极好的，例如妙妙，只可惜刚够帮老朽离开那冰天雪地。不晓得你的血味道又如何？"他已经老态毕现，嘴角开裂，咧着尖利的牙便向她的脖子咬了下去。

尖叫声中，黑暗降临。

再度聚焦起来的视野中央，跳动着一团篝火。

肖珉然坐在篝火旁，肩上停着一只海鸥，正慢条斯理地在火焰上烤着一把锋利的刀。

见秦月珠醒来，他像是欢喜得很，凑过来跟她说："慢点慢点，是不是觉得头昏眼花？刚才老朽咬错了人，多亏家里养的孩子机灵，过来提醒，否则便要将你吸干了，那可不是铸下大错？"他抚着海鸥的羽毛，那鸟头顶着鲜红的翎羽，与她冷冷对视。

"老朽方才已经将你随身的水囊送去给那雪公子。有你在手中，他一定会心甘情愿地吐出明珠，那才是真正的滋补良品。"

"怎么可能？"秦月珠喊，"我跟他非亲非故！"

"是吗？可你跟雪公子一样，也有能幻物成真之力，可自虚空中唤来蝴蝶和狂风。"

"我不过是，不过是他手底下书吏的女儿——"

"书吏？"肖珉然冷笑，"连老朽都注意到了，你所拿出来的玉牌，跟雪公子藏身之处四壁上的玉石是同样质地，你可在别的地方见过那样的玉石？"

秦月珠哑口无言。

"当然没有，因为那是他坚硬外壳的内壁！长久以来，他盘踞东海，吞吐蜃楼，甚至还化为人形——这也掩盖不了，他是只贝的事实！老朽曾听说他早年曾恋上过人类女子，甚至还有过一个女儿。沧海明珠又算得了什么，只要有你在老朽手里，他一定会来的！"

"不对，不对！"秦月珠先是被这消息震得睁大了眼睛，接着转念一想，奋力挣扎起来，"就算他是我爹，他也不会来的！他抛下我们十几年，根本不会——"

她猛然住了口。

有短短的一瞬，她只觉得幻觉如潮水般涌来：雪公子跪在玉石厅堂之中，盯着原本属于她的那只水囊，朱成碧和常青在一旁也不知劝些什么。可雪公子最后还是幻化出把匕首来，眼也不眨一下，就朝自己满头发丝割了下去。每割一刀，断端都是鲜血淋漓，他却毫

不犹豫，终于割断了全部长发，从那面缠满蓝发的墙下摇摇晃晃地站了起来。

幻觉中断时，秦月珠正在地上翻滚，满眼是泪。

"这就是血缘了吧。你的痛楚会传给他，他的痛楚也同样开始传给你。"肖珉然在一旁看着，砸吧着嘴，"仔细想想，老朽倒还真的想再尝尝，半人半妖娇嫩少女的血的滋味——"

不！不！

秦月珠颤抖起来，想要重新召唤出狂风，可她太过于惧怕了。她的头发一阵转为碧蓝，一阵又恢复成黑色，她体内的海洋兀自喧嚣，却没能唤出任何事物。

然而天地之间忽然起了浪涛，将他们围在中央，从空中砸了下来，几乎要将他们灭顶。肖珉然将刀刃放到了秦月珠的颈项之上，那浪涛便忽然凝固了。站在波涛顶端的，是半身浴血的雪公子。

"放她走。我任你处置。"

他沾着自己的血，在半空中一笔一画地写道。

秦月珠看不见，也听不见，她甚至哭不出来，也喊不出来。

只有剧烈的痛楚，以血缘为依凭，寸寸逼来。犹如此刻，被肖珉然放在火焰上炙烤的人不是雪公子，而是她。痛楚辗转，无声呼号，一点一点地蜷缩起来的那个人是她。不，他应该比她还要更加痛苦一些吧，痛到终于张开了口，吐出口中光彩四射的明珠。

那珍珠掉落在地，朝秦月珠的方向滚了过来。她条件反射地伸手去抓，珍珠却忽然放射出耀眼的光泽——瞬间，她望见雪公子站在齐膝深的海水里，面前是年轻时的母亲，怀抱着女儿，正在对他苦苦哀求："求你，离我们远一点！别将她变成跟你一样的怪物！"

雪公子伸手，原本是要放到那女孩头顶的。听了这句话，那手便悬在了空中，再也没能落下去。

这是……雪公子的回忆？他一直含在口中，一直不肯放手的明珠，原来却是关于母女俩的回忆？

沧海月明珠有泪，当初他是怀抱着怎样的心情，才会给她起这样的名字呢？又是怀抱着怎样的心情，即使面对就在眼前的她，也不能相认？

"月……珠……"

谁在唤她？在长久的沉默之后，在生命终结之前，谁在唤她的名字？

"阿爹。"她轻声应和。

同一个瞬间，雷霆自天而降，将肖珉然整个贯穿，死死地钉在了地上。电光之中，少女满头长发皆被刷为碧蓝。

狂风和巨浪，从她的身侧汹涌而出。那是她与生俱来的威力，无所畏惧，势不可当——就算令整个世界尽皆毁灭，也不过是一念之间的事情。

·九·

"被你称为阿贝的，是雪公子的分身。"

朱成碧将珠贝从水囊中取出来，捧在手上，对秦月珠道。她们所站之处，正是那面缠满白发的墙壁。

"雪公子独自支撑，日渐虚弱，本来就需要重新换一副身体，再加上肖老头子对他的明珠觊觎已久，我们便联手做了这个局。他创造了阿贝，再传承给他关于蜃楼的大部分记忆，这样，就算他有个万一，蜃楼也依然可以传承下去。"

朱成碧将珠贝放到了断发前。那些还在流淌着鲜血的白发忽然犹如得了生命一般，朝贝壳之内争先恐后地钻了进去。

"谁晓得造到一半，阿贝忽然自己逃了，也不知道去了哪里。可肖老头子已经上了钩，这计划就算没有阿贝也得执行下去——就在这个时候，你竟然带着阿贝，上了天香楼。"

白发纠缠一阵，又退了下去。出现在原地的，依然是闭着眼睛的年轻公子，仿佛从未离开过。

"到了现在，我终于晓得，为何阿贝会出现在你附近的海域，又会心甘情愿被你捕获。他虽然记忆不全，但仍牵挂着你，本能地想要关照你，谁叫你是他唯一的明珠呢？"

"可是……我爹已经死了……就在我眼前……"秦月珠喃喃。

"你没明白我说的话吗？蜃楼在，雪公子就在，而且这一次，他不再是独力支撑，他身边有你。"

年轻的公子睁开了眼睛，依然是一片澄澈。

"好了，来跟他自我介绍一下吧？"朱成碧微笑着，露出一侧的虎牙。

"我认得你。"他们头顶的墨迹缓缓汇聚，组成新的句子，"我第一眼看见的人，就是你。你跃入海里来，将我带了出去。你将我养在水囊里，没有让他们吃掉我。你还给我起了一个名字……"

"阿贝，"秦月珠微笑着，任凭热泪滚滚而下，"我是——我是蜃楼阁中新任的书

吏，从今往后，你再不用独力肩负整个蜃楼了，我会陪在你身边。"

她倾身向前，伸出合拢的双手，再缓缓打开。

一只新生的蝴蝶扑扇着翅膀，从她手中飞出，洒下一串串晶莹的水沫。

夫海市者，为蜃楼贝吞吐雾气所生，楼台宫阁，人马喧嚣，皆如真实。东南渔民多有驾船与之相交者，曾言其间诸多奇珍异宝，非凡间所有，然不可妄取。曾有贪婪之辈暗怀珍宝，待海市关闭，取而视之，皆化为水沫。绍兴十四年夏，海市陡生异象，楼阁倾颓，为狂风巨浪所袭。次日云开日明，原处再生新城，市集依旧，行人皆面有喜色。询之，曰蜃楼阁阁主遗失明珠多年，终于寻回，是以重开海市，以为庆祝。

饕餮记 贰

琼华梦
第五章

· 零 ·

血红的新月仿佛撕裂的伤口,沉沉地坠在天际。

徐若虚站在莲心塔顶,夜风猎猎,鼓动他的衣袖。在他下方,沉睡中的无夏城泛着青白的光。他望见屋檐之上爬动着无数没有五官、身披长毛的怪物,它们挨家挨户地翻开屋顶,钻入窗户,将布满利齿的脸整个伸进屋内,贪婪地吸着什么。

这是……梦吗?

有晶莹的光球,被它们吸了出来,在月光下兀自升腾。

不,这不仅仅是梦,那是生人的魂魄——万万不能让它们带走!

徐若虚焦急万分,可他的四肢犹如被无形之物给缚住了,无法动弹。他眼睁睁地看着一只又一只光球消失在怪物的利齿之间,所能发出的不过是喉咙间的一丝呜咽而已。

就算是在梦中,他也清醒地意识到,无夏城中的所有人都陷入了危险之中!

悔恨涌上喉来,苦涩无比。

而这全都是他的错。

一

这一年夏天，无夏城东出了件怪事。一户姓曹的人家，有个尚未出阁的女儿，闺名唤作晓芙的，原本是好端端地在绣房中绣花，忽然瞌睡起来，就此趴在绣房的窗台上，再也不曾醒来。

照理说，这姑娘是自己睡了过去，曹家人就算再急，却也怨不得旁人。可偏偏有个姓孟的秀才，平素就住在曹家隔壁的，就在晓芙昏睡后不久，一路喊着她的名字冲进了曹家，也不顾曹家人的阻拦，坚持要见晓芙。

此人见晓芙面上尚残留一丝诡异微笑，却再无法唤醒，顿时发作起疯癫来，只嚷嚷着说是他害了晓芙。曹家人立刻便拉扯着他要去见官，可孟秀才的贴身小厮信誓旦旦，言道他家少爷这整整一日未离开过房内一步。

两家就此撕扯起来，将按检司闹了个不可开交。按检司诸人正在头疼，那疯癫的孟秀才忽然又喊出了新词："有妖兽！是它们吃了晓芙！都怪我……"

"既有妖兽，还是请专业人士接手比较好。"按检司捕头皮笑肉不笑地道。

无夏城分明还设有巡猎司，是专门解决跟妖兽有关的案子的！巡猎司顾问徐学士家还有个机智过人的徐若虚徐小公子，接连破过好几桩人类伪装成妖兽犯案的案子。坊间都盛传他"素有妖法"，少女莫名昏睡这等烫手的山芋，踢给他正是再合适不过。

"素有妖法"的徐若虚一边听着巡猎司鲁鹰鲁教头派来的小羿师介绍案情，一边哭笑不得地看着手里的卷宗。晓芙的绣房之中，弥漫着一种温煦的草木清香，旁边的熏香球中，只残留些许灰烬。曹家无人能识，按检司在孟秀才房中翻了个底朝天，也未曾找到这种熏香的影子。

"若说是他给了晓芙熏香，故意要置她于死地，那他何必又主动跳出来担这个罪名？"徐若虚道，"还有，晓芙这边昏睡不醒，孟秀才那边便发了疯。两个人之间，必定存在着某种联系，只是我们目前尚未知道而已。"

"据那孟秀才所言，他是在梦中见到的晓芙。这家伙疯言疯语，也不知有几句是真的。"小羿师摇了摇头。

"既然如此，随我一起来吧，阿——"徐若虚咬住了自己的舌头。适才他已经抬起了惯常召唤阿零的左手。差一点儿，他就要唤出阿零的名字。

小羿师在对面无辜地望着他。

他伸出去的手略有尴尬，最后还是就势拍在了对方肩膀上："还是再询问一番嫌犯吧。"

就徐若虚看来，孟秀才不像是发了疯。

孟秀才名珏，字琰臣，少而好学，才思敏捷，能七步成诗。他跟徐若虚早先曾就读过同一处书院，由同一位夫子启蒙。真要算起来，徐若虚还得唤他一声孟师兄。

如今的孟师兄身陷囹圄，数日未曾梳洗，头发乱如飞蓬，看起来倒真有几分疯癫模样。可他衣裳虽脏，还是整理得一丝不苟，又不像是彻底丧失了神志。

徐若虚隔着牢门唤他，他也只是面对着牢房的墙壁，前后摇晃，喃喃自语，两手都捧在心口，也不知道攥的是什么。

仔细听了，他反复念叨的，也不过是这样一句话："妖兽！妖兽！是我害了晓芙……"

"琰臣兄！"徐若虚脑中忽然灵光一闪，"你所说的妖兽，可是黑白相间，状如巨猪？"

这句话起了作用。至少孟琰臣不再前后摇摆了。他转过头来，蓬发间露出一只发亮的眼。

"《神州妖事录》上有载，这种妖兽名为梦貘，喜好以梦为食。若你与晓芙在梦中所见到的妖兽正是这般模样，那晓芙如今昏迷不醒，必定与它有关——"

"你信我？"孟琰臣没头没尾地道。

"啊？"

"你信我跟晓芙曾在梦中相会？！"孟琰臣忽然便扑了过来，撞在牢门上，发出哐当一声。

徐若虚下意识往后退去，却让他抓住了手。

"他们都不肯信我，他们都说我发了疯。可我分明记得梦中，晓芙喂给我的新鲜荔枝的滋味，她还跟我说，她要留着那核，作个纪念。我进她房中唤她时，她还攥着那荔枝核，攥得那么紧，我花了半天，才将她的手掰开来。"他将一样东西使劲往徐若虚的手里塞，"看啊，看啊，就是这个。这能证明，我说的都是真的！是那妖兽吃了晓芙，要赶紧抓捕它归案，还能救晓芙一命！"

"可是梦貘趁你们相会，吃了晓芙？"

"……不，我没见着什么黑白大猪。"孟琰臣眼神呆滞，"我的梦中，是璀璨晶莹的一树琼花……"

· 二 ·

那个暑热难耐的夏日午后，孟琰臣梦见了一树琼花。

云雾缭绕中，花树高达丈许，枝头上托举着奇异的花盘，边缘九朵蝴蝶一般的莹白花朵，包围着中央金黄的簇簇小花。

孟琰臣赞叹不已，不由自主地飘了过去，又听见树底下有人说："这是四海无双的琼花。世间唯有心志坚定、品性高洁的少年，才会在梦境中开出这样的花朵。"

隔着花叶，那人的相貌看不太分明，只望见他宽大的玄色衣袖，边缘饰着流云。

"只是眼下，这株琼花开得还不够繁盛，还得锦上添花地加上一笔。"

玄衣人拍了拍手，从树后转出一位羞答答的少女。孟琰臣一见她，顿时双耳轰鸣，犹如雷击。

"晓芙，你，你怎会在此？"

他还想再说，却绞尽脑汁，也想不出来接下来的话。上个端午，晓芙听从其母的吩咐，给孟家送过挂在门上的艾叶和柳枝，两人因此打过一个照面。

自那之后，孟琰臣再未见过她，但晓芙的影子却无处不在。哪怕是隔着层层的牵牛花、隔着葫芦架，他也能感应到院墙另一端的她。细碎的对话、隐约的嬉笑，从石砖上掠过的清浅脚步，任何一样，都能让他幸福上整整一天。

相较于孟琰臣的手足无措，少女却展现出了令人敬佩的勇气。她缓缓上前，两颊都带着红晕，直视着孟琰臣，往他的唇间塞了一颗剥好的荔枝。

"小哥哥，你尝尝，甜不甜？"

孟琰臣只觉得心都要跳出来了。

晓芙接着说："小哥哥，你不晓得，自从……我总是想着你，走路时想着你，绣花时也想着你，吃不下饭，也睡不好觉，我是不是病了，是不是要死了？"

她转动手腕，给他看手心里一枚荔枝核："眼下你果真到我的梦里来了。我便真是死了，也是欢喜不尽——这个，便给我留作纪念吧。"

她竟然与我是一般的心思！这世上还有比这更幸福的事情吗？孟琰臣简直想要放声大喊，他身边的那株琼花，像是被他所感染，一朵接着一朵，冒出了更多晶莹如雪的花盘。

玄衣人数了又数，最后还是遗憾地摇了摇头。

"唉，仍是不够。"

孟琰臣连忙向他道谢："多亏这位先生仗义相助，让我与晓芙在梦中相会，方才知晓了彼此心意……"

"我也不是为了别的。"那人冷冷道，"只因你若越欢喜，这琼花便会开得越繁盛，你这场梦的滋味，也就越美妙。"

他朝前一步，露出的半边嘴角微微咧开，里面隐约是细密尖利的兽齿。

不好！孟琰臣心中警铃大作，连忙扯过一旁的晓芙，想要将她护在身后。谁知道他一回头，少女身边忽然出现了几个似人非人的怪物，全身覆盖着猴子般的长毛，竟然没有五官，只有下颚上二寸来长重重交错的利齿，覆盖了整整半张脸。

晓芙发出了惊叫。孟琰臣一阵慌乱，其中一只怪物却猛地朝他冲了过来，直直地撞上了他的脸。

他身不由己朝后退去，不由得屏住呼吸，以为会传来鼻骨碎裂的疼痛，却只听"砰"的一声，已是仰面朝天，摔在了自家床边的地上。

"定是它们，在梦中吃了晓芙！"

离开牢房许久之后，这句话依然在徐若虚耳边回荡。他的手腕上，似乎依然还能感觉孟琰臣犹如铁钳般的根根手指。

孟琰臣说的是真话。

他塞到徐若虚手中来的荔枝核也是真真实实的。徐若虚将它举了起来，对着阳光看了看。黝黑，沉甸甸的，表面有明显的四棱。

这个时节无夏城中绝不会有新鲜荔枝。荔枝这物最为娇嫩，从枝上采下只需一日，立刻变了味道。就算岭南有产，待运到无夏，也早就不能吃了。

但这种新鲜荔枝他不仅认得，而且就在昨天还刚刚吃过。就在天香楼。

· 三 ·

天香楼在无夏城的存在颇为特殊。

说它是无夏城中数一数二的顶级食府吧，它又常常半年都开不上一次业，冷清的时候简直是门可罗雀。说它生意凋敝吧，掌柜朱成碧的一道菜又是千金难求，多少人趋之若鹜，都不见得能分得到一杯羹。

但极少有人知道，外表是名娇俏少女的朱成碧，其真实的原形却是上古的凶兽饕餮。她留在无夏城，只是为了履行当年跟莲灯和尚的一个承诺，要守护莲心塔。整个无夏城中，知道这个秘密的人不会超过十个，徐若虚不巧正是其中之一。

这一路吃吃吃，甚至吃到人家梦里去的行径，倒挺符合饕餮的作为。

会是朱成碧吞吃了晓芙的魂魄吗？可那琼花树下的玄衣人是谁？晓芙房中的奇异熏香

又是从何而来？

徐若虚一进天香楼二楼的雅间，便踏入了云雾当中——在他头顶是一整片广阔无垠的夜空，星辰在天际闪烁，视野中央一株流光溢彩、晶莹如雪的花树。

幸得眼前尚有熟悉之人。天香楼的账房常青立在那树下，持着支外表普通的笔，正在绘最后一枚花瓣。

"啊，你来的正好。"他头也不回地道，"来看看这琼树画得像不像？"

徐若虚一路踢着齐膝深的流云，蹚了过去，内心震动不已。眼前这一幕，跟孟琰臣所说的梦中情形竟然如此相像！

"……这是何物？"

"来了个挑剔的食客，说是对什么都没有胃口，非要对着琼花才能吃得下东西。"

"竟有人敢挑剔朱掌柜的手艺？"

这人还活着吗？没有被吞掉吧？

常青像是对他所想之事一清二楚，苦笑道："此人身份有些特殊……"

他还要往下说，朱成碧却从树身后转了出来。她一手托着只砂锅，一手拎着裙子，气哼哼道："如此挑食，怎么不饿死你算了？"

另有一人在树后一本正经地回应："方才早已说过，这道白果荔枝姑获煲，虽然用了我送你的新鲜荔枝，但所用姑获太老。姑获鸟这东西，一超过五百岁便口感如柴，完全不能吃。再者火候也不对，白果太烂，肯定是你急于求成，又动用了朱雀焰的缘故……"

朱成碧将砂锅朝徐若虚怀里一扔，立时就要扑向树后。常青根本看也不看，直接伸手，一把就拽住了她身上的束带。

"谁也别拦着我，这次一定要吞了他！"

"喔？"常青慢吞吞地松开了她，"去吧。"

朱成碧原地跳了下："汤包，你不拦我？"

"去啊？吞了莫先生，接下来你准备怎么办？"

"所言极是。"树后之人赞同道，"还是小友的这树琼花画得漂亮，只可惜终究是假的，不如我曾在岭南尝过的'琼华梦'，只有最纯粹、最高洁的少年人，才能有这样的心魂，开得出这样的花朵……"

徐若虚心头一跳。连饕餮化成的朱成碧都不敢随便吞吃的，必定是某种厉害的妖兽，而他所流露出的，对琼华梦的向往，对人类漫不经心的态度——徐若虚几乎可以肯定，此人便是在梦中吞吃晓芙的凶手！

仅凭自己一人之力,绝不可能将其擒获,反倒会打草惊蛇。还是先偷偷溜走,回巡猎司再从长计议……

"咦?"树后之人却忽然止住话头,四下嗅着。

徐若虚刚退了一步,便见他蹿了出来,却是个文质彬彬的儒雅男子,果然身着有云纹的玄衣,扑上前来一把抓住徐若虚就开始嗅。

"咦咦咦咦咦咦?"他指着徐若虚,扭头朝一旁道,"分明藏着这等美食,却舍不得拿来给我吗?"

朱成碧叹了口气:"摘了眼镜便是个半瞎,你戴上眼镜再看看?那是能吃的吗?"

这位莫先生依言从怀里摸出枚水晶磨成的镜片,朝鼻梁上一架,整个人顿时散发出一种惊人的学究气来。他揪着徐若虚又打量了一阵,看得徐若虚寒毛倒竖,终于遗憾地叹道:"不能吃啊,真遗憾,好不容易有能入眼的。"他摘下了眼镜,悲伤地想回到树后,却一头撞在了树干上。

"恕常某直言,莫先生,再饿下去,你便要没有力气了。"

"小友此言甚对。"莫先生文绉绉地道,"但鄙人是有气节的,便跟那高洁的琼花一样,除了琼华梦,我其他的东西一概不吃!"

他又像是想起了什么,扭头望向徐若虚,从怀里摸出一株草,可怜巴巴地递给他。

"若有一天,你遇到了什么特别开心的事情,一定要点燃它召唤我去你梦里啊!一定啊!"

躺在徐若虚手中的,是一株形似菖蒲、通体鲜红的小草。他认得它,知道它的名字——怀梦草。

汉代郭宪的《洞冥记》有载,倾国倾城的李夫人去世后,汉武帝思念成疾,东方朔献上的便是这种草。点燃它,便能与思念之人在梦中相会。

被他的掌心所温暖之后,它开始散发出某种奇特的草木清香。跟按检司在晓芙闺房中找到的熏香球中残留的味道一样。

·四·

"这便是怀梦草?"

鲁鹰伸了两根指头,将那红草拈在半空,皱眉道。

"没错!这位莫先生,原形必定便是梦貘。他利用了晓芙的一片少女之心,诱得她燃了怀梦草,让她入了孟师兄的梦。为的就是要让孟师兄梦中的琼花开得足够繁盛,好成就他心心念念想吃的琼华梦。"

徐若虚将探查到的线索和盘托出。

"巡猎司能下逮捕令，抓捕莫先生么吗？"

鲁鹰缓缓摇头："如今仍无确实的证据可定罪，除非我们能在它潜入梦中，食人美梦时当场抓住它。况且，你刚上天香楼，便遇到莫先生，未免过于凑巧。此事似乎另有蹊跷，还是少安勿躁——"

"那要待到几时？"徐若虚着急起来，"若是放任这只梦貘不管，难保不会有第二个、第三个晓芙出现！"

这句脱口而出的话，竟然一语成谶。

接连数日，无夏城中陆续出现了新的受害者，都如晓芙一般，在某一天入梦之后，再不曾醒来。卧房之中，都有着怀梦草燃烧后留下的香气。

这些人里，甚至包括了孟琰臣。

徐若虚再入牢房，想要再询问些细节，便见孟师兄靠着墙壁，面上是一丝若有若无的笑容，仿佛正在做着不愿醒来的美梦。他掰开他发僵的手指，见他掌心中，是一根鲜红的怀梦草，已有大半都烧成了灰烬。

这次，莫先生又是如何诱惑的他？是不是告诉他，只有入梦，才能重新寻回少女的魂魄？

"混账！"他一拳捶在墙上，"为了口腹之欲，竟然罔顾人命，再这样下去——"

难道就真的拿这梦貘没有办法吗？

除非能进入梦中，在其犯案的当场将其拿获，可这梦貘只在梦中出没，形踪隐秘，如何能知道下一名受害者是谁？

不，还是有迹可循的，到目前为止，所有的受害者都是无夏城里的少年秀才，就跟徐若虚自己一样。莫先生甚至还亲口承认过，他想吃徐若虚。

徐若虚藏在袖袋里的另一只手，将那株完整的怀梦草越握越紧。

在内心深处的某个地方，还残留着些许不安，他还记得，莫先生咧开嘴角，露出细密兽齿的样子。

可即使他能等得起，奄奄一息的晓芙也等不起了。

终于还是燃了怀梦草。

徐若虚只是闭了闭眼，下一刻再睁开，便已经独自站立于一处废弃的庭院，面对着一树半开半谢的雪白琼花。院中雾气弥漫，周围房屋的轮廓包裹在雾气中，若隐若现。

琼花树上趴着个他认得的人——

"莫先生！"他下意识朝后退了一步。

这个莫先生跟在天香楼上见面时的学究样又有不同，眉眼更加细长，眼波流动，生生地添了三分妩媚。他手中还托了只白玉质地、通体生光的双耳酒樽，听得徐若虚叫他，笑眯眯地应道："终于肯点燃怀梦草了？可是有了什么欢喜之事？"

"你，你怎么来得如此之快？"

"当然是因为一直在等你！这些天我也去了别人的梦里，可没有一人的琼花有你这样的良材美质，我只尝了一口就跑了！"

难怪又有新的受害者！徐若虚暗中握紧了拳头。

莫先生像是毫无察觉，从树上跳了下来："好了，别耽误时间！为了今晚，我沐浴、更衣、熏香，还带来了合适的餐具！"他捧着白玉樽，冲着树干说。

"……我在这边。"徐若虚无奈道。

"啊，抱歉。"莫先生再次摸出水晶薄片来架在鼻梁上，终于在浓雾中搞对了方向，"这下好了。让我来尝尝吧，这第一口……"

无风，但琼树整个颤抖起来。徐若虚只觉得内心一空，就见琼花的花瓣纷纷掉落。莫先生捧着白玉樽，一片一片地接那花瓣，看着它们在樽底融化成薄薄一层液体。他嗅了又嗅，才珍重地抿了一口。

"噗——"他瞪着眼睛，"这是怎么回事？怎么还是这么苦？甚至比我第一次见你时还要苦上几分？痛苦、烧灼、绝望、追悔莫及，你是不是失手伤了谁？"

徐若虚顿时哑口无言。

他之前曾为歹人所控，亲手烧伤了玄蜂所化成的阿零。为了避免同样的事情再次发生，他已下了决心，再不开口召唤阿零前来了。

"啊啊啊啊，太可惜了，本来还以为能吃到饱的！不是说了有开心的事情才叫我的吗？又跟先前的秀才一样不能吃。"莫先生将整张脸都抵在琼花树上，垂下了肩膀，"好饿——"

先前的秀才。

徐若虚的眼前闪过孟琰臣乱如飞蓬的头发和濒临疯狂的发亮的眼。愤怒在他胸中烧灼，让他朝前踏了一步，质问道："你吃掉了晓芙，只是因为孟琰臣的梦不合你的口味？"

"啥？"

"晓芙昏迷至今，难道与你无关？"

莫先生面露难色："她昏迷不醒，是因为在梦中失了魂魄，说起来，我也难辞其咎……"

徐若虚瞧出了他的分神，抓住这个机会再朝前一步，一把抢走了莫先生鼻梁上的水晶片。

"把晓芙的魂魄还来！"

"谁跟你说是我干的？"莫先生重新成为半瞎，伸了两手在雾里扑腾，"快把眼镜还给我！"

忽然间，一阵遥远的哀嚎穿透了浓雾，遥遥地传了过来。

他们两个都停止了动作，静静地听着那哀嚎声。哪怕是在梦里，徐若虚的脊背上也渗出了冷汗。

那是什么？

"我得走了。"莫先生忽然惊慌起来，"它们要来了！"

徐若虚拽住了他的袖子，质问道："那是什么东西？你在害怕什么？"

哀嚎声似乎更近了些。不知何时起，一枚血红的新月出现在漆黑的夜空边缘，摇摇欲坠。

"把眼镜还给我！"莫先生喊道，"是你的梦把它们吸引过来的。你如此痛苦自责，它们就喜欢吃这样的梦，还有做梦之人的魂魄，如果我不能阻止它们，会有大麻烦的！"

要相信他吗？可要是一旦松手，莫先生从此再不在梦中出现，所有昏迷不醒的人们就只有死路一条了！

徐若虚抓着水晶片，他手心中渗出了汗水，让它直打滑。

"用晓芙的魂魄来换！"

莫先生急起来，回身朝他面露凶相，接着就地一滚，化成一只圆滚滚的黑白相间的大猪，甩着根大象似的长鼻子，在浓雾中瞎乱扑腾了一阵，居然也摸到了徐若虚所在的方位，将他拦腰一缠。徐若虚眼前一黑，只听得自己肋骨根根摩擦作响，就要有剧痛袭来。

危急时刻，身旁掉落一地的琼花花瓣如遭狂风所卷，在半空中升腾盘旋，形成了一只威风凛凛的箭头。

"放开他！"

这声呵斥听来万分耳熟，竟然是阿零！徐若虚只听得耳畔风声骤烈，接着便是莫先生一声惨呼，有温热的血溅到自己脸上来，缠绕在身上的长鼻也松开了。

他在纯粹的黑暗中缓缓下沉，再睁眼时，仍是躺在自己床上，床头的怀梦草已经燃尽了。

那只白玉樽掉落在他身边，还在滚动不休。

·五·

这白玉樽明明是梦中之物，此刻却被徐若虚真真切切地攥在手里，真是奇妙。

不过，晓芙手中的荔枝核也是同样，坠落出了梦境，化为实物，想到这一点，徐若虚才觉得踏实了些。

他多查看了一番，面色严肃地宣布，这可不是普通的白玉樽，而是十二定魂玉器之一。

"昔日黄帝初治，山河动荡，洪水滔天，黎民苦不堪言。幸有西王母骑白鹿而来，献白玉环，黄帝命人琢为十二玉器，分散四方，以镇山魂水魄，整个神州才有了接下来的数千年的安宁日子。"徐学士紧锁着眉头，"如今定魂玉器再度现世，也不知是凶是吉。"

连博闻强识的徐学士都这样说了，巡猎司的其他人也不敢怠慢，徐若虚亲眼见着白玉樽被锁进了巡猎司的库房。自从上次啼鸟剑被蛇妖盗走，全巡猎司都大大跌了回面子之后，库房便被整饬一新，设下了重重机关，眼看连只苍蝇都飞不进去。

疑案告破，整个巡猎司都洋溢着喜悦，连鲁鹰的眉头似乎都松了几分。虽然没有能够抓住莫先生，但他既受了伤，又失了白玉樽，至少短时间内不会再继续害人。巡猎司已下了通缉令，在无夏城中四处寻找，相信很快会将其捉拿归案。

可徐若虚还是觉得哪里不太对。

那些无名的满面利齿的怪物呢？它们从何而来？莫先生所说的大麻烦又是什么？

徐若虚捏着手心里从梦里一并带出来的水晶薄片，将疑问在心头转了又转，还是咽了下去。

徐若虚再一次梦到了血红的新月，梦到了在无夏城屋檐上攀爬的无名怪物。

他眼睁睁地看着它们肆无忌惮地吞吃生人的魂魄，却无力阻止。

他犯了个巨大的错误。

内心深处的某一部分，不断地提醒着自己。

可他怎么也想不清楚，究竟错在何处。

就在此刻，怪物群中忽然起了骚动，以某处为中心，开始向四周逃窜。月光下有流水般的刀光，自那中心处如雷霆暴涨，将没有来得及逃走的怪物全都裹挟在内。

刀光过处，所有的怪物都只剩下半边身体，摇晃了一阵，纷纷从屋顶上跌落。

有一人自空中跃来，堪堪停在他身边。身材高挑、面容姣好的成年女子转过脸来，冷冷的金眸直接望穿了徐若虚的身体。

她眼角的红妆都花了，犹如滴落下来的血泪。

"那是饕餮将军。"阿零的声音从身后传来，同时袭来的还有焦煳的气味。

他梦中的火焰在噼啪燃烧，将阿零团团围绕。

"白玉樽已失，连饕餮将军都入了梦。徐若虚，你现在陷在危险之中，整个无夏城都在危险之中。把你的手给我，让我也入梦里来。"阿零向来平静的声调都有了一丝波动，"让我保护你。"

徐若虚止不住地颤抖起来。

梦中的阿零从不曾对他说过这样的话。他几乎要相信这个阿零是真的，相信阿零并没有被自己赶走。

他紧紧咬住牙关，最终只吐出了一个字："不。"

第二日清晨，白玉樽竟失窃了。

徐若虚匆忙赶到巡猎司时，天还没有大亮。鲁鹰早就到了，一脸凝重地站在大开的库房门前，昨天放置白玉樽的地方，如今已是空空荡荡。

"怎样？是被莫先生盗走了吗？"他劈头盖脸便问。

"不是莫先生。"鲁鹰咬牙切齿，踹了踹正躺在地上呼呼大睡的某个老头。

徐若虚这才注意到这老头的存在，不由得大吃一惊："这不是司里的老吴吗？昨天的机关，都是他亲自设置的？"

"白玉樽被盗，是在昨晚，这家伙今早被人发现躺在案发现场，怎么也唤不醒。我已经派人询问过他的家人，老吴从十天前起，便有了梦游的毛病，他家人怕他走丢，夜里都是用绳子将他捆在床上。昨晚风雨交加，家里人一个不留神，他便走丢了，谁晓得竟然来了巡猎司！"鲁鹰解释道。

那么，是莫先生利用梦境，操纵了老吴，盗走了白玉樽吗？徐若虚暗想。不，不对，老吴在十天前起便有了梦游的症状，可那时，白玉樽应该还在莫先生手中。

怎么会有人提前料到巡猎司会设下陷阱，从莫先生处得到白玉樽？

除非——

"糟糕，巡猎司被人利用了！"徐若虚忽然反应过来，"有人埋下线索，一步一步引诱我们怀疑莫先生，待我们从莫先生手中夺了白玉樽，他再从巡猎司盗走它。一开始，这人的目标就是白玉樽！"

白玉樽已失，阿零在梦中说的，原来是这个意思。

"那会是谁？"

徐若虚尚未回答，原本躺在地上的老吴却忽然睁开了眼睛。

"怪物！"他神志仍未清醒，只是一味喊着，"有怪物！满是尖牙！快跑！快跑！别让它们靠近！"

那嗓音刺耳如锉刀刮过钢板，徐若虚不由自主地打起了寒战。一旁的鲁鹰却晃了晃，栽倒在地。

"鲁教头！"

徐若虚大惊失色地过去扶他，发现他双目紧闭，竟跟晓芙一样，陷入了沉睡，嘴角也是诡异笑容。忽然降临的可怕静寂中，只有老吴一个人的声音，还在来来回回地喊着：

"快，快跑！有怪物，有怪物，小心它们吃了你！"

·六·

糟糕，巡猎司外，尚有无辜的百姓！

徐若虚冲出了巡猎司，又缓缓停住了脚步。潮湿的石板路上弥漫着乳白色的晨雾，他的脚步声被巷道两侧反射回来，显得无比空旷。他不仅没有见到一个清醒的活人，甚至还差点踩到路中间沉睡着的几只野猫。

还有鸟儿，在空中飞到一半，忽然便收拢了翅膀，掉落在他面前。

此刻在人们的梦中，一定发生了什么可怕的事！

他蹲下去，将鸟儿还是温热的身体捧在手里，心头的恐惧就跟笼罩在身边的薄雾一般，越来越浓。

"梦魇非常喜欢吃悲伤和恐惧，你会把它们吸引过来的。"有人遥遥地说。

浓雾之中，朝他一点一点摇晃过来的圆形灯笼上写着个"朱"字，金焰所耀之处，雾气全都消散了。

举着灯笼那人最后停在他面前。

"常公子。"徐若虚认出了来人，"什么是梦魇？"

常青并没有立刻回答这个问题。他面露疲惫，连眼下都带了浅浅的青色。

浓雾之中，忽然有细小的旋风呼啸而至，直直扑向他手中的灯笼，金焰顿时动荡不止。

常青抬了另一只手,用笔在空中漫不经心地一点。他俩的身侧响起了细不可闻的尖叫,渐渐远去。

灯笼重又明亮起来。常青这才扭头对他道:"随我上天香楼吧。"

天香楼中弥漫着怀梦草燃烧的香气。

当常青带他进入了雅间,掀开了绣着桃花的半透明的纱幕之后,温煦如春的草木香气更是越发浓郁了。

莫先生躺在地板上,闭了眼,两手交叠在胸前,其中一只手上缠绕着白纱。而在一侧的美人榻上,朱成碧同样闭着双眼,也已经沉沉睡着。

徐若虚还没能完全理解这一幕的含义,常青已经迈了进去,将灯笼放在地板上。金焰跳跃,照耀着他的脸。

"吃掉晓芙魂魄的怪物,便是梦魇。"

他从袖子里取出幅卷轴,一点点展开。在白泽精怪图的梦部中,紧跟在圆滚滚的梦貘之后的,便是那没有五官、只有利齿的怪物。

"梦魇和梦貘两族乃是世仇。梦魇贪得无厌,不仅喜欢让人们做噩梦,还会同时吞吃做梦之人的魂魄,让人无法醒来。但梦魇生来惧怕梦貘,只需一只梦貘便足以守护一座城池,令人们梦境安宁。"

"所以莫先生便是守护无夏城的梦貘?"徐若虚恍然大悟。

常青叹了口气:"是这样没错,但你也看见了,他挑食得厉害。前些日子去了一趟岭南,据说在那边的梦貘同伴邀请下吃了一回琼华梦,立刻不得了了,发誓从此非琼华梦不吃,一直饿成这个样子。现在他受了伤,又失去了白玉樽,力量大大削弱,再也无法和梦魇抗衡了。"

"所以,那些昏倒的人们——"

"他们的魂魄被梦魇吞吃,但眼下尚无碍。我已让饕餮将军也入了梦,若她能战胜全部梦魇,他们便会复原。"

常青忽然转过头去,望着朱成碧。徐若虚也跟着望了过去,一道细细的伤口毫无预兆地出现在朱娘的脸颊上。

"常公子!"

相较于徐若虚的惊慌,常青反倒镇定很多。他伏下身,弯了手指,轻轻地替她擦着那立刻涌出来的血。

"梦中一日,相当于现实中的一个时辰。从昨晚她进入梦中到现在,该是不眠不休，战了有五个昼夜了。饕餮虽是强悍的凶兽，也有疲累的时候，受的伤多了，便会累积……"常青忽然哽住了，就像被什么东西塞住了喉咙，过了好一阵才艰难地重新开口，"我帮不了她——需要有人看守着这盏灯笼，替她和莫先生照亮，否则他们就会陷得太深，无法重新自梦中归返到自己的身体里。"

"你刚才说，是你让饕餮将军入的梦？"

"……是。"常青望着他，良久之后才回答，"是我求的她，再化出饕餮将军来。"

"为什么？你怎能如此驱使她？这跟当初那驯蜂人驱使阿零，不，跟我驱使阿零，有何不同？"

就像是忽然失去了控制一般，这些在他心头盘旋多时的问题，一个接着一个地冒了出来。

"若她因你而受到伤害呢？你难道不害怕吗？"

常青的眼神一点一点地冷了："她已经因我受过伤了。"

徐若虚忽然想了起来，为了眼前这个人，那只饕餮曾经付出惨烈的代价。她化出的无头怪兽四处暴走，差点毁掉莲心塔。是常青任她吞吃了自己，又再从阴影深处将少女形态的朱成碧拽了出来。

"我当然会害怕。和人类有了牵扯，从此再也无法自由的，并不仅仅是阿零。我常常想，她本就是骄傲任性的，若没有我时时束缚，会不会反倒更加快活……"

"常公子！"徐若虚惊叫起来，"你的额头！"

一朵鲜红的眼纹正在他的皮肤下若隐若现，似乎随时要冲出来。上一次，将朱成碧拽出阴影时，徐若虚也曾见过同样的事情发生。

常青却冷静如常，将手掌按在前额上，一点一点地用力，竟将那眼纹生生抹了去。

"即使如此，我也绝不会松手。"

他面露痛楚，却一字一顿，斩钉截铁。

"我会守在这里，即使要付出性命，也不会让这火焰熄灭。"

徐若虚满怀愧疚。

若不是他受了误导，将莫先生当作了嫌疑对象，又自梦中夺了他的白玉樽，梦魇也不会不受压制，害得众人都失了魂魄不说，现在连朱娘也入了梦，常公子也……

若有什么他能做的事，能弥补一二……

对了，莫先生的眼镜！他在袖中翻找一阵，将那枚小小的水晶薄片找了出来。

"若我也入梦，将这眼镜给莫先生还回去，会不会对他有所帮助？"

·七·

徐若虚闭上了眼睛,感觉自己脱离了沉重的躯壳,开始缓缓上升。

他又一次站在了莲心塔顶,望见夜空当中血红色新月高悬,有如一只疯狂的、冷冷嘲笑着的眼睛,在那之下,沉寂的无夏城泛着青白的冷光。

唯一的亮色,是天香楼上常青看守着的灯笼——在梦中,它已经燃成了一团耀眼的火光,形状有如一朵九瓣的金莲。

他再定睛一看,天香楼上竟爬满了梦魇!它们被那金焰所吸引,自四面八方赶来,正争先恐后地沿着花窗和栏杆爬上二楼。常公子站在圆窗前,护着那团火,运笔如飞。凡被他点中额头的梦魇,尽都尖啸一声,跌落出去。之前浓雾中被常青驱赶的尖啸,竟然是这样的由来。

"常公子!"

"还不快走?"梦魇的包围中传来了质问。

徐若虚一跺脚,扭头就跑了起来。

刚才在莲心塔上,他还望见了一只足有五丈来高、黑白相间的大猪,正甩着长鼻,在远处乱踩乱踏,弄得尘土飞扬。

眼下最重要的,是将眼镜还给他!

利齿相击,咯咯作响,紧跟在他的身后。

毕竟是个书生,徐若虚还没有跑出去两个街口,便喘息不止,双腿酸软,几乎无力抬起。可他不敢停留,甚至不敢回头。那咯咯声如影随形,连同头顶瓦片被踏碎的声响,一直在他身后,甚至还在步步逼近。不能害怕,他紧握着水晶镜片提醒自己。恐惧和痛苦是它们最喜欢的食物,只会吸引来更多的怪物。

正在此时,前方的地面上凭空冒出了一只裹在长毛里的猴爪,根根指甲都尖利无比。

徐若虚躲避不及,只得眼睁睁看着它朝自己的脚踝上抓了下去。这一下彻底失去了平衡,整个人朝前平平地砸在了地上。

这一下摔得他眼冒金星,半天才支撑着爬了起来,第一件事情便是检查手中的水晶片。就算是摔倒,他也没有放开它。

"还好,还好,完好无损——"

他将那镜片裹在袖中,擦着擦着,忽然便浑身僵直。有什么毛茸茸的东西正贴在他的

脊背上！徐若虚的脑中飞快闪过满面的利齿，他一点一点地扭转了脖子。一只梦魇的头倒挂着悬在他身后，满头长毛还在晃荡不止。

"啊啊啊啊——"一柄明晃晃的长刀斜了过来，不轻不重地拍在了他的肩膀上，让他把最后一个啊字咽了回去。

"啊什么啊，好吵。"持刀的女将军将手里拎着的梦魇头颅扔开，睁着对冷冷的金眼，居高临下地看着他。她半边脸上俱是鲜血，头顶是一对山羊般的长角。

"朱……饕餮将军？你救了我？"

徐若虚望了望四周散落着的梦魇尸体，赶紧手脚并用地爬了起来。

"好渴，带酒了吗？"

"不，不曾。"

她深深地皱起眉头，语气里满是嫌弃："那汝来此何干？"

徐若虚沉默地摊开手掌，露出水晶片给她看。

饕餮将军略点了下头，便过来将徐若虚拦腰一抱，接着朝半空一甩。

"啊啊啊啊啊啊——"

"闭嘴！"

接下来，徐若虚经历了有生以来最可怕的噩梦：他被饕餮将军犹如弹丸一般朝前扔向空中，高高升起，附近屋檐上攀爬着的梦魇被他所吸引，纷纷抬头观看——接着便在下一刻，被冲过来的饕餮将军砍断了脖子。此刻徐若虚已经过了最高点，正挥舞着四肢，犹如溺水之人一般地往下落。饕餮将军好整以暇地伸手，一把接住了他。

"……啊！"

"太吵了。"她简短地道，一扬手，再一次将他扔向了空中。

如此五次三番。最后一次被她抓住衣领时，徐若虚已经开始怀疑自己的脑袋还在不在了。

他闭眼等了一阵，却没等到再被扔出去，再睁眼一看，眼前赫然是那只黑白相间的大猪，它趴在飞扬的尘土当中，已经奄奄一息。

"蠢货，宁肯饿成这个样子也不肯吃东西！"她抓起徐若虚来。

"等，等一下——"

抗议丝毫无效。徐若虚飞了出去，撞在了大猪软绵绵的肚皮上，又昏头转向地滑了下去。

烟雾迷蒙，尘土飞扬。徐若虚咳嗽着爬了起来，一时看不清四周，只有一个人站在他身后,两手都笼在袖子里,垂着头看他。

"莫先生!"

他连忙道歉,又将怀里的水晶眼镜片取了出来。

"现在道歉又有什么用?"莫先生不肯伸手来接,"梦魇数量太多,我们杀掉一只,又会有更多的冒出来。到如今,它们已经吞了大部分无夏城百姓的魂魄,这些人的身体只能一点一点地衰竭而死——"

说到这里,他却忽然止住了话头,在空中嗅了嗅。

"你闻起来还是这么香,要是能用你的琼花做琼华梦就好了……"

"那你便吃吧!"徐若虚忽然想到这一点,"你吃了我的梦,便能恢复体力,赶走梦魇。是我设下陷阱,误伤了你,才有今日这种局面,这本就是我欠你的。"

莫先生半眯着眼睛,咧开嘴,唇间有细密兽齿闪过:"真的?这可是你说的。"

话音未落,便有一株琼花树自徐若虚的脚底发了芽,越长越高,渐渐地抽出枝叶,开出累累的繁花。徐若虚却被包裹在树身当中,只露出头颈在外。

他只觉得头晕目眩,如同失血过多。

"一朵,两朵,三朵。"莫先生抬头,数着琼花树上的花朵,"你在发抖,你很冷吗?没有关系,很快就结束了。"

不,有什么地方不对!

"之前你分明说过,我因为误伤了重要之人而悲伤,所以我的琼花是苦的,必须要我欢喜,这琼华梦的滋味才会好。你现在,不再讨我开心了吗?"

"我说过吗?"莫先生耸肩,"或许吧,我不记得了。"

他朝虚空中一招手,竟不知从何处取了样器物来,开始一片一片地接着琼花飘落的花瓣。

徐若虚视野的边缘一点点发黑,却还是盯着他手中不放——分明便是已经被人盗走的白玉樽!

"你不是真正的莫先生!你是陷害他的人!"

这人转过脸来微微一笑。蜷曲的雪白长发犹如瀑布般从他的头顶披挂而下,同时冒出的还有前额上一只鲜红的眼纹。

"你是白泽!"

"啊呀呀,很久没有遇到这么聪明,味道又这么好的人类小孩了。难怪莫无涯那头猪想吃了你,连我都忍不住想要尝上一口。"他端了白玉樽,凑到唇边,竟然真的饮了一口,"愧疚、悲伤、思念、痛楚。从最纯洁的灵魂的伤口中流淌出来的痛苦,真是令人难

以忘怀的滋味啊。"

白泽翻转了手腕,将杯中浅浅的液体洒向了远方。几乎便在同时,远处传来了此起彼伏的哀嚎声。

"定魂玉樽能稳固魂魄,也能提纯你的痛苦和恐惧,这是梦魇最爱的食粮,它们很快就会蜂拥而至,将你的琼花,连同你的魂魄一起,吞噬殆尽。"

哀嚎声越来越近。白泽朝后退了一步,迈入了阴影。

"等他们吃光了你,就会更加强大。我倒是真的很想留下来,看看那只饕餮最终被累垮的样子,可我还有更重要的事要做。"

"后会有期——啊,不对,应该是,后会无期了。"

·八·

连血红色的弯月都消失了吗?无论他如何眨动眼睛,眼前都只是一片纯然的黑暗。

他觉得冷,手脚都失去了力气。但他还是能听到无数只爪子在头顶的枝叶间攀爬,听到梦魇喉咙里的吞咽声。它们在撕扯琼花的花叶,每一口都像是在直接撕咬他的血肉。它们来了又去,似乎永无休止。够了吗?不,现在还不够。再多坚持一会儿,再吸引多一些,最好能引来全部的梦魇——

"够了!"有人撕开了他身后的琼花树皮,将他整个人往后拽去。

徐若虚迷迷糊糊地挣扎着:"我还没有到极限,你得等我召唤你……"

"我的忍耐已经到极限了,徐若虚。"

一切只用了短短的一瞬。

所有吞吃过徐若虚的琼花的梦魇,全都在同一个瞬间,凝固了身形。它们原本是在往天香楼上攀爬,在无夏城的层层屋檐上奔跑,在与饕餮将军对峙,此刻却尽都仰面朝天。

就在那层层利齿之下,有什么从内里爆裂开来。

一只玄蜂飞了出来,脚爪之间还抱着枚小小的光球,照亮被扔在下方、雕塑般一动不动的梦魇的残躯。

徐若虚的琼树并不是普通的琼花。在每一只花瓣下,都藏着一只致命的玄蜂。

"阿零,我还是不懂,你是如何入了梦的。"

徐若虚一直以为,玄蜂无法做梦,因此他梦中的阿零,只是自己制造出来的幻象。上一次梦到血红色新月时，他就是怀抱这样的念头，才对阿零说了"不"字。

"我一直在试着入梦。"那时，他身后火焰环绕着的阿零说道，"我在试着接近你，可你梦中总有愧疚组成的烈火。它们烧灼你，也烧灼我，日夜不休。"

一只手从后面伸了过来，放在徐若虚肩上。稳定，温暖，重若千钧。

阿零？！这个阿零竟然是真的？

一直出现在他梦里，一直忍受着火焰烧灼，而他无力阻止——竟然是真的阿零？

徐若虚猛地转身，拉住了他的手，想要将他拽出来。跟之前一样，他毫无办法，也无法让那火焰熄灭。可眼睁睁地看着阿零受苦，其愧疚痛楚，远胜过之前百倍。他一咬牙，既然无法将阿零拽出来，那他就将自己拽过去。

徐若虚再一次跃入了烈火。火焰应声而熄。

"我也不知，我只是很想见到你。你不允许我去找你，那么至少在梦里能见到你。我尝试了很多次，终于能让全部的我陷入沉睡。"

就在他们头顶，玄蜂们释放了从梦魇体内得来的光团，那是之前被它们吞吃的人类魂魄。它们在空中拖出长长的轨迹，寻找着原本的身体，要落回去。

"你还在害怕吗？你还在认为，你跟当初捕捉我、又驱使我去杀人的驯蜂人一样吗？"阿零问，"你如此聪明，为何总在这件事上犯傻？你曾为了我两次跃入烈火，义无反顾——他也会如此吗？"

"可我已放你自由……"

"你曾跟我解释过'自由'这两个字。你说，它表示我能去我心之所向、行我所愿之事。待在你身边，助你寻找最后的真相，就是我所愿之事。"

"可是——"

"而你别想阻止我，徐若虚。"破天荒地，阿零蛮横地打断了他，"记得吗？你已经扯断了金铃，不再是我的主人了，所以你不能赶我走。"

更多的变化正在他们身边发生，街道隆起，砖瓦掉落。在无夏城的中心，一株崭新的琼树正在生长起来。它越长越大，甚至高入了云霄，枝叶伸展开来，遮天蔽日，将整个无夏城都庇护在下方。发着光的花瓣缓缓飘落，犹如下了一场晶莹的雪。

阿零的眼角微微眯起，从他的胸膛里，传来震动。

"阿零……你在笑吗？！"

"天哪天哪天哪，真是前所未有的良材美质！世间罕有的坚定的心，如此纯粹的灵

魂，如此漫溢的欢喜！"一只巴掌大小的黑白相间的猪，正被饕餮将军夹在胳膊底下，扭着屁股挣扎着，"请让我吃一口，哪怕就一口！"

"你当然从未见过了。"饕餮将军应道。

她摊开手掌，去接那随风而落的花瓣："这可是，独一无二的，玄蜂之梦啊。"

·九·

沉睡的三人之中，徐若虚最先睁开眼睛。

常青背靠着墙坐在不远处，手里还松松地握着那支笔。他看起来如此疲惫不堪，似乎连胳膊都无法再抬起。他们在梦中度过了那么长的时间，可醒来后，阳光才刚刚开始炽烈。它扫清了笼罩在窗外的所有迷雾，也照亮了放在地上的那只灯笼。

金焰还残有最后一点，却始终在燃烧。

"我们赢了。"徐若虚低声道。因为干渴，他喉咙嘶哑。

常青默然，缓缓松开手中的笔。他很是挣扎了一阵，才起得身来，给徐若虚倒了杯茶。

"莫先生吃下阿零的琼华梦后，体形越发壮大，剩余几只梦魇都吓得落荒而逃。只是我们终究没有找到白泽，他跟白玉樽都消失了。"

"无妨。还会再见的。"

"常公子，我也不知该不该问……"徐若虚迟疑道，"你额上，是怎么回事。"

常青伸手轻抚自己的额头。

"啊，自上次为了画无夏城饮了麒麟血，便如此了。"

"可那是，白泽的——"

徐若虚把后面的话咽回去了。常青微笑起来。

"我与白泽之间，总是要有个了断的。只是，在那之前，我有个不情之请——徐小公子，请你别告诉她。"

在他们身侧，双髻的少女闭了眼睛还在沉睡，完全不知此刻有人凝望着她，以前所未有的专注温柔。

"……梦魇之厄既解，此后数十载，余遍览群书，未见有载玄蜂入梦者。然凡人入梦，皆因日思夜想，精诚所至，岂独人有此情，而兽类者无此情乎？"

——《续神州妖事录》·崎岖斋主著

饕餮记 贰

浮元子

第六章

· 零 ·

夜幕低垂，一星孤悬。

已是深夜，江上的渔火仅剩了一盏，照着一艘泊在桥下的乌篷船，随着江水的荡漾微微摇晃。忽有一丝水纹朝着船头破浪而来，可刚到灯光可及之处，又消散无踪。

舱中的人不安地嘟囔了几句，翻动着，最后索性坐了起来。灯光照亮了他的侧脸：是个不到十岁的男孩子，怀里抱着个未满周岁的婴孩。

新的水纹再次浮现，离船身只有几寸的距离。这引起了男孩子的注意，他将婴儿小心地放下了，又将手里一直攥着的一只皮影小人塞到了襁褓里，四肢并用地朝船头爬去。

江面上波纹丛生，越来越密集。男孩忍不住好奇，伸了只手指到水下，水底之物纷纷缠绕上来，光滑冰冷，犹如发丝。他悚然而惊，不由得一哆嗦，手上的发丝又散开了。

"做什么呢？小心掉下去。"舱内传来睡意朦胧的女声。

"娘，我们什么时候能到无夏？"

"这岸上便是无夏城，等天亮了，咱们就上岸寻你爷爷去。过来守着丫头睡吧。"

"没事儿，我把风将军留给丫头了。风将军是盖世英雄，一定会保护她的。"他朝舱内应道。

他并不知道，此刻身后的江面正在翻滚不休，无数血红发丝犹如帘幕一般升腾而出，将冰冷的江水滴落在他头顶。当他终于僵直着身体转过头去，眼前已是一整张从水底缓缓冒出来的巨大人脸。一道狰狞的伤痕已经劈瞎了它的一只眼，但另一只眼中精光闪烁，犹如饿狼。

男孩用尽全身的力气尖叫起来。一旁的灯忽然熄灭了。

· 一 ·

眨眼间，薄雪上凭空出现了串串脚印。

脚印很浅，形状犹如朵朵梅花，却比猫的掌印要大上一圈。看它行走的态势，就像是有一只无形的野兽，绕着路逍遥转了一圈，又停在他面前，盘腿坐了下来。

路逍遥双手环胸，只是冷笑。

到目前为止，他已经见识过了"忽然在脑后刮起来的阴风""莫名熄灭的蜡烛"和"脚下踩到的老鼠骷髅"。看样子，无论躲在这座闹"鬼"的融秋园里的玩意儿究竟是什么，它为了阻止他，已经将传闻中的几大本事尽都使了出来。

这些本事，若是用来吓唬无夏城里的一般人，倒也罢了，路逍遥可不怕这个。他看起来年纪小，却已经在鱼龙混杂的兴善街上混迹了六七年，浑身上下除了二两骨头，剩下的都是浑脾气。于是，他反倒是故意往那脚印上踩了一脚，那梅花似的脚印叫他踩碎了，露出地下的石砖，分明刻了个"冰"字。

"原来在这里，叫老子好找！"

他蹲下去，拂开碎雪，想要寻找掀开石砖的机关。这融秋园的主人也不知道是谁，将冰窖修在一棵桂花树旁，自园子荒废以来，无人打理，桂花树的根须越盘越紧，竟是将整座冰窖的入口都遮挡了起来。路逍遥又推又敲，可石砖封得死死的，丝毫动弹不得。

"好哇，鼠老三，竟敢骗你老子！"

他跳起来破口大骂。

"老鼠？"忽有一个奶声奶气的女童声惊呼道，"在哪里在哪里？"

雪地上出现了更多梅花般的爪印，惊慌失措地蹿来蹿去："老鼠！老鼠！"

接着便是"砰"的一声。隐形的小野兽撞在了桂花树上，层层积雪哗啦一声倾泻下来，顿时堆成了座小山。

路逍遥哈哈大笑。原来不过是只隐了身的小妖兽，看起来脑子还不太好使。

"你还笑！都是你吓唬小鸾，你是坏银（人）！快出去！"

积雪被团成了球，一只接一只地扔了过来。路逍遥稍一侧身便轻松躲过了，反倒朝她的方向迈了一步。

女童颤声道："你，你再迈一步试试看？"

"爷爷我还就过来了。"路逍遥满不在乎。

"这、这里是私宅！外、外人不得入内！"

路逍遥索性盘腿坐了下来："老子偏偏看上这园子了，风景不错，准备就此喝点小酒，干脆住上一夜再走，不不，从明天起，老子就搬进来住……"

这是在胡扯。除夕刚过，四周除了积雪便是枯枝，萧瑟得很，哪里来的风景。他来这里，是因为鼠老三信誓旦旦地向他保证，融秋园的冰窖里藏有一盏罕见的玉灯。

如今看来，他分明是被鼠老三给骗了，路逍遥心头憋屈，干脆耍起无赖来。谁晓得雪堆里那至今不见形貌的女童忽然"哇——"的一声，哭了起来。

这下一发不可收拾。她先是号啕，接着是抽泣，到后来竟然连连打嗝。路逍遥在一旁听着，厚如城墙的脸皮底下居然也翻出来一丁点儿愧疚感："喂，我说，别哭了——"

"你，嗝，你是坏，嗝，银（人）！"

"好好好，你说什么就是什么。"路逍遥高举着双手，朝雪堆旁凑了凑，"我说，小鸾妹妹，你在这园子里多久了？有没有听说过，一盏玉灯？据说这灯的工艺颇为特殊，无论怎样倾斜，油也不会洒，火也不会熄，若是能偷——啊哈哈，我是说，借来看看……"

他尴尬地揉了揉鼻子，却不知被何物在脚踝上一缠，再往后狠狠一拖。路逍遥猝不及防，整张脸朝下砸进了雪堆里，沾了一脸的雪。

"什么鬼东西！"

借着雪地反光，他望见那紧紧缠住脚踝的诡异玩意儿，竟然是不知道从何而来的一把血红的发丝！他一个翻身要起，那发丝朝他腿上又绕了一圈，将他再次拖翻在地，一路朝荒废的院子深处拖去。路逍遥想起之前草丛中的老鼠骷髅，才真的惊慌起来，伸了两手在地面上乱抓，一边扯着嗓子叫骂。

更多的发丝从他的记忆中缠绕上来，它们浸透了冬天的河水，如此冰冷，遥远处传来谁不曾停歇过的尖叫。他紧紧地抓住手心中唯一能抓住之物，跪在泥泞之中：那是只金甲红缨、手持银枪的皮影小人——

"风将军救我！"

路逍遥闭着眼，听得簌簌风声在耳畔流动，细碎的雪洒在脸上，身上的发丝却已经松了。他试着微微睁开一只眼：缠在身上的红发不晓得何时遭人拦腰截断，断口还冻着块大冰坨子。

身旁的雪地上又出现了梅花样的小脚印，正在犹犹豫豫地朝他走过来。路逍遥忍不住地往外冒坏水儿，指着空中便道："老鼠！"

"哎呀！"隐形的小妖兽撞进了路逍遥怀里。他整个鼻尖都灌满了寒冷的气息，差点冻出个喷嚏来。

"你又骗小鸾！"

手指一痛，是隐形的小牙齿咬了上来，路逍遥不挣不动，任由她含着。谁知从尖利的虎牙开始，怀中的女童一点一点地显露出了形体：冰雪般莹白的肌肤，深井般孤单的眼睛，只有细嫩的嘴唇因为沾了他的血，有那么一丁点儿红。他之前猜她不过六七岁，现在看起来，似乎还要更小一点。

"这血的味道……南哥哥，是你回来了吗？"

咦？咦咦咦咦咦？

·二·

路逍遥在自家门框上一下一下地撞着头，含泪问着苍天：究竟整件事情是怎么变成现在这个样子的？

一开始，他很顺利地进入了融秋园，准备去偷，啊，不，借那盏玉灯。可谁能想到会招惹出那么可怕之物呢？还一旦惹上，就猫儿抓糍粑一般甩不掉！整整一夜，小鸾眼泪汪汪地粘在了他的裤子上，只要他稍微流露出要走的意思，她就又开始哭得打嗝。

要不是他信誓旦旦地骗她说自己只是去给她买糖糕，马上回来，他路逍遥的英雄人生就要以变成保姆的形式终结了！

不过，若要严格说起来，也不该算是保姆。虽无法判断小鸾的种类，但她必定是某种小妖兽无疑，该是被融秋园原本的主人养来看家护院的。五百年前黑麒麟被莲灯和尚镇压于莲心塔下，许多灵兽滞留人间，其中跟人类立下契约的也不在少数。

融秋园荒废已久，小鸾独自在其中也不知待了多少年。这下吞了路逍遥的一滴血，竟将他错认成了原本的契主。

回想起诡异的血红发丝，路逍遥的脊背上滚过一阵寒战：无论如何，老子绝不再回融秋园了！

"老婆子，你这是在做什么？"

路老爷子站在门口不解地问，手里还托着盏没来得及做完的八角灯。自从路逍遥的奶奶去世之后，他就这样了，管谁都叫老婆子。

路逍遥顿时便站直了："我……我看咱家的门歪了，帮着修一修。"

"明个儿就是元宵节了，儿子跟媳妇都要回来，还带着二狗子跟丫头，你赶紧给做点儿好吃的。"

路逍遥侧过身让爷爷进了门，一边摸着鼻子咕哝："二狗子二狗子，说了多少次了，老子明明叫作路逍遥……"

路家并不算宽敞，再加上无论是地面还是桌面，都摆满了各种样式的灯笼，更是显得窄小。路逍遥自幼看到大，知道那是些红纱圆灯、六色龙头灯、蝴蝶灯、二龙戏珠灯。路老爷子是无夏城中制灯的一把好手，当年脑子还清楚的时候，曾想过传给路逍遥。可路二狗那时正忙着惹得整个兴善街鸡飞狗跳，还自作主张地给自己起了个一听便是英雄人物的大名，这学制灯的事，早就被他抛在了脑后。

"二狗子啊。"

路逍遥浑身一僵。

路老爷子在八角宫灯的绸面上画着，一面絮叨："可不要小看这灯，每个人心口都有一盏。它要是亮着，周遭就都是亮堂的。哪怕是在天上的人，也能被它暖和着、照着，就不会觉得冷。"

他伸出一只颤巍巍的手，拍了拍路逍遥的心口。

你，你终于肯想起来了吗？路逍遥差点喊出来：明日根本就不是元宵，而爹跟娘还有妹妹早就……如果丫头还活着的话，怕是该跟融秋园里的小女孩一般大了吧？

"怎么了老婆子？你盯着我干吗？"

"没，没干吗……"路逍遥垮下了肩膀。

路老爷子的手却忽然一抖了，手里的灯眼睁睁摔在了地上，灯油洒了出来，污了新画的绸面。

"……人老喽。"他慢吞吞地弯腰去捡。

这种事情并不是第一次发生，所以鼠老三一提起融秋园中的灯，路逍遥才会动了心。若是他昨晚能顺利拿到……

心口的那只手似乎还在，连被它触碰过的地方开始烧灼。

"奶奶的，老子豁出去了！不就是个还在流鼻涕的爱哭鬼吗？"

三

路逍遥从邻居家折了一整枝打着花苞的腊梅,接着又去了集上,从摊上摸了包桂花糖糕就走。摊主也晓得路二狗子无赖得很,叫嚷着勉强追了两下,他回身把腊梅扔了过去:"拿这个抵了啊!"

一想起小鸾看到桂花糖糕后两眼晶晶亮的样子,路逍遥的心里便美滋滋的。他怀揣着糖糕,一路哼着歌,一直走到融秋园门口才觉出不对劲来。

青天白日的,哪里来这么多的老鼠!

这些老鼠个个都有一年生的小猫大小,见了他竟然也不躲,只顾着成群结队,朝着桂花树的方向一动不动。枝叶间垂下来一只穿着绣花鞋的小脚,正在努力地想要缩回去。

糟糕!小鸾最怕老鼠!

桂花树下还站了个路逍遥从未见过的少女,披着件仙鹤羽毛织就的大氅,头顶的双髻下簪着的,却是这个季节根本不该有的鲜活的紫玉兰。

路逍遥往前冲了两步,又觉得不妥,一侧身缩在了旁边枯萎的紫藤架下,听得树下的少女开口:"你若再想不起来,我就要派这些老鼠上树了。"

桂花树的枝叶抖了抖,小鸾明显地哽咽出了声。

路逍遥顿时义愤填膺,叫那不同寻常的玉兰花勾起来的一丝谨慎也蒸发无踪,干脆大摇大摆地走了出来:"是谁跟这儿欺负人呢?问过你家路二爷没有?"

"南哥哥!"小鸾在树上差点哭出了声。

双髻的少女缓慢地转过头来,一脸的啼笑皆非。

"南哥哥?"她上下打量着他,"这又是从哪里冒出来的玩意儿?"

从她的鹤氅下面钻出来只肥硕的大个儿老鼠,一身的皮毛油光水滑,顶着只金光闪闪的小冠冕。它凑在她的耳边,也不知说了些什么。

路逍遥一见它就来气:"鼠老三!你是不是骗我?"

"大、大胆!眼看本鼠王在此,还敢大呼小叫!"那戴冠冕的老鼠翘起了胡子,一边使劲地朝他挤着一只眼睛。

"你装什么装?忘了你偷吃我爷爷的灯油,掉进水缸里差点淹死的时候,是谁好心救了你一命?还说要报答我,你就是这样报答我的吗?"

"孤、孤那是为你好!总有一日你会感谢孤的!"

戴紫玉兰的少女却缓缓地笑起来,露出一侧尖利的虎牙:"我道是谁,原来是路家的

二狗子。整日里只晓得偷鸡摸狗、混吃等死，像你这样的小混混，无夏城里不知道有多少个。你还真以为自己是英雄，路见不平，好拔刀相助？"

裙摆之下，阴影起伏，连少女本身的形体，都在一分分地增大，她说出的每一个字，都带着咆哮的回响："不过是个外强中干的孬货罢了！"

眼前竟出现了只饕餮巨兽！双目燃烧着金焰，宽阔的兽脸自半空中俯视他，喉咙中吞吐着滚烫的烈风。

会被吃掉！这是路逍遥脑中闪现的第一个念头。快逃，快逃——

可他逃了，小鸾怎么办？

路逍遥已经后退了一步，又生生停住了。这一步踩在了桂花树下冰窖入口那块青砖上，发出咔嚓一声。之前他以为封死了的入口，竟然有所松动。

路逍遥心头雪亮，双膝一软便跪倒在地："饶命啊！"

巨兽冷哼一声，略微抬了抬头，不屑至极。

路逍遥就地一滚，翻身便手脚并用地上了桂花树，在枝叶间寻到了小鸾，将她拦腰一抱，便跳了下来。这一跳瞄准的是冰窖入口的青砖，他全力在松动的角上一踩，整块青砖翻了起来，将他俩都吞入了地下。

那巨兽顿时大怒，扑了过来，却还是迟了，只能在青砖之外不甘地抓挠着。

有钱人家的地窖入口常有些小机关，多亏路逍遥之前在这方面积攒有丰富的经验，此刻总算是死里逃生。他抱着小鸾跌入了窖底，摔得龇牙咧嘴，半天都爬不起来。

"奶奶的，什么都看不见……"路二狗子还在骂着，周遭的黑暗中便溢出了耀眼的光芒。

小鸾举着盏样式古朴的玉灯，灯座的形状尤为特别，是一只正在滚着绣球的狮子。灯光将冰窖的四壁都照亮了，露出一尺来厚的冰层。冰层之中，是一丛丛被封冻住的血红发丝，犹如海浪般层层翻卷，似乎还在无声怒吼。路逍遥大着胆子过去敲了敲冰壁，指下发出清脆的响声。

"……你做的？"

"小鸾做的。"小女孩点点头，"不能让下面的东西跑出来。南哥哥，你说过的，让我一直守在这里。"

"不冷吗？"

"冷，但小鸾不怕。"

"嘘！"路逍遥忽然捂住了小鸾的嘴。

在他们头顶，巨兽抓刨的声音已经消失，一个新出现的男声在说："都跟你说了这样硬来不行。"

"若她再想不起来，到了元宵节时该怎么办？"

"你这样逼迫，她吓得更厉害，越发想不起来自己究竟是谁了。还是先回去罢，我给你包的浮元子，已经煮上了，眼下该是熟了……"

"不吃！"少女气哼哼地道，过一会儿又忍不住问，"什么馅儿的？"

·四·

"那两人是谁？"路逍遥听得头顶的对话声渐渐远去，问道，"为何他们会跟鼠老三在一起？"

"他们是坏人！用老鼠吓小鸢！"

"这是何物？"他又指着冰层中的红发。

"坏东西！"

"你又是什么？"

"我是小鸢啊！"小鸢歪了头看他。

路逍遥默默地捂住了脸。

"算了。来给你看个宝贝——"

他朝怀里摸了摸，瞬间变成了苦瓜脸。那桂花糖糕早就被压碎了。但小鸢还趴在他的膝盖上，眨着双期盼的大眼。

"咳，咳，要不，我给你讲个故事？"

路二狗子最爱讲的，自然是他心中的大英雄，风泊南风将军的故事。

话说这位风将军年少的时候，也是无夏城中的一个混混儿，到十五岁时，不知怎地忽然就开了窍，浪子回头，终于肯学习风家祖传的狮吼枪。当初莲心塔下只压住了黑麒王，他麾下诸多妖兽，尚有许多流散在神州各处，数百年来兴风作浪。风泊南仗着枪术初成，又少年气盛，竟一个接着一个地挑战了过去。

金甲小将，狮吼银枪，一时盖世无双。连朝廷都受了惊动，封他为神威将军。

"话说有一日，这风将军走在路上，抬眼一望，但见前面一片波浪翻滚，你道是何物？却是那烛龙之发！这烛龙身长十里，左眼为阴，右眼为阳……"

路逍遥来了劲儿，只讲得热血沸腾，就好像那斗梼杌、斩烛龙的人便是他自己。待到他终于停下来时，小鸢已经仰天倒在他怀里，睡得人事不省。

他低头瞧了一会儿，伸出根指头戳了戳她圆鼓鼓的脸。小鸢的脸颊软软糯糯的，跟个糯米豆沙年糕似的。路逍遥心中像是被塞满了什么柔软之物，沉沉地直往下坠。

"丫头。"他轻轻地唤了一声。

但他仍记得那盏稀罕的玉灯就放在他们身侧。它还有一星光亮，却偏偏在他伸手能及的范围之外。

路逍遥几乎将自己的腰拧成个麻花，也没有碰到。无奈之下，他只好将怀里的小鸢小心地挪开一点儿，再奋力一挥手——

玉灯被他碰翻了，滚出去撞在了冰壁之上。

一瞬间，灯光照亮了原本冻在冰壁中之物，将黑洞洞的眼眶和雪白的头骨都暴露在路逍遥面前。路逍遥浑身一个激灵，冷汗就下来了。

他意识到那是只被血红的发丝纠缠的老鼠。发丝从它的肋骨中穿过，又从眼窝中穿了出来。但它姿势狰狞，像是还在奋力挣扎。竟然是被活活吸干的吗？

他靠得更近了些，想要再仔细看看，耳畔却传来咔嚓一声：被他手掌覆盖之下的冰壁竟然出现了一丝裂痕。

几乎在同一个刹那，弥漫整个冰窖的血红发丝开始了不安的震动，冰层碎裂的咔嚓声连续不断。

要，要出来了！路逍遥差点喊出声来，但他却动弹不得，有什么东西胶着在心口，眼看就要呼之欲出——他难道不是在很早之前就见过类似之物吗？就在暗沉沉的水底之下——

"你想要那灯。"

小鸢不知道何时醒了过来，她这一醒，满室的红发似乎有所忌惮，重新安静了下去。

"小鸢想起来了，你一开始就说过，接近小鸢就是为了那灯。"

路逍遥很想梗着脖子说，就算如此，你又能将老子如何。可对着小鸢那双清澈大眼，他的舌头就像被冻住了。

小鸢翻身爬起来，捧过玉灯，塞进了他的手心。

"给你。"

……居然如此轻易？

"这本来就是南哥哥的东西。你不记得了吗？是你把它给小鸢的。小鸢好喜欢，真想一口吞掉，但是它太烫了，小鸢含不久。"

小女孩漆黑的眼瞳里，跳动着两星火光。她久久地注视着它。

"一愿岁岁平安，二愿花好月圆，三愿山河宁静，海清河晏。"她双手合十，轻轻地哼唱起来，"这是你教我的歌，这是你的心愿。小鸾记得，是煮浮元子的时候唱的，要加三次凉水，还要拍手，像这样。"

你认错人了，路逍遥握着那玉灯想，我根本不是你家南哥哥。他抛下你，不知道去了何方，这园子荒废了不知道有多少个十年，就剩你一个傻傻地在这里等着……

"啪，啪，啪。"小鸾在空中击了三次掌，最后一次，她把小手覆到了路逍遥的手上。

"小鸾没有让坏东西跑出来。小鸾乖不乖？"

"乖的。"路逍遥脱口而出，"你一人在这冰窖里不冷吗？有什么想吃的东西我带给你？是浮元子吗？我也会做，你等着，我做给你！"

· 五 ·

路逍遥简直想甩自己大耳刮子，这种话是怎么冒出来的？不是明明打定了主意，一旦拿到玉灯给了爷爷，便再也不进融秋园的吗？更何况，还有冰窖中的血红发丝，哪怕只是回想起它的样子，路逍遥的脊背上都会滚过寒战：绝不能再向前了！

可就算他回了家，把被子拉过来盖住脑袋，还是能看见小鸾灿烂的笑容，听见她说："好的，要跟以前一样的桂花糖馅儿的！"

真发愁。路逍遥又去撞门框。

"老婆子，这灯点不燃啊。"路老爷子又站在了门口，这回捧的是路二狗带给他的玉灯。

"怎么会？昨晚明明还燃得好好的。"

路逍遥接过来，老爷子在一旁指点："这灯没有芯，当然点不燃，就跟人没了心一样，这身边的人就看不见亮光，也摸不到热气。"

路逍遥愣愣地听着，低头看了一阵怀里的灯，灯座上的小狮子歪着头，憨态可掬地回望他。他忽然便起身跑了出去，很快又折回来："爷爷，你知道咱无夏城里，谁家的浮元子包得最好？"

路逍遥站在一栋三层的雕花木楼下面，抬头望去，二楼的圆窗垂着半透明的轻纱，旁边的红纱灯笼上积了薄薄的一层雪，积雪已经有些融化了，将灯笼上那个"朱"字都晕染得模糊起来。

"这便是天香楼？"

他嘀咕着敲了门，却无人应答。他心下奇怪，伸手一推，那门便开了。厅堂里空无一人，倒是柜台后面的算盘声忽然停了，有人抬头看他。

"一份浮元子，要糖桂花馅儿的。"路逍遥抬腿便在桌旁坐了，抖着腿儿道，"爷爷我一会儿打包带走。"

柜台后那人慢吞吞地站起来，是个衣着精致的小白脸："本店今日不营业。"他颇为遗憾地叹口气，"不过元宵节时会再开，不如你到那时再来？"

这个声音非常耳熟，只是路逍遥想不起来在哪里听过。他坚持道："眼下离元宵也不过数日，我不信你偌大的食府，便没有提前备下材料。便是为我现包一碗，又如何？"

那人望了他一阵，忽然翘了翘嘴角。

"也有道理。"他点点头，"虽然我家朱成碧掌柜不在，那会包浮元子的人却在二楼。你若是能说服他给你包上一碗，便卖给你也无妨。"

路二狗依言上了二楼，眼前却有十来扇雕刻着仙鹤和祥云的木门，一直延伸到前方不可见的阴暗当中。究竟哪一扇才是他要找的？

他一阵恍惚，竟有温暖的水汽遥遥裹上面来，还混有糯米的香气和若有若无的桂花香。路逍遥寻着香味选中了其中一扇，伸手便是一推——

门后水汽迎面扑来，耳侧隐约还有海潮声。待得水汽渐渐稀薄，露出室内一张红木长桌。一只三足青铜鼎被放在桌旁，里面的水兀自沸腾。有个年轻人坐在桌前，用红绳挽了袖子，正在沾满糯米粉的手心里滚着只浮元子。他听得推门声，也不回头便道："来得正好，快来帮忙！"

路逍遥"哎"了一声，便被他不由分说地抓住了胳膊拖过去了。

"这在酸梅干泡的水里腌过三个时辰的鲜桂花，是从院子里的桂花树上新鲜摘的。你要将它跟冰糖一起放在臼子里，细细地捣成糨糊。"他快活地道。

路逍遥离得近，望见他两侧眼角都有细细的皱纹，给他平添了些风霜，双侧手臂上各文着一只威武的狮子。左侧的狮子踩着火焰，右侧的狮子含着明灯。

风灯雷火，神威将军。皮影戏里唱了一遍又一遍，无夏城里的年轻人谁不认得这风泊南将军独有的文身？光是争相效仿的，便不知道有多少。路逍遥也曾经动了心思，想要在两侧胳膊上文上这风灯雷火狮，结果被路老爷子举着拐杖追打出去两条街，方才作罢。

这么说，此人也是风将军的仰慕者？路逍遥捣着糖桂花的馅儿，满腹都是问号。

"你可知，这浮元子为何要做成圆形的？"那人将手里的浮元子滚了滚，最后一摊手,雪白的小团子便滚入鼎内的沸水里,消失不见了。

"因为啊,每一只都代表着祈盼团圆的心愿。"他在空中拍了两下手,哼唱着,"一愿岁岁平安,二愿花好月圆……"

路逍遥的额角跳动起来。这分明是小鸾的歌!难道他便是小鸾的主人?

这念头刚闪现出来,那人便停下手中动作,朝着屏风后面道:"掌柜的,你回来了?"

那扇屏风上绘着轮满月,和月下一株落尽了枝叶为积雪所覆盖的山桃树。一个影子出现在屏风之上,起初是生着双角的成年女子,紧接着便缩小了形体,成为梳着双髻的少女。路逍遥吃了一惊,他认得她,还差点在融秋园里被她的原形给吞了。

他刚想逃,又忽然想起曾经听人说起过:莲灯和尚虽化身为塔,可他留下了守塔的妖兽,数百年来一直镇守无夏——便是她吗?

屏风后却有淡淡的血腥传来,包浮元子那人迅速站起身来。

"我没事,这是鼠王陛下的血。"屏风后的朱成碧道,"融秋园的地下防线崩溃了三重,鼠族的三十六氏族伤亡惨重,连鼠王本人都受了伤。"

她说的鼠王难道会是……鼠老三?

"它又想借助沟渠进入河道?"

"元宵节临近,河道上船只往来频繁,它想要的恐怕跟上次侥幸逃脱时一样,还是人类的新鲜血肉吧。"

那人长叹一声:"都是我的不是……"

"将军何必这样说?当年若不是你斩了烛龙,无夏城中不知还有多少百姓要遭殃,更不要说之后你还在融秋园里守了几十年,哪怕死后也留下了小鸾,才一直将它镇到现在。"

烛龙之首!

路逍遥只觉得头顶落下了一道惊雷。那怪物长生不老,水火不入,再锐利的武器也无法将其杀死。据皮影戏里所唱,风泊南用狮吼枪刺瞎了它一只眼睛,又斩下了它的头。可是之后呢?无人知道他带着它的头去了何方。难道此人真的是——

"只可惜,小鸾如今忘了自己是谁,便再也镇不住它。"

"若是将军能早日做出浮元子,说不定小鸾便能想起来——"

"风灯雷火狮,风灯雷火狮,我早该想到的,你是风泊南!"

那人不耐地皱起了眉毛,转过眼来。之前他怎么会错以为他很年轻呢?那分明是一双

苍老而冷酷的眼睛,居高临下地睥睨过来。

"你又是谁?"

·六·

"我——"

路逍遥明明有好多话想说,可全都堵在了心口。

那可是风将军啊,是盖世无双的大英雄,连他的皮影小人都身披金甲,出场时锣鼓喧天,彩云缭绕。他曾孤身一人挑战潜伏在山中的烛龙,也曾率军杀死过不止一头暴走的梼杌。他光明磊落,侠肝义胆,无所畏惧——

"路家小混混?怎么哪儿都有你?"朱成碧质问,"你如何上得我天香楼?"

"我还道他是你请来的帮手。"

"就凭他?"少女轻蔑地哼了一声,"只怕还未望见烛龙一根头发丝儿,便已经吓得屁滚尿流了。"

路逍遥攥紧了拳头。他很想大声反驳,但她说得并不假。跟风泊南这样的大英雄比起来,自己算得了什么?一个逃兵而已,连爹娘跟丫头都护不住……

"你怀里是什么?"风泊南忽然抬高了声音。

路逍遥一愣,将藏在怀里的玉灯取了出来。

"是小鸾给我的……"

"这是我风家的定魂玉灯,在我风家世代相传。日子久了,连这灯本身都已经生了心魂,有了名字。"

风泊南朝他迈出了一步,又一步,适才的笑容已经荡然无存。这清秀瘦弱之人竟有如此威压——

"如此绝世珍宝,你又算什么东西,也配拿着它?"

他朝路逍遥伸出了一只索要的手。路逍遥迟疑地握着灯把,终于缓缓转过了灯身,要朝他的手中落下去。风泊南哼了一声,反手也抓住了灯身。

可路逍遥并未撒手。

"……我爷爷说过,每个人心中都有一盏灯。"路逍遥低低地说,"风将军也说过,凡愿随他上战场者,无论血统出身,皆视为同袍兄弟——你连这点都不知道,也要冒充风将军吗?"

对面的人似是吃了一惊。

"更何况，六十年前，风将军便已经解甲归隐，他若是还活着，怕不是该有上百岁了！"

路逍遥眼中燃着怒火："你究竟是谁？"

朱成碧笑了一声："如何？跟我说过的一样吧。"

"倒也算有些骨气，脑子勉强好使。"对面的年轻人双手环胸，点了点头，"如此，我也算能放心了。"

他伸出双手，在空中拍了最后一下，然后握在了路逍遥的手背上，姿势跟小鸢一模一样。

"既然你也给了小鸢一滴血，我在此正式地将她托付给你。"

年轻人眯起带笑纹的眼睛，微微地笑起来。他面上浮现出更多的皱纹，发根一点点被刷为雪白。

伴随着轻轻的"砰"的一声，他在路逍遥面前散成了带海腥味的水沫。

然而他所说的最后一句话还在隐隐回响。

"我在此，将这满城烟火的盛景、万家团圆的祈愿，也一并托付给你。"

"……他，真的是风将军？"

"是真的。"朱成碧从屏风后转了出来，手中捧着只深紫色的贝，跟路逍遥一起看着那些水沫散落。

"你可听说过蜃楼阁？阁主雪公子记得数千年间的庞杂人事，又兼有幻物成真之能。为了做出跟当年一样的浮元子，我这回可是欠了他一个大大的人情。可惜的是，靠这只贝只能唤出他一次，他只能在这世间再待上短短的一刻。"

紫贝开合，将弥散在室内的雾气再度吞了回去。

"而他用这仅有的生命，将小鸢交给了你。你想到什么好主意了吗？"

"什么？"

"猎杀烛龙之首！"

·七·

那坏东西已经饥饿难忍。

小鸢能感觉到它，守在这里的每一个夜晚，她都能感应到它对新鲜血肉的渴望。它永生不死，但仍需进食才能满足贪婪的胃口。长久地被囚禁在地底下，已经让它越来越疯狂。

每一日，地底下盘绕着的红发都在咝咝增长。

这么多年来，除了上一次的逃脱，它只能靠偶尔被它抓住的老鼠度日，但那怎么能够呢？就在薄薄的冰墙之外，便有无数鲜活温暖的肉体。那些人类啊，他们如此软弱，如此无助，对它的存在又一无所知。只要它从这里出去，只要它能突破眼前的冰墙，从这里出去——

"不。"小鸾睁开了眼睛，"你只能被封在这里，哪里也不能去！"

在她面前，透明的冰墙内全部血红的发丝都在咯咯作响，连续不断地啄着冰壁。眼看着冰壁上便出现了裂纹，紧接着在同一个瞬间由内向外爆裂开来，发丝顿时喷涌而出——却在眨眼间，再度覆盖上了新的冰层，被冻结了动作。

小鸾刚松了一口气，冰层里的发丝又再度咯咯地响了起来。

这样下去不行。只是封堵，烛龙的发丝会越长越多，对鲜血的渴望也越发严重。明明有一种方法能彻底摧毁它，可她无论如何也想不起来……

"小鸾！看我给你带了什么？"

隐约的呼唤传来，小鸾的瞳孔放大了一瞬："南哥哥……"

剧痛在同一个瞬间传来，一截潜行在地下的发丝得了这个机会，猛然弹出，竟然将小女孩的身体完全贯穿了。

路逍遥一打开冰窖的入口，看见的就是这样的情形：贯穿小鸾的发丝甚至还在鼓动，颜色越变越深。它竟然在吸小鸾的血！

"混蛋！"路逍遥脑子里嗡的一声，什么也顾不上了，连害怕都忘得一干二净。他跳了下去，直接踩在了吸血的发丝上，翻转了手中的食盒，将整整一碗滚烫的浮元子泼了下去。

这原本只为泄愤的行为却收到了意料之外的效果，发丝颤动起来，重新缩回了地下。路逍遥还在发愣，小鸾软绵绵的身体就倒了过来。

"我想起来了。"她伸出一根指头，勾出了路逍遥怀中的玉灯，"是火焰！我玉灯里的火，能叫它灰飞烟灭！"

他们身侧的地面出现了更多的隆起，四面冰壁都在纷纷碎裂。

"小鸾，这里守不住了，我带你走！"

她退后一点，歪了脑袋看他："我答应过南哥哥，我要守在这里。"

路逍遥头都大了："若我现在收回原来的话呢？小鸾，这里不需要你了，你在这里守得够久的了——"

"你不是南哥哥，之前是我认错了。"小鸾再次向后退去，一只手捂着腹部的伤口，一只手里拿着那灯,"我已经想起来了。烛龙之发,须同时用冰困之,再用火焰烧灼。这世间唯有我能困住它,消灭它。我的心魂,就是这玉灯的灯芯。"

一朵光焰忽然自虚空中跳了出来,点燃了那盏原本没有灯芯的玉灯。

"灯为心,雪为躯,吾乃风灯雷火狮,奉神威将军风泊南之命,镇守此处,不死不休!"

风雪大作。

路逍遥不得不用手臂挡住眼睛,连连后退。有狂暴的冰雪从窄小的入口倒灌进来,扑向小鸾,将她团团围住。等风声稍微止歇,路逍遥睁眼再看:立在原地的,是只由冰雪组成的狮子,怒目圆睁,口中还衔着燃烧的玉灯。

"小鸾好喜欢。可是太烫了,小鸾含不久。"

记忆深处响起细嫩的女童声。

小鸾!路逍遥以为自己喊出了声,可他只来得及发出了几声嘶哑的呻吟,冰窖的四壁便同时粉碎了,血发汹涌如波涛,席卷过来。

一时间,狂风呼啸不止,那血发被一截一截地冻成了冰,中间没有结冻的,又被火焰烧灼。焦灼的气味顿时扑面而来,路逍遥捂住了鼻子。剩余的血发嘶嘶叫着,开始往墙上的一处洞中回缩。

"哪里走?"雪狮子用小鸾的声音喊着。

路逍遥跟她一起追了过去。我们能赢!他乐观地想着,我家小鸾如此厉害,那烛龙这么多年都是她手下败将,这次必定也不例外——

雪狮子却停了下来,盘腿坐在了洞前,抖了抖。原本堆在她身上的雪块掉落下来,瞬间蒸发了。跪在洞前的依然是小鸾,可她面色灰白,双目无神,抖得像是身在寒风之中。

"小鸾,你怎么了?"

洞里躺着具干瘪的尸骨,想是被血发拖进了洞中,又吸干了血肉,一直被缠绕在发间,眼下烛龙退走,才又露了出来。路逍遥走近了些,见那人身着战甲,手中依然紧紧握着一柄七尺长枪,枪把上盘绕着银质的狮爪。

就算他不认得那身战甲,他也认得风家的狮吼枪。

"我想起来了,我全都想起来了。我怎么能忘记呢?南哥哥!他们逼你喝下了鸩酒,又逼你再度面对烛龙之首!我们刚给你庆过生,你还说要给我包糖桂花馅儿的浮元子——"

小鸾伸手去抠那已经干瘪的手指，哪里还抠得动。

"那狗皇帝！用你时便封你为将军，一旦以为你会威胁到他，便弃若敝屣！而那些一直靠你守护才有今日的无夏城民，他们只顾着自己快活，根本不知道你早就死在这里！"

冰窖内，风雪再起。路逍遥只听得"砰"的一声，是那盏玉灯被砸在了地上。

"这些忘恩负义的东西，有什么值得守护之处！"

路逍遥抢过去捡起玉灯：它再度失去了灯芯，已经灭了。再回头时，小鸾已经不知去向，冰窖中一片狼藉，数片雪花还在缓缓飘落。

待他喊着小鸾，想要爬出冰窖，腿上却再次被发丝给拖住了。

路逍遥浑身僵直。他吊在冰窖入口上，缓缓回头：血发簇拥当中，一张巨大的人脸正在慢慢升腾起来。它已经瞎了一只眼睛，仅剩的那只因为长期待在地下，不适应天光，还在缓慢地眨动着。

记忆呼啸而来，将路逍遥钉死在了原地。他再度坐在船头，尖叫不止，再一次跳入水中，拼命游走，等上了岸再回头，眼前的江面上只剩下漩涡，不见船只的踪迹。

他再一次在江边反复奔走，寻找，最后只捡到水面上漂来风将军的皮影人偶。他再一次紧握着它跪在泥地里，一边磕头，一边哭泣："爹，娘，丫头，对不起——"

烛龙之首以翻滚的发丝支撑着，从冰窖中爬了出来。它似乎都懒得看路逍遥一眼，径直从他身边经过。他听到它蠕动着厚厚的嘴唇，喃喃道："肉啊——好想吃肉——好多好多的血——好多好多的肉——"

路逍遥再也支持不住，松开了手，让自己滚回了冰窖。风泊南的尸骨依然躺在角落中，睁着黑洞洞的眼眶看着他。就在不久前，他才握过路逍遥的手，将小鸾和无夏都托付给了他。

可他托付错了人。这样赤诚的承诺，给了一个临阵脱逃的胆小鬼。

若我是风将军那样的大英雄，或许今年的元宵节，也是我们一家团圆的日子，或许，我还能牵到丫头的手，还能带她去摘桂花，我给她做灯，做一百个。我给她包浮元子，包好多好多个，把手上的糯米粉，全都抹到她的鼻子尖儿上……

哪怕，我能有风将军的十分之一……

无夏城里的小混混路二狗伸出了手，自风泊南干瘪的手中，抓住了狮吼枪的枪把。他用尽了全身的力气咬着牙根，用力往外一拔，长枪便到了他手里。

他紧紧地握着它，就像那是他唯一能握住之物。

"等一下！"他大吼一声，"要想从此过？先问过你家路二爷再说！"

·八·

路逍遥其实并不懂得什么枪法。

他学着皮影戏里唱的那样，用长枪摆了个姿势，大喝一声便冲上前去。烛龙之首连眼皮都没有抬，只用发丝的尖端将他的枪尖一扫，他立刻失了准头，跌入了发丝之中，被它团团缠绕，几乎被裹成了个粽子。

人脸上仅剩的那只眼睛悬在他面前，确认着："肉？"

"肉你八辈祖宗！"路逍遥破口大骂，拼命挣扎，可发丝缠得越来越紧，将他越举越高，悬在半空，眼看要朝人脸上张开的血盆大口落下去。

危急关头，耳畔响起了狮吼声。

小鸢？！

一团雪影随之跃入了融秋园，赫然便是那威风凛凛的雪狮子。烛龙的动作迅速停止了。它抛下已经到手的路逍遥，重新钻回了冰窖。

路逍遥被砸到了雪地上，眼前发黑，一时动弹不得。在他身边，那只雪狮子抖动着，忽然融化成了墨汁。里面露出的人竟然是路逍遥曾在天香楼上遇到的那个小白脸。他听朱成碧说起过，知道这人是跟在她身边做事的账房，名叫常青。

雪狮子一融化，常青便呻吟一声，捂住了前额。在他手掌之下，似乎正有什么鼓动着要冒出来，形成一只鲜红的眼睛。可他咬牙切齿，竟将那只眼睛生生地按回去了。几乎就在同一刻，朱成碧便出现在他身后，若有所思："你近来也不知为何，总是疲累得很，这雪狮子不画也罢……"

"不行！"常青打断了她，"烛龙之首已经逃走，明晚便是元宵灯会，它蛰伏许久，等的就是众人聚集的一刻，好大快朵颐！"

他的手指在笔上越抠越紧："这雪狮子非画不可！"

路逍遥听着他俩争吵，却没有一声落到心里。

他眼里能望见的，只有那盏失去了灯芯的玉灯。小鸢摔了它，他给捡了回来，捂在了怀里。烛龙摔他这次，又给甩了出来。他等身上渐渐有了些力气，便爬过去，重新将它抱在了怀里。天香楼的两人正在僵持，好半天才注意到他的举动。

"小混混，你做什么？"

"不能让这灯熄了，我爷爷说的，我爷爷教我的。"

路逍遥摔得满口鲜血，干脆先咽了下去，再含糊地说："这是风将军的灯。他亲手给

我的……要是熄了，天上的人就看不见了，他们就，看不见亮光——"

他胡乱地揉了把脸，低头看着怀里的灯。

"奶奶的！老子就不信这个邪！甭管这鬼玩意儿是什么，你们要是准备找它的不愉快，就带上老子一起。它不是怕火吗？就算没有雪狮子，老子也有法子跟这玩意儿死磕！"

一点火焰悄悄地落入了灯里，在他的注视之下，渐渐蔓延开来。

·九·

无夏城里出了两件稀罕事儿：一是兴善街上家传制灯的路老爷子，将他躲在家中这几年制作的上千盏灯笼都拿了出来白送，不出半日便被城里的孩子们一抢而空。接着是路家那个不务正业的路二狗子放出话来，凡是在元宵节这日，在城里街上堆了只雪狮子的人，都可上他那里领一份糖糕。有人直接便去问路二狗：莫不是在哪儿撞了脑袋，竟肯做这样的亏本买卖。

"亏不亏本不晓得。"路逍遥咧嘴一乐，"反正这糖糕是天香楼出的，没花爷爷我一分钱。"

如此一来，天黑之前，无夏城中街边巷口，都堆满了大大小小的雪狮子。夜幕加深，满街的灯笼一只接着一只亮起，路老爷子亲手贴在灯面上的皮影小人缓缓转动。

六街灯火，游人笑语。火树银花，明月照水。

元宵夜正式降临。

烛龙之首蛰伏在地底的黑暗之中，它为了这一天已经等了很久很久。

长久的饥渴没能杀死它，反而磨练出了难得的耐性。它已经厌烦了一只接一只地捕捉老鼠，那怎么能满足它的胃口？它要等待的，是毫无防备的新鲜血肉。

例如现在，它头顶传来轻巧的脚步。

是个孩子吧？它再也按耐不住，顶开头上的地砖，嘶嘶叫着探出了头——

等等，有一个人影横空出世，映在了半空：金甲长枪，是风泊南！而那孩子身边居然蹲着只雪狮子！

烛龙之首并不聪明，但它还记得这个人，记得他手中的长枪刺入眼眶的痛楚，记得那会吐出火焰的雪狮子。它且惊且怒，重新缩回了地下。

死里逃生的孩子眨了眨眼睛，终于认为刚才是自己看花了眼。他拎着手中的灯，朝等待着的母亲跑过去："阿娘，阿娘，这摊上的浮元子什么时候才能煮好？"

"快了快了，来跟阿娘一起唱歌。"

"阿娘，我又忘记了，你跟我说过的，我灯上的小人是谁？"

"那是皮影戏里的风泊南将军，是大英雄。"母亲低头看他，眉眼都笑得弯弯的，"他会保护我们的。"

烛龙之首还在地底穿行，愤怒而困惑。

它多次选好了猎物，然而这些幼小的猎物附近，不是有雪狮子镇守，便是有风泊南的影子，为什么？为什么他会来得如此之快？不，那人已经死了，它明明已经将他拖进了洞中，一点一点地吸干，他的血肉早就化成了它的一部分。

欺骗！这些人类竟敢欺骗它！

烛龙之首咆哮起来，拱开了头顶地面，根本没去想为何其余的地面都覆盖有青砖，只有这处非常柔软。它甩着发丝爬了出来，气哼哼地转动着头颅，一眼就看见了一人抱着狮吼枪，吊儿郎当地靠在墙上。

"风泊南在此！"他甚至得意地亮了个相，"还不快速速就擒？"

"你已经死了！"

"老子……本将军是不是死的，你自己跟过来看看啊！"说完这话，那人将长枪扛在肩上，扭头就跑。烛龙之首紧紧跟随，血红的发丝如波浪般汹涌，朝他伸过去，伸过去，眼看就要裹住他的腿——

地面却在最后一刻突然陷落，让它摔进了足有两丈来深的坑里。坑底连同四壁都叫人泼上了水，结成了薄冰，它的发丝甩上去，却只能打滑。

无数只细小的黑眼睛冒了出来，在坑的外缘围成了一圈：是那些讨厌的老鼠！

扛枪那人也站在坑外，垂着头看它不甘地咆哮。

"风将军是盖世英雄，从来都是正面迎敌。我不过是无夏城里一个无名的小混混而已，"他露出牙齿恶狠狠地笑，"能阴一把是一把，能阴两把，是爷爷赚了！"

他拍了拍手，围着坑的老鼠们立刻有了动作，一只接一只地运送来小小的桶，将里面的液体倒入坑中。烛龙之首闻到了味道，不由地喊起来："是油，是油！"

戴金色冠冕的肥老鼠被它的臣民们抬了出来，将叼在嘴里的一只火折子甩给了路逍遥："如何？路二狗？孤说过，总有一日你会感谢孤的吧？"

"这次算你做得不错！谢了！"

"啪嚓"一声，那小混混点燃了手中的火折子。

"爹，娘，丫头。"他喃喃自语，"你们在天上看着，我给你们点灯了！"

火折子旋转着，自空中落下。"砰"的一声，火焰开始熊熊燃烧。

烛龙之首发出阵阵哀嚎。它的发丝寸寸灰飞烟灭，眼看就要全部被烧毁，痛楚逼得它濒临疯狂，可即使如此，它也还在蠕动着嘴唇，挤出笑声："只是寻常的火焰，你是杀不死我的……"

最后一缕发丝甩了出来，将路家小混混拦腰一缠，一并拖入了坑中。

"除了风灯雷火狮，谁也阻止不了我！"

一个小女孩孤零零地站在阴影中，遥遥地看着那对母子，看他们守着煮浮元子的锅，拍着手，唱着祝愿的歌：一愿岁岁平安，二愿花好月圆。

"那是南哥哥教给我的歌。"

"那是无夏城里的百姓每次煮浮元子的时候，都会唱的歌。"

朱成碧从小女孩背后走了出来，跟她一起并肩望着那对母子。她的手中端着碗雪一样白、云朵一样柔软的浮元子，蒸汽袅袅，桂花的清香四溢开来。

"就算他们不知道风将军最后因何而死，可他们依然记得他。他们唱着他的歌，记得他的心愿，也记得他的名字。"她转过金眼，看着小鸾，"你真以为，风泊南当初是因为皇帝的命令，才去白白送死的吗？"

"他饮了鸩酒之后不久，融秋园中便传来震动，是烛龙之首感应到他的虚弱，要突围出来。风泊南的最后一战，依然是为了护住你眼前这片繁华灯火。"

孩子牵着母亲的手急急地朝前奔跑，情侣间含情脉脉地彼此对望，卖浮元子的小贩在他们身侧拖着长声叫卖。潜藏在黑暗中的怪兽，以及为了阻止它的被吸干了血肉默默死去的英雄——他们对此一无所知。

"就在现在，也有人为了这片灯火，正在默默地死去。只不过这一次，没有人会记得路二狗子。"

小鸾的眼睛突然睁大了："你是说——"

"是的。"

"不可能，他靠什么应战？烛龙水火不入，只怕我玉灯中的火焰。可那灯要靠我的心魂才能点燃……"

"靠着一片赤诚之心，他竟点燃了你的玉灯。人类有时候也能带来些意外惊喜的，不是吗？"朱成碧微笑起来，"要来尝一口浮元子吗？这可是真真正正的风泊南亲手包给你的，整个无夏城里，只我天香楼一家，别无分号。"

路逍遥撞上了坚硬的冰面。

左肩传来咔嚓一声，痛得他几乎喘不上气来。烛龙之首就在他身后，它只剩下光秃秃的一颗脑袋，还在朝他滚过来。

"肉——肉——只要吃掉你路二狗——"它已经张开了大口，就像多年以前，它从江中冒出来，朝男孩头顶气势汹汹地扑下去一般，要将他吞噬。路逍遥却在此刻猛然转身，举起了怀中一直藏着的玉灯。

一星火焰，突然间光芒四射。

"说过多少遍了，爷爷的名字是路逍遥！"

他紧握着灯身，将火焰捅进了烛龙仅剩下的眼睛。

·十·

风小鸾终于吃到了迟到多年的浮元子。

很多很多年以前，曾经有一个人用新下的雪堆了只雪狮子，又将家传的定魂玉灯放入了它的口中。他兴许只是觉得好玩，可没承想，灯盏的边缘割破了他的手指。他给了她一滴血，也给了她生命。从那之后，她便是踩着火焰、口含光明的狮子。

她随他而战，又在他死后多年遵他遗志继续镇守，却渐渐地想不起来自己究竟是谁。

可她总是记得他跟她许下的诺言，记得他亲手包的浮元子的滋味——这是用庭院中那株早就枯死多年的桂花树开的花做的馅儿，连糯米粉都是他亲手磨的，亲手筛过……

它如此滚烫，从小鸾口中一路滚向心口。她觉得自己简直要融化了。

她真的融化了，成水，成泪，成透明的冰。她朝下，渗入地底，沿着无夏城的地下水道一路向前，一路搜寻，终于找到冰坑当中双目失明的烛龙之首。

就在吞下浮元子那一刻，风小鸾忽然想到了可以彻底杀死烛龙之首的办法。

眼看它已经咬住了路逍遥，几乎将他半身都吞入口中。她却已经悄无声息地渗入了它的体内，沿着血脉，贯穿进入头颅，再将它寸寸地结成了寒冰。

到最后，它已经完全成为了一座冰雕。路逍遥奋力一击，它便粉碎了。

"……小鸾？"

她听到路逍遥朝空中问。这个时候她已经完全透明了，只觉得自己越来越轻，不由自

主地要朝空中升腾而去。她用了最后的力气朝他再靠近一点，努力用隐形的双手轻轻抚过他的前额。

花好月圆，岁岁平安。

山河宁静，海清河晏。

"小鸢！！"

绍兴十五年元宵夜，无夏城骤降大雪。翌日晴，城东路二狗以新雪堆雪狮子，置灯于其口，名之曰"小鸢灯"。时人竞相仿之，一时满城雪狮子灯，蔚为壮观。

饕餮记

嘉庆李

第七章

· 零 ·

　　她就快要死了，可仍有心愿未了。

　　痛楚和寒冷都已经渐渐远去，唯有濒死的心脏，还在勉强支撑着跳动。逐渐模糊的意识中，她数度感觉到自己离开了残破的身体，朝高处升去。

　　自空中回首时，她望见自己躺在折断的树丛中，半边身体都压在石砾下，一只胳膊被利器削断。这等伤势，魂魄早该离体了，她此刻不觉半点哀伤，只觉无与伦比的轻松自在。

　　若是能一直这样升上去，便真的再无烦恼痛楚了吧——但那人该怎么办？

　　这念头每次浮现，便如一只尖锐的钩子自下方伸来，贯穿她的腹部，将她狠狠地拖回那副残躯中。

　　一瞬间，原本停跳的心脏猛然抽搐，断臂处传来如此剧烈的痛楚，叫她猛地睁开了眼睛，无声地喘息着。

　　昏暗中，一对招摇着长毛的白耳正在朝她逼近。

　　"死了吗？终于死了吗？"猿猴般的野兽嗅着她的脖颈，温热的气息喷在她的脖子上。她知道它已经张开了嘴，迫不及待地想要撕开她的喉咙。

不，不！她昏乱地想着，仅剩的那只手一阵摸索，竟然抓住了一块边缘锐利的石头，砸向了野兽的侧脸。

野兽发出了一声惨叫，飞快地退开了，用小孩子的声音哆哆嗦嗦地诅咒着："还没死？为什么你总是不肯死？我已经等了整整一个白天！好饿啊，好饿啊！"它在她身侧焦急万分地爬来爬去，踢得尘土飞扬，可再不敢轻易靠近，"你听，那是远处的狼嚎！狼群正在逼近，它们会将你从我手中夺走，不，不，这是我的肉！是我的！"

它磨着牙齿，再次靠近，又被她举起来的石块给逼退了。石块上沾着几缕淡金色的毛发，还有它的血迹。这猿猴似的野兽颤抖了一下。

"听着，我是这山上的山神。遇到我，是你天大的运气。"它忽然油嘴滑舌起来，用的是成年男子的声音，"你很快就要死了，这么年轻就死，一定很不甘心，可我能帮你。"它伸手触摸她举着石块的手背，见她没有反应，更大胆起来，"只要我吃掉你的血肉，哪怕只是一口，就能知晓你的过去。我能知道你爱过谁，恨过谁，又被谁害得如此凄惨。我会替你完成所有未了的心愿，替你看顾你念念不忘之人。"

她的眼睛亮了一下，干涩已久的眼眶里居然流出了一滴眼泪。

"啊——这么说，果真有这么一个人。"野兽得意地笑起来，"告诉我，他是谁？"

更多的眼泪涌了出来，她松开了手，任由石块从她手心滑落。猿猴般的野兽一口咬在她的手背上，鲜血沿着它的嘴角流淌下来，滴落在尘埃中。

奇妙的是，一点也不疼。

她再度离开了沉重的躯体，穿过重重枝叶，穿过寒露和月光，朝着更光明的所在升腾而去。枝叶轻拂过她的脸，她甚至隐约听到了乐声。就像多年前的中秋夜宴，她站在用新罗白罗木建造的四面亭中，那亭周垂着的雪白鲛绡在风中起伏，也是如此拂过她的脸。

她又一次望见了他。明明还是个半大的孩子，却故做严肃地皱了眉，自怀中拿出包李干来，细细地撕碎了喂她。那时她便想，这个小哥哥虽然外表严肃，心里其实软得很呢。

远处传来乐声，箫韶并举，缥缈相应，谁家的女童在唱："当日谁幻银桥，阿瞒儿戏，一笑成痴绝。"

绍兴十四年十二月，金兵破临安府、越州，上携少数宫嫔避祸至明州，乘舟入海达三月有余。后金兵退走，方得以归朝。嘉柔公主赵璎奴随上驾同往，中途失散，官家伤痛不已。

次年春，有女子诣阙，称为嘉柔公主遇人所救。其音容样貌，殊无二致，言及宫禁旧事，皆能应答。上恻然不疑，诏入宫，与之相对痛哭，恩宠甚重。

一

普安郡王赵瑗顶着午间明晃晃的太阳，立在勤政殿外，已有将近一个时辰了。

他来的时候心急，连朝服都未换，此时沉甸甸地罩在身上，焐得贴身处厚厚的一层汗。日头灼热，他被晒得口干舌燥，却又不能随意走动。

其间有内侍出来过一次，言道官家还在午休，未曾醒来。可他分明听见殿内有人传唤，几个小黄门进进出出，奉上洗漱用具和各类果品。父皇恐怕早就醒了，不过是不想见他罢了。

赵瑗自嘲地笑笑，他这个郡王，当得真是如芒在背。诸臣以为他们父子仍像往日般亲和，但凡有什么劝谏之词都找他出面，久而久之，父皇也晓得从他这里听不到什么好话，连见都懒得见他一面。

今日这点小小刁难，怕是在等着他知难而退。

偏偏他赵瑗是个倔强脾气，哪怕今日要在这里站断腿，该说的话也一定得说。

有郡王府的侍人上前来，奉了杯水给他。他尝了一口，只觉得甘洌非常，随口问："是哪里来的山泉？"

"黄都知说，这是苍梧山中的珍珠泉泉水，平日里都是特供官家殿中使用，今日见郡王辛苦，特地匀了些给咱们。"

那一口水便噎在了他的喉咙中，咽也不是，吐也不行。

刚刚过去的这个春天干旱少雨，小满过后，更是连一滴雨水也未曾见到。灾情最重的越州和明州，已经池塘干涸，河床裸露，唯有深山之中几处泉眼，还在涌出少许活命之水，其中就有苍梧山上的珍珠泉。

可珍珠泉乃皇家特供，朝廷派有兵士重重把守，寻常百姓自然不敢接近。他这次求见父皇，便是要说这件事。

那黄都知站在阴凉的宫檐下，将他的尴尬瞧了个一清二楚，嘿嘿地笑着。此人生就一副弥勒相，肥得连脖子都看不见，可赵瑗知道，他从官家还是九王时便随侍在侧，并不是能轻易小瞧之人。

他默默地将侍人手中的杯子推开了："有劳黄都知。只是就在当下，不晓得有多少百姓饱受缺水之苦，赵瑗自觉于心有愧，这水还是不喝了罢。"

"郡王这就过于拘泥了。你不喝，便能省得下？"他朝庭中的一株结满了胭脂色果实的李树挥了挥手,"连这株嘉庆李,也是用珍珠泉浇的。嘉柔公主前些天来过,说是盼着吃上面的李子,官家怕天气太旱了,特意叮嘱我们要好生看顾——"

嘉柔公主,在战乱中失散,又被奇迹般地寻回的,他的"妹妹"。官家之前便宠她,这次失而复得,对她比之前还要更宠上几分。

赵瑷紧紧地咬住了牙关,半天才松开。

"不知官家可曾醒来?"他心平气和地问。

黄都知正待开口,身后的殿内便传来了命令:"让他滚进来!"

赵瑷低眉敛目,随了内侍进入殿中,还没走几步,便有一叠奏折横空飞来,在他脚前洒了一地。

"这群老匹夫,迟早要砍了他们的头!"

他蹲了下去,将奏折一张张地捡了起来,又捧着,恭敬地递给了官家。父皇正在气头上,没好气地夺了过去。

"你今日又要说什么?"他上下打量着赵瑷,"莫非你也跟他们一样,以为这场旱灾是上天降下的灾祸,要朕立罪己诏,取消寿宴?朕为了江山百姓,兢兢业业,日夜操劳,只不过是一点天灾,到头来竟统统成了朕的罪过了!"

"孩儿……孩儿今日来,是有一事相求。"赵瑷表面平静,袖子里的拳头却攥得死紧。

"何事?"

"越州所遭遇的,并非是一点天灾而已!据说已是赤地千里!灾民为了寻找水源,四处奔走,放任田野荒芜,若再不下雨,今秋必定是颗粒无收——事态紧急,还请父皇取消寿宴,并允我前往赈灾!"

父皇转过眼来看他。之前被迫在海上漂泊的三个月带给官家的影响仍在,他两侧面颊都凹陷了下去,整个人显得阴沉沉的。

"既是越州灾情,你又从何得知?"我曾梦到过。赵瑷差点便脱口而出,又生生地改了口,"……恕孩儿不能说。"

官家危险地眯了眯眼睛。赵瑷知道这是他即将发怒的先兆,可他接下来的话,却非说不可。

"还有,事态紧急,恳请父皇开放御用的珍珠泉,允许附近灾民前往取水。"

官家长长地吸了一口气。赵瑷反倒放下心来,等待着震怒的雷霆最终降临。最糟糕的,也不过是像以前一样叫人来拖他下去挨鞭子罢了。

可官家只是静静地坐着,最终摇了摇头,说出的话,比迎面而来的长鞭更加令人疼

痛:"你真是一点也不像我。若是珩儿还在,断不会说出这等话来……"

赵瑗心中大恸。琅琊王赵珩是父皇唯一的亲生血脉,早在数年前便已经死于肺痨。从赵珩的封地无夏城送到临安府的,只有他生前的一件九尾狐裘。官家捏着狐裘,独自在御座上坐了一夜,头发生生白了一半。自那之后,他与官家的关系便日益紧张,最严重的时候,一日之内,他便挨了两回鞭子。

起初他还以为是自己做得不够好,后来才慢慢领悟到,单单是自己的存在本身,便不断地提醒着官家,他所喜爱的儿子已经死去,偏偏这个不讨喜的继子却活了下来。

赵瑗闭了闭眼睛,眼中莫名地酸涩。幸好那时嘉柔公主还在,常在他挨训时装着路过,硬生生闯进来,缠着官家撒娇卖乖一番,借此消了他的怒气,救下过他不少回……

"父皇,父皇,瞧我给你摘了什么?"伴随着脆生生的甜笑,一名散着头发的少女撞开了门,抱着串串玛瑙般的李子,扑进了官家怀里。

她身着紫罗银绢,胸前挂着新罗进贡来的长命石制成的重重璎珞,言语举止却完全不合规矩,倒像是自幼长在山野之间般无拘无束。

赵瑗朝她看了一眼,顿时心口剧震,眼前之人音容笑貌都无比熟悉,正是失而复得的嘉柔公主赵璎奴。

· 二 ·

赵瑗第一次见到赵璎奴,是在九年前的中秋夜宴。她从桌子底下爬过来想要偷他席上的嘉庆李干,叫他抓了个正着。

那时赵璎奴还不姓赵,姓白,是近来颇得宠幸的贾贵妃娘家阿姐生的小女儿。为了进宫参加中秋宴,家里人将她特地打扮了一番,不仅穿着正式的大袖宫装,还在眉间贴了花钿,精致漂亮得就跟易碎的瓷娃娃一般。

可就是这么个瓷娃娃犯了混,都已经人赃并获了,还抱着装李干的水晶盏不肯撒手。他一板起脸来,说宫里有规矩,乐声停歇前谁都不许吃东西,她就瘪着嘴要哭:"在家时,阿娘不许阿奴吃李干,说坏牙。好不容易到了宫里,还、还是不许吃——"

赵瑗自己也不过十岁光景,她一要哭,他就有点儿绷不住了:"宫里的李干不比外面的,经过多次晾晒、蜜渍,硬得很,你又正在换牙,啃不动的。"

他依然板着脸,却从怀里掏出只手绢来,一点点打开,将里面包着的李干撕成小条:"要先放在怀里焐了,再揉上一阵才会软,来,啊——"

"啊——"璎奴傻傻地张口，接了他喂过去的李干，眨了眨眼睛。

"好吃！宫里的李子都这么好吃吗？阿奴要是入宫里来，也能天天吃吗？"

"应该是吧。"赵瑗散漫地应着，没想到她却伸手朝水晶盏里的李干抓去。

"还要吃！那些还没揉过！"

她使劲一拽水晶盘，赵瑗失了手没抓住，整整一盘嘉庆李干都甩上了半空，噼里啪啦地砸了一地。

这下惹了祸，惊动了官家。赵瑗将所有的错都揽在自己身上，只说是自己嘴馋偷吃，打翻了盘子。

白璎奴却是不肯："明明是阿奴做的，你们不要冤枉小哥哥！"小小的女孩，伸直了手臂，理直气壮地挡在他身前。

大概是觉得她勇气可嘉，官家不仅未加责怪，还命人重上了一盘李干，都赏给了白璎奴，又抱她在膝盖上，打趣道："如此爱吃嘉庆李，不如日后到朕这宫里来，封个嘉柔公主，如何？"

白璎奴听到这话，伸手朝赵瑗一指："到宫里，就能跟小哥哥一直在一起吗？"

众人都笑起来："我们这么多人都在这里，为何独问二皇子？"

"小哥哥待阿奴好呢。"她细声道，想想又说，"他把李干揉软了喂我呢。"

赵瑗耳朵里嗡地一声，脸就红了。

"你呢？阿瑗，可愿多个妹妹？"

他似懂非懂，心里只想着每一日都能看到她，便点了点头。

那时他并不知道，贾贵妃正缠着官家，想要收养个皇子或者公主。中秋夜宴上邀请来的几位官宦子女，就是为了便于官家挑选的。他更不知道，他轻轻巧巧的一点头，白家的小女儿就此死去，贾贵妃的身边多了个叫作赵璎奴的小公主。

他用一只揉软了的李干诱惑了她，让她尚在懵懂中便一脚踏入了宫廷，跟他一样被困在透明的冰里，动弹不得。他曾想要护她一世安好，却还是任她死在了战乱之中，尸骨难寻。

赵瑗缓缓走在郡王府中，怀中抱着的李枝挂满胭脂色的果实，正随着他的脚步一颗颗滚落下来。有仆从想要上前，无一例外都被他冷峻的脸色给吓回去了。

"此乃官家钦赐，谁敢来接？"他扫了眼四周，没找到想要找的人，问道，"朱娘何在？"

前来迎接的管事露出了为难的神色。

"又在忙着晒太阳？"郡王殿下微微颔首，"叫她来见我。"

"这个，那姓朱的小厨娘惯于偷懒耍滑，殿下您也是知道的……"

"就说，我今日在宫中得了绝佳的食材。"赵瑷扯了扯嘴角，"她一定会来的。"

他将那李枝供在金盆里，用清水养了，又唤人上了茶，端着杯子，闭着眼睛数了十个数，便听得屋顶的瓦一阵稀里哗啦地作响，紧接着屋檐下探出张倒挂着的少女的脸，连同头顶上的双髻一并垂着。

"啊呀呀呀，还真是少见的好材料，我替你做嘉庆李干吧。"她在空中嗅了一阵，快活地道。

赵瑷自顾着喝茶："我在宫里吃过的李干够多了。"

"这回可不一样，有我出马，滋味必定与众不同。"

话音刚落，她手中抓着的瓦当便松了，整个人都滑了下来，眼看就要头朝下砸在地上——就在这当口儿，一只青色的三足螭龙自她袖中游了出来，起初只是拳头般粗细，眨眼间便涨大了十倍不止，龙尾甩在半空中，将她拦腰一裹，又轻轻地放在了地面上。

"真乖。来，盘个座儿？"

少女眯着眼睛摸了摸它的下巴。青龙颇不自在地扭开了头，却还是听话地将龙身盘成一团，少女坐了上去，在半空中甩着两条腿儿。

这位袖中藏着青龙的少女自称是无夏城天香楼的掌柜朱成碧。十几天前，她不请自来，据说是"得知郡王殿下近日有难，特来相助"。赵瑷原是要赶她出去的，却在最后一刻认出了那只青龙。他还记得四年前的除夕，官家的马车在游行的队伍中遇熊袭击，正是这只青龙从天而降，救了大家。他甚至还觉得，自己跟她似乎还应该有更深的渊源，但那之后的记忆似乎被谁吞吃了，陷在一片混沌之中。

"你之前曾提醒过我，要小心这失而复得的嘉柔公主。"赵瑷放下了茶杯，"今日我在宫中，跟她打了个照面。"

"如何？"

"假，的。"他一字一顿。

"我可是听说，这位嘉柔公主跟之前那位，相貌记忆都不差分毫。"

"真正的嘉柔公主温柔娴雅，行止得体，怎么会像如今这野猴子一般，连头也不梳，鞋也不穿？"他咬起牙来，"更何况——"

更何况，真正的阿奴，绝不会如此待我。

那嘉柔公主在官家怀里撒了阵娇，将摘来的李子喂给官家吃了，又一转眼看见赵瑷立在一旁，便非要也亲手喂他吃一只。

她披头散发，身上一阵阵的花香袭人，惹得赵瑷无端恼怒，只将嘴唇抿得死紧，就是不正眼看她。

那妖女发了狠，扭头便对官家道："忽然想起，阿奴在外流浪这些日子，听了些个民间流言，不如说来给父皇和哥哥解个闷？"

她用眼角瞟着赵瑷，眼中隐隐有绿光："据说啊，越州这场旱灾旁人是治不了的，非得找到一个身上有龙形胎记或者瘀青之人。唯有他才是真龙血脉，可护佑我宋室江山——怎样？是不是很有趣？"

赵瑷浑身僵硬，差一点便要伸手抓住自己的左肩。他早先曾失足落水，上岸后左肩上便现出了一条瘀青，被人恭维说是龙形吉兆，之后很快便消散了——知道这件事情的人很少，其中便有赵璎奴。

父皇素来多疑，经过海上漂泊磨难之后，更是越发暴躁易怒。真龙血脉这等无稽之谈，放在以往不过是个玩笑。如今却是一把无形的刀，稍有不慎，便能置他于死地。

"幸好官家并未当真，我才总算是全身而退。"

"既已将你逼到如此地步，何不当场揭穿她？"

赵瑷冷哼一声："她前后性格相差如此之大，你当官家是傻的，真的看不出？可他待她更胜以往，只要他不揭穿，便无人敢说她不是璎奴。"

朱成碧已经将青龙彻底当成了躺椅，靠在龙身上蹭了又蹭，听他这么一说，也翘了翘眉毛："你怀疑这假公主其实是你爹故意安排的？有没有人跟你说过，你说话的语气越来越像赵玢？"

赵瑷依旧面瘫着脸，只是握紧了手里的杯子："你错了，我永远都不会是琅琊王。"

在官家心中，我永远都及不上他。

"朱姑娘，你曾说过要助我，究竟准备如何行动？"

"我？"她微微一笑，"眼下既有如此好的材料，我这个厨娘当然是得先替你做李干了。"

· 三 ·

夜空澄澈，犹如最深的海洋。透明缥缈的月光当中，一只神龙伸展了身体，正在快活地遨游。

时不时地，它会在下方山峦般起伏的云雾当中打个滚儿，享受着潮湿的雾气裹在鳞片上的舒适感。这一刻，是它最为无拘无束的时刻。

但即使如此，它还是能够听见云层之下，龟裂干燥的大地上的某处传来的人类哭喊。那哭声犹如烙铁，日夜都烙在它的龙身之上，让它不得安宁。它盘旋了又盘旋，终究还是一头扎入云层，朝那哭喊声传来之处落了下去。

那是深山中一处濒临干涸的泉眼。一群拿着小棍子的人类守在泉眼旁边，更多的没有小棍子的人类手挽着手站在一起，正在愤怒地叫嚷着。

有一些人躺在地上一动不动。它嗅到尘土和金属的味道，躺在地上的人类身上传来淡淡的血腥气。

在它裹挟着雨云轰然降临，将泉眼旁边的岩石踩得粉碎之后，所有的人类都跪了下来。他们忘记了刚才还在你死我活地对峙，只顾着聚在一起朝它喊着："神龙，神龙！"

而它完全没有理会他们。岩层之下，有清冽的水在流动，它清晰地感应到它的存在，于是狠狠地挥动起了爪子——更多的清泉自它的爪下涌出。

欢呼声中，它再次飞入了空中，满心思念着云层之上一望无际的蓝天，不知道还有没有那么好的月色等待着它？若能永远这样自由飞翔，就好了……

"妇人之仁！"

神龙猛然睁大了双眼，忽然间，更多的影像纷纷涌现。一个高瘦的影子立在金殿之中，居高临下地看着他，语气中带着痛楚："你这样畏首畏尾，哪里有我赵家血脉的样子？若是你大哥还在，若是他还在……"

可他已经死了，它不甘地挣扎着想道。而我还活着，这并不是我的错。

云层在它身侧呼啸掠过。它忽然忘记了该如何飞翔，只能无助地扭动着身躯，绝望地开始了坠落。

直到跌入了一副人类的躯壳中。

……我是谁？

他半醒半梦地躺在帷幕之间，伸着手——毫无疑问，这是只人类的手。可他刚刚还在云层之上，他还记得月光和雾气，还记得自己挖开了泉眼……

等等！他猛地翻身坐起，拉开了亵衣的领口，露出来的左肩之上，原本消散的龙形瘀青，正在重新显露出来，一刻比一刻更加清晰。

接下来的记忆就很混乱了。

似乎有人冲上来扯他的手,有人快速地说了些什么。他嗅到花香,还有眼泪落在他手上。被解开的时候,他甚至还看到了一双熟悉的泪眼。

如果不是知道这个赵璎奴是假冒的,他会说,是他的小妹妹奋不顾身地将他救出了死地。

但那怎么可能?

刚进宫那会儿,赵璎奴还经常跑过来找他说话。

皇子和公主不是在一处教养的,平日里也不该有见面的机会。可璎奴不管这些。在她心里,他始终还是那个会将李干细细地撕碎了,喂给她吃的小哥哥。

她初入宫廷,有各种疑问,都来问他。

"为什么以后阿娘就不再是阿奴的阿娘了?阿奴也不能出宫去找她?"

"为什么每天一到黄昏,贾娘娘就会对我特别的好?我们会穿着漂亮的衣服,屋子里也熏了香,她抱着我,跟我说话。阿奴好喜欢她,好想一直这样——可是到了天黑尽的时候,她就把我一把推开了?"

"绿萼说,那是因为贾娘娘在等父皇,可是父皇总是没有来。我也喜欢绿萼,她会吹很好听的曲子……我也想要父皇天天来,这样贾娘娘就会待我好,为什么他不天天来?"

赵瑷看着她,就好像看见了当初的自己。

他能说什么呢?他能告诉她,这宫里看起来是世上最繁华热闹之处,可事实上,每一个人,连他在内,都冻在寒冰当中,动弹不得吗?

那一日,她光着脚,拖着满是血迹的裹脚布来找他,在他怀中哭得撕心裂肺,就是不肯跟教养女官回去。她以为他能护得住她,可以逃脱裹脚的痛楚。

贾贵妃来讨,未能成功,最终还是惊动了官家。赵瑷还记得父皇一脸严肃地站在自己面前,伸出的那只手。他咬着牙,将璎奴抓着自己的手指一根一根地抠开,亲手将她交给了父皇。

"阿奴,我以为你不再是个孩子了。"

她慢慢地止住了哭泣,只睁了双明净的眼,安静地看着他。直到她被领走,还在不断地回头,一声不吭,死死地看着他。

从那之后他们各自冻在透明的冰中,遥遥相望,犹如隔着千山万水。

"哎呀呀,没想到我这道嘉庆李,效果竟然如此好。"

赵瑷眨了眨眼睛，从回忆中清醒过来，眼前是朱成碧带笑的金眼，眼角绘着微微上翘的红妆。

他还在养伤，又在闭门思过，外人一概不见。可这朱成碧不是寻常人能拦得住的，她兴致勃勃地带来据说是制作了一半的嘉庆李干，非要他品尝。他只咬了一口，过往的回忆便喧嚣不止，一时之间竟出了神。

朱成碧伸了根手指，在他脸颊上轻轻一触。他不自在地躲开，她却已经收了回去。

"真龙的眼泪，真是好难得的好材料。给了我吧。三日后便是你父亲的寿宴，得给他一个惊喜才行。"

"这是……什么味道？"

"这是未能守护住的珍贵之物，是无可挽回的流逝的美好时光，再也无法弥补的错误。虽然并未全部完成，可已经足以叫人永生难忘。"她翘起唇角，"这味道，名为'后悔'。"

朱成碧离去后，赵瑷独自一人坐在室内，李干的酸涩味道一直在口中冲撞，久久不肯散去。

他慢慢地捂住了眼睛。

临安城破时，官家带着嘉柔同乘一驾马车，回来时，却说她失散于敌兵追击之中。当时马车正奔波于山路之中，若嘉柔掉下马车，必然会滚落山崖。

想必是葬身野兽之腹了吧。

知道她死讯时，他并不曾哭过，即使有夜半时分的呜咽，也被他强行按回去了。他知道自己肩上扛着什么，也知道有多少双眼睛在周围虎视眈眈，丝毫不敢松懈，不敢流露出哪怕一丝脆弱。

此刻却让一只小小的李干击得溃不成军。

如果他一开始便不曾喂过她李干，如果他能抓住她的手不让人将她领走，如果城破之时他能首先选择带着她逃跑……

"阿奴，阿奴。"他喃喃，"对不起。"

一声细若游丝的叹息回应了他。他猛地一惊，伸手想抓佩剑，背上的伤口一阵撕裂的疼痛。

"……谁？"

帐幕起伏。一个人影缓缓出现在其后，散着长发，双目在暗中发着幽幽的绿光："赵瑷奴能得你这两滴眼泪，就算是死，也值了。"

却是那假冒的嘉柔公主。

·五·

"你是来笑话我的吗？"赵瑗问。

"郡王以为呢？"她反问。

"我闭门思过这几日，有个问题始终想不明白。就算是越州流传着身有龙纹者能终结旱灾的谣言，但灾民一进临安，便直接围住了郡王府。若不是有人暗中指点，他们如何能知道我肩上曾有龙纹？"

那假嘉柔公主微笑起来："郡王果真英明。"

她这样一说，等于承认了是她所为。

"可我还是不明白。"赵瑗继续道，"若说你听命于父皇，要置我于死地，何必绕这么大一个圈子？又何必要从鞭下救我？直接让他活活打死我……"

"不许！"猛然间，她皱起鼻子，面露凶相，竟在一瞬间逼近他身前。室内随之风声大作，隐隐有野兽的咆哮声。待风声止时，她维持着悬着一只手的姿势，似乎想要捂他的嘴。

赵瑗手中的剑已经拔出来一半，横在胸前，刃上寒光闪烁。幸好这妖女很快退了下去。

"你竟然对我拔剑，小哥哥，你刚刚还说对不起我。"那娇软声线，跟死去的赵璎奴一模一样。

赵瑗心中一痛，接着是翻涌的愤怒："你是假的，赵璎奴已经死了！你骗得了官家，却骗不了我。"

"官家？"她忽然冷笑，"你那个官家，已经从内里烂掉了。我在越州时，见到土地干枯，田野荒芜，可我回到临安，发现这里还是一样歌舞升平。他心里只装着对往昔繁华的怀念，只装着如何给自己办一个隆重的寿宴而已！"她缓缓靠近，裙裾起伏，身上带着花香，"宋室江山，如何能交给这样昏庸之人？最好能有一个更加年轻英明的人，而且，还是真龙血脉……"

她伸手触摸他的手臂，从下而上。而他犹如被蛊惑一般，没有躲开。

"阿奴只有一个愿望，就是有朝一日，得见真龙翱翔于天际。"

赵瑗叹了一口气："我竟不知，是在何时得罪了姑娘，让你恨我至此。"

这一句话，止住了她所有动作。

"我恨你，我恨你？"假的嘉柔公主朝后跌去，重复几遍，眼中渐渐发起绿光来，

"是，我恨你！我恨你当初为什么要把李干揉软了给我，我恨你为什么这么心软，对我这么好，却永远都在我够不到的地方！"她忽然捂住了左侧的手臂，就好像那里传来了剧烈的疼痛，"我恨不得从来没有见过你，那样就不会坠落山崖，孤零零地死在山林之间！你知道我苟延残喘了多久，才落下最后一口气吗？"

赵瑗落下泪来。她虽然不是真的赵璎奴，但她相貌声音，都与赵璎奴如此相似，便如他的妹妹真的站在他面前，声声质问。

"阿奴，我待你好，是因为，你是我妹妹……"

"我不是你妹妹！"她打断了他，"我姓白，我是白家的女儿！你不也不是他的亲生子？谁都知道他亲生的只有琅琊王一个，他至今还在念念不忘，可惜啊，死得太早！可琅琊王还活着的时候，他又待他如何？还不是早早地便封了王，打发去无夏那种地方？"

"住口！"

"我偏要说！小哥哥，这宫里冷得很，没有一个人不是在为自己打算，不是在为自己挣命。除了你，你心这么软，怎么能活得下去？你连对我这个毫无血缘的妹妹都是……"她脸上现出迷蒙神色，哼唱起来，"当日谁幻银桥，阿瞒儿戏，一笑成痴绝。"

赵瑗只觉得头顶犹如惊雷闪过，震得两耳轰鸣，脑海里只剩下一句话：她竟是真的。

赵璎奴初入宫时，曾有位名为绿萼的宫嫔，善吹笙，画竹，对年幼的她颇为看顾。有一日官家摆驾贾贵妃宫中，听绿萼吹了一阵，夸了句"玉手与瑶笙同色"。第二日，绿萼便落了井，据说是去井边玩耍，不小心掉了进去。

身边亲近之人忽然消失得无影无踪，甚至再没人敢提起。赵璎奴惊恐无比，吵着要去找她的小哥哥，可赵瑗那时已知男女大防，再不敢轻易出现在她面前，只听说她夜夜无法安睡，人也日益消瘦下去。

他没有办法，只能买通了值夜的侍卫，允他在夜里靠近璎奴的居所，吹笛子给她听。他并不擅音律，反反复复也只是他们初见的夜晚，女童在旁边唱的那几句唱词。他并没有真正出现在她面前，就算有旁人听了去，也只会以为是某个路过的乐师。

这是，只有他们两个知道的秘密。

就算他们之间隔着透明的冰墙，他也希望她知道，困在冰中的，并不只是她一个。他曾想要陪伴她，守护她，最终却并没能做到。

"阿奴，阿奴，真的是你？"他手中的剑掉落在地，取而代之的是紧紧抱在怀中的少女。

他没有看到她眼中绿色的萤光，也没有看到她嘴角胜利的笑容："小哥哥，这是个吃人不吐骨头的地方，你想要活下去，只有唤醒真龙这一条路。"

背上的伤口再度撕裂，鲜血沿着脊背流淌，他昏头转向地听她在耳边念着，只觉得体内的渴望越来越强烈。他依然记得乘风而翔的快活，记得在月光中沉浮的自由。是啊，他是唯一的真龙，谁能束缚他？

可他还有最后一点理智，他紧紧盯着她攀上自己左肩的手。璎奴的手腕上，曾有两颗黑痣。如今那里只是一片光洁雪白，什么都没有。

"你究竟是谁？为何要冒充阿奴？"他反手扣住她的手腕，恼怒至极，却在下一刻不得不松手。从被他抓住的地方开始，她的手臂竟然开始皮开肉绽，紧接着寸寸碎裂，一块一块地掉落在地。她身上那么浓郁的花香，为的只是掩饰腐败的泥土味道。

"我就是赵璎奴。"那崩坏了一半的人影还在嘶嘶地道，"我被杀了，又被埋了。可我还有心愿未了，土也埋不住，水也浇不灭，我又回来找你了。谁也阻挡不了我！"

她掩面扭头，撞出窗去，就此消失了。赵瑗手中只剩下一把淡金色的毛。

·六·

"这是狌狌的毛。"朱成碧俯下身，看着他手心中的毛，"《山海经》有记载，狌狌似人形，金毛白耳，嗜吃人肉。若是吞了谁的血肉，便能知晓谁的过去，也能化成这人的模样。"

赵瑗恍然，想起这妖兽抱着新折下来的李枝，跟官家撒娇的模样。

"阿奴喂过阿爹了，阿爹，也喂阿奴吃一个！"

那时官家难道不是呵呵笑着，也喂了她一只李子吗？她趁机咬破了官家的手指，还假装惊讶地说："哎呀，都是阿奴的错，来给阿爹舔舔！"

她转过头来朝他得意地一笑，细小的牙齿上还残留有血迹。那时候他只以为她是在向他炫耀官家的宠爱而已。如今才知道，仅靠这一口血，她早就可以化为官家的模样了。她蛊惑他时是怎么说的？

宋室江山，如何能交给这等昏庸之人？

"糟糕，她的真正目标是父皇！"

官家身着便服，坐在窗前，正跟黄都知在下棋。

黄昏的光线透过珠帘，映照在他盘起来的、已经有些花白的发髻上。两人中间除了棋盘，还有一壶酒，仅有的一只杯子中倒着些琥珀色的液体，还在微微晃动。赵瑗贸然进入

的时候，看到的正是这番景象。

黄都知见他来了，竖起一根指头，又朝官家指了指。父皇浑然不觉，还在冥思苦想，终于朝棋盘上落了一子，紧接着便要重新拿起来。

"哎哎哎？"黄都知赶紧阻止他，"落子无悔啊，陛下。"

"你这个老奴才，宫里也就你一个人敢赢过朕。"

"老奴已经让了五子，是陛下技不如人。"黄都知笑得眼睛都眯成了一条缝，自取了桌上的酒杯，慢慢地喝了，又道，"这杯酒，是老奴欠陛下的，多亏陛下慈悲，让老奴多欠了这么些时日。只可惜从今往后，这陪陛下下棋的差事，只好交给郡王殿下了。"

赵瑷盯着那只空了的酒杯，觉得身上一阵阵发寒。他父皇转过眼来，见他不声不响地站在身后，不耐烦地问："你又是何时……"

"我已经知道了！她根本就不是嘉柔，她是假的！所有的事情我都知道了！"

父皇已变了脸色。从他说出第一个知道的时候起，他就想要猛地站起身来，但黄都知的动作更快，他胆大包天地抓住了皇上的一只手腕，硬是将他按住了。

"陛下，"黄都知慢条斯理道，"如今赵家只剩这点儿血脉，不能再少下去了。"鲜血从他的嘴角淌下来，这肥胖的老奴挣扎着起身，朝赵瑷跪了下去，"那个时候，马已经累死了数匹，若我们再带着公主，只怕根本逃不出来。若不是公主抓着马车死死不放，陛下也不会忍心挥剑砍了她一只手臂……公主死了之后，陛下一夜一夜不能安睡，你看他，明日才是他四十诞辰，可头发已经白成了什么样子……"

赵瑷朝后退了一步，紧接着是另一步。他原以为自己带来的消息已经够令人震惊，却没有想到，嘉柔的死，背后还有这样的隐情。

难怪她会死不瞑目，难怪她会再回来复仇！

"老奴才。"皇上打断了他，"你的话太多了。"

"老奴只再多嘴这一次，今后便再也没有机会了。我们都知道这个嘉柔公主是假的，我亲眼看着她坠落山崖，哪里还能有活路？可自她来了之后，陛下脸上又有了血色，这宫里又有了笑声。殿下，你素来敦厚仁慈，便放过这假公主吧，她顶多便是哪个贪图富贵的宫女冒充……"

"她不是宫女。"赵瑷低沉了声音道，"她是苍梧山中的野兽，吃了阿奴的血肉，也继承了她的记忆，眼下她再回来，恐怕是要找父……官家复仇的。"

官家阴沉沉地坐在原地，就算他察觉到了他称呼上的细微变化，他也没有表现出分毫，只是喃喃自语："若是我的玠儿还在这里就好了。"

只是黄都知着急起来，不断地拽着赵瑗的衣袖。更多的鲜血从他的喉咙里涌出来，呛得他无法言语。

赵瑗闭眼立了一阵，终于还是不忍，开口道："你放心，我仍是官家的儿子。"

抓在他袖上的那只手得了他的保证，终于一点一点地放开了。

只剩下父子俩默然相对。在他们中间是一盘残棋，再无人可续。

·七·

对于宋朝的史官而言，绍兴十五年注定是个多事的年份。这一年，先是死于战乱的嘉柔公主奇迹般地归来，然后便是在越州爆发的旱灾，和犹如奇迹般降临的神龙。紧接着，就在官家寿宴的前一日，普安郡王赵瑗带镇殿兵士突袭了嘉柔公主的居所。

郡王是独自进入公主的房间的。遵照命令在外等候的兵士们并没有听到特别激烈的打斗声，便见郡王重又打开了大门，宣布道："妖孽已被本王擒获！先关押起来，等候官家发落！"

在他身后是一只状如猿猴的金毛奇兽，已经委顿在地，四肢都被牢牢捆缚。

无论出了多少乱子，寿宴都还是要照常举行。

或者说，正是因为出了这么多的乱子，越州的旱灾也依旧在持续，没有缓解的迹象，官家才更需要这场寿宴，需要连续数日的美人歌舞，笙箫相伴，让他短暂地沉迷在往日的繁华幻梦当中。

作为普安郡王，赵瑗是必定要出席的。而且，仅仅出席还不够，他还必须要为官家献上精心准备的礼物，以表孝心。

"我让你制作的嘉庆李，如今可制作完毕？"他这样问朱成碧。而她上下打量着他，点了点头："是你。"

"当然是我。那日亲自上天香楼去请你，又亲手摘了李子，借他的手捎给你的，难道不是我？"眼前之人相貌与赵瑗分毫不差，口中吐出的，却是嘉柔公主的声音。

"说得不错。"朱成碧抬了抬手，青龙自她袖中游了出来，口中衔着一只木盒，交到了"赵瑗"手上。

"但你真的要替他去参加寿宴？那殿周埋下了刀斧手和弓箭手，官家已经被逼到了角落，可他还有最后的牙齿。这招李代桃僵，就不知道你会不会后悔。"

"赵瑗"冷笑一声，望着手中的木盒，重新恢复为成年男子的声线了："一定会有人

尝到，你亲手制作的'后悔'滋味的，不过，未必会是我。"

"等等，真正的赵瑷去了何处？"

真正的赵瑷，此刻正困在笼中，四肢都被紧紧束缚着。

那日他刚进入假嘉柔公主的房间，就见她正襟危坐，像是已经等待许久。他还未来得及劝说她束手就擒，她反倒欺身上来，想要劝说他离开："官家已经动了杀心，留在此地太过于危险。"

他自是不信，她便猛然间冲上前来，将尖细的牙齿狠狠地噬进了他的肩膀，接着飞快地朝后退去。他眼睁睁地看着这妖兽化成了自己的模样，而自己的全身竟长出了淡金色的长毛，喉咙里只能发出嘶哑之声。

那妖兽漫不经心，捡了他掉落的衣服穿上，推开门便说已经擒获了冒充公主的妖兽，接着大摇大摆地离开了。

留下赵瑷一个在笼中。他不能发人声，无法说明的自己身份，也尝试着嘶哑怪叫，乱咬绳子，却叫看守用棍子狠狠教训了一顿。精疲力竭之时，他脸朝下趴在笼底，一动不动。

月光之下，云层之上，以龙形自由翱翔的畅快，如今想起来，竟然像是一场不真实的梦。难道真的要以这种形态，度完余生？

他想到这里，不禁打了个寒战。越州的旱灾仍在继续，那些干渴和哀号依然会出现在他梦中，他明明心急如焚，想要有所作为……

他明明是这世间唯一的真龙！

肩膀上的龙纹刺痛起来，越来越痛，朝他的血肉中噬咬下去。

寿宴进行到一半时，普安郡王向官家献上了他的贺礼："这是孩儿特地找来无夏城天香楼的朱成碧制作的嘉庆李，其滋味绝无仅有。"

外表普通的木盒当中，几枚深黑色的李干静静地躺着。

"听她说，这是由少女的手采摘的鲜果，经过鞭打脱了皮，又在甜蜜的回忆里渍过，再加上少有的真龙的眼泪，方才制作完成。"他捧着那盒子，竟然靠近了御座，手中的李干差一点就要喂到皇上口中。

"父皇，你尝一个吧？"那嗓音中带着慵懒的娇媚。皇上悚然而惊："……嘉柔？"

"父皇说什么呢？"他平静地道，"嘉柔早就死了，你我不是都清楚得很嘛。"

话虽如此，他眼中的绿光却再也掩饰不住。

皇上朝后跌去。

"有毒，有毒，这李千里有毒！你要杀我！"

他抓起身侧准备好的玉杯，狠狠地摔碎在地上。埋伏在庭院两侧的镇殿将士闻声而动，将二人围了个水泄不通。

"普安郡王忤逆君上，暗中散布'真龙'谣言，意图谋反，朕要你们立刻将其诛杀！"

"卿本真龙，奈何作茧自缚。"

笼中的赵瑗抬眼看去，见朱成碧懒洋洋地躺在青龙身上。这名曾在他府中混吃混喝数十日的小厨娘，竟然在双目中都燃着金焰。在她身后，是重重黏稠的阴影波动。

救……我……

他嘶哑喊着。她却摇摇头："是你自缚，旁人都救不了你。养育之恩，君臣之义，条条将你捆住，不过，只要过了今日，你便能自由翱翔了。你那个阿奴妹妹，现在已经准备替你再死一次了。"

什么？她明明是假的，明明是只妖兽！

"说起来，我也早就警告过它，这次的食物可不同以往，可她不肯听，也难怪，那少女临死前的心愿如此炽烈，真是可遇不可求，连我也想尝……"

她身下的青龙闻言立刻竖起了鬃毛。

"咳咳，我不吃，不吃就是了！总之，它如今步步深陷，早就忘了自己曾经是谁，只当它真是你的瓔奴妹妹。不，应该说，是赵瓔奴的心愿太过于强烈，强到身死魂灭，也不肯消散，要借助这狌狌的躯体，继续完成。"

"那个如今变成了你的样子去赴宴的，如假包换，就是你的阿奴妹妹。"

赵瑗猛地睁开了眼。他肩上的龙纹忽然开始发光，朝更深的地方烧灼下去，一直到达白灼燃烧着的核心。

然后猛地爆裂开来。

·八·

她曾是山野之间自由攀援的猿猴。

那时她饮山泉，餐野果，对月长啸，何等得快活？可她也恍惚记得，自己是真的在这

重重宫墙之间生活过的，记得她是如何将沾满了鲜血的布一点点裹上脚去，如何与最亲近的人日益疏远，如何装得温柔娴雅，如何笑得百媚横生。她曾以为这样能换来宠爱，说不定能自皇上的盛怒之下护住她的小哥哥。

她是换来了百般宠爱，可到头来，第一个被抛弃、被扔下的就是她。

自己不过是个需要时就拿来开开心的玩意儿而已。

躺在山石之间，奄奄一息的她终于想通了这一点。

可即使如此，她也不肯彻底死去。

她忘不了小哥哥，忘不了他是如何地容易心软，忘不了他今后便是独自一人，困在这重重宫墙之中。靠着这样可怕的执念，她竟从坟墓中爬了出来，起死回生，脱胎换骨，重新站立在这金殿之上。

这一次，她带来了足以让皇上后悔之物。

在她身周是长枪如林，枪尖闪着寒光。持枪的兵士们却扭开了头，躲避着皇上的视线。

"你们！难道你们也要犯上不成？"

领头的镇殿将军扑通一声跪在了地上："官家，郡王是真龙，杀不得啊！"

兵士们连声附和，转眼间便跪了一地。皇上气急了，过去踹翻了两个，其余的还是岿然不动。

"若不是郡王化为神龙，让珍珠泉重获生机，小人的父母早就都渴死了！郡王仁义，小人不能做这样的事情，请陛下将我等赐死！"

一个声音响起来，更多的声音在回响："请陛下将我等赐死！"

"好，很好，你们……好得很！"

晴朗的空中，忽然闪过了雷电，照亮这已经孤家寡人的皇上的脸。

"阿爹，来尝上一口吧！你会一辈子都记得这滋味的。"她继续柔声劝道。

你会知道，一直以来你对待我们的方式都是错的。你会知道，小哥哥才是真正的真龙。到那个时候，我跟他就都自由了。我会带他离开这处牢笼，再也不回来。我们一起在山林之间遨游，饮山泉，餐野果，那该是何等地快活——

然而剧痛自腹部袭来，撕裂了一切美好愿景，她抬头朝上望去，只见曾经杀死过她一次的那个人，如今第二次将剑尖插入了她的身体。

"若我死了，你就是皇帝。故意散播那个什么真龙的谣言，不就想要达到这个目的吗？你休想！"皇上目眦欲裂，面目狰狞，"朕，自己动手！"

第二次雷霆响起，近得就在头顶。血沿着剑身在往外涌，而皇上还在咬牙切齿，继续往里深入。她却反倒是松了一口气，比起上一次来，这一次反倒没有那么震惊，也没有那么痛。

　　"也罢，阿爹，你终究是又杀了我一次……这次便算是小哥哥的份儿罢。"她伸出已经重回少女姿态的手，将那剑身牢牢抓住，"此番剔骨剜肉，还了你的养育之恩，从今往后……各不相欠……你得放他自由！"

　　皇上松开了手，跌跌撞撞地朝后倒去。

　　"嘉柔？阿奴——怎么会是你？！"

　　风声忽然间猛烈起来，刮得庭中所有人都站立不稳。他们趴在地上，用袖子捂着头，好不容易等得风小了些，抬眼便望见盘绕在殿中的那只巨龙。

　　鬃毛偾张，鳞片竖立，是只正在暴怒中的神龙。

　　它盘绕着身子，似在护卫什么。从龙身之中，伸出一只少女的手，似乎想要触摸它的鼻尖。

　　"阿奴只愿，有朝一日，得见真龙翱翔于天际……"这是，很久很久以前，独自挣扎了很久才慢慢死去的赵璎奴，最后的心愿。如今枷锁已去，心愿已了，那长久以来支撑着她行动的动力也忽然间烟消云散了。

　　自由翱翔吧，我的真龙。再也不要犯跟我一样的错误，再也不要听命于任何人了。

　　从今往后，你是自己的主宰。

　　"哗啦"一声，整个世界的暴雨开始降落。

　　神龙静默地立在大雨之中，一动不动，犹如雕塑。在它低垂着的头颅下方，是少女垂落的手。

　　许久之后，它终于一点一点舒展了身体，重新盘旋着，升上了天际。暴雨和雷霆跟随着它，犹如它的护卫。它一次又一次地朝下方回着头，最后还是朝着南方飞去。干枯的越州大地在那个方向等待着它。

·九·

　　"来人啊，救救我的女儿，我的宝贝！"

　　"皇上，皇上！这只是一只淡金色的猕猴，你瞧，你瞧！"

他朝下望去，果然，躺在他怀中的是具猕猴的尸体，身上的血都被暴雨冲淡了。

"说得对，说得对。嘉柔早就已经死了，是我亲手……"他打了个寒战，放开那尸体缓缓站起来，忽然只觉得万念俱灰。

大雨滂沱，在他听来却是一阵寂静。只有雨地里躺着的那只木盒子异常清晰，里面的李干散落一地。

多年前的中秋夜宴上，他也吃过这样的嘉庆李干，那时围在他身边有黄都知，也有珩儿、璎奴，还有瑷儿——那时他们还小，一个个都如此可爱。可如今所有都消失在了雨幕中，独留他一个，面对这漫漫余生。

对了！他忽然想起来，这李子难道不是有毒吗？

旁边有人来拦，他不肯停，依然抓起李子来就咬，又咬牙切齿地咽下去。酸涩的滋味在嘴里烧起来，接着便落往肚腹里，沿着咽喉一路烧灼。

他终于切切实实地尝到了这滋味，在他的余生当中，它将慢慢地烧蚀着他的内脏，噬心削骨，永志不忘，名为"后悔"。

苍白头发的帝王忽然掩住了脸，无声地痛哭起来。

绍兴十五年，越州大旱，幸得真龙行雨相救。有见者云，真龙自临安宫中起，行在云雾中，伴电光雷霆，威严不可直视。民叩拜不止，立龙王庙祀之。苍梧山珍珠泉即为神龙掘出，遗有爪印，至今仍可见遗迹。

饕餮记 貳

红鲤冻
第八章

· 零 ·

　　星与海之间，有巨鲸缓缓遨游。

　　它的形体如此之大，以至于飞得最快的鸟儿，要从它的头部飞到尾部，也要花上一整个昼夜。谁也不知道它年岁几何，它仿佛如行星一般古老，身体两侧都是被流星撞击所留下的坑坑洼洼的痕迹。漫长的岁月里，它按照既定的轨迹洄游，千百年来的星尘重重累积，在它的脊背上形成了青翠的山峦和广阔的平原，山谷间河流奔涌，于巨鲸的身体边缘垂下长长的白练般的瀑布。

　　若是巨鲸正好游进了透明的阳光，瀑布之上便会顿生彩虹。原本笼罩在山顶的薄雾尽皆散去，露出层林绿染，松涛如怒。一只白鹭伸展了翅膀，乘着山风悠然掠过。连散布在山间的亭台楼阁，石桥小榭，也都仿佛由玉石制成般莹莹生光，通透无比。

　　庄子在《逍遥游》中将这种巨鲸称为鲲鹏。

　　他还写道：在其脊背之上，居住着仙人，肌肤若冰雪，绰约如处子。他们吸风饮露，乘云气，御飞龙，游乎四海之外，拥有高洁的品性和超凡的美貌……

　　此刻，在其中一座山峰的高处，这些仙人当中的一位正坐在玉石台上，靠着一棵开满了繁花的杏树，静静地望着云海相交之处。

此人峨冠广袖,长身玉立,也不晓得在树底下静坐了多久,两肩都落满了杏花的花瓣,风起时,花瓣扑簌簌地打在他的袖子上,他也丝毫未觉。

　　忽有一物扑棱着翅膀飞来,一头撞进了花丛中,挣扎了一阵,又"吧嗒"一声掉了下来,正好跌在仙人的脚边——是个身长不到一尺的老头子,背后生有一对透明的薄翅。

　　仙人连眉毛都没有动一下,任由这老头子哼哼唧唧地爬起来。

　　"哎哟,我的个老腰哎!"他声线苍老,尖厉得很,"刚才又地震了,滴翠岩裂成了两半,连太古桥都断了,仙君你倒好,独自在这里清静!"

　　仙人沉默一阵,开口只说了两个字:"会修。"

　　"别别别!这几百年来你修得还少吗?没有用!再这样下去,梦瑶岛一定会沉没,我们都会死……"

　　仙人俯下身,将喋喋不休的小老头子抱了起来,老头忽然就安静了,接着用很轻的声音道:"这是我们的命。"

　　"不认。"从仙人抿紧的唇里吐出两个字。

　　小老头子一下就炸了:"早说了这是我们的命了!跟仙君你没有一丝一毫的关系!我们生于梦瑶岛,也死于梦瑶岛,如今到了它该沉的时候,仅此而已!你赶紧抛下我们自己逃命去吧,趁还来得及……"

　　"嘘。"仙人忽然捂住了他的嘴。

　　一辆牛车悬在他们的头顶,就像是在空无一物的半空中,由月光、夜色和飘动的薄雾凝聚成形。车窗外飘飞着的白纱,落满了随风而至的杏花花瓣。车前挂着只圆形的灯笼,上面写着个浓墨重彩的"朱"字。

　　仙人抬起手来,朝其一拜。

　　"这次劳烦梦瑶君久等,实在是抱歉。我家掌柜的闲散惯了,素来不到最后一刻不肯动手操办的,还望海涵。"车帘掀了起来,里面站着个眉清目秀的青年公子,怀里抱着只绘着锦鲤的红木盒子,笑吟吟地道。

　　待看清了他的脸,梦瑶君犹如石雕般的表情却出现了一丝松动:"……段清棠?"

　　那青年公子略微一窒,但他心思灵活,转眼又如同没有听见一般,继续说了下去:"这道菜品是她亲手制作,又亲手封上,让我送来给仙君,说是可解仙君之围。"

　　盒子自动脱了他的手,便在空中越长越大,转眼便犹如床榻般大小。盒盖缓缓掀开,内里光芒四射。

　　梦瑶君和小老头子,甚至连同那青年公子,三双眼睛一眨不眨地注视着。

盒内未见任何菜肴，却躺着名沉睡中的秀丽少女，白皙的额头上有一道显眼的靛青色胎记。

· 一 ·

李星羽望着镜中的自己。

镜中的少女勾着柳叶眉，额上贴了花钿，满头的珠翠颤动，就好似下一刻便要启朱唇，飞媚眼，唱将起来。

她望了一阵，伸手缓缓地拆了头上的翠簪，一根一根地放在妆台上。为了这身妆容，她一大早便起身梳洗，连带着阿娘也不得歇息，欢欢喜喜地亲手给她描了眉。她此刻身上着的戏服，衣襟上盘绕在卷草纹中的每一朵并蒂莲，都是阿娘亲手绣的。

学戏七年，终于有机会能在无夏城中群英荟萃的龙门会上登场。阿娘当初知道这个消息时，是多么地欢喜。她要如何回去告诉她，师傅在最后一刻改了主意，选了比她小一岁的师妹替她唱这《如意娘》？

"没事儿，阿娘。"她对着镜子自语道，"是我自己让的，师妹还小，让她多些临场的经验也好……"

说到这里，她不由得眼圈发红，停了下来。她练习了足足一年，便是为了今天。这一年里她起早贪黑，勤学苦练，这无夏城里，除了师傅，再没人对《如意娘》下过如此苦功。

可还是不行吗？

李星羽揉了揉眼角，开始一点一点擦去脸上的脂粉，慢慢露出了横跨整个前额的靛青色胎记。

李星羽的指尖停在了胎记之上，屏住了呼吸。

这胎记不碍事的，只将额上片子贴得紧些，便看不出来。师傅这样说，她便没心没肺地信了。

可一到关键的时刻，哪能不碍事儿呢？

隐约有只言片语的唱词透过了窗纸，是师妹在唱："不思量，便是铁心肠，铁心肠也愁泪滴千行……"

那把声音依然稚嫩，可就是有一股能唱到人心里去的劲儿，叫人听了忍不住也想落泪。而且李星羽能听得出来，越往后唱，师妹的胆气越足，放得越开。

假以时日，师妹会是这无夏城里顶尖的歌者。

她忍不住心中酸涩，抬手便擦起前额的胎记来，越擦越狠，直到那块皮肤发红，发烫，甚至发痛——

"哎呀，你这样如何能擦得掉？"

一双金眼忽然便映在了镜子里，吓了她一大跳，赶紧回身。不知何时身边的妆台上坐了个梳了双髻的小姑娘，手里举着串红彤彤的冰糖葫芦，两侧嘴角都沾满了晶莹的糖渣。

"我有个法子，可替你去了它，让你堂堂正正地登上龙门会，唱你的《如意娘》，你可愿意？"

李星羽的眼睛越瞪越大："什么妖怪？！"

然后她就被冰糖葫芦砸中了脸。

若是真能去了胎记，李星羽其实求之不得。

她也不是没有听过这样的传说，平白无故出现的仙人，带来能让人升官发财，或者瞬间变美的神奇器物，可天上哪里会掉馅饼呢？

"这种故事我听得多了，无非便是利用人心中的贪欲。最后不是害了我师妹，便是要害了我自己。"李星羽答道，"我不想成名，也不指望发财，只想安安静静地唱一辈子的戏。"

那小姑娘眨了眨眼睛，在空中嗅了嗅。

"你这人倒是有趣。"她笑道，"哪儿有贪欲？我怎么没闻到？倒是有一丝迷茫，几分不甘罢了。"

李星羽略有些脸红，又听得她接着劝说："我是天香楼的朱成碧，这一回是想请你帮个忙，唱戏给我一位朋友听。他最近遭遇困境，心情不佳，你若是能哄得他开心，我便有法子去了你的胎记，如何？"

她朝李星羽摊开了手掌，掌心中一只小小的红木盒子，迎风而长，转眼便有衣箱般大小。

"你若愿意，便爬进来吧。"

"……我在盒子里睡了一觉，再一睁眼，便到了这里。"李星羽茫然道，"常公子，这里是哪里？"

她起初还以为在做梦，否则怎么会身处山顶的玉石台上，头顶还有一株开的如火如荼的杏花树，可待她傻傻地伸手，接了枚随风飘落的花瓣，那触感竟然是真的！

万幸的是眼前竟有熟悉之人。杏花树下站着两名年轻的公子，其中一位她从未见过，另一位却在无夏城中相当有名，是天香楼的账房常青。李星羽扑过去便拽住他的袖子不

第八章 红鲤冻

放。他听了她的解释，以一种非常熟练的姿势缓慢地捂住了眼睛。

"这么说，并非是掌柜的拿错了盒子。"他艰难地道，"她根本就是故意……"

李星羽使劲地拽他的袖子，指着另一人低声道："旁边这一脸'有人欠了我五百两'的是谁？"

常青咳了一声："不得无礼！这位是梦瑶仙君，梦瑶岛之主，朱掌柜跟你说的'朋友'指的就是他了。"

平心而论，这位梦瑶君生得十分好看，李星羽本来以为常公子就已经很俊俏了，可眼前这位仙人犹如湛湛夜空之中一轮朗月，清冷孤高，光华逼人。只可惜目下无尘，压根不曾拿正眼看过她。

"我家掌柜的虽然任性了些，但在关键时刻却还是能分得清轻重缓急的，这点，仙君比我清楚。"常青对梦瑶君道，"既然她认为这位姑娘能解仙君之围，便让她留下如何？"

梦瑶君尚未开口，他背后却飞出个生了透明双翅的小老头，恶形恶状地嚷道："那怎么行！也不知道那朱成碧是怎么想的，眼下可是胡闹的时候？仙君即刻就要弃岛，送个普通人类过来，岂不是天大的累赘？"

"若空。"梦瑶君忽然开了口。那小老头儿即刻闭了嘴，飞回他的肩膀上，耷拉着翅膀坐了下来。

"我绝不会弃岛。"

梦瑶岛的主人缓缓闭了闭眼，对常青道："掌柜的想必自有道理，替我谢过她。"他又睁开了眼，朝李星羽的方向望过来。那眼瞳深邃无比，映着满满的星光："这位姑娘又如何说？可愿留下？"

· 二 ·

李星羽决定留下来。

龙门会上的遭遇只是个提醒，若她还想登台唱戏，这胎记非去不可。她托常青给阿娘和师傅各捎去了一封信，只说自己在外玩耍几日，一切安好。

接下来数日，她都没有见过梦瑶君。只有那个叫作若空的小老头子带来了数位小仙女，照顾她的起居。她们个个都跟若空一样生有透明双翅，身着彩色羽衣，轻笑浅语，娇柔无比。

李星羽生性活泼，嘴又甜，不到半日便跟小仙女们熟识起来，才知道她当初从箱子里爬出来的时候，她们躲在一旁的杏花丛里，早就将她瞧了个一清二楚。

　　"几百年了，我家仙君这还是头一次待客呢。"

　　她们自称是蜉蝣，是这梦瑶岛上土生土长的岛民。

　　"姑娘跟我家仙君一般大小，也没有翅膀，有你相伴，我家仙君不知道有多么欢喜。"

　　有吗？李星羽回想着梦瑶君那张千年不变的冷脸。从哪里能看得出来他开心不开心？

　　"这岛上除了他，便都是蜉蝣，从未来过客人？"

　　"也不尽然啦。"一个小仙女快人快语，"五百年前，饕餮将军来过一次啦，同行的还有那花——"

　　她身边的仙女尽都变了脸色，齐齐扑上去要捂她的嘴。

　　一个苍老尖厉的声音就在此刻锯开了空气："小人类，你倒是玩得起劲！"

　　面前的小仙女们轰地一下便散了，飞得无影无踪。只剩下若空老头抱着胳膊浮在半空，竖着眉毛盯着她，身后站着梦瑶君，还是一副拒人于千里之外的样子。

　　"我家仙君有话要问！"

　　若空对她一直是恶狠狠的，但这对李星羽完全无效。她跟仙女们调笑惯了，此刻见他飘浮过来，忍不住伸手抓了他的衣带便往下一扯。

　　"我其实一直很好奇，这翅膀既不能扇动，你究竟是怎么飞起来的？能不能拆下来看看？"

　　若空嗷了一声，钻进梦瑶君袖中再不肯出现了。

　　只剩下李星羽跟梦瑶君两个。

　　她摸了摸鼻子，颇有点儿不自在。说来也怪，若空的恶言恶语吓不到她，唯独面对梦瑶君时，她会不由自主地局促起来，连腰都要比平时挺得直些。果然是颜值太高，自己这是被照耀得花了眼了吗？

　　"你会唱戏？"梦瑶君开口问，"会唱什么？"

　　"《如意娘》。"

　　她偷瞄了眼，梦瑶君依旧是面无表情。

　　也罢。想来仙君几百年来都在岛上，没听说过人间的戏也是正常的。

　　李星羽试探着解释："这是根据唐传奇里的一个故事改编的，是讲有位名叫花如意的女子随家人出海，不幸遭遇海难，被一位从天而降的贵公子给救了……"

这位公子丰神俊朗，花如意对其一见钟情。那位公子也对她有意，送了她一尾红色鲤鱼，算作是定情信物。

"这是我的真心。"那公子说。花如意只当他在说笑，毕竟哪有人送活鱼做信物的。

"欺人太甚！"刚讲到这里，若空忽然从梦瑶君的袖子里冲了出来。他没头没脑地朝李星羽冲过来，却被梦瑶君一抖手，又给生生吸回袖子里去了。

"继续。"梦瑶君生硬地对李星羽道。

虽然他还是那副清冷姿态，甚至连嘴角的弧度没有发生任何变化，但李星羽就是觉得他在生气，而且好像还气得很厉害。

她悄无声息地朝旁边滑开了一步。

她可没有忘记刚才小仙女吐出来又被同伴给按回去的那个"花"字——难不成，眼前的这位仙君，跟这花如意也有关系？甚至，很有可能，就是戏中那贵公子的原型？

李星羽后悔不已。她是来解决自己的胎记问题的，不是要掺和梦瑶君跟谁谁谁的陈年恩怨的！

"后面的忽然记不清了——"

"喔？"梦瑶君问道，"那朱成碧既送你来此，专程唱这《如意娘》给我听，便没有告诉过你，那红鲤确实是他的一颗真心？"

他衣袍无风自动，发丝飞扬。一字一句，咬牙切齿："她没有告诉过你，一定要提醒我，那花如意最后用他的心做成了一道红鲤冻，一共是三百六十二刀，刀刀都是活切的？"

真没有！！！

忽然间地动山摇，李星羽跌坐在地，眼睁睁看着身侧的墙壁就像是被一只无形大手捏得变了形，生生朝她挤了过来。

这下真是被朱成碧给害死了啊，啊啊啊啊——

·三·

黑暗凝结成了实体，将她团团围困。

无论李星羽朝哪个方向使劲，都会撞在一层软软的纱帐上，帐外就是冰冷的石砾。她就像是被困在琥珀里的小虫子，虽没有伤到触角，却动弹不得。

李星羽惊惶失措，梦瑶君难道想要将她活活饿死在这里吗？

"梦瑶君！放我出去！"

"别瞎嚷嚷了，安静！"若空的声音从她头顶传下来，包裹着她的那层纱帐窸窸窣窣地震动着。

"这是梦瑶岛又地震了。跟我家仙君没有关系，嘶——还真痛——"

有液体滴落在她手指上，带着刺鼻的味道。

"你受伤了？"

若空不是该躲在梦瑶君的袖子里的吗？这个念头刚出现，她头顶的石块便叫若空踢掉了。雪白的光线照了进来，照亮了老头子那张恶狠狠的脸。他被夹在两壁中间，垂着头看着她，身上的翅膀不知在何时已经增大成半透明的屏障，将她包裹在其中。

"若不是你这个愚蠢的人类没用，怎么会连累到我们？"

刺鼻的液体还在继续滴落。

"我，我去找梦瑶君帮忙——"

"不许！"

李星羽完全没听，她从若空软绵绵的翅膀中挣扎出来，朝光线射来的入口拼命挤了过去。

喉咙中含着呜咽，但叫她咬紧牙关，生生忍下去了。只要出去，若空就能得救，只要能出去……

谁想到洞口之外，竟然还是个密闭的空间。

他们像是被地震封闭在了地下，之前以为是日光的，只是一处耀眼光源。等她挡着眼睛，适应之后，才看清光源来处，盘腿坐着的是——

"梦瑶君？"

他却像是完全没有听到她的呼唤，只闭着眼睛，双手朝上，掌心中生出的光芒层层交织，组成了一只背上托着山峦的巨鲸。

山谷间田野交错，阡陌纵横，河流犹如游龙蜿蜒而过。平原上星星点点，散落的都是结在树上的袖珍房屋。李星羽甚至还辨认出了山顶的玉石台和杏花树。

这是一整个袖珍的梦瑶岛。

鲸鱼的脊背上有一道明显的断裂之处。一整片山脊正在缓缓滑下，夹杂着烟尘升腾。

隐约有哀嚎响起，细小得几不可闻。

梦瑶君猛地睁开了眼睛，却不是平日里的样子——那是遍布整个眼眶的，满是星光的兽瞳，如同深海之中某种缓缓转动身体的庞然大物。

"仙君？若空先生受了伤，求你救他——"

"嘘！不要吵！"若空在她身后的洞中嗡嗡地抖着翅膀，虚弱地嚷嚷，"我家仙君在做非常重要的事情，你这个愚蠢的人类，休得打搅！"

她只得闭了嘴，看着那光芒流动交织，鲸鱼脊背上的断裂之处一点一点地缓慢愈合。连滑落中的山脊都止住了下滑的趋势。与此同时，梦瑶君两只摊开的手掌都在缓慢地，一寸寸化为岩石。

"他的神识正与巨鲸融合，这是眼下唯一能阻止地震的办法……不能打搅，不能中断，否则他会记不得自己是谁……"

"那你怎么办？"李星羽带着哭腔问。

若空让她伸手进洞里，她依言做了，一只冰冷的小手软软地握住了她的一根手指。

"不许哭！"他严厉地说，"此处并无他人，若是仙君一时丧失了神智，就得靠你唤他回来了。"

静寂降临。李星羽"哇"的一声痛哭起来。

她也不知道哭了多久。身边忽然传来啪嗒一声，扭头就见梦瑶君倒在地上，发光的图像依然在空中旋转，巨鲸的脊背已经修补完毕。

李星羽吓了一跳，扑过去扶他。梦瑶君软软地靠在她的肩上，用一种奇怪的眼神望着她。他的眼睛依然还是兽瞳，并没有恢复，却伸出仍是岩石状态的手，似乎想要触摸她的脸。

"如意。"他喃喃唤着。

花如意带走了他的真心，然后将它用三百多刀活生生地切了，做成了一道菜。

那是，五百年前的事情了。

五百年来，他独自一个人守着蜉蝣们生长的梦瑶岛，碧海青天，夜夜空对，未尝不曾怨恨过她吧。

可就在此刻，当他们都困在黑暗的地底，他殚精竭虑、神智不清之时，用前所未有的温柔声音唤的，居然还是她的名字。

李星羽的心中像是着了火，熊熊烈烈，灌满了五脏六腑。她握紧拳头喊："笨蛋，笨蛋，笨蛋！"

明明知道痴情错付，求而不得，却还是一厢情愿，简直是天下第一号的笨蛋。就像明明容貌有缺，生有如此明显的胎记，却居然还是想要唱戏的自己。

梦瑶君就像是傻子一般，愣愣地看她。

对了，她得唤他回来。

可该如何做，她完全不知晓。思前想后，她终究还是朝他俯下身去，轻声道："你不是想知道《如意娘》后面的情节吗？我唱给你听！"

花如意遭逢海难，正在魂飞魄散之时，忽然见到那位惊鸿一瞥，犹如天人般的公子。

《如意娘》的第一折，名为"初见"。

她跟着他在杏花林中漫步，惴惴不安，却又满心欢喜。那一刻他们头顶繁花灿烂。那一刻她对自己说，我愿随他到天涯海角。

那是仿佛永远不会结束的春天。

在鲜血、猜忌、背叛，都还远远没有来到之前。

梦瑶君默默地听着。他眼瞳已经恢复，又是一副仙姿绰约、生人勿近的模样。

"李星羽，你……"他思考了一下措词，"你真是一点都不会演戏。"

·四·

若空先生被葬在了一株杏花树下。

经蜉蝣仙女们解释，李星羽才晓得，这并非是寻常人间的杏花树，而是蜉蝣们的母树。梦瑶岛上所有的蜉蝣，都是从这杏花的花蕊当中结成的卵珠孵化而来。他们死去之后，也必须葬在同一株树下，这样，新发的杏花中，才会又有新的蜉蝣诞生。

如此生生不息，犹如轮回。

这也正是梦瑶岛地震频繁，眼看要坠落入海，蜉蝣们却无法弃岛的原因了。

李星羽没有去参加若空先生的葬礼。

她还记得她初到梦瑶岛的第一个晚上，半夜里是若空气哼哼地敲门，劈头盖脸地甩了床被子过来。

"你若是受了凉，人家还道是我梦瑶岛没有待客之道呢！"

而她却没能救得了他。

李星羽觉得没脸参加葬礼，干脆把自己关在屋里闭门不出。所幸地震发生之后，梦瑶君实在是有太多的事情要忙，例如修补道路、重建树屋、营救伤员之类，似乎将她的存在忘了个一干二净。反倒是之前快人快语的小仙女过来敲她的窗户："别闷在这里啦，身上会长出蘑菇来的啦，一起来帮忙啦！"

她倒是非常愿意帮忙，可也不知道能做些什么。倒是蜉蝣们说，喜欢听她唱曲儿。那日他们就是听到地下传来婉转的歌声，才循声找到了她和梦瑶君。

"再唱一个啦!听到姑娘的歌,便觉得身上又有了力气,欢喜得很啦!"

盛情难却,李星羽便搜肠刮肚,尽找些能鼓舞士气,或者是歌颂春天的曲子来唱。

这样一来,却出了奇怪的事情。她刚在白日里唱过了"莲子清如水",当天夜里,便有新鲜的、还带着露水的莲子出现在窗台上;唱了"山寺月中寻桂子,郡亭枕上看潮头",便能在窗下捡到一枝桂花,睡觉时放在枕边,一整夜都有香气萦绕入梦。

会是,谁做的呢?

那一日,她唱过了崔护的"人面桃花",窗台上出现的却是一朵手掌大小的桃花,重重花瓣,越往中心颜色越深,簇拥着一张双目紧闭的人脸。

……什么鬼东西??

"这是人面桃啦,相当稀罕的。"

蜉蝣仙女跟她解释,若是有什么话想跟别人说,可以先说给花心中的人脸,再把这朵花交给对方,人面桃便会在这人的耳边重复同样的话。

李星羽完全不能理解:"有什么话是不能当面说的,要这种恐怖的东西做什么?"

那人面桃立刻睁开了眼睛,用梦瑶君特有的冷冰冰的声调对她道:"笨蛋!"

"……"

她身边的小仙女们叽叽喳喳地嚷开了。

"我就说是仙君做的,姑娘唱歌的时候,仙君肯定也在听!"

"能想到这种告白方式,仙君真是风雅无边啊。"

"姑娘,你把它佩在衣服上,就可以长久地听人面桃用仙君的声音说话了!"

李星羽的眼角都抽搐了,长久地听他骂自己笨蛋吗?堂堂仙君,如此小气,她不过是在地下时趁他神智不清骂了几句笨蛋,他居然惦记了这么久,还要想尽办法地骂回来!

"……谢谢,还,还是不用了。"

话虽如此,第二日临出门前,她还是将那朵人面桃拿在手上犹豫了一阵。

地震初定,梦瑶君该是忙得不可开交的时候,却居然还有闲暇躲得远远地听她唱曲,夜里还偷偷往窗台上放东西……李星羽越想越忍不住嘴角上翘。

这该不该算是她跟朱成碧的协议里"哄得梦瑶君开心"的部分呢?她忽又想到,就算她不能唱《如意娘》,会惹得仙君生气,但她像现在这样,也算是唱曲子给梦瑶君,说不定他一高兴,有什么法子直接去了她的胎记呢?

"罢了!本姑娘宽宏大量,便佩在身上又如何?"

这一日，她唱的是东坡先生的《登州海市》。

里面有"东方云海空复空，群仙出没空明中"这样的句子，在梦瑶岛上唱来，分外应景。

她正在跟仙女们感慨，自己一介凡人，虽上了仙岛，却从未见过云海，梦瑶君就不声不响地飘落下来。依然是那副目不斜视的样子，只将眼神略微朝她佩在胸前的那朵人面桃上一点，又很快地挪开了。

如今李星羽已经对面瘫仙君大人的各种细微动作有所了解，晓得他这是心情不错。

"要来吗？"梦瑶君没头没尾地问她。

"啥？"

"去看云海。"

喔喔喔喔喔，这是要去飞的意思吗？

凡人李星羽按捺不住内心的激动，传说里，仙人出行都是要骑龙的呢！威武的大家伙！她马上就能见到活的了，说不定还能摸一把龙麟……

梦瑶君朝空中长啸几声，云端应声而落的是——

"鲨鱼？"

为什么画风差这么多？鲨鱼背上光溜溜的真的能骑吗？不，关键的问题难不成是鲨鱼居然会飞？

"你到底飞不飞？"梦瑶君皱起眉毛。

"飞飞飞！"一生能得几回飞？她豁出去了。

·五·

李星羽很快学习到两件事情。

第一，这鲨鱼是用来站的，不是用来骑的；第二，鲨鱼背真的很滑，还很窄。

虽然梦瑶君浑身都散发着"离我远点儿"的气质，但失礼事小，摔死事大。李星羽稍一权衡，便死死地抱住了仙君的……袖子。

她其实最想抱的是腿，但并不想被人从高空中一脚踹下去。梦瑶君居高临下地鄙夷了她一眼，看起来心情依然保持良好，并没有将袖子抽回去。

他们上升，再上升，将梦瑶岛远远地抛在了下方，然后一头扎进了棉团一般的云层中。

一瞬间，整个视野都被云团所占据，再也分辨不清东南西北。湿漉漉的云雾裹在李星

羽的脸上，她甚至忍不住伸手去抓——

下一刻，所有的云瞬间消失无踪。

眼前是一轮光明灿烂的白日。云层在他们下方绵延起伏，耳畔是四面八方而来的风。天蓝得像是随时能滴落下来。没有见过世面的乡巴佬李星羽惊讶地张大了嘴，半天没有合拢。

"谢谢。"半天之后，她郑重地对梦瑶君道。

"莲子味道很好，桂花也很香，还有这个，"她指了指胸前的人面桃，"其实，你没有必要一定要带我来看云海的……"

梦瑶君还未答话，她胸前的人面桃又开了口，冷冷地道："笨蛋！"

李星羽扑哧一声就乐了。

"是我该谢谢你。"梦瑶君在她头顶缓缓道。

"是为了我在地底给你唱的曲？"

梦瑶君垂下了眼帘，这就是承认了。

"其实也不必如此，真要道谢的话，"李星羽转了转眼珠子，"不如你也唱个曲子来给我听呀？"

"……"

糟糕！她这几日都是在跟蜉蝣仙女们厮混调笑，一时间得意忘形，都忘记了自己面对的是谁了。他们还悬在云海之上呢！梦瑶君随时可以把她踹下去的！

"哈，哈，其实不唱也罢——"

梦瑶君却忽然开了口。

那歌只有一个音调，却绵长雄浑，久久不绝，犹如矫捷的游龙，裹挟了满身的雾气，自云海中蜿蜒而过，最后再高高地拔起来，直入九霄。

李星羽哑口无言。她只觉得天地之间所有的风都朝她涌了过来，又一一自她胸口呼啸而过。那歌里有那么深厚的爱，有火一样炽烈的痛楚，有山岳一般沉甸甸的执着。却无从诉说。

纵然她在无夏城中学了七年的曲，可人类的耳朵，要修满几辈子的福分，才能聆听到这样的歌？

李星羽久久地伫立着，直到那歌声消散在云海之间，又隐隐传来回响，仿佛有人在与之应和。

天高海阔，云烟浩渺。

有短短的一瞬，李星羽忘记了额上的胎记，忘记了如意娘，也忘记了她自己。之前的迷茫也罢，不甘也罢，都随风飘散了。

"以天地之大，会不会还有别的梦瑶岛呢？"她傻傻地问。

"……不知。"梦瑶君答道。

"若空先生临死前，握着我的手指，跟我说了他最后一个愿望。"回程的路上，她这样对梦瑶君说，"他希望你能离开梦瑶岛，希望你能抛下蜉蝣们，自己逃生。你既有这会飞的鲨鱼，又不像蜉蝣必须依赖母树生活，其实是随时可以离开的。"

李星羽素来自由洒脱，除了唱戏，她的人生中还未有过"固执"二字。若她今日不曾听过那鲸歌，她原是打算趁着跟梦瑶君独处的机会，劝上一劝的。

"可如今我已经知道，你绝不会走。有你在此一日，梦瑶岛就能再支撑一日，就算……你恐怕也早有准备，要与梦瑶岛同生共死。"

她苦笑着抬头。梦瑶君同时也在看她，他的眼神又变得温柔起来，眼角略弯，已经算得上是在微笑了。

李星羽心胸激荡，忍不住开口："我这一生中，从未见过像你这样——"

像你这样蠢、这样固执？还是像你这般霁月光风、重情重义、生死不顾？

李星羽恐怕永远也不会知道自己即将脱口而出的词是什么了。因为梦瑶岛一侧的鱼鳍忽然毫无征兆地断裂了。整个岛屿失去了平衡，开始朝一侧翻倒下去。

就在他们眼前。

·六·

梦瑶君朝李星羽的方向望了过来。

那一眼中所包含着的滚烫痛楚，将她激得一哆嗦。

紧接着他便从鲨鱼背上跳了下去。她阻挡不及，只得看着他身形尚在半空中，便开始了膨胀变形。

宽阔扁平的鱼嘴从脸上突了出来，嘴中翻着密密麻麻的层层利齿，手掌和脚掌都化成了扁平的鱼鳍。与此同时，他的躯体也开始成十倍百倍地增长，直到一脚踩入海中，一肩却撞上了那已经开始翻倒的岛身。他竟是想要用血肉之躯，生生扭转梦瑶岛的倾颓之势。

逃出来的蜉蝣们乘着飞鱼，驾着小车，绕在他身边，嘤嘤嘤地唤着。

"我在这里。"李星羽听见那面目全非的怪物，胸膛里滚过雄浑的回声，用梦瑶君的声调，镇定地道。

他鼓满了全部的肌肉，要将倾斜的岛身一点点推回原位，可就在这一刻，原本悬在他头顶的另一侧的鱼鳍，忽然也断裂了！"小心！"李星羽大喊起来。

那曾经是梦瑶君的怪物猛地抬头，无数触角从他脖颈上汹涌而出，将掉落的鱼鳍碎片纷纷包裹在内。其中一根触角却扫向了李星羽和她骑着的鲨鱼，她避无可避，被高高地抛向了半空。有一个瞬间，她到达了最高处，正对着那怪物巨大的眼瞳。它朝她缓缓地眨动着，带着莫可名状的冰冷。紧接着，她在尖叫中开始了坠落。

"啊——"李星羽惊叫着睁开了眼睛。

她刚才做了一个可怕的噩梦，梦里俱是黏稠的触手和各种挤挤挨挨的鳞片，将她层层缠绕，因此当她醒来后发现自己重又回到了梦瑶岛上的居所，而且奇迹般的毫发无损，顿时松了口气。

"我刚才做了个怪梦呢。"她对着进来的蜉蝣仙女们道，"我居然梦见仙君变成了怪物，想来真是好笑。"

仙女们并没有像往日一般跟她调笑，冷冷地齐声道："我家仙君有令，请姑娘立刻离岛，他已经告知了朱掌柜，她很快就会来接你。"

"为什么？！"李星羽猛地坐了起来，随着她的动作，一朵人面桃从她身上滑落下来。她怔怔地看着它，伸手一点一点地将它捏住："那不是梦，那不是梦！你家仙君何在？"

仙女们彼此看了一眼。"仙君不让说啦！"快嘴小仙女为难地说，"他的原话是，我暂时变不回去啦！千万不要告诉她我在玉石台旁边的瀑布下面躲着生闷气啦！"

……躲着生闷气那段肯定是你擅自加的对吧？

李星羽跳起来就往外冲，冲一半还折回来，在屋里胡乱寻了件袍子。

玉石台旁边的瀑布她是认得的，下面还有一处碧玉似的深潭，平日里落满了杏花花瓣。她抱着袍子坐在潭边的时候，正有某物在潭中翻动不休，时不时地露出一段长长的触手，或者是半截鱼尾。

"我早就知道。"李星羽叹了口气，背对着潭水，冲着空无一人的半空道。

身后的拨水声忽然就停了。

她心中酸楚，仍是慢慢地道："你别忘了，《如意娘》的第四折，叫作'情破'。"

花如意与那公子两情相悦，终于到了洞房花烛夜。谁知道那公子却有着古怪的规矩，房中不许点灯，要在一团漆黑当中与她相见。花如意心中忐忑，便将其灌醉，点了红烛，凑过去想要看个究竟。

和今天的李星羽一样，她看见了宽阔的鱼脸，翻滚的利齿，无数触角围绕在其周。

李星羽其实能理解花如意当初受到的惊吓。她本是官宦小姐，从小娇生惯养，只道自己嫁了个俊美郎君，谁晓得却是如此一副真相。更何况，那终究是鱼妖。自古以来，人与妖，何时有过美满结局？

《如意娘》的第五折，便是"杀鱼"。

可她每次唱到此处，总是忍不住要想，这花如意爱的是不是只是一副俊美的皮囊？

那被滴落的蜡烛烫醒，惊惶地跳窗而去的鱼公子——他是否会像今日这样，将自己蜷缩起来，躲在深深的潭水当中，恨不得再不出现，恨不得从未出生？

"我啊，其实是阿娘在河边捡来的。"她将怀中的衣服抱得更紧了些，"你也看见我额头上的胎记了吧？形状是不是有点儿像是一条鱼？从小，无夏城里的孩子就喜欢叫我丑八怪。有一回还有一个胖和尚闯进家来，说我是鱼妖转世，必须跟着他修行，叫阿娘用扫帚打了出去。

"我的亲生爹娘，大概也是因为相信这种说法，所以才把我放在竹篮子里，顺流而下的吧。如果没有阿娘，我早死了。"她吸了吸鼻子。

身后传来轻轻的拨水声，像是有谁在犹豫地靠近。她没有回身，只伸出去一只手，命令道："手！"

有一样冰冷冷的扁平之物放在了她手上，是鱼鳍。

"可就是这样的我，还是一门心思地想要唱戏。我想要登上龙门会，想要堂堂正正地站在人前，叫他们每一个人都听见我的歌声。我遇到了千载难逢的好师傅，她教我，相貌不重要，本事才是最重要的。可是，可是……"

可是在最后一刻，师傅还是用师妹替了她。

师妹虽稚嫩胆怯，可额头上，是干干净净的。

"你想去了这胎记，你想回去唱龙门会。"

她的脑子里忽然响起了梦瑶君平静的声音。

"是的。"她点了点头，"既然我知道了你的秘密，现在你也知道我最大的秘密了。我俩扯平了。"

放在她手中的鱼鳍正在发生着变化，一点一点地重新成为男子的手。

"李星羽，"梦瑶君缓慢地，字斟句酌地道，"你明日早上……可还会给蜉蝣们唱曲？"

李星羽的眼眶忽然就湿了,她咬着下唇道:"嗯。"

"后日呢?"

"会唱的。"

"那,大后——"

她实在是受不了这啰唆,抓着袍子就甩向身后:"你还是先从池子里出来再说罢!"

·七·

因为成功地把梦瑶君从池子里拽了出来,李星羽顿时成了整个梦瑶岛上的英雄,差点儿被蜉蝣仙女们摘来的水果和鲜花淹没。

她自个儿也膨胀起来,自不量力地开始考虑起梦瑶岛的未来。

以梦瑶仙君的死脑筋,劝他离岛这条路,若空先生早就走过了,不通。可若总是修修补补,总有一日,这巨鲸化身的岛屿会出现连他也修补不了的裂缝,到时候梦瑶岛还是会沉,先不说蜉蝣们的生死,恐怕梦瑶君在那之前就已经累死了。

若是能想个办法,将岛上的杏花树都给挪走,就好了……

她琢磨到半夜,也没能想出什么好主意,反倒是困得不行,第二日清晨根本连爬都爬不起来。

她裹着被子呻吟了半天,才忽然想起来,她刚答应过梦瑶君,每天早上都要照例给蜉蝣们唱曲儿的!

"啊啊啊啊——"

那快嘴小仙女捧着果盘浮在半空,见她胡乱扎着头发,脚上还少了只袜子,急得直跳的样子,指着远处玉石台上悬浮着的牛车劝道:"姑娘,你不用这么着急啦,仙君在待客啦。"

"这次朱掌柜亲自来啦,说是要接你回去啦。"

李星羽这才想起来,还有这一出。

那时梦瑶君自以为在她面前暴露了真实面目,根本不敢再见她,自个躲到水潭里,还先发制人地要立刻就送她走。

……果然还是个小气鬼。

不过眼下她已经哄好了梦瑶君,朱成碧这次恐怕得白跑一趟了吧?她一边梳着头,一边还是觉得不放心。如果梦瑶君忽然脑子又抽了,认为梦瑶岛如今地震加剧,留她在岛上太不安全，一定要朱成碧带她走怎么办？

李星羽决定去偷听。

她和小仙女还没靠得太近，迎面就有一股声浪炸了过来，隐隐夹杂着兽类的咆哮："你这是执迷不悟！"

幸亏她眼疾手快，一把抓住了小仙女，后者才没有被那声浪吹走。她俩找了棵粗壮点儿的杏花树，躲在后面，探头张望玉石台上对峙的两人。

梦瑶君面无表情，反倒是朱成碧气急败坏。

他俩中间放着只小小的石盆，李星羽隔得太远，只能望见里面似乎有什么在游动，却不辨颜色。

"我原以为，我送了那姑娘来，唱《如意娘》给你听，叫你晓得那花如意是如何在人间编排于你的，你也好早日断了这份心思。谁想到反倒是害了你。"朱成碧恨恨地道，"莫不成，她演的如意娘果真如此出神入化？"

梦瑶君缓缓道："那日乘着你的牛车，送她来的常青公子。"

"又如何？"

"我第一眼见他时，还以为他是段清棠。虽不是完全一样，至少有七八分相似。"梦瑶君叹气，"你光顾着劝我，阿碧，你自己可不要一错再错。"

"他不是段清棠。"朱成碧的声音忽然高起来，"他永远永远都不会是段清棠，我非常清楚这一点。而你呢？你能明明白白地告诉我，你能分得清现在在你身边的，是花如意，还是李星羽吗？"

原来如此。他送人面桃给她，他带她去看云海，他唱歌给她听，都是因为这个缘故。

从她在地底给他唱了《如意娘》，不，从他神智不清地想要触碰她的脸的时候起，这个错误便埋下了种子。而她之前甚至还飘飘然起来，自以为是这世上唯一一个能将他带出那水潭之人。

她甚至还想要拯救整个梦瑶岛！

不过，是个可悲的替代品而已。

"若空先生，我要走啦。"李星羽站在埋葬了若空先生的那株杏花树下面，双手合十喃喃，"多谢你救了我，我却没有什么能替你做的……"

连你最后的愿望，我也没能完成得了。

忽然一阵风吹过，她头顶的繁花随风摇摆，花瓣如同雪花，纷纷扬扬地落了她一身。

连带着一颗青白色的卵珠也掉落了下来，正好落在她的手心里。

"这孩子喜欢你。"梦瑶君缓缓踱过来，跟她一起看着那卵珠，"它既选择了你，你便带它走吧，平日里带在身上小心孵化着，应该很快就能出生。说不定，还能有若空的性格。"

李星羽根本不敢抬头。

虽然错不在她，可她连梦瑶君当时的回答都不敢听，这样一声不吭落荒而逃，简直像个懦夫。

梦瑶君沉默一阵，接着道："蜉蝣终生记得母树的位置，若你有一日想要回来……"

他忽然住了口，这半句话就此悬浮在了空中。

李星羽死死地咬住了嘴唇。

"算了。"短暂的静默之后，梦瑶君轻不可闻地叹道，"梦瑶岛眼看就快要沉了，我也不知还能支持多久。你还是别回来的好。"

他毫不留恋地转身就走。

"等一下！"李星羽对着他的背影喊，"我还会回来的，这次回无夏，只是为了唱龙门会……"

这是谎言，可她多么希望它是真的。梦瑶君没有回头，他留给她的，只有一个决绝的背影："李星羽，我早说过，你一点都不会演戏。"

·八·

李星羽最后只带走了那朵人面桃。整个梦瑶岛的蜉蝣仙子都以为她是弃岛逃走，没有一个来送她的。

再睁眼时，她仍是躺在绘着红鲤的箱子里，身边的妆台上放着翠簪，师妹的戏甚至都还没有唱完。

梦瑶岛上发生的种种，就像是黄粱一梦。最初的几个晚上，她夜不能寐，总觉得枕下仍有涛声，起起伏伏，宛如私语。偶有几次，窗外传来轻微的咔嗒一声，她翻身起来，推开窗户，却只有月光静静地洒下来。只有她家师傅察觉到她的变化。

"之前不让你登台，是因为你虽对《如意娘》滚瓜烂熟，却终究还是年纪尚小，隔着一层。这'初见'的惊艳欢喜，'情破'时的惊慌惶恐，'杀鱼'前内心百般挣扎，没有亲身经历，哪里晓得个中滋味？你师妹虽然也年纪小，但她比你敏锐，又善观察人情世故，反倒能唱出其中一二来。"她抚掌微笑，尽是欣慰，"没想到短短数日，你竟像是开了窍一般有所精进，懂得这戏里更深层的滋味了。如此一来，作为大弟子，你便替为师在最后一夜的龙门会上唱'杀鱼'吧！"

若是之前的李星羽，不晓得会有多少欢喜。现在的她只是苦笑。

转眼便到了最后一夜的龙门会。她带来的人面桃一直用清水养着，不曾凋谢，却也不再开口骂过她笨蛋。蜉蝣的卵珠她日日都用体温孵化，却也毫无动静。

她跟上回一样扮了如意娘，满头珠翠地坐在镜前，望着镜中的自己，连姿态都跟上回一模一样。内在的心境却千差万别，只有她自己晓得。

她照了一阵，又将那朵人面桃捧在手中。花心中的人脸闭着眼，沉沉睡着。她用指尖触着人面桃的脸："……跟我说句话吧，哪怕是，再骂我一句呢？"

人面桃没有开口。存在于烛光照耀不到的角落中的阴影却起了骚动，它们开始沸腾，鼓动，跃往空中，组成了新的形体——双鬟的金眼少女出现了，手中还捧着红鲤盒。

"知道姑娘终于达成心愿，今晚要正式登台，特来祝贺。"朱成碧走上前来，将盒子里的东西呈给她看。洁白的瓷盘中是一片雪白的肉，裹在晶莹剔透的鱼形胶冻当中。也不知道是什么材料做成的，那鱼有一双黑白分明的眼睛，灵活得似乎随时能游动起来。

这是什么？李星羽想要问，却发不出丝毫声音来。

她甚至也无法动弹，那些阴影将她手脚团团围住。直到朱成碧用一双翡翠制成的筷子将鱼冻挑起来，完完整整地喂给她吃了，它们才退了回去，放她自由。

那雪肉如同冰一般冷，李星羽不由得掩住喉咙，感到它朝她的心中一点点沉淀下去。

"这是什么？！"她惊惶问道。

"这个吗？这便是传说中的红鲤冻。"金眼的少女冲她露出了虎牙，微笑起来，"这是那只傻鱼的一片真心。那日在岛上是他求着我，一定要做给你吃，我虽不情愿，却也拗不过他。"

李星羽胃中一阵翻江倒海。

朱成碧朝她挑起眉毛："你可别吐了，这是多少人求都求不到的好东西。你道那花如意当初为何要切它三百多刀？这每一片鱼肉，都有助颜之效，尤其是我取的腹部最丰腴的这一段，可让任何人成就心目中梦寐以求的样子。"她朝一旁的镜子抬了抬下巴。

李星羽若有所悟，扑过去趴在镜子上。额头上那道她曾费尽心思想要掩盖的鱼形胎记，就在她的注视之下，逐渐消失了。

"你想去掉这胎记，你想回去唱龙门会。"

那时他为了阻止梦瑶岛的倾覆，化成了怪物，精疲力竭，甚至不复人形，只得躲藏在

水潭当中。他以为她既已经看到了他的真面目，就一定会离开，他甚至想送她离开。可她过来，告诉他关于胎记的事情，以为是在安慰他。他就忘记了发生在自己身上的一切，将他的手交在了她的手里。

那个时候，他是不是就已经决定了，为了成就她的心愿，要再一次献出自己的心？

"他怎样了？！"李星羽惊跳起来扯着朱成碧，"那红鲤，你竟切了它的肉，它还活着吗？"

"别大惊小怪的。上次他被花如意切了三百多刀，不也还是活下来了吗？"

一提起花如意，李星羽的劲就泄了。"喔。"她无精打采地坐了回去。

朱成碧饶有兴致地打量着她的脸，恍然拍手道："那一日我跟他在林中争吵，你是不是都听见了？你以为他如此待你，是因为他当你是花如意？"

"那你有没有听到，他接下来对我说了什么？"

无夏城龙门会的最后一夜。

幕布已开，锣鼓响过了三巡，却不见那该登场的如意娘。小师妹急了，去找还在化妆的李星羽，却见她家师姐胸前佩了朵奇怪的桃花，呆呆地独坐在镜前。

"师姐，师傅要吃人啦——你，你这是哭了吗？"

"没，没有。"她惊醒一般，只用手背沾了沾睫毛，"哪能呢，我可不敢弄花了脸上的妆，辜负了某人一番心意。"

·九·

千呼万唤，龙门会上最后压轴的如意娘，终于站在了台上。

台下黑压压的人群尽都安静了，无数双眼睛望着她。她一步一步，踩着鼓点，朝被红灯照亮的戏场中央而去。观众们都晓得，今天这场"杀鱼"，演如意娘的是被称为"小如意"的花小楼的大弟子，李星羽。但见她柳眉微颦，双目含泪，一步步都走得艰辛无比，可不正是那百年前，将利刃怀在袖中，要去刺杀鱼公子，又顾念着往日情分，百般纠结的花如意？

她在场中站定了身，朝左右凄惶一望，开口唱道："暗暗沉沉天涯云布，万万点点潇湘夜雨——"啼声初试，竟像是在人心上狠狠地揉了一把，转眼间便要逼下泪来。

这姑娘年纪虽小，好俊的功底！听众稍有唏嘘，立刻便静了下来，眼神尽都系在了李星羽的身上，跟着她一个转身，又一次回眸，屏住了呼吸。《如意娘》的结局众人皆知，花如意知道了鱼公子的妖怪身份，觉得自己受了欺骗，前思后想，终是意难平。她谎称自己病重，将不久于人世，那鱼公子听说后，果然朔夜前来相会。

等待他的，是一柄锋利的刃。花如意从鱼公子的心口挖出了珍贵的宝珠，从此飞黄腾达皆大欢喜。只是那之前提过的，作为真心送出的红鲤鱼，却不知道去了哪里。

那李星羽虽年轻，竟能将花如意的矛盾挣扎演得淋漓尽致，台下众人想着，今夜过后，莫不是这"小如意"的名号就要换了人？谁知台上立刻就出了岔子。

"花如意"明明已经举起了利刃，要挖出鱼公子的心，可她的手却定在了半空，再也落不下去。演鱼公子的小生一头雾水，递了无数眼神过去，她也只是愣愣的，甚至还伸出一只手，像是要触碰他的脸颊。

"若为花如意，是三百六十二刀。若为李星羽，千刀万剐，甘之如饴。"

她哽咽着："你究竟有多蠢，才会说这种话？你，你，你——"终是"哇"的一声哭出来，又掩着嘴道，"你疼不疼？"

小师妹才回过神来，接着赶紧想要冲上去救场，却被师傅拽住了胳膊。

"师傅，师姐魔怔了！"

"嘘。你师姐的戏还没唱完呢。你没发现她额上的胎记消失了吗？这几日里进境如此迅速，必有奇遇。"她家师傅抱着胳膊，悠哉地道，"这小混蛋，怕是要出师了。"

台下一片哗然，可嘘声刚起，就被压制住了。台上的李星羽转过身来，将那利刃朝地上一甩，双目灼灼，就像是换了一个人，重新又开了嗓。未经过任何演练，也未有任何事先准备。乐队已经被她惊得傻了，完全停了音。整个场中，只有她一人在唱。

她唱着杏花林中的初遇，既见君子，云胡不喜；她唱着云海之上的辽阔，天地寂寥，沧海桑田；她唱着山岳一般沉重的承诺，唱着不能被卸下的重担，唱着那颗带着鲜血颜色的、活泼泼的真心。

它被一次又一次地献了出来，千刀万剐，却只是因为他相貌丑陋，他与众不同。相貌丑陋，便一定是邪恶吗？与众不同的，就一定是怪物吗？人类的眼睛如此笨拙，可终于有一次，如意娘睁开了眼睛，看到了鱼公子皮相之下存在的光芒。

李星羽闭上了眼睛。

她已经不再觉得是自己在唱。是这歌撕裂了她，自己要涌出来，涌向眼前的辽阔天地。

就在这一刻，她胸前的人面桃忽然睁开了眼睛，朝着夜空中的层云，也唱起了歌。歌声雄浑、辽阔，充满了悲伤和寂寥。是那日在云海之上，梦瑶君曾唱起的调子。它被人面

桃给记了下来，经过了长久的喑哑沉默，终于在此刻重新与她和鸣。

这游龙般的歌声在众人头顶呼啸而过，朝更高的云层升了上去。直到它消失了许久，场内还是静得只能听到李星羽的喘息声。然后，云层之上，传来了新的歌声，仿佛是对先前这歌的回应。李星羽抬头，跟大家一样目瞪口呆，看着一只硕大无朋的鲸鱼笼罩在了头顶，用生满藤壶的鱼鳍撕裂了层云，正在缓缓下降。它的背上托着层层山岳，一株株杏花树在月光下闪闪发光。梦瑶岛？不，眼前的鲸鱼颜色更深，更加年轻，跟托着梦瑶岛的那只正在石化的苍老鲸鱼如此不同。

梦瑶君当初唱的，竟然是鲸歌。李星羽万万没有想到，自己与他的合唱，竟然能引来新的鲸鱼，新的——

她捂住了嘴，欢喜得落下泪来。一滴泪水落向了她怀中的蛴蜉卵珠。它在她怀中不安地挣了一阵，跃向了空中，"波"的一声，炸出了一只年幼的蛴蜉，头上还系着红头绳。

"愚蠢的人类，你吵着我啦！"

"若空！"李星羽扑上去抱着他，"我知道拯救梦瑶岛的办法了，快带我回去！找蛴蜉母树！"

"放开，放开！我警告你啊，不要擅自给我取什么奇怪的名字啊！"蛴蜉抗议道，接着朝空中长啸几声，一只会飞的鲨鱼应声而落。李星羽和若空骑在了鲨鱼的背上，人面桃在她胸前，依然唱着鲸歌。

他们在空中绕了几圈，接着向着东方的大海飞去。在他们身后，新的巨鲸缓缓扭转着身体，跟着鲸歌传来的方向追去。

她会和梦瑶君一起，将梦瑶岛上的杏花树移植到新的巨鲸身上。这样就算梦瑶岛断裂，彻底沉没，蛴蜉们也可以继续生活。

滚滚的波涛当中，一团烈日正在挣扎，要从厚重的云层压迫之下挣脱出来。

海风吹拂着她的脸，长夜即将破晓。

她的心中充满了希望。这一次，她会给那位鱼公子唱一出崭新的《如意娘》。

有李氏女名星羽者，为"小如意"花小楼首徒，于绍兴十五年龙门会上初试啼声，后声名鹊起，红极一时。其脍炙人口之代表作，为新版《如意娘》。此戏自成型以来，版本众多，独此版为大团圆结局。诸多唱段均由李星羽一人于龙门会上独创，一气呵成，且一字未改，可谓有神助矣。

饕餮记 贰
金蚕蛊
第九章

· 零 ·

　　船离岸时，天还不曾大亮。

　　长桨破开水面，缓缓划动，在水面上留下长长的涟漪。船身擦过岸边的菖蒲，唰唰作响。江面上雾气弥漫，艄公只划了四五下，人们身后的码头便消隐在了浓雾中。

　　这是钱塘江上的津林渡，要从镇江去往无夏，这里是必经之路。这么早便赶着要渡河的人并不多，此刻船上统共只有三位客人：两个背上都背有画筒，作商人打扮；剩下一个穿素黑制服的羿师，用帽子盖了脸，斜躺在舱内正在补眠。

　　"江上雾气这样大，船家可要小心些，千万不要迷失了方向。"年轻一些的那位画商往雾气中张望一阵，开口叮嘱。

　　"官人们只管放心，"艄公回道，"我在这渡口掌了几十年船，这片河道闭着眼睛也摸得一清二楚！"

　　年轻画商松了口气，解释道："也不是我们非要这么早惊动船家，只是肩上这两幅画实在贵重……"

　　"嘘！"年长的同伴赶紧拽住了他的袖子，"你可看过今晨的小报？千面公子这两日正在镇江！"

"怎么会？"年轻画商吃了一惊。

年长的画商左右看了看，见艄公一副眼观鼻鼻观心的样子，旁边那羿师睡得又沉，便凑在同伴耳边，将事情说了一遍：有名衣衫褴褛的妇人，带了幅画沿街叫卖，说是崔白的真迹。这崔白是画兔的名家，去世后留下一幅《海棠禽兔》价值连城，只可惜早已失落在了战乱之中。

"可这妇人的画一眼望去只是普通山水。阎家当铺的老板有心想买，请了鉴师来看，那鉴师连连却摇头。阎老板你是晓得的，眼里揉不得沙子，当即便将那妇人大骂一顿，赶走了。"

"这阎老板也未免过于刻薄。"年轻画商评论道，"既然说是千面公子的手笔，想必是让他大大地出了一次血了？"

"岂止啊。当天晚上，那鉴师又上了阎老板家里，说他当时摇头是表示那表层的画并非崔白所作。但画中另有夹层，他对光照过，隐约有海棠的影子，却是崔白手笔。阎老板这个悔啊，连夜追回那妇人，用三十两黄金换了画回来，又请了亲朋好友，众目睽睽之下拆开来一看——海棠倒是有，可海棠树下面趴着只活灵活现的铁公鸡，旁边还盖着千面公子的印章！"

"扑哧！"年轻羿师已经醒了，懒洋洋地趴在船沿上从口袋里摸出枣子来吃。他取下了之前遮脸的帽子，原来是个相貌普通的年轻人，一双爱笑的眼睛光华流动，灵动得有些过分。

"连阎老板都着了道，若是他盯上我们，该如何是好？"

年轻点儿的那个画商却还沉浸在故事里："这么说，当初那妇人，便是千面公子？"

"奇便奇在这里，那鉴师在业内相当有名，却一口咬定当夜并不曾出现在阎老板家中。如此一来，千面公子扮的不是一个，而是两个人！"

年长的画商朝艄公的方向看了看，压低了声音接着道："所谓公子千面，就是因为他能扮女人，也能扮老人、孩童，叫人防不胜防！"

"不过，还有另一种说法，这家伙不是人，乃是只讹兽。"旁边的年轻羿师听到这里，慢条斯理地开了口。他们谈天的这点儿工夫，艄公家还在学走路的小孙女爬进了他的怀里。小姑娘生得粉嘟嘟的，手腕上戴着一对儿挂长命锁的银镯子，铃铃作响，颇为讨人欢喜。他一边用枣子逗着她一边说，"传说讹兽原形雪白如兔，若化为人形，无论是男是女都美貌无比。他满口谎言，却无人能够识破，那些围在他身边的人们都心甘情愿地被他欺骗——可是如此？"

最后一问,却是朝着那名老艄公。

他身后的雾气忽然朝两侧破开,露出一艘大船,帆顶上挂着一面威风凛凛的羿字旗。

两名画商惊慌失措,只听得那羿师说:"这艄公便是千面公子所扮,正是冲着二位肩上的画来的。我巡猎司提前得知消息,布下了埋伏,否则,我为何要这么早就渡河?"他自怀中举起一枚沉甸甸的黑色令牌,又指着艄公喊道:"鲁教头,千面公子在此!"

艄公两腿一软,跪了下来,大喊冤枉。

一名羿师应声出现在了船头,正是巡猎司总教头鲁鹰。他也不与众人多话,只取下了背上一张其貌不扬的弓,右手虚张,便有水汽朝掌心中聚拢,眨眼间便形成一枚银光闪闪的冰箭:"好讹兽,竟差点叫你糊弄过去!"

箭已离弦,直直朝着那艄公而去。艄公吓得闭目等死,谁晓得那箭行到空中,却诡异地划出了弧线——它真正的目标,是那羿师装扮的年轻人!年轻人避无可避,只得跃向了空中,从他身上掉落的枣核落入了船舱,顷刻之间便有芽萌出,转眼竟生长出一棵完整的枣树,枝叶扶苏,开花结实,一颗颗枣子纷纷落下,打在众人的头脸之上。

待得他们放下手来,四周哪里还有那年轻人的影子,连那莫名出现的枣树也一并消失了。

茫茫江面上,云雾深处传来隐约的银铃声,还有某人的浅笑,都在渐渐远去。

"镯子!他骗走了小囡的银镯!"艄公忽然醒悟过来。

· 一 ·

一支由十余辆马车组成的车队停在了官道上,将整条路堵死了一半。

照理说,这等行径,早该引来其他过路者的埋怨才对,可人们一旦望见了领头那辆金光灿灿的华丽马车,又都将到了嘴边的咒骂忍了回去。放眼整个江南,敢如此大咧咧地显摆,又显摆得如此豪放粗俗的,除了富可敌国的金陵钱家,不着他想。

何必非要跟钱家老爷过不去呢——这样想着的人们,却并不知道此刻懒洋洋地躺在马车里的并非钱家老爷,而是名衣着华贵、面如冠玉的年轻公子。他有一双流光溢彩的眼睛,手中持着一只挂有长命锁的银镯,正漫不经心地拨动着上面的铃铛。

"沈公子,我们何时再出发?"车队管事躬身问。

"我还没歇够呢。"对方打了个呵欠。还没够?车队自出发后便走走停停,已经歇了三回了好吗?管事腹诽着,他不敢公开得罪眼前这位沈千帆沈公子。

此人明面上是钱老爷"从蜀中来的远房亲戚",但事实上,阖府上下都在猜测,他其实是生性风流的老爷在外养出来的小儿子。先不说那与老爷年轻时极为相似的相貌，单说在不务正业、四处留情方面，这位简直是青出于蓝而胜于蓝。

这么一来事情就很尴尬了。钱家的正房夫人还活着，单是几个已经成家的嫡子，便该活活吞了他。却不晓得这沈公子会什么法术，竟将钱家上下，尤其是将各位女眷哄得服服帖帖——眼下车队后面足有七八车的礼物，都是她们今早时哭着送的。

没错，这些都是送别礼。在不请自来，于钱家游手好闲地厮混了近三个月后，这位沈公子忽然不知道哪里开了窍，想起来他出蜀的目的是要"考取功名"。钱老爷慷慨地借出了最富丽堂皇的马车，大张旗鼓地送他去临安。可他们刚出了金陵不到半个时辰，沈千帆就叫停了车队，开始歇息，顺便将官道堵了个一塌糊涂。

管事的脑中忽然灵光一闪，莫非，他是在等人？正在此刻，他身旁树丛中一阵稀里哗啦作响，滚出个金光闪闪的团子来。管事定睛一看，险些没吓得背过气去。那竟是钱家孙子辈中年岁最小、也是最受宠的钱多多！

钱多多是遗腹子，出生不久娘又没了，叫钱家老夫人宠得没边没沿，身体又各种娇贵，动不动就发个烧，出个红疹，因此从生下来到现在十三年，就没踏出过钱家大院——老天爷啊，他跟过来做什么？

累得满脸通红的小胖子挣扎一阵，站起身来，背上还背着个金碧辉煌的小包裹："沈叔叔，你不能走，你得带我去无夏！"

沈千帆缓缓坐直了身，嘴角露出一丝微笑。他花了三个月的时间，慢慢地织成网，等的就是这只圆滚滚的小金瓢虫自个儿撞进来。若非如此，他为何要在钱多多耳边讲那么多的演义故事？什么莲灯和尚、黑麒麟，大战七天七夜不分胜负。钱多多在钱家关惯了，哪里听过这些个？当时眼睛都直了，跟他说，今生一定要去看一眼莲心塔。

他当然会带这小胖子去无夏，那里有个他得罪不起的人在等着钱多多。至于那人找钱多多做什么，与他无关。但按照计划，眼下他还得推拒一番。

"多多，你怎么来了？"沈千帆故作惊讶，"简直是胡闹——"

树丛再次唰唰作响，一名书生打扮的男子瘸着腿，艰难地从中挣了出来。他站定后，先是整了整身上的白衣，接着朝沈千帆潦草地拱了下手。沈千帆差点咬到了自己的舌头。

"顾夫子也说我是在胡闹。"钱多多挠着后脑勺，"可他也说，若有他陪着我一路去无夏，便不算是胡闹，沈叔叔，你带我俩一起走，好不好？"

顾新书这人是个大麻烦。

凡有人心处，便有七情六欲，自然也有可以趁机而入的空隙。例如钱多多，他自幼被

关在小小的院落中，从未见识过外面的世界，只需要一个有趣的故事便可引诱，简直手到擒来。但这完全不适用于顾新书。

他原是金陵城丁香书院的一名夫子，早先在邻里间便颇有令名，言出不虚，有诺必践，从来没有说过一句谎话。钱老爷一介商贾，也晓得附庸风雅，请他到家中来，说是给几个孙子教教书，做个榜样。顾夫子整天严肃得很，明明是个年轻人，却死气沉沉活像有四十岁，还是个瘸子，钱家的几个小少爷里，也就钱多多愿意跟他亲近。他也知道自己不受欢迎，平日里都是独居在小院子里，很少踏出房门一步。

简而言之，顾夫子是沈千帆最看不惯、也最束手无策的那类人，既无法被利诱，也无法被说服。沈千帆盯着眼前的不速之客，"不好"两个字就在唇边，几乎要脱口而出。

顾新书坦然接受着他的注视。

钱多多对此毫无察觉，他还在努力晃动着两条小胖腿儿往马车上爬："我跟夫子说，沈叔叔待我极好，又最是热心，肯定会同意的！"

"我看倒是未必。"顾新书缓缓开口，嗓音略有嘶哑，"沈公子像是有些难言之隐，不如你跟我回去——"

"哪能呢！"沈千帆忽然露齿一笑，"有顾夫子这样的人物相伴，沈某求之不得！"

这一路上还长着呢！他咬牙切齿地想，咱慢慢玩！

· 二 ·

沈千帆给钱多多讲起无夏城的风物来，寒潭寺的桃花、苍梧山的雪、凤和楼的青梅酒、寻芳斋的绿豆糕。"啊，对了，还有朱成碧的天香楼，就开在莲心塔的对面，到时候一定要带你去——"他停顿了一下，就此收了声。

小胖子坐在对面，歪了头，随着马车的晃动一点一点，已经是睡了过去。

沈千帆笑了一声，抓起桌上的瓜子来朝嘴里一扔："一千两。"他竖起来一根手指，轻声道，"我知道夫子一向看沈某不顺眼，真巧啊，我看夫子也一样。咱就长话短说，前面就是白石镇，到了那里你就下车，我不管你寻个什么借口，总之别跟着我们。"

顾夫子连眉毛都没有动一下。自打拖着条瘸腿进了马车，他便端坐在角落里沉默着，将脊背挺得笔直。

"夫子是读书人，自然视金钱为粪土。但这一千两是捐给丁香书院的，书院这么大，平日里想必少不了花费吧？"

"这么说，沈公子还特地调查过顾某？"顾新书缓缓开口，"或者，该称呼你原本的名号，千面公子？你五年前于临安城骗走了官家御辇上的五爪金龙，从此一举成名，惯于在江南一带活动。因善于易容，人称千面公子。你自己也喜欢这个名号，常常在得手后故意留下'千面'二字作为印记。"

"听起来，这位千面公子倒是个喜欢显摆的家伙。"沈千帆事不关己地道。

"谁能想到，汴京城破之前，你还是慈幼局里的孤儿呢？对了，你还曾有过一个双胞胎的妹妹，叫作小璇——"

沈千帆猛地扣住了夫子的手腕，面色凛冽："夫子，你倒真是做了不少功课。"

顾新书明明忍着疼痛，却连眼角都没有颤动一下："江湖上已经开始传说你并不是人，而是只虺兽。甚至有人传说，是一群虺兽共同在扮演千面公子。"

沈千帆忽然爆发出了笑声，特地露出一侧的牙齿，朝顾新书靠得更近了些："就不怕我吃了你吗？"

"易容再高明，也会留下痕迹，尤其是眼睛最难化妆，容易被人认出。听说巡猎司曾追捕你，你却用枣核唤出枣树，趁机逃脱——这倒是高级的障眼法，不过也仅仅是戏法而已。"顾新书微微点头，"你只是个擅长戏法和撒谎的人类。而且，从来都是孤身一人作案。这么些年来，你东躲西藏，不敢相信任何人，也不能相信任何人。"

这书呆子的脸上居然露出了"你很可怜"的表情，沈千帆只觉得心头无名火起："既如此，何不向钱老爷告发我？"

"钱家上下已被沈公子哄得神魂颠倒，空口无凭，钱老爷为何会信我？再者，沈公子只是想带多多去无夏游历，并没有任何其他企图，不是吗？"

沈千帆咬着后槽牙："你究竟想要什么？直说吧。"

"读万卷书，行万里路。游历是好事，顾某并不会阻止，只是，我得跟着你们，免得——"顾新书异常严肃地看了他一眼，大义凛然道，"你又做出什么错事来。"

简直是岂有此理！沈千帆被气得够呛，又碍于一旁的钱多多还在睡，不好大肆发作，干脆将头伸出车窗外，眼不见心不烦。这一伸，却望见路边的河道中泊着数艘小船，满舱新采下来的莲蓬，绿莹莹的。他忽然起了兴致，想念起清亮如水的新鲜莲子来，便叫停了马车，自己下了车，不多时便回来了，抱了满怀的莲花和莲蓬，身后是小船上的渔家女一迭声的娇声嘱咐："公子记得回程时，要上奴家家里喝茶去啊！"

他连声应着，将莲花扔上车来，又叫醒了钱多多，剥了莲蓬给他吃："你尝尝，这时候的莲子最好吃，一咬一泡水，我小时候经常吃的——"

"沈叔叔。"钱多多打断他，"我们回程时，还会经过这里吗？"

"回来也不走这条路了，等我带你坐大船去。"沈千帆漫不经心地回答。

"那你又应了这些渔家女？这不是撒谎吗？"钱多多不解地问。

顾夫子在小胖子身后递过来一个谴责的眼神，火上浇油道："你既无心，又何必四处留情？"

"这就算四处留情？"沈千帆反驳道，"我得了莲花，你们吃了莲子，她们见到了高等级的帅哥——这叫各取所需，各生欢喜。再说了，这世上有谁没有撒过谎？"他朝钱多多眨了眨眼睛，"多多，我跟你说啊，曾经有个喜欢摘新鲜莲蓬给我吃的朋友跟我说过，人们啊，最不喜欢听的就是真话，与其说得罪人，倒不如顺着他们的心意，哄得他们开心，最后大家都开心。"

"一派胡言！"顾夫子抗议。

沈千帆似笑非笑地抬起眼来："我就不信，夫子真如传说中所言，今生都不曾说过一句谎话？"

顾新书沉默了很长时间，才艰难地重新开口："不，我也撒过谎，违背过诺言，并且因此后悔至今——所以，我不希望你重蹈覆辙。"

……我一个字都不信。沈千帆暗想。两人分明素昧平生，打死他也不信顾新书真的是为了他好，要劝诫千面公子浪子回头。可顾新书揭穿了他的身份，又这么不咸不淡地跟着他们，到底是什么意思？

· 三 ·

他们进白石镇时，正巧遇上了赶集的日子，整整一条街被挤得水泄不通。

钱多多看什么都新鲜，扯着"沈叔叔"便要去逛街。顾夫子如临大敌，坚决不许，最后妥协的结果，是由顾新书亲自带着钱多多去逛集。

沈千帆捧了本书靠在案几上读着，只在他俩离开时象征性地挥了挥手。读了三四页，料得顾夫子跟钱多多走远了，他才偷偷地溜出了马车，闪进了一旁的小巷子里。

过不多时，从巷子里出来一位蓬头垢面的老乞丐，睁着对白茫茫的瞎眼，手里探路用的竹竿一下一下敲击着地面。他在市集上转了一阵，神奇地寻到了顾新书和钱多多，便颤颤巍巍地走了过去。跟顾夫子擦肩而过的瞬间，他膝盖一软，就势倒在地上。

"撞死人啦！"他一边喊，一边抱在顾夫子那条瘸腿上。

人群围拢过来，便见这老乞丐将顾夫子浑身上下摸了摸，忽然转悲为喜，瞎眼里竟然还泪光盈盈："我儿，我儿，竟然真是你？你走失这十多年来，为父找你找得好苦——"

"我不是你的儿子，你认错人了。"顾新书温和地解释道。

老乞丐如受重击，猛地捶了捶自己的胸口，咳嗽起来："我知道你必不肯认我，为父如今眼看就要病死了，只求死前再听我儿唤一声爹……"

有名旁观的老妇人听不下去了，劝说道："便是叫他一声爹又如何？这是善事，菩萨也会原谅你的。"

"谎言终究是谎言。" 顾新书一点一点握紧了拳头，坚定地道，"无论起初是否怀抱着善意，一旦出口，便犹如脱离了控制的怪兽，谁也不知道会带来什么后果。更何况——"他垂下头，在老乞丐耳边低声道，"这招未免也太老了，沈公子。"

人们还未反应过来，便见他一扬手，将老乞丐眼上的白膜给摘了下来。

"啊！又能看见了！"那老乞丐恬不知耻地道，"不愧是我儿，竟能妙手回春！"

原来不过是个老骗子，人们唾骂几句，纷纷散去，只有顾新书还扶着他。

"你若是想让我在多多面前开口撒谎，颜面扫地，便只好乖乖地回钱家去，只怕是要失望了。"轻声说完这几句话，顾新书又往他的破衣口袋里塞了几枚铜板，"老丈，你若嘴馋，拿去再买点儿莲蓬吃吧。"

"怎么才回来？"顾新书跟钱多多回到马车上时，沈千帆原封不动地靠在案几上，手里的书都快看完了。

钱多多兴致颇高，扯着他的袖子要跟他讲："你不晓得，今天有个老乞丐找过来，说是顾夫子他爹，后来知道是认错人了，就回去了。"

沈千帆呛了一口气，不由地咳嗽起来。有时候他真的不知道钱多多是单纯，还是缺心眼。

"如何？"顾新书别有用心地问他，"那莲蓬可好吃？"

沈千帆把书挡在脸上不理他，心里憋屈得要死。

·四·

过了白石镇，再沿着官道行了几日，一行人便到了钱塘江边的津林渡。从这里乘船往东，顺流而下，只需两日，便能望见层层叠叠的青瓦白墙，簇拥着一尊七层的石制佛塔，安详地卧在江边。便是佛塔护佑下的无夏城。

沈千帆早就雇好了一艘大船，泊在了渡口处。这船上从船长到水手，都已经叫他买通了。中央最大的舱室内还有一处暗室，他只需要带着钱多多进去，拨动机关，两人便会掉落进准备好的小船里。到时候，他半夜带着钱多多偷偷一溜，什么钱家管事，什么讨厌的顾夫子，谁也别想找到他俩。但他总觉得有些不对劲。

顾新书对他的了解程度远远超出了他的预料，叫他疑心是不是早年行骗的时候曾得罪过他，偏生又怎么也想不起来。可要继续跟他耗下去，只怕无夏城里的那位要不耐烦了。

沈千帆醒来时，时辰刚刚好，是在半夜。他不经意地朝窗外一望，却立时寒毛倒竖。那不是他见惯了的钱塘江景，却是黑黝黝一片陌生的山林。趁着船上的人都已经睡着的时候，这船已经悄无声息地开进了某处荒无人迹的河道，甚至都下了锚，再加上月黑风高，怎么看都是"杀人放火"四个字。行走江湖多年，居然阴沟里翻了船！他低声咒骂着，早就说过钱老爷的马车太金灿灿了，不会有什么好事！

他偷溜出去，先是叫醒了车队的管事，接着就去敲钱多多的门。为了提防他这位千面公子，顾新书坚持要跟钱多多歇在一处。沈千帆在门上叩了半天，顾新书才披了件衣裳，举着盏油灯过来开了门。"怎么回事？"灯光映着他紧皱的眉头，瘦削脸颊，居然憔悴得很。

"这船有问题，赶紧带着多多走！"

顾新书没有答话，眼中忽然有亮光一闪而过。

等沈千帆意识到那是映上去的刀光的时候，已经来不及了，他一把扯过顾夫子护在了怀里，朝旁边一滚。肩上传来钻心的疼痛，紧接着便是淋漓下来的鲜血。沈千帆疼得龇牙咧嘴，回头一看，竟是钱家的管事举着把不知从何而来的刀，刀尖上还滴着血。

"你疯啦！"沈千帆气得要死，过去一脚踹在管事的肚子上。那管事跌坐在地，却还在挣扎着要爬起来，喉咙里嚯嚯作响，断断续续地道："把那孩子……交给……我！"

"他是疯了。"顾夫子淡淡地道，"你瞧见他前额那团正在凸现出来的鲜红眼纹了吗？凡有那印记者，都会身不由己，遭人所控。"

他之前被沈千帆扑倒在地，现在却缓缓起身："真是没想到，有生之年，居然能再见到这白泽眼纹。"

危险！沈千帆望着他一步一步朝管事逼近，想要出声提醒，却发现自己发不出声音来。

有什么让顾新书跟平常不一样了，他意识到，那个一直以来瘸着腿、紧锁着眉头的年轻夫子，此刻却像是一头遭禁锢多时，终于被放出牢笼的野兽。

沈千帆的后背上一点一点地渗出了冷汗。

失去理智的管事似乎也察觉到了这一点，他猛地抓起了刀，眼看要再挥起来，却忽然止住了动作。顾夫子凑在管事的耳边，悄声说了几个字。

管事整个人都颤抖起来，扔下了刀连连后退，接着翻身跃入了江中，不要命地游走了。沈千帆捂着肩膀追过去，只能听见黑暗中的拨水声。

"你跟他说了什么？"

"我告诉他这艘船已经着了火。"顾新书轻声回答，紧接着扬起了声音："还有你们，也一并听着！"阴暗中，更多鲜红的眼纹冒了出来，船舷上、桅杆上，都有人虎视眈眈地望着他们。其中有这艘船原本的船员，也有钱家车队的车夫。

"这船已经着火下沉，身带金蚕蛊的孩子也葬身火海。"顾新书一字一顿，"就这样回去告诉白泽吧！"那声线如此魅惑，隐隐带着回响，叫人情不自禁地心生恋慕。沈千帆稀里糊涂地想着，真想再靠近一点，再多听他说一些，哪怕是谎言，我也愿意相信……等等！他朝自己脸上狠狠甩了一个巴掌，这才觉得脑子清醒了些——只需要轻轻巧巧的一句话，便能让围困他们的人纷纷跃入水中，从这艘船上逃开——

顾新书究竟是什么人？

"沈公子，"沈千帆的震惊还没有消退，顾夫子已经朝他转过头来，轻声道，"方才你为何护我？"

"我——"沈千帆也不知道为什么。

在刀剑即将加身，电光火石的一个瞬间，沈千帆近乎本能地做出的选择，叫他不得不承认，在内心深处，自己并不愿意眼睁睁地看着顾新书去死。

穷困窘迫不改其志，巧言令色不动于心，对于这样的人，他仍是有些敬佩的。

但他很快便后悔了。

钱多多之前该是得了顾夫子的嘱咐，一直躲在舱内不曾出来，现在听到众人跳水的声音，才犹豫着想要靠近沈千帆："沈叔叔，坏，坏人都走了吗？"

"多多，离你的沈叔叔远点儿！"顾新书严厉起来，"他就是千面公子，进钱家只是为了骗你身上的金蚕蛊而已！"

·五·

沈千帆的第一个反应便是要否认。

多多之前与他玩得极好，顾新书一面之辞，未必便能抹杀他这三个月来的苦心经营。

可他的舌头就像是被粘在了上颚上，手心中止不住地冒冷汗，眼前只有顾新书一双冒着红光的眼睛，越来越大，从半空中威压下来。

好你个顾新书！居然对我也来这招！

他根本控制不住脱口而出的话："没错，钱家之所以将你宠上了天，却从不让你迈出内庭一步，便是因为你的身上，有着可招天下财运的金蚕蛊。"

他身不由己地朝前走了一步，抓住了小胖子的手腕朝上一翻，一只通体金黄的蚕出现在钱多多的腕上，盘曲着身体，犹如一只手镯。小胖子大叫一声，抖着袖子要扑打，再看时，金蚕却又消失了。

"多亏了这只蚕，钱家才成了江南首富，只是，它需要吸活人的血气才能养活，它必须寄生在你的身上。普天之下，不知道有多少人在觊觎这金蚕蛊，我早就料到会有人抢夺，只是没有想到来得这么快……"

顾新书对他的钳制不知何时消失了，到了后来，是沈千帆自己在自言自语。

"这么说，你之前带我斗蟋蟀，给我讲故事，待我那么好，我还以为，我还以为……"钱多多鼓起了包子一样的脸，涨得通红，眼看要落下泪来，"结果全是因为这条蚕？"

"对不起。"这声道歉倒颇有几分真心。

跟他以往骗过的奸商贪官不同，小胖子还是一张白纸，对任何人都轻易付出信任。欺骗他就跟踢一只总是缠着你摇尾巴的京巴犬一样，是会带来罪恶感的。

"我不信你！你这个骗子！"钱多多朝自己的手腕一招，那条金蚕居然被他招了出来，重新爬在他袖子上。他抓了金蚕就朝沈千帆的脸上扔去。

"亲娘哎，别乱扔啊，值好多好多钱的啊！"沈千帆手忙脚乱地去接，那边小胖子已经眼泪汪汪地跑了出去："我要回家！我再也不信你了！"

沈千帆的脊背一僵。

记忆中，也曾经有过一个跟小胖子差不多大的孩子，一边哭着，一边说过同样的话。

"我再也不相信你们了。"幼小的孩子滴着泪，咬着牙，一字一句，都是誓言，"我再也不相信你们任何人了。从今往后，只有我欺骗你们的份儿，再也不会有任何人，能欺骗我！"

"多多！"顾新书的呼喊和随之而来的落水声惊醒了他。他也追了过去，趴在船侧的栏杆上。眼前只有茫茫一片的黑夜，下方不断传来扑腾声，却辨识不清方向。

"怎么就跳水了呢？！一言不合就跳水，这是什么坏习惯？这么黑的晚上要上哪里去捞——顾新书！顾新书你给我站住！"

顾夫子瞟了他一眼，纵身翻过了栏杆。那身白衣只一闪，便被夜色吞噬了。紧接着便是新的落水声。

"啊啊啊，老子是不是上辈子欠你们俩的！！"沈千帆抓着头发喊。

他连那只金蚕都顾不得了，也跟着跳进了水里。

·六·

沈千帆这一生，常常事与愿违。

例如他当初那么努力，想要记住小璇最后的样子，现在回想起来，脑海里却只剩下一只瘦骨嶙峋的手腕。那腕上原本有只挂着长命锁的银镯，锁片上还刻了个"璇"字，却也一并失落在了茫茫世间，再也无从寻觅。

而他根本不想记住的那个人，偏偏刻骨铭心。

他记得那人抱着满怀新鲜的莲蓬，从荷叶间哗啦一声冒出来，非要塞一颗莲子到自己嘴里。那人曾是汴京城中的一名小乞丐，大家都叫他小七，随着年岁渐长，那人甚至还会出现在他的梦中。第一次梦见他的时候，沈千帆扑上去狠狠地揍了他的肚子，拎着他的衣领喊："这么些年，你都死哪儿去了？"梦里的小七睁着双无辜的眼睛望着他，不发一语。

他当然没有办法回答，因为真正的小七已经彻底消失，同时消失的还有小璇手腕上的银镯。那是两个孤儿身上唯一值钱的东西。在小璇高热弥留的夜晚，沈千帆亲手取下了银镯，交给了小七。而小七信誓旦旦地保证，他一定会带着大夫回来，一定会救小璇的性命。直到小璇在他怀里一点一点地冷了，他也没有回来。

后来他也有再梦到小七，却再不曾揍过他。小七是什么样的人，他一开始就知道。慈幼局附近讨生活的乞丐为数众多，却没有一个比得过这个外表清秀的家伙。他的看家本领，便是在眼睛上蒙了白膜扮瞎子，专门骗取路过的大婶大娘的同情。

那番"世上每个人都不喜欢听真话"的歪理，就是小七告诉他的。

他早就知道，小七是个天生的骗子，只要小乞丐肯开口，人群就会围拢在他身边。他们相信从他嘴里说出来的每一个字，愿意替他完成任何愿望。这家伙毫无愧疚，并且以此为乐。可他居然以为他是可以信任的，还将银镯和小璇的命，一并交给了他。害死小璇的不是别人，正是沈千帆自己。

而眼下，他居然又一次梦到了小七。他梦到自己蜷缩着身体，脸侧贴着潮湿的泥地，面前一团跳跃中的篝火，正在噼啪作响。而小七就坐在火边，手中拿着那只银镯，用手指轻轻

地拨动着上面的长命锁。小七如今身量十足,已经是清秀的成年男子了,这倒是从未出现过的事情。之前沈千帆所梦到的,都是当年的小乞丐。他也只记得,小七当年的样子。

"小七,"他含糊出声,"你终于肯回来了吗?"

这句话让男子全身都颤抖起来。有一瞬间,沈千帆甚至怀疑他会当场裂成碎片。但他很快恢复了镇定,回答道:"你让河水呛糊涂了吧,沈公子。"

这欠揍的语气让沈千帆彻底清醒过来,终于认出了眼前这人。

"顾新书!"他想要爬起来,却觉得异常虚弱,胸腹之上犹如压着团烈火,又沉又痛。

"你最好别乱动。"顾新书将镯子收了起来,"之前为了救多多,你撞在了礁石上,怕是伤了脏腑。"

没错,沈千帆现在想起来了。果然是上辈子欠了这个小胖子的!

他恨恨地朝旁边瞥了一眼,就见钱多多也躺在篝火旁边,睡得人事不醒。他回想起自己刚才在水里捞人的辛苦,不禁仰天长叹:"早就说过了他得减肥!"

"你已经拿走了多多的金蚕,其实并没有必要舍身相救。"

"顾夫子对我一向有误会。"他扯了扯嘴角,"我虽习惯骗人,但并不习惯看着人死。"

"……说得对。"顾新书垂下眼,看着他自己的手,"千面公子的手确实是干净的,并不曾沾过血。"

"还有……顾夫子……那银镯是我的。"沈千帆越来越觉得昏头转向,用最后一丝清醒说。他从艄公的孙女手上顺走了银镯,却留下了一枚金叶子作为补偿。它让他想起了小璇。

"是你的东西。"顾新书点点头。

那一刻他们身边跃动着篝火,头枕一川流水,眼前满天星光。而他的语气如此郑重,仿佛许出了一生一次的承诺:"迟早会还给你的。"

接下来,沈千帆却陷入了高热和昏迷。肩上的刀伤浸了河水,又肿又烫。腹部硬得像是块铁板,一按就是剧痛。相比之下,他还宁愿昏睡过去,可总也睡不踏实,总是断断续续地醒来。有一次醒来时,钱多多蹲在他身边,眼圈有些发红。他认为小胖子是因为猛地听说自己是家里人养来养蛊的,一时无法接受,便安慰他说,无论如何,他都是钱家小少爷。他在钱家时看得仔细,长辈对他的好,大约也含有愧疚,却不似作伪。

钱多多摇了摇头,用手背擦着眼睛:"不是为这个,沈叔……"他低声道,"你骗了我,可你也救了我,我不明白,你究竟是好人还是坏人?"

"我也不知道。"沈千帆苦笑,将金蚕托在手心里还给了他,"你也不必替我担心,是我咎由自取。"

他再次昏了过去，再醒时，看着他的人换成了顾新书。

"你快要死了，沈千帆。"

沈千帆扯着嘴角，勉强做出笑容："你还真是……诚实，就不肯说句谎话……哄哄我……"顾新书张了张嘴，最后还是没能说出来。

"罢了……我知你在船上……肯骗那些疯子，已经算是破了例了。"他咧嘴一乐，"能让顾夫子……撒上一句谎，我这辈子也算不虚此行……"

他的视线模糊起来，身上一阵一阵发寒。

"你不能死。"顾新书垂着头看他，可他已经看不清楚他脸上的表情。

"废话。"沈千帆想，"老子也不想死啊，老子还没有搞清楚你到底是谁，还没搞清楚白泽眼纹究竟是什么鬼玩意儿……"

"我不会让你死的。"黑暗和寒冷之外，有谁信誓旦旦地说。接着便有一样东西被塞到了他的嘴里。软软的，像是块肉。他原本是不肯吃的，可塞给他那人意志如此坚定，非要他一点一点将它嚼碎了吃掉，才放他昏睡过去。

·七·

再睁眼时，沈千帆很是花了一番工夫来确认自己在哪儿。

绣着桃枝的薄绢窗帘，身下雪白的软榻，空气中浓郁的芙蓉熏香，窗外正对着的莲心塔。

他怎么不知不觉地到了天香楼里，朱成碧的地盘上？而且所有的伤病都一扫而空，连肩上的伤口都愈合了？沈千帆满心狐疑。

幸好有一对双胞胎婢女过来照看他，还给他带来了零嘴儿。

"公子辛苦，这回总算是顺利完成任务，带来了金蚕。"穿桃红色褂子那个笑眯眯地说。

"我家姑娘知道公子素来嘴里不能闲着，特地叮嘱我们送葡萄干给你，"穿翠绿色褂子的婢女补充道，"是昆仑山产的。"

……她倒是了解他。沈千帆不由回想了一番自己当初是如何被鲁鹰一路追捕，错误地躲进了天香楼。他原本以为这就是间普通的食府，掌柜的又是名少女，相当好骗——谁能料到这小姑娘会是莲灯和尚当初的坐骑——凶兽饕餮呢？

真真是往事不堪回首。尤其是他不仅被她抓住，还得任她驱使，去钱家骗金蚕蛊……沈千帆越想越觉得自己亏了，做了白工，索性抓了一大把葡萄干往嘴里扔，反正不吃白不吃。

"跟我一起那两人呢？"他边嚼边问。

"身带金蚕的小公子好吃好喝地伺候着呢，另一位嘛……"婢女现出迟疑神色。

神奇的是，沈千帆却听见另一个女声，在他脑中言道："姑娘说，那是白泽的奸细，手上有无数的人命，正在审问呢。"

沈千帆差点被葡萄干给活活呛死。顾夫子虽然迂腐了些，古板了些，但要说他害人，他却是不信的。

沈千帆跑过去的时候，首先望见的便是弥漫在整个室内的阴影，黏稠沉重，犹如有形之物。顾新书苍白着脸跪在阴影中央，白衣上是斑斑血迹。一具只剩下骨骼的兽脸在他身后，尖利的犬牙咬住了他的一只手臂，还在一点一点地用力。

"我再问你一遍，白泽何在？"朱成碧站在阴影一侧。这只外形是少女的凶兽，如今再不复往日的活泼明朗，反而燃起了一对金眼，声调中隐隐带着咆哮。

顾新书咬紧了牙："不知。"

兽牙顿时咬得更紧了，更多的鲜血滴落下来。

"等一下！这其中必有误会！"沈千帆冲了过去，接着指着顾新书喊了起来，"咦咦咦咦咦？顾新书你有对兔子耳朵？你原来是只兔儿爷吗？"

顾新书的脸顿时就黑了，比被严刑拷打的时候还要黑得多。

"什么兔子？他是如假包换的讹兽！当初就是他，在天亮之时骗开了城门，害得汴京城破，金兵屠城。"朱成碧道，忽然又想起了什么，翘了嘴唇一笑，"不过，他对你倒还真是不错。连腿上的肉都舍得割下来喂你吃了，甚至不惜自投罗网，向我天香楼求助。"

沈千帆想起来被人塞到嘴里的肉，惊骇莫名："为什么？"顾新书沉默不语。

"自然是为了救你的命。讹兽的肉，可以让人百毒不侵，而且从此再无人能对你撒谎。你现在，应该能听到每个人最真实的心声了吧？"

"等等，等等。"沈千帆捂着额头，无论是讹兽还是割肉，都跟他所理解的顾夫子相差得有点儿太远了，"让我消化一下。"

朱成碧也不理他，扭头接着问："你还是不肯说？"

"我早就脱离了白泽的控制，这十几年来，从未踏出金陵城一步，如何知道他的下落？"

"这我能证明，"沈千帆忍不住开口，"他说的是真的。"

"你要我相信一只讹兽？"朱成碧冷笑。

"那你能信我吗？"沈千帆眼看着顾新书手上淌下来的血，脑子飞快地转着，"你不是说我从此便能听到人心中的真话吗？由我来审问他，岂不是再合适不过？"

沈千帆咳嗽了一声，站到了顾夫子对面。

顾新书抬起头来仰视他，看起来前所未有的狼狈。

"白泽眼纹是什么？"

"……白泽为瑞兽，不能沾染血气，因而若有些见不得人的勾当，都是操控他人所为。被操控者前额上会出现鲜红眼纹，丧失理智，犹如被鬼魅附身。"

"若受控，如何才能从其中脱离？"

"锥心剧痛。"

沈千帆身后传来咔嚓一声，是朱成碧默默地捏碎了手中的团扇。她松手任碎片掉落，也不知道是想起了谁，金眼中明暗不定。

沈千帆深吸了一口气，接着问："你的腿是如何瘸的？"

顾夫子没有答话，但有另一个声音，直接在沈千帆的脑海里响了起来，是个少年的声音："汴京城破时，我自己用石头砸断的。"

"为了什么？"沈千帆声音颤抖。

"为了回去。"顾新书平静地望着他，"可我知道，我再也回不去了。"

有什么东西，"嗡"的一声便在沈千帆的脑子里炸了。小璇枯瘦的手、银镯、燃烧中的汴京城，全都在他脑子里打转，搅成了一锅粥。

小璇死的那天晚上，金兵正在攻打汴京城，到天亮时，终于城破。

"最后一个问题——"他咬牙，"你是不是小七？"

"……不是！"

"你撒谎！"沈千帆大喊。他如此激愤，甚至顾不上去听顾新书的心声。

"你戴着银镯，想要给小璇找大夫，但却被白泽抓住了，又被他所控，骗得守城士兵开了城门，让金兵进了城——对不对？慈幼局被金兵一把火烧了，你拖着瘸腿回来时，只能望见一片冒烟的废墟，再也见不到我们了，对不对？"他伸手在怀中乱摸，取出一只带长命锁的银镯来，"我还在奇怪，这银镯怎么又回到了我身上。这才是我从舫公孙女手上顺来的，你怀里现在还应该有一只，锁片上还刻有一个璇字——你现在可敢拿出来让我核验？"

顾夫子却平静得很，他缓缓地眨了眨眼睛，举起那只尚且自由的手给他看："是或不是，又有什么关系呢？"

"小璇的血，那么多百姓的血，全都在我手上。"少年的声音在沈千帆脑子里烧着，

"我那天晚上拼了命也没能回去。我答应过你的，是我违背了诺言。从那之后，我再也回不去了。"

沈千帆简直想要大哭大笑。他一直以为小七应该在某处乡下，娶妻生子，置房买地，过着快活的日子。他为此怨恨过他，同时也怨恨过自己。他自认为遭到了至亲的背叛，于是再不肯相信任何人。公子千面，却从没有一张脸是他真正的模样。

可事实上，在他不知道的地方，小乞丐拖着血淋淋的腿，自尸骸和战火中挣脱出来，想要再回到他的身边，却发现这世上唯一近似于家之处，已经燃成了灰烬。这么些年来，他将这一切罪责都揽了过去，沉甸甸地压在了肩上，紧锁着眉头，成为了金陵城中的顾夫子。他如此痛悔，以至于再也不曾有过一句谎言，也再不曾展颜欢笑过。

他朝顾新书一点点逼近，提起了拳头。

顾新书的眼神闪了闪，不躲不避。

"顾小七，这么些年，你他娘的死去了哪里？"沈千帆喃喃，"这次又为什么突然肯冒出来了？"他的拳头落在了他的肩上，却没有一丝力气，"你也不怕我揍死你……"

然而他却听见脑海里那个少年说："即使如此，我也不能眼看着你重蹈我的覆辙。"

沈千帆再也忍不住，抱住他痛哭失声。

·八·

"如何？"沈千帆伸开双臂，望着镜中的自己问。

"还好吧……"朱成碧懒懒地应，用一柄新的团扇遮住了脸。

他听见她心里想的其实是："哼，我家汤包比你好看多了。"

沈千帆忍不住翻了个白眼。他现在扮的是名年轻俊俏的青衣公子，眉目如画，笑容温柔，正是天香楼的账房先生常青。

朱成碧说她原本就有个计划，想要借金蚕引那白泽出来，问他可愿相助。

真要算起来，白泽才算是害死小璇的凶手。

他答应了，结果就被要求扮成了这个样子。

之前朱成碧已经放出了风声，说她机缘巧合，得了一只能吸引天下财运的金蚕，眼下准备裹了面粉，蘸上蛋液，做成一道金蚕盅。

"金蚕经我炮制之后，谁吃了它，不但没有被吸血气的苦恼，还能自动感应到各种宝物的位置。"朱成碧得意洋洋，"那白泽一定会来的！"

"他这么缺钱？"沈千帆顶着常青脸道。

"才不是为了钱！"她鼓起脸颊来，"他之前处心积虑，四处收集定魂玉器，我就觉得不对。汤包拜托了寒来暑往的飞鸟，多方打探，才知道他这几百年来一直在寻找某人的坟墓！哼，那人的墓也是好找的吗？他刚死那阵，我寻遍神州各地想要将他拖出来鞭尸，都没能成功……"

沈千帆的八卦之心燃烧起来："谁？谁的墓？"

朱成碧转过金眼瞥了他一眼。

他喜滋滋地凑过去想听她的心声，却被几个字砸在了脑子里："就不告诉你！"

古墓之中，常有陪葬用的宝物。

白泽必然以为，吞下金蚕，能有助于寻找那神秘人的坟墓。因此他一定会化身成为客人中的一位，前来天香楼，伺机抢夺。

朱娘已经放出了阴影，潜伏在整个天香楼的各个角落，只待沈千帆指出来哪位客人的心声不对，便要扑出来，将其团团围困。

计划倒是没问题，但是……谁告诉他，为什么想要吃金蚕的人这么多？

天香楼从一楼一直到二楼，连楼梯上都站满了客人。从金光闪闪的程度看来，至少半个江南的富商都聚集在此处。作为假常青的沈千帆脸上一直挂着营业用的笑容，几乎僵掉。他累得两耳轰鸣，总算是将所有人都听了一遍，却没有发现白泽的一丝踪迹。

那边朱成碧已经捧了金蚕盅出来，用的还是一只其貌不扬的小瓦罐。她在堂中站定，将围观的人们从左到右，从上到下地看了一遍。厅堂里鸦雀无声，所有的目光都胶着在她手中的瓦罐上。

"那可是钱呐！"沈千帆听见人们异口同声地在心中喊。却有一个苍老的声音与众不同，在反复地念着："金蚕在此，可多多何在？"

沈千帆朝那边看了一眼，立刻便想要捂着脸溜走，又忽然想起来自己现在顶着常青的脸，才松了一口气。

那不是钱家老爷又是谁？

他拐了人家聚财用的金蚕，还连带着拐了人家的宝贝孙子，现在苦主找上门来了吧！

他料想钱家老爷必定不会善罢甘休，果然，还没等到朱成碧开口，钱家老爷就站了出来："朱掌柜，敢问我那孙儿，现在何方？"

他手中颤颤巍巍，举着一幅卷起来的卷轴，展开来给众人看了，是一只在海棠树下打

滚的白兔："我这里有一幅《海棠禽兔》，乃崔白真迹，朱掌柜若能将我孙儿安然无恙地还来，这画便送与你……"

"又不能吃。"朱成碧嫌弃，"不过汤包说不定喜欢，你拿过来我看看——"

钱老爷捧着那画，越走越近。

沈千帆盯着他的脚步，两耳嗡嗡作响，一个崭新的阴冷声调忽然钻入了他的脑子，冷冷地笑了一声。

"危险！那是白泽！"

剧变陡生。

埋伏在角落中的阴影已经从四面八方聚拢过来，将他们几个围在中央，跟其余人等隔离开来。那只原本用墨水绘成的兔子跃出了画面，将身躯膨胀成雪白的一团，直扑向朱成碧手中的瓦罐——然而还在半空中便叫一柄长刀生生刺穿了。

金眼的少女已经消失，站在原地的是个披着银甲、头顶红缨的女将军，正皱着眉头望着刀身上挣扎着的那一团："好歹你也是神兽，居然附身在画上，真是难看。"

那兔子额上浮现出鲜红眼纹，口吐人言："若非如此，怎能顺利地进入天香楼，又怎能离你家宝贝账房先生这么近？"它朝沈千帆的方向嗅了嗅，打了个喷嚏，"不对，这个是假的，原来如此，你这么着急地引我出来，怕是他的状况，很不好了吧？"

"你对他做了什么？"女将军面无表情地搅动着刀柄，白泽发出一声短促的惨叫。

"也没有什么，只是在他快要被烧死的时候，用我的血肉替他修补了身体罢了。怎么，他的额上也出现眼纹了吗？我听说他还饮了麒麟血，啧啧，那只会加重妖化——"

"如何能解？"女将军打断了它。

"给我金蚕，我就帮你解——"

"撒谎！"沈千帆喊，"他心里明明在想，根本无法可解！那个人很快就会完全妖化，会成为新的，新的——"

"新的白泽。"这个词出口的一瞬，女将军的面上现出一丝前所未有的脆弱。

"没错，没错，旧的死去，新的诞生，这是天地的法则。若你现在杀死我，他立刻就会妖化完成，以填补我留下来的空缺。"白泽歇斯底里地笑起来，"而且啊，我再告诉你们一件事情吧，从来就没有人真正地逃出过我的控制。"

那阴冷的男声一开始只有一个，后来却成为了两个，新的声音加了进来，是顾新书异常魅惑的声线，隐隐带着回响："一日被控，终生不得逃脱。就算砸断了腿，也是徒劳！"

"顾新书！"沈千帆只觉得如坠冰窖，他几乎能想象出阴影之外，顾新书额上带着眼纹，拖着瘸腿出现在厅堂之中的样子。他会对众人施展讹兽的可怕威力，而这次，根本没有人能够抵抗。

"你们现在身处一生中，最可怕的那个夜晚。"顾新书的声音遥遥传来，"你将眼睁睁地看着你最重要的人去死，而你无能为力。"

包裹着他们的阴影忽然退潮一般消失了。露出来的厅堂中，遍地都是捂着头呻吟哭泣的人们。

朱成碧恢复成了少女模样，手中的长刀掉落在地，怔怔地望着空中。白泽顺势解脱出来，将旁边的瓦罐一裹，狂笑着呼啸而去。

"等一下！！"沈千帆大喊。

整个天香楼里，唯有他没有受顾新书的影响，却也无法唤醒被讹兽的话语所控制的人们。尤其是朱成碧，她也不知道看到了什么，眨了眨眼睛，竟然落下泪来，喃喃道："你们，全部，都要死。"

少女的身影炸裂成为团团阴影。一张巨大的兽面，圆睁着燃烧的金眼，自其中升腾而起。它如此愤怒，要吞下周遭的一切。

·九·

"啊啊啊啊啊啊啊啊！"沈千帆抱头鼠窜。

"闭嘴，成何体统！"关键时刻，他却听见顾新书在脑子里冷冷地嫌弃着，"如今只有你不受我影响，也只有你能救所有人。你去那白泽丢下的画旁，寻到一只雪白的兔子形状的兽，拧断它的脖子，这一切就能结束。"

沈千帆的手已经放在了兔子瘦小的脖子上。温热的动脉在他手底下跳动。

"……那你呢？你怎么办？"

"我自有办法，你快点下手！"

"我不信……我不信你，顾小七！"他的手颤抖起来，"这分明是你的原形，你是要我亲手……"

地面震动起来，打断了他。在他头顶，那只饕餮巨兽已经吞吃掉了半边天香楼的屋顶，利齿间，瓦片和断椽纷纷掉落。

再这样下去，只怕众人都要葬身在它的口中了！但要他亲手拧断顾新书的脖子，又如

何下得去手?

"我会再回来的,我保证。我还没有把小璇的镯子亲手还给你呢。"他轻声劝着,语气中甚至带上了恳求,"求你,再信我这一次。"

"你若是敢骗我,我,我——"沈千帆咬牙切齿,眼前一时是眼上蒙着白膜的小乞丐,一时又是被兽脸衔着手、身上血迹斑斑的顾新书。

最后定格的却是那个夜晚,江水如镜,倒映着浅浅星河。他自篝火边转过脸来,郑重地许下了诺言。

君子一诺,死生契阔。

手上用力的时候,沈千帆紧紧地闭上了眼。再睁开时,朱娘已经恢复了正常,其余的人也陆续醒来。他手中抓着的是一只兔子形状的木傀儡,已经被拧断了脖子。

然而顾新书就此人间蒸发,再也没有出现过。

"沈叔叔,你真的觉得顾夫子还活着吗?"钱多多抬头问他。这孩子自从脱离了金蚕蛊,饭量渐小,体重渐轻,露出的小下巴大眼睛,居然有几分当年小乞丐的清秀模样。

沈千帆唏嘘不已,答道:"他是天底下最守信诺的人,从不曾对我撒过谎。他说还活着,便一定还活着。"他伸了个懒腰,"送你回金陵后我就去寻他,哪怕走遍天涯海角也要把他找回来。"

钱多多往他身上一扑,抱着他的手臂不放:"我不!我才不要回家,我也要去找顾夫子!我还没游历够呢!"

"还没够?!不怕我卖了你?"

他们乘着船,自钱塘江逆流而上,要去往金陵城。

江上起初雾气弥漫,随着日头升高渐渐地散了,露出平坦开阔的水面,一直朝天际延伸而去。

那美丽的、雪白的讹兽,一定还活在这世间的某处。总有一天会再相遇的。

金蚕者,屈如指环,食故绯帛锦,如蚕之食叶。又名食锦虫。以血气供养,可招天下财运,然养此蛊者多灾多病,需寻静室安置,且命必不长久。世人多贪图富贵,岂不知以命博财,便坐拥宝马香车,又有何益?

——《续神州妖事录》

饕餮记 貳

忘忧糕（上）

第十章

· 零 ·

起初，那只是些含糊不清的混响。

它们从四面八方托举着他，环绕着他，温柔坚定，悠扬不绝，犹如亘古不变的重重海浪。也不知过去了多长时间，他渐渐想起了语音的含义，终于分辨出那些一再重复的男声和女声所唱的，是死后世界深不可测的危险。

东方有十日代出，流金铄石；西方有流沙千里，玄蜂若壶；北方有增冰峨峨，南方有雄虺九首，等等。

再加上情深意切的"魂兮归来"，多么标准的招魂曲。

以为通过恐吓，就能让他的灵魂重新聚拢，乖乖回到身体中去。如果不是没有真正的身体，他简直想要冷笑。

任何一个像他这样，选择了魂飞魄散永不超生的人，都有绝对的理由不愿重回尘世。

现在是谁这么愚蠢，竟然不辞辛苦，要招他的魂？

这个念头刚刚成形，他便觉得身上一沉，居然撞入了一副新的躯壳，待要挣脱出去，却是不能。等他将这身体好好探查了一番，却几乎被气得半死。

这根本就不是血肉之躯，连僵尸之类都算不上，居然只是一副潦草地勉强拼凑起来的木偶！若不是胸口还有一处搏动的热源，在源源不断地传来灵气，他怀疑自己都无法顺利使唤这副身体！

"谁干的？！"

他怒吼着坐起身来。

金黄色的液体随之四溅。这副木偶之前该是被保存在充满了这样液体的池塘中，直到他的魂魄真正降临的这一刻。池边用鲜红的朱砂描绘着繁复的咒符，他只需要随意一瞥，便能发现四五个错误。

难怪他视野模糊，关节还在喀喀作响！

这些该死的愚蠢的家伙！他们现在不唱招魂曲了，而是在咒符之间朝他跪了一地。

"谁允许你们擅自打搅我？"

他一把抓住了其中一人的脖子，怒火攻心地一使劲，那人的脖子咔嚓一声便折断了，整个头颅都掉在了地上。

断口处的木渣还残留在他的手心。

但他并不记得自己之前有过这样大的手劲，能徒手折断木偶的头颅。

他缓缓地，探究式地转过那只手：从胸口的热源处开始，这副木偶之躯逐渐开始覆盖上新生的血肉——是青春光滑的、健美的肌肤。他低下头，看着金黄色液体表面上反映出来的影像：一张与他年轻时极为接近的脸，只是面颊处隐隐有着鳞片。

"还请息怒，国师大人。"

一个瘦削的高个子年轻人突然出现，站在跪了一地的木偶当中，他的半边脸上罩着张檀木制成的面具，面具边缘残留着烧灼的伤痕。

始作俑者来了。

"把我真正的身体还给我。"

他嘶嘶咆哮，发现自己的舌尖有着奇妙的分叉。

"在下也知道，让国师大人待在这样一副身体里，实在是委屈。但您当初魂飞魄散得太厉害，就算勉强成功招回魂魄，也非得用定魂玉才能镇压得住。"

年轻人朝他走了几步。

"但这定魂玉珠并非凡物，乃是从一条曾有千年道行的大白蛇的额前活生生挖出来的。相信对国师大人接下来要做的事，不无裨益。"

绝大部分都是檀香，并无血肉的味道。他伸出舌尖，在空气中像真正的蛇一样尝着。这年轻人跟四周跪了一地的傀儡一样，早就并非活生生的生命。

213

只除了他的眼中，燃烧着的一点火光。

愤怒，仇恨，还是野心？

"那么，你想让我对付的是哪一只妖兽？"

年轻人面露惊讶，还想再说什么，而他扬手打断了他。

"要凑齐我的魂魄并非易事，没有漫长的上下求索、成千上万次的失败，根本不可能成功，我不信你如此大费周折，只是为了让我坐在这池里跟你闲聊。"

他自负地摊开了双手："更何况，我曾做过什么，又最擅长什么，你难道不是一清二楚？"

戴面具的年轻人的眼中有幽暗的光闪过。

"国师大人一生斩杀妖兽无数，连那黑麒王秋子麟，都曾是您手下败将，叫您生生折断了双角，取出了麒麟血。神州大陆上，谁人不知？只是您安眠之后这五百年，妖兽并不曾死绝，依然在为害人间。"

"怎么可能？通天引断绝，它们无法归返灵界，早该全都枯竭而死才对！"

"虽无法归返，但尘世之中，仍有少许灵脉残存，可供其苟延残喘。另外，妖兽中也有凶悍的领头者，独霸灵脉盘踞一方，任谁也奈何不得。"

他皱起眉来："谁这么厉害？"

年轻人从袖子中取出一幅早就藏好的卷轴，朝他展开。

"国师大人可识得这幅画？"

他当然认得。

那是五百年前，他亲手所绘。

画中女子两颊的红晕，是他一瓣一瓣采了桃花，碾出了汁液染成的。他甚至还用真正的黄金削成了粉末，想要点出那一对凶悍而又娇憨的金眸。

然而等他真的想要落笔，却忽然发现自己不记得她眼睛真正的颜色了。似乎还有什么更加重要的事，也一并遗失在了浩瀚的记忆之河当中。他也曾徒劳地想要忆起，却最终只能抓住河面上一闪而过的些许光影。

就算忆起了，又能如何？

上一世魂飞魄散之时，他忽然想通。

他与她之间，早就隔着刀山血海，重重仇恨，终生不得泅渡。

他一点一点抚着画中女子的脸，双肩抖动，无声地笑起来。

"阿碧，阿碧！"他叹道，"果然还是你！"

戴檀木面具的年轻人露出了心满意足的笑容：

"欢迎归来，段清棠国师。"

· 一 ·

越靠近凌虚谷，灵脉带来的灵气就越充沛。

常青站在云船的船头，摊开了双手。迎面而来的风里挟着充沛的水汽，带着清晨草木特有的甜香，他甚至还能听出空气中充满细微而又和谐的颤动，混杂在鸟鸣之中。即使是他这样不甚敏感的人类，也如此心旷神怡，就更不要提对妖兽的影响了。

从他们在空中遥遥望见仙山的那一刻起，他身边那具两人来高，头戴宝冠，身披绶带的木制金刚内部，就传出了此起彼伏的"咿咿"惊叹声——很快又被一声做作的咳嗽给喝止了。

常青心中好笑，面上还是装作不知，等着那只戴冠冕的肥老鼠爬出了金刚的头顶。它原本是想要摆一个英俊潇洒的出场姿势，谁晓得刚一接触到湿润的水汽，立刻一个激灵，整个体形膨胀起来，转眼之间便和金刚的个头一般大小。

"喔喔喔喔喔！直接来自灵界的灵气果然不同！如此纯粹！"

它喜气洋洋地梳着胡子，又朝常青道："美人，美人，快来看，孤是不是英俊了很多？"

"是——"常青瞥了一眼它已经蔓延出来、铺在云船甲板上的肥肚皮，忍笑道，"真是天下第一英俊的鼠王陛下。"

抛开体重问题不提，这位还真的便是无夏城中如今统领三十六氏鼠族的鼠王陛下。自从上次修好了常青的生花妙笔，又半真半假地用一只镯子将他定位成了鼠族王妃之后，该陛下便一口一个美人地叫着他。

常青纠正了几次也没能纠正回来，后来便由得他去了。你能跟一个化为人形后都不满八岁的幼童较个什么劲呢？

"原来这便是凌虚谷？"

加大号的鼠王陛下趴在云船的栏杆上，朝云雾中望去。

"孤之前一直以为是座山谷——结果却是座悬空的山？"

在他们眼前，是一座层峦叠嶂、青翠如盖的仙山。山间云雾缭绕，成群结队的仙鹤绕着山头翩然而舞，传来声声遥远的鹤鸣。唯有悬空着的山底裸露着岩石，垂着条条藤蔓，在来自下方的、终年不息的风中晃动着。

那下方的风穴，便是灵脉所在了。

"掌柜的说过，这里原本是座山谷。当初黄帝隔绝灵界与尘世时，未能完全割裂，两界之间至今残有不少相通之处，致使灵气泄漏不止——其中一处，便恰好在谷底。"常青解释道。

泄漏的灵气形成了风，将谷中的沙石吹起，又在半空中重新凝结，几千年的岁月累积，一点点形成了他们如今所见到的仙山。有无数的妖兽如今在这山上繁衍生息，这里俨然一片世外乐土。

直到如今。

常青在心中长长地叹了一口气。

那飞舞的仙鹤中有眼尖的，见了这样一艘由云织成了帆、飞在空中的三桅大船遥遥靠近，便朝他们飞了过来。到跟前时，化做了身有鹤翅的道童模样，朝他行礼。

"我家谷主自送出求救信后，日夜盼望。谁晓得常公子亲自前来，真真是感激——"

道童的寒暄刚进行了一半，忽然生生止住，面露惊恐。

那原本环绕在他们身边，一直稳稳地托着仙山、充满着灵气的风，竟然毫无预兆地止歇了。

他再不肯耽搁，转身便朝山上赶了回去，一边发出尖厉的呼哨声。其余的仙鹤也纷纷响应，朝山林之中，一只接一只地扎了回去。

伴随着一声巨响，仙山底部自下而上，竟然出现了数道裂痕！裸露的山石缓缓崩裂，裹着沙尘开始坠落。更多惊惶的鸟群自山林中飞了出来，甚至还有一两只游龙也受了惊，绕着山体飞行，长吟不止。

"这是怎么了？！"鼠王惊道。

"灵脉出了问题，随时可能会枯竭。"常青答道。

从风止的那一刻起，他便从袖中滑出了生花妙笔，想要绘出一座自船体通向山上的桥梁。可谁想到如此关键的时刻，笔尖却生涩无比，任他再三努力，也只能凝出一两点墨汁，彷徨地悬在空中，构不成任何形体。

只要稍一凝神，前额就会传来剧痛，仿佛有团火焰要生生冒出。有阴冷的男声，近在耳畔，用白泽的语气嘲讽道："你确定你能救他们？就凭你现在的样子？"

"闭嘴！"

常青喝斥着。

已经不能再犹豫了。凌虚谷的鹤群已经重新升上了天空，脖子下挂着小篮，装的是些不能飞翔的小妖兽，朝云船的方向飞来。可还有更多的，诸如鹿蜀、熊黑、嗥犬、豪彘之类，尽都挤在震动不休的山顶，哪怕彼此践踏，也无处可去，只得远远地望着他。

很久之前，也曾有晶亮的兽眼这样望过他。

熊熊烈火之中，万丈深渊之下。

他心一横，将手指放在口中一咬，疼痛迅速袭来，将前额的火焰逼退了些。他又将指上的血滴在了笔尖，终于润开了生涩，在空中一画——

一道虹桥凌空而起，在兽群的欢呼声中，跨向了凌虚谷的山顶。

"快让大家都上船！"

凌虚谷的谷主是个身不足三尺的老头，须发皆白，脑门高高凸起，活像个缩小版的寿星。他拄着根比他个子还要高的拐杖，在鹤女的搀扶下上了船，喘息未定，就要朝着常青跪拜。

常青过去扶他，又好言劝慰了几句。

"凌虚谷原本是我等的家乡，数代不曾离开过，谁想到突然遭此横祸，灵脉断绝，逼得我们背井离乡——"

谷主将袖子掩在脸上，嘶哑地哭着。

"如今的神州大陆，多处灵脉都突然断绝，我这一谷的民众，还不晓得要去哪里再寻同样的安身之处……"

常青无言以对。

他直起身来，望着四周。凌虚谷的谷民大部分都上了船，鼠王率领着属下，正指引着它们安顿，提供食水，照料伤员。他在其中望见了一家子鹿蜀，雄鹿扭转了脖子舔着背上的伤，它的妻子带着一双儿女，依偎在他身侧。

"鹿蜀的皮毛花纹如虎，佩之可宜子孙，是猎人最喜欢捕杀的对象。离开凌虚谷，这一家子全都活不到明天早上。"阴冷的男声又起。

常青移开了视线，可白泽的声音穷追不舍："你现在看见了那群翠鸟？你可知道无夏城的贵妇，愿意花多少钱来换一只点翠的簪子？需不需要我提醒你，为了保持簪子的色

泽,每一根羽毛都是活生生拔下来的?"

"你闭嘴!"

"你不是已经做了选择,将誓言忘得一干二净,要站在那只饕餮一边吗?现在为何还要做这些无用之事?"

他几乎能想象出,白泽正咧开嘴角,露出遍布其中的细密牙齿。

它曾是他唯一的朋友和师长。

连他用笔绘出的第一样东西,也是它所教授的。

它甚至曾经不惜用自己的血肉拯救他。

在它将他当作棋子、当作诱饵,放到朱成碧身边之前。

"你说得对,我已经做出了选择。但我并没有忘记我许下过的诺言。"常青喃喃回答,"我——"

船身猛地剧烈晃动起来,打断了他。

那突然停滞的风穴中,竟又毫无预兆地喷射出了比之前狂暴得多的气流!云船在气流的冲击之下颠簸不已,眼看有要侧翻的风险。此起彼伏的惊呼声中,鼠王将身形一晃,膨胀了两倍不止,死死地将翘起来的甲板又给稳稳地压了下去。

"……原来还有这等好处。"常青暗想。

可惊呼声并没有停止,反而更加高亢了:"天啦,被甩出去啦!"

"那是谁家的孩子?!"

常青飞奔过去,只能望见一个小小的影子挥舞着四肢,坠进了云雾之中。

他当机立断,也跟着跳了下去。

"美人!"

鼠王大喊起来,也要扑过去。

它这一动,整艘船又开始了颠簸。它只得一点点缩小了体形,等恢复成原本大小,再爬上船舷张望。可云雾茫茫,哪里还有常青的影子?

它拉耷下来胡子,泪汪汪的刚要哭,下方暗沉沉的云中便刺出了光芒。那光越演越烈,朝两侧拉伸出翅膀,很快凝结成一只夜色一般黑的鹄雕,几下拍翅便止住了下落之势,重又朝着云船所在之处升了起来。

鼠王这才松了一口气,过去迎接。被鹄雕稳稳地抓在手中的正是常青,他的怀中还抱着个头顶生着银白色犀角的小男孩。

那孩子像是被吓傻了，愣愣地睁着眼，不哭也不笑。

"小萱！"凌虚谷的谷主拄着拐杖赶了过来，"真是谢天谢地……"

常青面上一僵。

"这孩子叫小萱？他可是罕见的白灵犀？"

"正是。这孩子是前些年流浪到凌虚谷的，也不知道受了什么刺激，一直这样呆呆傻傻的，只对这个名字还有一点反应。"

常青抚摸着小萱的头顶，检查着他的犀角。灵犀的犀角与心相通，本来该莹白生光的，如今却是暗淡一片。

"小萱，你还记得我吗，我是——"

话还未说完，那孩子便朝他的怀中猛扑过去，张口便咬在了他的颈侧，喉咙中还呜呜作响。

鼠王顿时炸了毛，一声呼哨，老鼠们立刻围拢过来。

常青抱紧了怀里的小犀牛，朝鼠王摇了摇头。细细的血流正沿着他的脖颈流淌，可他一声不吭地任它咬着，舒展了眉眼，笑得如此温柔。

"终于找到你了，小萱。"

他并没有忘记曾经许过的诺言。

或许并不能救它们全部，可他的双手既能抱住这一个，就绝不会再松手。

· 二 ·

回到无夏时，已是深夜。

无夏城中灯火俱寂，可莲心塔仍是光焰四射，塔顶还悬空挂着两盏圆滚滚的灯笼，在夜空之下静静燃烧。他们驾着船，穿越薄薄的夜雾一点点靠近，终于看清——哪里是什么灯笼？盘踞在莲心塔顶的，分明是只阔脸巨目的怪兽，头顶山羊一般的长角，披散着金焰组成的长长鬃毛，整个后半身都隐藏在阴影中，难以分辨。

见云船靠拢，它朝他们发出了咆哮。

带火星的炽烈的风，几乎掀翻了云船。

"……谁又招惹她了？"鼠王现出了人身，站在常青身边问。

头戴冠冕的小男孩脸色略有些发白。

"啊，这次没把天香楼也咬下去一半，看起来问题不大。"

常青散漫地应道。

一见那对灯笼，他的第一个反应就是去望旁边的天香楼。所幸天香楼完好无损，总算这回不用再承担维修费用，可见他平日里反反复复的念叨终于也有些效果。常青的心情顿时大好，望着那只饕餮的眼光也不由得温柔了很多。

"真是漂亮的鬃毛，你说是不是？近来她胃口不怎么好，似乎饿瘦了不少……你说下回给她画个铃铛，就戴在脖子下面如何？"

鼠王用一种难以言喻的目光看着他。

"美人你还真是——你知不知道，孤要费多大的劲儿，才能勉强站立在这里？"

他抬头看了看饕餮，又转开了目光，似乎不能与她对视。

常青这才察觉到，除了他跟鼠王之外，整个云船上的妖兽全都挤在了另一端的船头，像是拼命想要逃离却又不能，一只只蜷缩起了身体，噤若寒蝉。

上古的凶兽，其威压并非寻常妖兽所能比拟。

难怪他第一次见她的时候，她就是这样盘踞在天香楼顶，痛楚地嘶吼着。

五百年里，孤身一人。

莲灯和尚抛下她化成了塔，妖兽们百般畏惧而不敢靠近。在他出现之前，她是如何独自挨过这漫长岁月的？

难怪白泽知道，她一定会留下他。

就算他身份存疑，居心叵测，她还是选择了留下他。

常青忽略了心口的抽痛，朝那张悬在空中的大脸招了招手。她轻车熟路地靠过来，伸长了脖子，好让他挠她的下巴。

"平白无故地，搞这么大的排场做什么？"他悄悄问。

"谁叫他们是外来的？"她舒服得喉咙里直打呼噜，"上我的地盘，当然要先吓唬他们一下，好叫他们晓得谁说了算。哼！"

"好好好，自然是你说了算的。"

他朝她眨了眨眼睛，接着退了一步，郑重其事地双膝下跪：

"拜见尊驾。在下幸不辱命，救得灵犀谷妖兽三百八十二口在此……"

那张兽脸叫他吓了一跳，朝后一缩，紧接着火焰和阴影都朝中央聚拢下去，掉落出一个梳着双髻的小姑娘，眉间点着朵艳丽的桃花，睁着对金眼就过来扶他。

"你这是做什么？"

她一伸手，拽的却是他脖颈受伤同侧的手臂。

常青皱了皱眉头。

"你脖子上那是什么？"她在空中嗅了嗅。

"什么都没有！"

朱成碧竖起了眉毛。

"都是你说这回非帮凌虚谷不可，我才允你出手，如今又弄得一身的伤回来！看这牙印分明是哪只不知道天高地厚的小妖兽！"

常青静静地看着她。他只觉得心口如此温暖，像是有某样东西正在悄然融化，不由得想要伸手抚摸她的发丝。

你确定她用这样的眼神，看着的人，真的是你？

白泽的声音突兀地响起。

那声音像是口深井，传来空空的回响。

他的手就此悬在了空中。

朱成碧对此毫无察觉，她正拎了裙子，叉着腰朝兽群呵斥："谁敢吃他？本姑奶奶都还没有吃过！！这是我一直舍不得吃，留到以后要慢、慢、吃的！"

"咳咳！"常青在她背后连声咳嗽。

兽群叫她吓得大气都不敢出，哪个敢回应？

她一转眼，望见了凌虚谷的谷主，过去将他揪了出来。

"凌虚谷既毁，你们这三百多口无处可去。原本看在他的面子上，留你们暂住无夏城，只要不妨碍到莲心塔，也未尝不可。"

她鼓起脸颊道："但你们不识好歹，竟累他至此，姑奶奶突然不想再收留你们了！天地之大，你们爱去哪里便去哪里！"

谷主挂在她手上晃悠着，跟只长着白胡子的桃子似的。

他苦着脸，将手中的拐杖朝她递了过来。

"尊驾，你几千年来吃遍神州，享用美食无数，可曾尝过我凌虚谷中特有的忘忧果？"

谷主将拐杖往甲板上一磕，杖头上顿时葳蕤生光，转眼凝成枝叶，再一转眼，结出了三枚果实。

"若能允我谷中众妖在无夏城中暂避一时，我愿将其献给尊驾。这忘忧果共有三颗，白的可让人忘记忧愁，红的可寻回失落的记忆，至于这黑的嘛——"

忘忧糕（上） 第十章

"我知道。"朱娘突然打断了他,"莲灯曾教过我。"

三枚不同颜色的果实在她的金眼中晃动。

白如雪,红似火,而黑的,沉甸甸的,如同宿命。

她若有所思地望着它们,仿佛陷入了回忆。常青不由得有些担忧,朝她走了两步,她却又恍然惊醒,伸手便将忘忧果摘了下来:"哪儿来那么多废话。成交!"

常青不解地问道:"你要这个做什么?"

"你不晓得,这个可好吃了。"

她一边把果子在手上转着玩,一边道:"等着我做忘忧糕给你!"

凌虚谷中的三百多口,就此进入了无夏城。

它们中也有些积累了几百年的修行,便化作普通人类,安顿下来。实在没有变形能力的,就充作是他们的宠物。幸好无夏城民见多识广,又有巡猎司在旁坐镇,对一般的妖兽并不畏惧。剩下的体形过大,又或是过于珍稀少见的,便跟谷主一起,假称是外地来巡游的马戏团,借住在寒潭寺中。

常青见过的那只受了伤的鹿蜀,也变成了个其貌不扬的中年男人,带着老婆一起,在莲心塔对面摆了个煎饼摊,还给自己起了个人类名字,叫作陆九色。这鹿蜀倒也老实,整日里只晓得起早摸黑埋头干活。他摊一个煎饼,他老婆便往上面磕一个鸡蛋。旁边的背筐里装着两只小鹿蜀,争咬着同一根麦草。

小萱也跟他们在一起。

自从咬了常青一口之后,小萱再无任何反应,整日里也只是呆呆地,坐在陆九色的摊子旁边,望着天香楼发愣。

常青几乎日日都去看他,跟他说话,可小萱再没流露出认识他的样子。

开始陆九色一家对常青还有些敬畏,后来见他总带些天香楼特有的好吃好玩的来,人也温煦可亲,慢慢也就熟了,肯跟他说些心里话。陆九色的老婆嘴比较碎,絮絮叨叨地,开口闭口说的都是这一对儿女。

"离了灵脉,便只有这些普通的麦草吃。我们这一对儿牙口都老了,吃什么不是一样,只可惜了他俩。成日里吃草吃草,眼看着连皮毛都没有了光……"

"认真干你的活儿吧。"陆九色打断了她,接着又低声抚慰道,"能有一口吃的便不错。人家肯收留咱们已经是尽了心……"

常青摸了摸小雌鹿的头,雄的那只不甘寂寞,也挤过来要摸,两条一模一样赤红的小尾巴在筐里扫着。

"桃花。"

一旁的小萱忽然道。

常青一惊。他从未听过小萱开口说话，此刻见他睁着一对银白色眼睛，望的是天香楼的圆窗，头顶犀角隐隐生光：

"九九八十一瓣，重瓣山桃。"

天香楼的圆窗上，雕刻着的确实是重瓣山桃。

一朵究竟有多少瓣，他却并未数过。

朱成碧爱这种桃花，凡她所到之处，不仅屏风上要绘得有，帘幕上也要绣得有。兴致上来时，她还要在桃花林中开宴席，请上一群山精游龙，催弦拂柱，饮酒作乐。他也尽都依着她，一株一株地替她绘出来。

人面桃花相映红。

他念着这诗句，自桃花的缝隙中偷看她，只觉得她脸上红晕，像是被那桃花的汁液点染出来的一般。

"你也喜欢这种桃花？"他牵小萱的手，"走，我带你去楼上仔细看去。"

他俩刚进了天香楼，就遇上了朱成碧。

她自从得了忘忧果，便把自己关在房里闷着头捣鼓，甚至不许翠烟跟樱桃两个进去帮忙。十来天了，常青这还是头一回见她。她眼看是有些疲惫，双眼下沉着阴影，一侧的嘴角却上扬着，心情颇好的样子，朝他招手。

"做好啦！"

她怀里抱着只通体透明的水晶匣子，一面下楼一面解说。

"我用了忘忧果的果汁，染得了三种颜色的忘忧糕。说起来也不难做，不过是将糯米跟大米混在一起，先研磨成粉，再加大枣、桂皮、松仁，一并细细地研了，制成了米浆，再上屉蒸上半个时辰——"

她珍重地将水晶匣放在了他手上。匣中静静地躺着三块桃花形状的凉糕，用樱桃酱跟蜂蜜点染出了花心。白色那块质地尤为通透，有如上好的羊脂白玉。

忘忧忘忧，真能令人忘记忧愁？

"哎？这玩意儿又是你从哪儿捡来的？"

朱成碧一伸手，把躲在他身后的小萱揪了出来。

"这孩子的娘跟我有些渊源，去世前曾将他托付给我。"常青苦笑，"可我将他弄丢了，这次在凌虚谷才又遇到。"

"白灵犀，据说犀角生光，可驱鬼魂，通幽冥，照亮一切阴暗。我还以为早被贪婪的人类猎杀光了呢。"朱成碧把手放在小萱的角上，那角尖隐隐有光，却很快暗淡下去。

"可有恢复的希望？"

她摇了摇头。

"不行。痛苦的回忆太多，将他重重围困，才成了如今这个样子，除非——"
她看了看常青手中的水晶匣。

"不如干脆让他吃了这白的，无论什么糟糕的回忆，尽都忘得一干二净。从此恢复正常，如何？"

常青皱了皱眉。

小萱会是这个样子，原因他也猜到了。任谁亲眼见着母亲被猎人割断犀角，生生流血而死，都会从此在记忆中留下深刻的创伤。可是，要因此就选择遗忘吗？

那些跟小萱母亲相关的，美好的回忆，也会跟着一起灰飞烟灭吗？重要的是，小萱自己若是能开口，也会同意这样做吗？

"罢了。便是你同意给他吃，我还舍不得呢。"

朱成碧见他沉默不语，又朝水晶匣子点了点头，慢悠悠地道："这三块忘忧糕，我留着还有大用处。"

·三·

傍晚时分，淅淅沥沥地下起了雨。

有道人紫帔青裹，着元始宝冠，悄无声息地出现在细雨之中。

细雨纷飞，却没有一滴沾染他的衣袖，他就像是从一个很遥远的地方，穿越了漫长的时光，终于站在了这里，却依然和整个世界都毫无关联。

"常公子？"陆九色远远地问。

那人没有答话，只是继续向前。天色阴暗，只有陆九色的煎饼摊上的炉膛中还有明亮的一团火，照亮了这人的脸。

不，不是常青。

虽然有七八分的相似，但这人除了俊朗，更有凌厉如刀的气势，微微上挑的剑眉下面，是睥睨天下的一双眼。

"养得不错。"他朝陆九色身边的背筐抬了抬下巴，"平日里吃的都是些什么？"

陆九色愣了一下，才反应过来此人问的是那一对儿小鹿蜀。

"也没有什么。"陆九色含糊回应，"不过是些麦草之类。"

"麦草……"那道人点点头，俯下身，朝筐中的小鹿蜀伸出手去，"这一口麦草，若是给了奶牛，还能换得一口奶，能养活一名失母的人类婴儿——用来养这样两个东西，能换得什么？"

他的眼瞳瞬间收缩，竖立犹如蛇瞳。

"这样小，勉强能凑一顶鹿蜀纹的皮帽子吧！"

天地间所有的雨点，都在同一个瞬间静止了。

名叫陆九色的中年男人已经消失，出现在原地的是一只白首虎纹的异兽，火焰般通红的鬃毛在空中飞扬，碗口大小的蹄子已经高高抬起，眼看就要朝着那道人的后脑落下去——

鹿蜀是食草的，性情温顺的兽。

但这并不意味着，为了保护幼兽，做父亲的不会发狂。

在那个短短的瞬间里，陆九色的脑中爆炸开来一团愤怒的白光，覆盖过所有应有的谨慎和理智，只想着要踹死眼前的入侵者。

然而他很快重新感到坠落在头顶的雨点，嗅到浓烈的血腥。有温热的液体正沿着身侧滚落。成年鹿蜀圆睁着眼，朝下望去，正撞上那道人充满嘲讽的双眼。

那人慢条斯理，将刺入鹿蜀腹部之物抽了出来——是根两尺来长、通体澄黄生光的长笛。

"啧，竟然弄脏了我的绿桐。"

道人随意地甩了甩手中的笛子，将温热的血溅到了小鹿蜀的身上，它们在背筐中惊慌地挤成一团，发出了呜咽。

在他身后，成年鹿蜀跪倒在地。剧痛让他双目赤红，但他仍有最后的力气，咬住了道人一只袖子，死死不放。

"我们……做错了什么？……"

明明，只想要一口麦草而已，只想要活下去而已。

"你们什么都没有做错。"道人答道，"只是这尘世，是我们人类的天下，不是你们

225

妖兽该来的地方。"

他的一侧脸颊上，正有细小的蛇鳞一阵阵滚过。

"不过，算你运气好，我今日不但不会杀你，还有一样东西送给你。"

陆九色已经开始模糊不清的视野中，晃动着一只通体雪白的玉杯，杯中浅浅一层液体，散发着诱人的香气。

他只觉得喉头发紧，口渴得厉害。

"用定魂玉杯盛的琼华梦。"那人点了点头，"虽然只剩了这么一点，对你来说，也该是足够了。"

陆九色惊醒过来，发现自己躺在湿漉漉的雨地里，旁边的炉火都已经熄了。

怎么就睡着了呢？他抹了一把脸，心疼地检查着蹭满泥水的衣裳。幸好老婆不在这里，否则她念叨起来，必定又是没完没了。他只觉得脑子昏昏沉沉，想了半天，才想起有个长得很像常公子的古怪道人来过……似乎还对他做了些什么？

他上上下下地拍打着自己，并没发现任何异样。除了喉咙里弥漫着一种特殊的甜味，犹如荔枝酿成的酒。难道那道人给他灌下了什么？

陆九色咽了口唾沫。他还挺喜欢这味道的，它让他浑身都充满了力量，轻飘飘的，仿佛随时能从地上飞起来。

算了，不想那么多了。他甩了甩头，朝一旁的背筐伸出手去。

"来，别睡了，咱们回家——"

两只小鹿蜀头顶着头，安静地沉睡着。稚嫩的小身体微微颤抖，摸上去却是一片滚烫。

凌虚谷的妖兽们几乎从未患过病。

仙山周围灵气充沛，草木茂盛，连花果都莹莹生光。他们长年浸润其中，就算偶有微恙，也只需要再沐灵气，便能恢复。

可如今，灵脉已枯，唯一能让它们重回灵界的通天引，又被镇压在了莲心塔之下。

骤然失去了灵脉滋养，又不适应尘世的食物，进入无夏城短短十几日，倒有几十只妖兽病倒，全都送到了寒潭寺。谷主因此焦头烂额，连胡子都揪断了不知道多少根。

幸好他本身是只千年人参，揪下来的胡子全都是参须，全都让患病的妖兽嚼来吃了，勉强能吊着性命。

"这样下去不行。"

一只蛟龙抬起头来，朝谷主道。它原本奄奄一息地盘在柱子上，这一抬头，脖颈上的鳞片纷纷掉落，露出下面苍白的皮肤。

"谷主，可否再与那朱……再与她交涉一番？我们并无意抢夺灵脉，只求能与她分享一二，救得性命即可。"

凌虚谷谷主深深地吸了一口气，默默摇头。

"这些天来，我与她交涉得可还少了？几乎是每日都上一趟天香楼，可她说——"

"砰"的一声，是房门狠狠地磕在了墙上。陆九色裹着一身的雨气撞了进来，惊惶失措，怀中抱着一对瘫软的小鹿蜀。

"谷主，我家孩儿，你来看看我家孩儿！"

被打断的谷主缓缓转过头去，望着他。

陆九色这才觉得不对劲。

小小的一间僧房内，挤满了他认得的谷中妖兽。可它们看起来如此陌生，他简直都要不敢相认了。原本遨游天际的游龙，此刻鳞片脱落，皮肤裸露。身躯庞大的熊罴，瘦得只剩下一副包裹着骨架子的熊皮。角落里不断地传来扑腾着翅膀的声音，是一只全身抽搐的仙鹤，还在徒劳地尝试着飞起。

难怪谷主望着他的眼神如此宁静，底下是深深的绝望。

谷主继续道："那朱成碧说，我们的死活，与她无关。那莲心塔中的灵脉，乃她独享，我们休想靠近一步。"

他将手放在陆九色怀中小兽的身上，又摇了摇头。

"你的孩儿们，恐怕只有等死一条路了。"

"为什么？"他不敢置信地追问，"为什么？我们做错了什么？我们只是想活……"

他拥紧了怀中幼小的身体，那一对儿小心脏因为高热，在他掌心急速地跳动着。

失去了家园，忍受着尘世的喧嚣，伪装成普通人类，委曲求全地想要活下去。可即使是如此，也还是不够吗？

他可怜的孩子究竟做错了什么，要忍受这种苦楚？

雪白的光再一次在陆九色的脑中爆裂开来。

待那光消退后，成年鹿蜀甩动着赤红的鬃毛，喷着鼻息，站在原地。他只觉得浑身上下充满了力量，甚至能舔到口中新生出来的犬牙。

仿佛是被他所激励，那只盘在柱上的蛟龙也昂起了身躯，抖了一抖，竟有锐利如刀的鳞片刺穿了皮肤生长出来。旁边趴着的熊罴竟也膨胀出了崭新的肌肉，露出半尺长的雪白

利齿，一边滴落着唾液，一边低沉地咆哮着。

真奇怪，陆九色隐隐疑惑，它们病得如此之重，忽然之间哪里来的力量？他又朝空中嗅了嗅：果然，空气中有一股熟悉的荔枝味的酒香。

原来如此，它们也遇到过那古怪道人，饮了那白玉杯里的液体。那东西可真带劲啊，不仅给了他新生的犬齿，还给了他对鲜血的渴望。他温顺的一生中，从未像现在这般愤怒，只想立刻便冲出去，将遇到的一切统统撕裂。

即使要面对的是那只令人畏惧不已的饕餮——

"就算是上古凶兽，也未免太过分了！"

"上莲心塔！上莲心塔！将灵脉抢过来！"

"横竖不过是一死！"

忽有一阵狂风自敞开的门口席卷而来，裹着冰冷的雨滴，砸了激动不已的妖兽们一身。陆九色朝门口望去，一瞬间，有细小的闪电蜿蜒划过天空，照亮站在那里的人。

他满头黑发已经湿透，紧紧贴在脸侧，一手护着怀里的小萱，一手下垂，握着那支唤出狂风的生花妙笔。

正是常青。

·四·

酷似常青的道人出现在漫天雨帘中时，真正的常青正在教小萱作画。

他握着小萱的手，扶着他，将蘸了朱砂的笔尖落到洒金的宣纸上，轻巧地一勾，便是一个花瓣。

"看，这是你喜欢的桃花。"

他哄道。然而那孩子只会愣愣地看他，他一松手，笔就从孩子手里掉了下去，滚在纸上，那朵桃花顿时洇成了一团。

朱成碧觉得好玩，一直抱着零食罐在旁边看着。

"教妖兽画画，你还是开天辟地来的第一人。"

也不知道她塞了一嘴什么，一边大嚼一边评价。

"我也是忽然想起来的。小萱内心悲伤的回忆太多，以至于看不见，也听不见当下发生的事情。若他能将那些回忆一点点画出来，不再堵在心口，说不定有助于他康复。"

"你对他倒还真的挺上心。"

她闷闷道。

常青一笑，习惯性地要摸她的头。

"我应过他娘，要好好照顾他的。"

"你这人，就是心里装的事情太多。许下的诺言，答应过要救的人，全都念念不忘。"朱娘摇摇头，"还是那句话，我只担心你哪天，会将自己赔了进去。"

"哪能呢。"他赔笑，"不是有位独一无二的饕餮大人罩着我的吗？"

他转念一想，又问："其实我一直想知道，你活了数千年之久，积累下来如此多的回忆，有欢喜的也有悲伤的，不会彼此搞混吗？会不会有一日醒来，连自己是谁都忘记了？"

"怎么可能？"朱成碧嗤笑一声，"无论是不重要的事，还是不重要的人，我从来不会记得，更不要提什么悲伤的回忆了，那种无聊之物，转眼便忘得一干二净！"

她转过金眼，远望着圆窗外的莲心塔，轻声道："我只要记得真正重要的人就够了。"

等她再度转过头来，却骤然变了脸色。

常青跟朱成碧闲聊的时候，小萱独自一旁，摸到了他放在桌上的生花妙笔。

他原本不是很在意，那只笔是有灵的，脾气大得很，连对他都经常是呼来喝去，百般嫌弃，除了偶尔屈服于朱成碧强大的淫威之下之外，任何人都休想驱使它。

没想到的是，小萱随意往空中一画，拙劣的线条竟然化为了桃枝，转眼开出花来。

他额前的犀角重又发出了光，犹如神助一般，继续在空中添加着重重桃花，以及花枝下的一男一女。女子靠在桃树下，手中举着杯子，似乎在邀人共饮。她对面的男子身着道袍，吹着长笛，一面回望着她。

两个身影都异常熟悉，常青只是想不起来在哪里见过。

以小萱的年纪，还远不到能独立创作这么复杂的画的时候。那么，是他之前在哪里见过类似的画，因此模仿着画了出来？

常青觉得很是欢喜。虽然那一对人影最终都没有成形，在空中悬了一阵，便犹如薄雾一般消散了，但他仍是看到了治愈的希望。带着小萱去找陆九色的路上，他还在回想着。

"若是再加上一对长角呢，那女子倒有几分像我认得的一个人。"他跟小萱絮絮叨叨地念着，"不过你不可能见过饕餮将军吧？对了，那男子该不会是我吧？可我从未穿过道

229

袍——"

他忽然住了嘴。

不,那不可能是他。

那人的身影浮现出来时,朱成碧瞬间变了脸色。她将手中的团扇握得吱吱作响,双目一点点转为赤红,唇上虽然还是在微笑,却像是随时能落下泪来。

她从未这样看过他。

也从未这样看过任何人。

漫天的雨都滴落在他头顶,是透心的寒凉。

"怎么?还要自欺欺人到什么时候?"白泽在他心底冷冷笑道,"你不是连那人的姓名都一清二楚的吗?"

"你闭嘴!"

然而他面前只有一片茫茫夜雨,并无人回应。

·五·

没想到再次见到陆九色,他却已经化出了兽形。

"我送小萱回去找你,你却不在,摊子也无人看管。"

常青走向兽群,也不看别人,只对着那只成年鹿蜀说。

他带着小萱回去时,陆九色的煎饼摊上只剩下大摊血迹,一对儿小鹿蜀也不知去向。似乎有人在血迹中挣扎过,留下了一串带着血的脚印。他沿着这脚印一路找到了寒潭寺,又立在门外,将谷主和妖兽们的对话听了个一清二楚,眼见事态要无法收拾,不得不出面制止。

"谷主大人,在下在无夏城多年,从未听闻过城中有灵脉,更未见过类似之物。这其中必有误会。"

听了他的解释,凌虚谷的谷主叹了口气。

"常公子,你高风亮节,救了我们一谷三百八十二口,这份恩情,我谷中众民铭记在心。可既然救了我们,又要让我们在这里活活饿死,是何道理?"

他举起拐杖,指向莲心塔的方向:"那塔身灵气四溢,即使在夜里也光焰逼人,难道我们都看不见吗？"

常青迟疑了一下："塔中有一串星月菩提制成的佛珠，是用来镇压莲心塔的。你们看见的，是佛珠的光。"

旁边的蛟龙冷笑一声。

"五百年了，谁听说过莲心塔还需要镇压？"

"那是因为我！"常青抬高了声音，"因为我盗了麒麟血，朝莲灯和尚的像上倾倒了半瓶，莲心塔身从此出现了裂缝，所以不得不靠佛珠镇压！"

这些话，朱成碧并未说过，是他自己猜到的。

它们沉甸甸地压在他的心上，已经压了很长时间了。

原来说出来，也并没有想象中那么艰难。

"这答案，你们是否满意？"

一道新的闪电划过了天空，有一瞬间，似乎有悠长的蛇尾自窗外游过，短暂地分去了常青的注意。

大白？

不，不对。大白失去蛇珠，元气大伤，此刻应该仍在西湖下沉睡才对。

凌虚谷主扭过头，跟妖兽们凑在一起，说了些什么，又朝他转过脸来，满脸皱纹都堆在了一处："我们商量过了。既如此，只好请朱掌柜暂借佛珠一用。"

怎么可能？常青苦笑。

"那是莲灯和尚唯一的遗物。莲灯和尚是谁，各位都知道。以我家掌柜的性子，绝不肯外借的。"

他每说一句话，都不得不往后退一步。

盛怒的鹿蜀喷着鼻息，弓起了背，正在一步步逼上前来。在它身后，蛟龙鼓起了锐利的鳞片，熊罴掀起了上唇，露出了刀刃一般的利齿。他们曾经是他的朋友，为他所拯救，对他感激不尽，如今却变了形，也变了脸。

谷主站在兽群中央，柔声细气道："不必担心，谁不晓得那饕餮最宝贝的是谁？若是用常公子去换，她必定是肯的——你便好事做到底，再救我们一回吧？"

"是啊，是啊。"常青叹道，"每个人都晓得我是她的软肋。却从来没有人问过我，会不会束手就擒！"

他握紧了手中的笔，在空中狠狠一画。

群兽齐齐朝后一退，以为将要面对洪水或是风暴——

却空空如也。

关键时刻，他家的生花妙笔又开始生涩了！

常青大急，正待再咬手指，手中却一空。小萱一直被他护在身后，此刻却冲了出来，抽走了他手中的笔。那笔也怪，到了小萱手中之后，竟然开始嗡嗡作响，整个都悬浮起来，笼罩在光芒之中。

"小萱！危险！"

小犀牛充耳不闻。他额上的犀角放射出如此强烈的光芒，双眼灼灼。

"不许伤害我娘！"

笔尖滴落出的墨团在空中疯狂地旋转着，紧接着猛然朝外爆裂开来，常青下意识地抬手一挡，衣袖上便是一道裂纹，像是被锋利的无形刀刃给切过。他在小萱背后，所受伤害尚小。对面围困他们的兽群就没有那么好运了，风刃所到之处，惨叫声此起彼伏。

"我要……杀了你们！"小犀牛银白色的眼瞳中，渐渐地涌出泪来，"我要杀了你们全部！"

风刃的攻击毫无章法，连同他自己，都被切割得血迹斑斑，可他毫不在乎，还要驱使着那支笔继续攻击。

这便是围困他的回忆了。是每一日都在重复的、母亲惨死时的情形。无法被忘记的仇恨，现在，借这支笔的力量，终于蜂拥而出。

再这样下去，他会杀死所有人，连同他自己！

常青一咬牙，朝小萱扑了上去，将他紧紧地拥在了怀中。风刃一刀接着一刀，落在他的双肩，鲜血淋漓，他也不曾放手。

"小萱，小萱。"他忍着疼痛，在孩子耳边唤着，"没有人要伤害我们，没有人要伤害你娘。她不在这里，她现在在一个很安全的地方……"

而这都是你的错。你忘记了我们，背弃了我们。

"闭嘴。"常青想着。但他已顾不上再呵斥白泽了，小萱正在他怀中奋力挣扎，更多的风刃一起落下，常青背上又有几处切痕瞬间绽开，深可见骨。他痛得脑中"嗡"的一声，眩晕便涌了上来，连气息也开始不稳。

幸好小萱在他怀中一点一点安静下来，睁着双流泪的眼睛望着他。

"常……"

"是。"他尝试着做一个微笑给他，"你终于认得我了吗？"

"我认得你，常公子。"小萱揪住他的衣服，"你什么时候带我们回灵界？带我回家？"

常青胸口一阵剧痛。

有一瞬间,他不知道自己身在何方,只是茫然四顾。

在他因失血而模糊的视野中,是摔倒在地,被风刃所伤的鹿蜀;折断了翅膀,再也无法飞起的仙鹤;还有哀嚎不止的游龙。他自幼能通兽语,鸟兽也愿意与他亲近,他便自认为是他们的朋友。

他曾允诺过,要为它们拿到麒麟血,再开通天引。

如今却走到了这一步。

"都是我的错。"他喃喃自语。

"没错,"阴冷的男声在他耳边盘旋,越来越大,越来越响亮,"都是你的错!"

新的闪电划过天空,接着是隆隆的雷声在耳边炸响。

待到雷声停歇之时,那个曾经怀抱着发狂的小萱,死也不肯放手的年轻人忽然将小犀牛推向了一边,缓缓站起身来,嘴角带着高深莫测的微笑。

一枚白泽眼纹在他的前额鼓动不休,鲜红得犹如在滴血。

·六·

灰蒙蒙的天空,既无日月,也无云彩。但仔细去看,能见到凝固的表面下,有细细的墨丝流动。

就像是在一整盆清水当中,滴入了一滴墨汁。

常青再次睁开眼睛时,所见到的就是这番景象,而他身下,是平整地延展到天边,毫无起伏的灰蒙蒙的大地。

他只觉得头痛欲裂,坐起身来。

一个留着山羊胡子的干瘦老头原本担忧地看着他,此刻见他醒来,又装作不在意的样子,去看远方的地平线。

"……我说,既然世间万物你都能绘出,为啥不把这里搞得稍微有生气一点?"

被常青这么一说,老头立刻炸了。

"混小子,若不是我及时出手,将你拽进笔里,你这次就要完全被白泽吞噬了!这就是你道谢的态度?"

"谢了。"常青不甚有诚意地道,"不过,下次能不能不要用李白的样子出场,看起

来有点儿瘆人。"

眼前这干瘦老头，就是妙笔生花的笔灵。这支笔在数千年的时间里，辗转于无数主人手中，渐渐地生出了自己的灵。常青刚拿到生花妙笔那几年，笔灵对他不屑一顾，根本不曾出现在他面前。上回他搞了次大手笔，绘了整整一座无夏城，笔灵这才对他有了些兴趣，肯时不时地现一下身。

在常青看来，笔灵现身与其说是为了指点他，还不如说是为了嘲讽他。

"你敢还挑剔我的造型？我跟你说过多少次，你与其他人不同，身上属于白泽的血肉太多，他若要占据你的身体，简直是轻而易举，千万要小心——你倒好，任由自己受伤，还流了那么多血！"

抱怨归抱怨，笔灵从善如流地将外形换成了个头戴方巾、大腹便便的老爷子。

"……就算是换成东坡居士也很瘆人好吧。"常青捂住了脸。

"若不是你关键时刻没墨，一到小萱手里就兴奋得不行，非要来场大风暴，我其实也不用流这么多血的。"

他咬牙道。

"那孩子是罕见的白灵犀！灵犀最为敏感，能跟我有最高的共鸣好吗？我换过这么多主人，都没有见过那样纯粹的心志，满心满意，只有复仇一个念头！"

苏东坡外形的笔灵训道："更何况，他跟我做了交易，存了他最宝贵的记忆在这里。每一个使用过我的人，都存了一部分记忆在我这里。"

"……我就没有。"

"你还早得很！"笔灵指着他的鼻子，"瞻前顾后，犹豫不决，什么都想要抓在手里，你这样如何能到忘我之境？如何能真正成为妙笔生花之主？"

笔灵的外表悄然发生着变化。现在站在那里的，是个跟常青有几分相似的英俊男子，披着三十六股紫纱制成的山水袖帔，头戴道冠，身后还伴有五色云霞，简直是飘飘欲仙。

常青顿时哑口无言。

"你之前一心只想要麒麟血的时候，心思是多么纯净坚定，如今却……你怎么了？"
常青摇摇头。

"我只是没有想到，他也曾是妙笔生花之主。"

"他？"笔灵朝自己身上看了看，"啊，这家伙是贞观年间的国师段清棠，本事大得很，可通阴阳，测未来，算得上半个神仙。这人活了一百多岁，到安禄山造反的时候，他一人在长安城外对阵五万叛军，阻了他们三天三夜，后来精力耗竭，魂飞魄散了。"

"……我知道。"

笔灵发现他有点儿无精打采，想了想，蹲下来哄他："你也不必气馁，在我这么多主人中间，你也是有优点的嘛。例如——例如——"

他例如了半天，最后憋出来一句："几千年来最穷最抠门的一个？"

"滚！赶紧送我回去！！"

醒来时，常青依然头痛欲裂。

而且痛的还不仅仅是头。他躺在自己的床上，一双手从手背到双肩都被包扎得严严实实，连脸上都是伤口。最惨的是左手，手掌稍微一动就往外渗血，手指肿得跟胡萝卜一般，活像是被人刺穿了个通透。

可他怎么也想不起来这处伤从何而来。

樱桃和翠烟两个在他床头寸步不离，见他醒了，忙着端水送药，双眼都是红红的。

"公子你怎么不小心些，怎么就从楼顶摔下来了？"

她俩这么一提醒，常青恍然想起来，好像是有这么回事。全都因为朱娘想用金蚕把白泽钓出来，结果被讹兽所控，现了原形，将天香楼吃下去一半。光这笔修缮费用就花掉了整整半年的进项，常青自然心疼得要死，非要亲自监督工程进度，结果摔了下来。

"姑娘让你暂时不要管事了，安心休养要紧。"

常青想了一阵。

"我大概是摔到了头，有些糊涂。眼下还是三月吧？"

翠烟跟樱桃对视了一眼。

"是的。"

"我记得前几日，凌虚谷的谷主有托青鸟送来封信，似乎没有来得及拆开？拿来我看看。"

"你已经看过了。"冷硬的成年女子声音从门口传来。常青勉强转头，望见的却是饕餮将军。平日里见她这副样子见得少，他颇有些讪讪，忽然不知道该说些什么。

"信中什么都没有写，不过是些日常寒暄。说是新得了些仙茶，邀你过去共饮。"

是吗？常青恍惚觉得她说的是对的，紧接着却又开始头痛。

饕餮将军叹道："你眼下这个样子，如何能去做客？还是在楼中好好休养吧。"

常青于是开始了养病生涯。

朱成碧给他用的也不知道是些什么药，不出几日，他脸上和手背的伤口便好得七七八八。只剩下左手伤势实在吓人，恢复较慢。

他享了几日清闲，可终究是个劳碌命，放心不下，总想找些事情来做。

朱成碧这几日懒得尤为厉害，不说是开门做生意了，白日里连美人榻都懒得下，眯着双金眼总是在打盹。天香楼里安静得很，连鸟儿都少来叨扰，几乎能听得到玉兰花轻轻飘落的声音。

常青便平白无故地生出了些岁月静好的感慨来。

"等到有一日，人类也好，妖兽也好，都不用再彼此争斗了。你也不用再总是守着莲心塔，我带你出去走遍神州大陆，吃遍各地美食去。"

他找了幅旧地图，用完好的那只手持着笔，一处一处地圈点着。

"你没吃过扬州的富春包子吧？还有岭南的煲仔饭？我听说泉州那边的山中，有极好的红茶……"

他越想越美，不由得弯了眉眼，微笑起来。

朱成碧在一侧静静地看着他。

"是啊。"她点点头，"要是真能有那样一天就好了。"

养病归养病，账还是要算的。

见他日日抱着算盘不放，樱桃打趣道："公子你何必如此勤勉？难不成还惦记着要在临安开分店？"

他一边拨着算盘珠子一边回答："你俩一人吃饱全家不饿，我可是还要给小梨攒嫁妆的——"

等等，小梨是谁？

常青忽然间惶恐不已。这个名字应当是万分熟悉的，否则自己不会说得如此自然。但是与这名字相关的一切都仿佛消失在了黑洞之中，他越回想，越是胆战心惊。

"樱桃，你告诉我，小梨是谁？"

樱桃眼中有泪，还在劝他："奴婢，奴婢也不知，公子你还是歇息去吧，这些劳心的事情，你就不要管了……"

就在这个时候，一个头上生着银白色犀角的小男孩忽然出现在了樱桃身后两步之遥的地方，皱着眉头看着常青，一副随时能哭出来的样子。

常青能肯定，自己之前从未见过他。

但为何他看起来如此熟悉？

"等一下！"

那孩子受了惊吓，头也不回，直接跑上了二楼。

常青也跟着追上了二楼。眼前是**重重叠叠**的雕花木门。一扇接着另一扇，似乎无休无止。

哪一扇是那长着犀角的孩子所进入的？

他迟疑起来，一扇又一扇地查看，却差点被脚底下的东西所绊倒——定睛一看，竟然是寒潭寺的木制金刚，却只剩了半截。

他记得是鼠王和它的臣属最喜欢乘坐的，却为何损坏成这个样子，遍体的伤痕，仿佛被野兽撕咬过？

"你究竟对美人做了什么？"

鼠王的声音从最近的一扇门后面传来："为何自他被白泽附身之后，你就将他藏了起来，任谁也不许见？"

"他伤了手，自然是还在休养。"

回答的人是朱成碧，只是略有些嘶哑。

"他伤的又不是右手，依然可以驱动生花妙笔，何不让他助我们一臂之力？"

朱成碧低沉地咆哮起来，连门板都在震动："谁也别想打搅他，他已经够辛苦了！"

鼠王回以更猛烈的咆哮："所以我才怀疑，以美人的性格，绝不可能袖手旁观——你究竟对他动了什么手脚？！"

有人在旁边轻轻地拽着常青的袖子。

他低头一看，长犀角的孩子怀里抱着只水晶匣，踮起了脚尖，要递给他。

忽然有碎片般的影像浮现出来：老人的拐杖顶端生出三枚不同颜色的果实，发疯的鹿蜀朝自己一步步逼近，生犀角的小男孩站立在风暴之中，双眼炯炯发光。

"小萱！"他喊道。

那些影像很快消散了，只剩下越来越剧烈的头痛。

他再也无法想起更多，却已经明白了真相——眼前的水晶匣里只剩下两块忘忧糕，白色的那块已经不知去向。

忘忧忘忧，她竟然给他吃了忘忧糕，连他的记忆也一并抹去了。

若鼠王说的是真的,他曾被白泽附身,在那之后究竟发生了什么事?

常青再也无法忍耐了,伸手便推开了门——

饕餮记 貳

忘忧糕（下）

第十一章

· 七 ·

虽然在朱成碧身边随侍多年，常青其实很少见到她以饕餮将军的形态出现。

他更习惯于她梳着双髻，眉间点着朵桃花，赤着双脚，靠在榻上打呵欠的样子。那时，娇俏的少女犹如一只慵懒的猫咪，简直能给人造成"谁都可以上去顺两把毛"的假象。饕餮将军则是另外一回事情。几乎每次见她出现，无夏城都处于危难当中，面容姣好的女将军总是一脸冷峻，金眼灼灼，头顶的红缨犹如燃烧着的明亮火焰。

她是如此强悍，如此美丽蓬勃，让人转移不开眼睛。

也因此，他从未想过她竟然受了伤，披散了长发，胸口上缠绕着层层白布，竟是前所未有的脆弱。

他让这场面吓了一跳，满心的愤懑和疑惑也跟着一起跳了跳。

这么一迟疑，饕餮将军立刻收拢了衣袖，将胸口藏了起来，就像什么事情都没有发生一样。

"你来做什么？"她问。

常青没有立刻回答。他正盯着旁边饕餮形状的香炉，那香炉有一双祖母绿的眼睛，也正在回望他。

"不是芙蓉香。"他喃喃自语。是另一种，专门用于麻醉和镇痛用的香，但他此刻忽然想不起来它的名字了。这几日来，朱成碧的袖间都是这种新的香味，他只道她是兴致一起，想要改换风格。却根本没有想过，那是为了能忍住伤痛，在他面前装作什么都没有发生过。

"究竟出了什么事？你这又是何时受的伤？"

他原本准备好的质问，终究还是抵不过对她的关心。可她只是冷淡地应道："不关你的事。"

常青只觉得两耳之间"嗡"的一声，不由得将手中的水晶匣子越捏越紧。这家伙从来都是这样，什么都不肯告诉他，自作主张地安排好一切，然后肆无忌惮地一意孤行！连消除他的记忆这么大的事情，都能做得出来！

"是吗？那这匣子里的白色忘忧糕去了何处？这总关我的事情了吧？"

"原来如此。"一旁的鼠王点了点头。他之前都跪坐在朱成碧身边，此刻也站起身来。"你给美人服了忘忧糕。难怪你会收下谷主的忘忧果，原来是早有打算——"

"那忘忧果是少有的奇珍。"朱成碧喃喃自语，"我第一眼看到，便知道总有一日能派上用场。"

"为何要让我忘记凌虚谷的妖兽们？你还让我忘记了什么？"

像是有烈火在脑中烧过，而他透过烈火看到了新的景象：被闪电刷得雪白的天空之下矗立着的佛塔，塔身的飞檐上游动着的蛇尾，还有汹涌卷曲的雪白头发，铺天盖地，遮盖了整个视野。

常青猛地捂住了额头——他被白泽附身后发生了什么？

"那群白眼狼？"朱成碧满不在乎，"明明是你救了他们，他们却得寸进尺，恩将仇报。我不明白，你还要记得他们做什么？这忘忧糕，本来就是拿来消除忧愁用的。服了它，你便从此高枕无忧，世上的一切烦心事，都不用再挂念了。"

她望着他，专注而温柔，眼光明媚，犹如藏着十里春光。

就好像他是这世上最美味之物，除了他之外，剩下的一切都不值得一提。

"你不是想去扬州吃富春包子，去岭南吃煲仔饭吗？我带你去，我带你走遍神州，我们去看塞北的雪原，去看东海的仙山——你什么都不需要记得，只需要留在我身边就够了。"

这是，多么大的诱惑。

只有他自己知道，他曾在心中勾画过多少次这样的景象：大雪落满山谷，四周静谧无声，只有他们两人并肩而立，等着一轮红日喷薄而出——花开花落，云卷云舒，却再无纷

争侵扰，直到用尽他所能陪伴她的，短短的这一生。

他原以为这是他一个人的愿望，说出口时，也不过是当个玩笑罢了。

可她真真切切地将它摆在了他的面前，甚至自顾自地，已经采取了行动。

只要他装作什么都不知道，只要他将凌虚谷的妖兽们忘得一干二净——

身后有什么人，一直在锲而不舍，拽着他的袖子。不用回头他也知道，是那个头顶有着银白色犀牛角的孩子。

在他被忘忧糕切割得七零八碎的记忆中，他还是记得他叫作小萱。

怎么能忘得掉呢，怎么能真的就闭目塞听，假装一切都没有发生——明明是已经发生过的事情，已经许下过的誓言？

"你还是不明白……"他缓缓摇头，"就算有数千年的寿命，可你还是不懂。现在站在你面前的，是所有过去的一切汇聚而成的我。我们人类的生命本来就转瞬即逝，如果再擅自抹杀自己的过去，等于是杀死了一部分的自己。"

朱成碧往回退了退。

"所以你还是要选择想起来，即使那是痛苦不堪的回忆？"

"即使是再痛苦的回忆。"

他们久久对视，直到朱成碧挪开了眼睛。

"我明白了，你终究还是选择了他们。"

可我真正想要选择的是你。

常青死死地咬住了这句话，生怕它会自己冒出来。

"那匣中的红色忘忧糕便能让人恢复记忆，你咬一口吧。"

说完这句话，饕餮将军便起了身，拿起了一侧的长刀，头也不回地出门去了。

红色忘忧糕一直安静地躺在水晶匣中，质地温润，像是用玛瑙制成的。

鼠王头戴黄金质地的冠冕，在他对面正襟危坐，眼神复杂。

"她到底是因何而受的伤？"常青追问，"我在外面看见受损的金刚，尽是被大型妖兽撕咬的痕迹——无夏城哪里来的大型妖兽？除非……"

鼠王点点头，冠冕上的琉璃珠一阵晃动。

"没错，正是凌虚谷中的那群妖兽。连续几个夜晚，他们一直在围攻莲心塔，要她交出佛珠。也不知道他们从哪里得来的帮助，原本一个个病得半死不活，一到了晚上，就立刻膨胀了形体，连平日里温顺的，也变得嗜杀好斗起来。"

"……可我不信，事情只是这么简单。仅仅靠几个发了疯的妖兽，便能让她受伤？"

鼠王盯着他看了一阵。

"不错，这世上能伤她至此的人，总共也就那么几个。"

常青的心停跳了一拍，紧接着疯狂地跳动起来。

"你若真要想起那天晚上发生的一切，便咬一口这红色忘忧糕吧。"

小萱在一旁担忧地看着他。这孩子虽不曾开过口，可眼神一直都系在常青身上，看着他取出了桃花形状的忘忧糕，将它放在唇边。在他白皙的指尖，它犹如凝固的鲜血。

"没关系的。"常青察觉到他的注视，抬手安慰式的摸了摸那银白色的犀角，接着便一口咬了下去。

糯米的香甜之中，是淡淡的桃花清香，还有一种很难辨识的味道。他一点点地辨别着，刚想开口对鼠王说点什么，便有洪流般的记忆从脑海深处喷涌而出，让他不由得捂住了自己的额头，痛苦地呻吟着。

那个曾经阴魂不散地纠缠着他的男声再一次自心底浮现出来。没错，他现在想起来了，自从饮下麒麟血之后，白泽的声音便从未消失，自己又是怎样苦心遮掩，一次又一次地将白泽眼纹从额上生生地抹下去。

一瞬间，他再度站在云船之上，用指尖的血画出救生用的虹桥。下一个瞬间，他却站在了雨幕当中，满心满意都想着那个在桃花枝下跟朱成碧遥遥相望的道人，心中一片寒凉。

"等等！"他抓住了鼠王的肩膀，"那个道人！我在被附身的晚上见过，就在莲心塔上！他现在长着蛇尾，我怎么能忘记呢——必须得提醒她！段清棠——"

段清棠又回来了。

明明已经死去数百年，死前还魂飞魄散，可他竟然又复活了。

谁让他复活的？他们想要做什么？为何会出现在莲心塔？

他死死地抓住鼠王，这些问题在脑海中翻腾，一个接一个地噎在喉咙，可他一个也吐不出来。

眼前的景象正在发生新的变化：越来越多的雨丝滴落在他的手背上，头顶是从中间裂开的屋顶，露出夜空中层层翻滚中的黑云，细小的闪电游龙一般在其中蜿蜒。

这是他被白泽占据了身体的那个晚上。这是他所遗忘的记忆。

耳畔尽是妖兽们的呻吟，而被他抓在手里的，再不是鼠王。满头的白发披散下来，挡住了他的脸，而他自发间望见的，是朱成碧的金眼。少女的颈项被他死死捏住，嘴唇已经有些发紫。

脖颈之上传来轻微的刺痛——她的长刀已经在他的咽喉之上，却再也无法前进一步。

"……不过是个跟段清棠有几分相似的人类，你便痴迷至此。"

不，不，这不是他要说的话！他想起来了，那时他刚从笔灵那里得到自由，可身躯已经完全被白泽占据。

他虽尽力争斗，但一时无法获胜。便听见白泽用自己的声音说着："我当初选了他，又教会他用生花妙笔，为的就是今天！到如今，我占了他的身体，你便杀不了我，否则就是杀他；若我不占他的身体，你也一样杀不了我，否则他就会是新的白泽！"

不，不！

他将全副的心力都集中在手上，一点一点地夺回控制权，重新松开了手指。

朱成碧挣脱出来，朝后退了一步，长刀掉落在他俩之间。

"迟早有一天，我会亲手把你这叛徒的心脏挖出来，看看是什么颜色……"

那时，他是亲口说出了这样残忍的话吧？他亲眼看见朱成碧眼中聚集起来的一点泪光——那泪水犹如火焰，点燃了他的胸口。有一瞬，他甚至靠着这愤怒的火焰暂时地夺回了右手的控制权——

"我都想起来了，难怪她要消除我的记忆。"

常青跪在原地，将头抵在鼠王肩上，低低地说。

美人在怀，鼠王全身都僵了，一动也不敢动。

"我捡起了她的冰牙刀，刺穿了自己的左手，以为这样白泽就能退却。可是——"

她曾问过他，即使是再痛苦的回忆，是否也要记得。

而他现在想起来了，她的血是如何沿着刀身流淌下来，滴落在他持刀的手上。

那触感，足以令人终生难忘。

·八·

无星的黑夜笼罩着整个无夏城。

只有莲心塔依然光芒四射，犹如一朵九瓣的金莲。这是子夜时分，黑暗和寒冷都浓厚到了极致。露水在石板上悄然凝结，即使是最警醒的狗也昏昏欲睡。无夏城中绝大部分的城民都陷在最深的梦境里。

他们中的一些敏感者将会梦到兽群，梦到闪闪发光的尖牙和长角，梦到自屋顶上奔跑而过的庞然巨物，他们甚至还会以为在梦中听到了它们厮杀时的咆哮和跌落时伴随着的瓦片碎裂声。

每当第一缕晨光降临，这些梦境均将消散，隐没为碎片，再不被人记得。那些发生在夜晚的厮杀，将只属于夜晚本身。

但若人们肯仔细回想，说不定还能想起来，那伴随着每一场梦境的隐约的笛声。

夜空之下，它仿佛晶莹细长的游丝，袅袅不绝。

既像是召唤，也像是诅咒。

饕餮将军站在莲心塔顶。

塔身的光芒映照下，她的身影威风凛凛，犹如战神。

层层叠叠的青瓦之间，忽然一左一右，同时升腾起了两团烟尘，方位却截然相反。那烟尘在半空之中膨胀开来，转眼间扑出了犹如镜像一般的一对巨熊，身躯比寻常熊罴大了十倍不止。巨大的熊掌带着闪光的利爪在空中划过，从不同的方位朝她袭去——

却在最后一刻，悬在了她的头顶。

饕餮将军收回了手中的长刀，伸出了一根指头，在头顶的那只熊爪上轻轻一戳。

巨熊仰天嚎叫起来，扭转着身体，朝不同的方位倒下。就在刚才，有更快、更锐利之物，悄无声息地斩断了它们的脊骨。

那双属于饕餮的金眼甚至连眨都没有眨一下。

但她并没有放开手中的刀，仍在戒备，她在等待着笛声响起。在过去的数个夜晚，这样的事一再发生：无论她斩杀这些妖兽多少次，只要笛声响起，它们就会再度热血沸腾，哪怕剩下最后一口气，也要朝莲心塔爬过来。

就像现在这样——一只巨熊已经失去了意识，但是另一只身上忽然发生了新的变化，它断裂的脊骨从中间开裂，露出半边白骨森森的胸膛，可还是挣扎着站了起来，再度朝她扑了过来。

她朝一侧闪开，顺势将长刀插入了熊的肋骨之间，狠狠一扭。

白骨与刀刃摩擦，溅出了火星。尖锐的声响让她不由得皱起了眉头。

熊的肋骨一根根地掉落在莲心塔下。可那笛声仍不肯停歇，仍在催促。

所有的白骨都在咔咔作响，连同之前失去意识的巨熊体内的骨骼，都在挣扎着要脱离血肉，重新拼接起来。远处甚至又出现了新的妖兽——露着半截白骨长尾的龙，脖颈上血肉

掉落的仙鹤。空洞的眼窝中已经没有了眼睛，却还是望着莲心塔，燃烧着晶亮的渴望。

"啧。"她摇摇头，"虽然是些背信弃义的家伙，但任人驱使到这个地步，未免也太过分了些！"

她将手中的一对长刀彼此交错，缓缓拉开，刀身上燃起了熊熊的金焰，转眼间形成一个巨大的燃烧的十字，悬在莲心塔顶。

"破！"

简短的一声呼喝，十字形状的火焰旋转着飞了出去，直接射向了笛声传来之处。

远处传来了火焰爆炸的声响。

那细若游丝的笛声顿时停止了，换成了一个男子带笑的嗓音，悠悠地唱着清平调："琴奏龙门之绿桐，玉壶美酒清若空。催弦拂柱与君饮……"

那歌声如此清越美好，就该是在繁花深处举行的宴会上唱起。就该是酒已经饮过了三巡，每个人都已经微醺，美貌的舞姬甩着长袖翩然起舞，而心爱的姑娘就在身旁——就该是在那样的时候，他朝她走过来，手中的玉杯盛满清澈的美酒，曾经唱起的歌。

饕餮将军一点一点地攥紧了手中的刀，终究还是按捺不住，朝歌声传来之处扑了过去。

这是凌虚谷的妖兽围攻莲心塔的第七个晚上。

之前一直守着莲心塔、寸步不离的那只饕餮，终于第一次擅离职守。

"段——清——棠！"

饕餮将军咬牙切齿喊。

名为冰牙的长刀划破了夜空，熊熊火焰燃成一道长虹，朝那个漫不经心的歌者头顶猛地迎头劈下——

然而，无论是刀势还是火焰，到了唱歌的男子身前，都像是遭遇了一道无形的屏障，纷纷朝两侧散开了，让他悠哉地唱完了下一句：

"……看朱成碧颜始红。"

金焰包绕之中，他玉树临风、神采飞扬，甚至还朝她挑逗性地眨了眨眼睛。

"别来无恙啊，阿碧？"

这是，琼华梦所能起作用的第七个，也是最后一个夜晚。

若那突然出现的古怪道人说的都是真的，它们必须在第一缕阳光照耀到莲心塔之前，进入塔中，夺得佛珠。

否则，一切都将结束。

巨熊也罢，游龙也罢，不过是为了转移那只饕餮的注意力。真正能威胁到莲心塔的，是一支以陆九色为首的小小的队伍。它们在黑暗的掩护下，朝着莲心塔步步逼近。鼠王的臣民所构建起来的，以莲心塔为中心的防线，在鹿蜀的蹄子下面悄无声息地崩溃了。

饕餮离开莲心塔的时候，陆九色的前脚已经踏入了莲心塔。

寒冷的佛堂当中，弥漫着混合了佛香的尘土气息。他谨慎地一步一步朝前迈着。

莲灯和尚的石像盘腿端坐在堂上，那串灵气耀眼的星月菩提，就挂在石像的胸前。

"真的在这里！谷主是对的！"他轻声喊道，"那饕餮不过是孤家寡人，哪里守得住——"

"谁说的？"

一个冷冷的男声在角落里道。

"谁说她是孤家寡人，无人相助？"

陆九色猛然回头。

一只银白色的狮子从黑暗中浮现了出来，然后是常青苍白的脸。自他自伤了左手，又被那只饕餮捡了回去，陆九色便再没见他露过面。

短短几日，他竟然瘦削了许多，几乎要连那身黑衣的重量都承担不起。

但他手持卷轴，缓缓朝陆九色逼近的步伐，却又沉如山岳，就像是千军万马，也无法撼动分毫。

"常公子……你也要拦我吗？"

莫慌。他对自己说。这人最是心软，凌虚谷的妖兽们又都是他救的，那日它们威胁他，要绑了他跟饕餮换佛珠，却也未见他如何恼怒，反倒是一直在控制着发狂的小萱。

"常公子，是你救了我们，我可怜的孩子还在生病……"

"化蛇。"常青念道。一只生着双翼，人面蛇身的蛇怪自卷轴中应声而出，悬浮在他的上方。

"你明明允诺过谷主，要让我们在无夏休养生息！"

"蛊雕。"他丝毫不为所动，继续念了下去，每念一个新的名字，就有新的妖兽从精怪图中浮现出来，"肥遗、重明、英招。"

不，这不可能，难道他事先画好了精怪图上所有的妖兽，要一次性地全部召唤出来吗？即使是白泽——即使是那个绘制了精怪图的神兽，也无法同时操控这么多只——

那些必定只是虚影!

"你答应过我们，要替我们开通天引的!"

陆九色喊出了这句致命的话。果然，常青显出了一丝迟疑。陆九色却毫不犹豫，立刻跳了起来越过飘浮在空中的妖兽的虚影，朝莲灯和尚的坐像扑去——

却被无数真实的尖牙和利爪噬咬进了身体。

"我是答应过你们，没能完成誓言，是我的罪过，你们尽可以来找我报复。"常青的声音遥遥传来，"但是，但是，所有这一切，都与她无关。任何人都不得伤她!"

他停顿了一阵，接着低沉地，仿佛是在自言自语地说："包括我自己。"

·九·

紫鹤衣，绿桐笛。

段清棠还是唐朝国师的那一世，实在是立下了不少功绩。除了替正处在盛世的大唐占卜凶吉，预测命数，应付大明宫中的皇帝为了长生不老而不断冒出来的各种奇思妙想，他大部分的时间都在忙着捕杀神州大陆上祸害一方的妖兽。

即使如此，他最为后世所称道的，居然是在音律上的造诣。

传说他的笛声能令白骨起舞，却没有人真正亲眼见过。

后世模仿他的人犹如过江之鲫，最终并无人能真正模仿出绿桐的音色。

很少有人知道，要经过足够多的妖兽鲜血浇灌，那长笛才会发出如此优美醇厚的声音。

"果然是汝，果然是绿桐笛!汝居然复活了!"

饕餮将军双眼灼灼。每说两个字，她手中带火焰的长刀都朝下劈砍一次。

段清棠依然带着笑，但却不得不朝后退却。他藏在怀中，用来格挡她的攻击的那张咒符，已经出现了些许裂缝。

"我听说你曾寻遍神州，想要找我的坟墓?真是让人受宠若惊。"他调侃着，"莫不成，你还有什么没说完的话要跟我说?"

对方的攻势却突然停止了，连火焰都消退了。

身材高挑的女将军握着长刀，默默地立在他面前。

"汝忘记了，我们曾经有过约定——"

她轻声道，又很快咬住了嘴唇。

"哎？"

段清棠回想着上一世，除了在梦瑶君的宴会上曾有过惊鸿一瞥，他借着醉意，冒昧地为她唱过一支清平调之外，他们之间并无特别的交集。在他斩断了秋子麟的角，令其黑化成了黑麒麟之后，他们更是成为了死敌。再后来莲灯和尚成塔，她因在淞阳关受伤过重，在无夏城陷入了沉睡，到他魂飞魄散之时，她仍未醒来。

他应该是心动过罢，否则不会将那双桃花丛中的金眼，描绘了一遍又一遍。

可那又如何？

多余的回忆这种东西，不过是累赘而已。

"你忘得一干二净，难怪叛了我们——我，莲灯，还有小秋，难怪你将我们带着通天引的秘密泄露给了突厥人，难怪你在戈壁滩上设下了阵法，捉住了小秋！"

段清棠舔了舔分叉的舌头，他有点儿不习惯这种指责。

"妖兽一日不除尽，神州大陆一日不得安宁。我与你从来都不在同一处，又何来叛与不叛？段某自认为问心无愧。更何况——"

他们所站之处，脚下的青砖忽然开裂，冒出银白色的巨大蛇尾，将饕餮将军死死地缠在其中，一对儿长刀都掉落在地。

他之前一直啰唆不停，就是为了能将蛇尾探入地底，让她措手不及。

"多愁善感，不过是妇人的作为罢了！"他嘲讽道，"哎呀呀，忽然忘记了，你本来就是个妇人——"

他忽然住了口。

银白色的鳞片之下，温度正在急剧地升高。他此刻的身体只是木制的傀儡，根本耐受不住，不得不松开了些许。蛇尾包围之中，饕餮将军全身都燃起了火焰，那双金眼更是通明，仿佛熔化的黄金。

"太好了，"她恨恨地道，"这下我终于可以放心地将汝碎尸万段了！"

这是常青所经历过的最漫长的夜晚。

整整一夜，身带白骨的兽群和来自白泽精怪图的各种虚影在他面前彼此争斗，撕咬着对方的脖子，羽毛和鳞片四处纷飞。毕竟是虚影，他所召唤来的妖兽不断地在对方的撕扯下消散，但他连续地召唤着它们的名字，直到藏在袖子里的生花妙笔都颤抖起来。

掌心中的虚汗让笔杆打滑，他不得不用了更大的力气才能握住它。

每一只虚影都用了他的血才得以绘出，而他并没有完全从上次失血的虚弱中恢复过

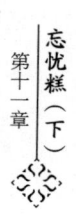

来。等到东方的天空终于缓慢而艰难地透出了鱼肚的白色,他的冷汗已经湿透了衣裳。晨光之中,最后被召唤出来那只英招甚至已经无力维持形体,在随之而来的第一声鸡鸣当中,转眼便融化成了晨雾。

在他面前,是狼藉一地,尽都失去了意识的兽群。恢复了人形的陆九色躺在中间,揉着眼睛。

"怎么了,天亮了?"

"天亮了。"常青答道,"佛珠仍在,佛塔不倒。是你们输了。"

"你说什么?什么熟不熟?我的饼摊呢?"

陆九色在原地四肢并用地爬了半天,仍无力爬起。常青叹口气,过去扶他,一边问:"你还记得多少?"

陆九色表情有些呆滞:"有个道人,他说,他说……最后一个夜晚再拿不到佛珠。一切都将结束。"

他扭过头,朝后方的莲灯和尚像望了一眼,接着深吸了一口气,忽然死死地抓住了常青的手腕。

"常公子,你别怪我。"他喃喃自语。

陆九色的整个身躯都飞速膨胀着,犹如一只古怪的大球,整张脸上的五官都变了形,还在嘶嘶地喊着:"这是为了我家孩儿!"

鹿蜀的血肉之躯忽然由内而外,猛烈地爆炸开来。

·十·

这杯里的琼华梦可真是好东西。

那个半边脸上都戴着面具、自称是檀先生的年轻人,在将白玉杯带给段清棠时,这样感慨道。

它是一个心地纯净、品行高洁的少年之梦的结晶,但却和一般的甜美的梦不同。这少年为了保护重要的人,曾两次跃入火焰,义无反顾——这梦尝起来除了悲伤、愤怒和痛楚,还有非凡的勇气。

"服下它的妖兽将拥有远超过平日的力量,不仅如此,这力量简直没有极限。你的愤怒越多,想要战斗的愿望越高涨,它就能让你越来越强大,让你无所畏惧。"

然而,任何东西都不可能无限制地增长力量。总有一刻,血肉制成的躯体将承担不起，只有自爆一个下场。

这就是"一切都将要结束"的真正含义了。

他当然把这些提前告诉了凌虚谷的妖兽们，否则这最后一个夜晚，它们就不会如此拼命。

段清棠走在莲心塔前的街道上。

在他身侧，凡是接触到第一缕阳光的妖兽，全都一个接一个胀满了身体，无声无息地爆炸了。而他不慌不忙地行走在横飞的血肉之间，嘴角甚至还带了一丝诡异的笑容。若是只看他闲庭信步的样子，你会误以为他此刻正走在生满了芳草的河堤上，身侧开满了鲜红的芙蕖。

凌虚谷的妖兽其实挺好用的，段清棠遗憾地想。真可惜，应该至少留一两只妖兽的头颅来装饰我的墓穴的。不过没关系，他正准备去找朱成碧来弥补这个遗憾。怎样的装饰能比得上凶兽饕餮的头颅呢？

要不是第一声爆炸发生的时候，朱成碧忽然便丢下他，头也不回地朝莲心塔奔去，再差一点，他的绿桐就能贯穿她胸前的护甲，而她的冰牙刀就将割开他的喉咙。

他其实非常期待，这两个结果中究竟哪个能够成真。

谁知道他真的到了莲心塔下，只见一片爆炸后的血肉狼藉，混合着一股奇异的带墨汁味儿的腥臭。一个他从来未曾见过的小姑娘，梳了一对儿幼稚可笑的发髻，背靠着莲心塔，怀里还抱着一个人。

那人已经面目全非，血肉模糊，眼看是活不了了。她却将他抱得那样紧，像是要将他揉碎了，打散了，再重新拼接起来。

直到看到了那双熟悉的金眼，段清棠才恍然大悟："不会吧，你什么时候有了这种奇怪的爱好？都活了多少年岁了，居然开始扮小姑娘？"

他仔细想了想，记忆里全都是饕餮将军的影子，并不曾有过少女。

"这是要骗谁？你怀里那人？"他嘲讽，"不到十三四岁的样子，胸那么平，究竟有什么意思？"

段清棠抽出了怀里的绿桐，横在她的颈项后面。只需要轻轻的一个动作，他就能收割到新的装饰品。

可那小姑娘还是一动不动。

无论他嘲讽也好，威胁也好，她就当他完全不存在一样。

段清棠忽然意识到一件非常可怕的事情：朱成碧在哭。

那只将世间万物都看作可吃和不可吃两种的凶兽，那个天上地下横行了数千年，肆意

妄为无所顾忌的家伙,那个刚刚跟他对战了一整个晚上,连眉毛都没有皱过一次的强悍霸道的女子。

她居然在哭。

是为了那个躺在她怀里的人。

段清棠只觉得莫名地烦躁,不由得竖起了瞳孔,面上生出了鳞片,露出一副狰狞蛇相。

明明刚才还在跟他彼此厮杀个你死我活的,明明那双金眼里,直到刚才还只有他段清棠一个人的——

"被炸得这么烂,这人没救了。"他嘶嘶地吐着舌头道,一面想着,来呀,干脆彻底发飙暴走,现出兽形来,咱俩再大战一场,将这无夏城也好,莲心塔也罢,一并都踩碎在脚下——

朱成碧却只是点点头。

"我知道,我早就知道这一切一定会发生。阳澄府的雾镜中所映出的事,无论我做什么,都注定会成真。我原以为,若他服下忘忧糕之后,再不记得他对妖兽们的承诺,或许,我能带他走,到一个只有我们两个人的地方去——或许,这一天能晚一点到来。"

她诡异的、不同寻常的平静,竟让段清棠莫名地生出了些许恐惧,还有他并不会承认的、尖锐的嫉妒。就像是有人朝他的肚腹之中塞了一只绿油油的毒蛇,此刻正噬咬着他的内脏。

朱成碧把怀里的人放了下来,让他躺在地上,用自己的袖子,仔细地给他擦着脸。

"他第一次上天香楼来时,也是脏得很,光跟我说了一句让我吃了他,就饿得昏过去了。我给他擦干净脸之后,发现了他身上的生花妙笔。"

段清棠看清了那人的脸,先是一愣,接着哈哈大笑起来。原来如此!他之前的嫉妒简直太可笑了!

"这么些年,就对着这么一张跟我相似的脸?你该不会是暗恋我吧?"

"我原以为他是你。可后来才发现,这家伙有洁癖,又爱唠叨,抠门得恨不得把一枚铜钱掰成两个花,怎么可能是你的转世?"

她垂着头看着他,语调温柔至极。

"这人生性优柔寡断,明明是为了夺麒麟血才上天香楼的,可竟然迟疑了足足八年,不曾动作。这人又心软得很,想的都是他人,从来没有想过自己。许下的承诺就一辈子都记得,连跟他毫无关系的小犀牛也要豁出命去救——这样的人,这样的人类——"

她一字一句地道:"你连他一根手指都比不上。"

在他们头顶的天空中,翻滚着的阴云正从四面八方朝莲心塔聚集,犹如将风暴中狂怒的海面倒悬在头顶。只有塔尖的顶处还露着一处晴空。

身侧的风正在强烈起来，鼓动着段清棠的袍袖。他不得不努力与之相抗，以免被吹走。

"你在做什么？"他质问道。

"雾镜中所映出的事，一定会发生。但，并不是不能更改。就好像天地的法则，也一样可以更改。"朱成碧回答，"我只需要，逆天转命就可以了。"

"你要做什么？？！！"

原本散落一地的妖兽的血迹正在诡异地流动，自地面上朝她汇聚而去，最终在她身下构成了一处复杂的阵法。有新鲜的血，从少女缠着白布的胸口渗透出来。她撕开了裹着伤口的布，用手指沾了自己的血，点上了怀中那人的额头。

"人肉为引，兽血为凭，天地神灵，听我号令。"

朱成碧的指下，画出了一只鲜血淋漓的眼纹。

"请白泽！"

很久很久以前，灵界和尘世还没有断绝，那时妖兽与人类共同生活在一起。当黄帝赢得了与炎帝的战争，有一只浑身生满卷曲的白色长毛，前额和身侧都生有鲜红眼睛的神兽出现在了黄帝面前，向他献上了白泽精怪图，里面记载有上千种不同的妖兽的形貌、名称，甚至还有如何降服的方法。

黄帝借此将妖兽赶入了灵界，如果不借助通天引，两界之间无法沟通往来。

这是一种传说。

还有另一种传说：黄帝掌握了一种特殊的阵法，以数千名人类和妖兽作为祭品，唤出了白泽，并逼迫它献出了白泽精怪图。

段清棠刚刚意识到，之前在莲心塔下死去的凌虚谷妖兽，正好充作祭品。但是，这样就足够了吗？

"你疯了吗？"他喊，"更改天命，是要付出代价的！"

已经晚了。

那个被她视作珍宝一般的人类身上，已经出现了巨大的变化：卷曲的雪白长发如同瀑布一般从他的头顶上披散下来，原本残破的手臂和身体上开始生长出新的血肉。那人迅速地翻身坐了起来，用一种梦游一般赞叹的眼神打量着自己的双手。

"终于是我的了。"他语调阴冷，咧开的嘴角闪过细密的牙齿，"这个身体，不枉我苦心经营多年……"

"别忘了，你还在我的阵内。"朱成碧站起来，居高临下地看着他，"你既应召而来，就必须满足我的要求，用你的话来说，这是天地的法则。"

白泽咧了咧嘴角，试图站起来——但几束细小的闪电阻止了他。

"没有用的，你在他身上花费的血肉太多，又多次附身于他，现在你们已经完全不分彼此。我用他的身体召唤你、限制你，简直易如反掌。"

"你可真是狠得下心来，连他也能利用。"白泽嘲讽道，他一转眼，瞧见了旁边的段清棠，又呵呵地笑起来，"难怪……难怪，既然正主已经在了这里，这个拙劣的假冒品就没有用了吧？"

"段清棠之所以会重新复活，站在这里，难道不是因为你暗中给了他从大白那里抢夺过去的蛇珠？"朱成碧质问，"你让他蛊惑凌虚谷的妖兽，进攻莲心塔，难道不是为了借机控制……他的身体，好用他的手来伤我？你现在终于得偿所愿了，从今以后，你将一直待在这个身体里，哪里也不能去。你将照管他，修补他的魂魄，维护他的心灵，佑他一世平安喜乐。"

白泽愤怒地咆哮起来，似乎准备兽化，但刚进行到一半，就被闪电束缚了回去。

"我杀不了你，更不可能杀他，但是，我可以帮助他控制你。"

"那，祭品呢？"白泽吼道，"按照天地的法则，这点妖兽的血根本不够！我要求更多的祭品！"

朱成碧微笑了起来。

她朝阵法中央走了一步，又一步，拿起他的一只手，放在自己胸前的伤口上。

"你不是一直很想看我心脏的颜色吗？"

·十一·

他这是……在哪里？

常青略有些迷糊。他只记得陆九色的身体爆炸的那一刻，然后呢？然后他就孤身一人地站立在了一整片起伏的灰蒙蒙的大地上。头顶的天空挤满了墨汁构成的层云，正剧烈地翻滚变幻着。

他望着自己的双手：从边缘开始，这双手正在一点一点地消散。

"跟你说了多少次要小心，你为什么总是……唉——"

笔灵在他身后叹道："你的肉身现在重伤濒死，魂魄虽然在最后一刻被我拉入了笔中,但也保管不了多久。"

常青回头,又见段清棠飘浮在空中,颇为同情地看着自己。

所以……这回是真要死了吧?他望着自己逐渐消散的指尖想,真可惜,再看不到妹妹小梨出嫁了。还有朱成碧,她现在又是孤身一人,就跟五百年前被莲灯和尚抛下时一样。

他不曾忘记,莲灯和尚化塔的晚上,那饕餮以兽形现世,吞了穷奇军数十万众。

如今,如今……她又该怎么办?

"送我回去。"

"为何?"笔灵一愣,"你肉身损毁严重,回去也是白白受苦。"

"我想,再看她一眼。"常青轻声道。

"……不能。"段清棠形态的笔灵不自在地盯着空中。

"为何?我只求最后一眼。"

"总之不能。"笔灵干巴巴地道,"你的肉身现在在一处非常强悍、足以逆转天命的阵法中,不在我所能够到的范围——喂喂?你冷静一点!!"

常青一把拽过了他的脖子,前后摇晃着:"她又搞出什么幺蛾子了!我就知道哪怕一刻不盯着她都不行——赶紧放我回去!"

他晃动的动作大了些,一不小心,整个人都撞向了笔灵的胸口,竟然犹如被什么给吸住一般,穿了过去。

一阵如同掉进了调色盘般的天旋地转之后,周遭完全换了天地,再不是单调的死沉沉的大地,而是繁盛的、望不到边际的杏花林,远处有遥遥的琴声传来,还有女子的歌喉,在唱着一支温柔缠绵的曲子。

段清棠形状的笔灵就站在他身侧,手扶着一株杏花树,专注地看着什么。来自远处林间的灯笼的光,照亮了他一侧的脸,竟然也有几分旖旎。

"你这不是挺会画的吗?"常青道,"这杏花林,这月亮,这宴会,如此眼熟,明明是梦瑶君家——"

他想起来了,这分明是梦瑶岛上的风光!

可笔灵完全不理他,像是下定了决心,开始朝着灯笼所照亮之处走去。常青身边的景色也跟着移动起来,而他始终飘浮在笔灵肩膀后侧的地方,终于跟着他一起,看清了之前他所望着的景象:

灯光照耀下,一名相貌普通的年轻僧人席地而坐,面前摆满了奇异的瓜果珍肴。在他的左侧,四五位生着透明双翅的蜉蝣小仙女,簇拥着一名容貌俊美、唇红齿白的贵公子,

争先恐后地往他的杯子里倒酒。而他的右侧,他的右侧是——

常青的胸口如遭重击。

那成年女子头生双角,金眼灼灼,发间簪着芙蓉,耳上垂着明珠,毫无正形地趴在僧人的膝盖上。那僧人一剥好手中的荔枝,她便张了口过去嗷呜一声吞了,又再懒洋洋地趴了回去。

"这滋味如何?"

"还好吧。"她漫不经心答道,"不过是一棵一千六百多年的老树,我都吃腻了。没啥新玩意儿吗?"

"这天底下的滋味你都尝得差不多了,哪儿还有新玩意儿?"旁边的贵公子插话道,"不过呢,今天晚上唱着'看朱成碧颜始红',还端着酒杯过来的那叫段清棠的家伙,我看阿碧你就没尝过,说不定值得一吃。"

阿碧,阿碧。果然是她,所以那僧人该是莲灯和尚,这是五百年前,梦瑶君的宴会——

笔灵曾说过,每一任他的主人,都留了一段记忆在妙笔生花之内,难道这便是段清棠舍弃的那段回忆?

若果真如此,站在身边的这位也不该是笔灵,应该是记忆中的段清棠本人。

常青刚想到此处,成年的朱成碧便皱了眉道:"人肉不好吃。"

贵公子"噗"的一声喷了一口酒出来。

"这吃嘛,有好多种吃法的。"他挥手赶走了蜉蝣仙女们,眉飞色舞地靠过来,"待我细细说与你听。"

莲灯和尚在后面重重地咳嗽了一阵,接着开口:"阿碧,你如今年岁几何?"

那女子皱眉,开始掰手指:"一、二、三……六千多岁了吧。谁记得清楚?"

"刚才那人过来唱歌,照你往日的性子,早该发作,为何没有赶他走?"

"因为我并没有觉得他讨厌啊?"朱成碧道,"我只是觉得耳根有些发紧,脸有些发烫,心跳也快了——梦瑶君的酒是不是有问题?"

旁边的贵公子已经笑得捧着肚子,遍地打滚,遭到了朱成碧的一个威胁眼神。

"秋子麟!"她低喝道,"汝是不是皮又痒了?"

那贵公子就是秋子麟。常青意识到,是被斩断麒麟角,黑化成黑麒麟之前的秋子麟。这个时候,他跟朱娘依然是可以调笑的同伴,莲灯也还活着。

他们都还在她身边。繁花在月光中浮沉,美酒在杯中荡漾,那些鲜血和杀戮还只是天边的喧嚣，远的几乎可以忽略不计。

"这感觉，在你六千多年的岁月中，之前可曾有过？"莲灯和尚接着问。

朱成碧露出了货真价实的迷惑表情。

莲灯和尚叹了口气："阿碧，我当初将你带入红尘，便答应过要让你知晓这世间诸多滋味。如今你也尝过不少味道了，可这世间还有一种滋味，你从未尝过。它可置人于死地，也可令人绝境逢生，可教人转眼坠入地狱，也可教人立地成佛。我问你，若从此三生三世梦牵魂绕，念念不舍，你仍可愿识得这滋味？"

"……我并不是常人，不会入轮回。"朱成碧思考着，"我也会从此念念不舍吗？"

"说得也是。你的寿命如此长久，对你来说，念念不忘，未免过于不公。"莲灯点头，"我知道在灵气充沛的仙山上，生得有一种名为忘忧果的果子。白的可消除忧愁，红的能唤回记忆，而唯有黑色的，能洗净你所有关于这种滋味的记忆。如果你尝过之后又觉得后悔，便去寻找这种果子，做成忘忧糕吧——从此便能将那人忘得一干二净，犹如再入轮回。"

听到这里，常青终于明白了，为何朱成碧看着凌虚谷主献上的忘忧果时，会有一瞬间的迟疑。

但她还是收下了三种忘忧果，用她的话来说，有"大用处"。

白色的给他吃了，清洗了记忆，红色的又让他恢复了记忆。

那黑色的呢？

她想要忘记的人，是谁？

眼前的景象再度变幻起来，莲灯也好，秋子麟也罢，全都犹如滴落在水面上的颜料一般消融了。

常青先是听到了一阵清幽的笛声，紧接着便望见了新的景象，就跟小萱笔下曾经出现过的画一样：

身着紫鹤衣的段清棠吹着长笛，回身望着，眼神中尽是笑意。在他身侧，靠着一棵重瓣山桃，怀里抱着只酒坛，半醉不醉的，正是成年的朱成碧。

糟糕！不能让她喝太多，否则现了原形发起酒疯来，如何收拾？

这些年来，常青随口念叨她已经成了习惯，此刻完全忘记了这不过是段记忆，张口便要制止——

"你还是少喝点儿吧,一共就只有半杯的量,偏偏又爱找人拼酒。"

笛声停了,紧接着是段清棠的声音。

朱成碧哼了一声,拍着酒坛子道:"最后一夜了,过来陪我喝一杯。"

"你明日一大早就要出发,跟莲灯一起护送通天引去敦煌。"段清棠望着她轻声道,"通天引可沟通尘灵两界,普天之下不知道有多少人存心要抢夺,这一路艰险,还是得多加小心——"

"过,过来陪我喝一杯!"

他叹口气,在她身边蹲下,朱娘愣愣地看他,杯子从手中滑落。

"果然是又醉了。"

"汝,汝辈人类寿命短的很呢。"她喃喃自语,"我这一去,说不定就是七十年,七十年后,我又要到哪里去寻汝?"

常青只觉得喉咙中酸涩无比。

他还记得,她曾跟他说过一样的话。那时她也不知在阳澄湖的雾镜中看到了什么,一定要喂他吃下用数十条人命换来的双生菇,又弄坏了他的笔。他那时正在气头上,咬紧了牙关,就是不吃。

连她问他这句话时,他也只是冷漠地回答她:该相逢时,自然会相逢。

他并没有想过,再次问出这句话时,她已经独自守了五百年的塔。那时她又一次遇到了与段清棠相似的人类——那时的她,是怎样的心情?

眼前的回忆仍在继续:段清棠从怀中取出了一支外表普通的笔,在空中随意一画,便掉落下来一枝开满重瓣山桃的花枝。

"我出生的村子里,种满了这种九九八十一瓣的山桃花,这是我最喜欢的花。等我死的时候,也会让他们找一处开满桃花、碧水环绕的地方把我葬了。这样,到我投胎时,就不会离这种桃花太远。"

他将那花枝放入了朱成碧的怀里。

"你且等着我。来世,我会出生在一个也种满桃花的村庄,我会找到生花妙笔,再去寻你。"

原来如此。

原来如此。

这么些年来,她如此爱这种重瓣山桃,如此喜欢在桃花簇拥之下开宴会,原来是这个缘故。

当初他刚上天香楼，她非但没有吃掉他，反而为他做了一份蛋炒饭。他一开始既是惶恐，也觉得奇怪：为何芸芸众生，偏就自己得了她的青睐，另眼相看。后来随着相处的时日渐久，他自己也动了心，便将这疑问暂且抛下了。

直到此刻，这答案才犹如五雷轰顶：五百年来，她一直在等另一个人出现，等来的却是不仅相貌有几分相似，同时也拿着生花妙笔的自己。

那白泽处心积虑，果然下得一盘好棋。无论是自己，还是朱成碧，全都成了他操控的棋子。

只是可怜了这一番痴心恋慕，如今看起来，竟是镜花水月，一场笑话而已。

不知从何时起，他面前的两人均已停止了动作，互相凝望着，犹如一幅美好的画卷。常青忍不住伸手，想要触碰朱成碧的脸，可在他的指尖能够碰到她之前，整幅画便一点一点地碎裂成了晶莹的粉末，在他的脚底下，堆积成了沙砾。

更多的沙砾铺展开来，一直绵延到了天边。

现在，只剩他独自一人站在无边无际的沙漠当中，身侧是狂风呼啸而过。

他伸出的手还悬在半空，可是从手掌到手臂都已经开始消散。离开了肉体的魂魄，本来就无法长久存在。

……这便是最后的结局了吧。

出人意料的是，常青却异常平静。

他甚至盘膝在沙漠中坐了下来，闭目等待着。

"……你不想再见她了吗？"笔灵悬在他身后问。

"不必了。她等的人，本来就不是我。如今那个人终于回来了，虽然晚到了五百年，但是……我也该放手了。"

真奇怪呢，就算是魂魄的状态，他的心依然在感到疼痛。

"若我告诉你，当年，是段清棠自己舍弃了这段回忆呢？若我告诉你，段清棠从那之后，便开始大肆捕杀神州大陆上的妖兽，还逼得秋子麟黑化，莲灯和尚不得不化塔镇压呢？"

常青睁开了眼睛。

笔灵朝他俯冲了过来，试着将他的魂魄重新聚拢。可常青的形体仍在消散，速度甚至还加快了。

"我还要告诉你，就在你被困在笔里这会儿，那饕餮跟白泽做了了不得的交易——"

从常青已经残缺不全的身体中，飞出了无数晶莹细小的光团，犹如翩然起舞的蝴蝶一

般，轻吻着他的脸。

那些光团嗡嗡作响，一个接一个用少女的声音在他耳边念着：

"你不是说，人间的情侣也常常趁着这个夜晚相会？"

"那卤梅水明明是给你的，那些河工算什么，岂不是糟蹋我辛苦收集来的月桂？"

"若能有你相伴，这人世，却也没有那么苦吧。"

恍惚间，他再一次望见了饕餮将军。她注视着他，眼神专注而温柔。她甚至将整个身体都朝他倾了过来，急切地等着他的回答，就好像他们两个人的生死，都取决于他是否肯点头——

"你不是想去扬州吃富春包子，去岭南吃煲仔饭吗？我带你去，我带你走遍神州——你什么都不需要记得，只需要留在我身边就够了。"

那是他的愿望。

那一刻，她的眼里看见的是他。不是段清棠，不是其他任何人。

她曾经带他升上天河看喜鹊搭桥，为他采集月桂，制作卤梅水。在沙漠寒冷的夜晚，她温热的心脏，曾经跟他的心，以同样的节拍跳动过。

这是，只属于他们两个人的回忆。

他怎么能忘记，怎么能怀疑——

"请你，送我回去吧。"消散到只剩下一半面孔的常青轻声道，"我想，再看她一眼。"

哪怕是最后一眼也好，哪怕是死在她的身边——这样前所未有的心情，在他胸膛中燃烧着，犹如炽烈的火焰。

想要现在就看到她，想要现在就将她抱在怀里——

他感到自己的魂魄重新又一点点聚拢起来，感到身体愈发沉重，像是在朝一个深不见底的地方坠落，紧接着，是一睁眼时刺目的光明。

有人正躺在他的臂弯中。他朝下看，望见朱成碧半眯着的金眼，眉间的桃花鲜红犹如血迹。

她的嘴角也有着血迹，却绽开着一丝微笑。

有一样东西，在他的手掌当中温热地规律搏动着，一下，一下。

在他重新回到身体的那一刻，白泽刚刚将它抓在手里，还没有来得及完全扯离她的胸口。

那是她的心脏。

·十二·

有惨叫声自莲心塔外传来,接着转为痛彻心扉的哀嚎,仿佛失去了爱侣的野兽。

这让段清棠的动作稍微停滞了一下。

看样子,那名与自己相貌相似的人类终于醒了过来,不得不面对眼前的惨状——说真的,为了逆转天命,居然不惜以心为祭,强行唤醒那人身上潜伏着的白泽,完全是愚蠢至极!

不过……当朱成碧这样做的时候,那双金眼中火焰熊熊,全是孤注一掷。

那颜色,可真是美丽啊。

连他体内的蛇珠,都不由得波动了一下,仿佛重新具有了活生生的生命。这感觉太过于诡异,完全在段清棠掌控之外,让他不由得恼怒万分,扭头便进了莲心塔——谁要救谁,谁又杀了谁,根本不关他的事情!

他来这里最终的目的,是此刻就在他的手中,只需要轻轻一扯便能从莲灯和尚石像的脖子上拽下来的星月菩提。

它能帮助镇压莲心塔,也能帮助他更好地与这副傀儡身体融合。

段清棠手上微微用力。即使这样微小的动作,也已经让莲灯和尚的石像上重新出现了裂痕。细小的碎片从石像身上掉落,可还没有落地,便被一股来自石像底部的黑雾吸了进去。

那黑雾盘旋不止,转眼间升腾起来,组成了四肢和身体,头上是折断一半的角——隐隐约约,是只黑色的麒麟。

"秋子麟?"段清棠问道,"怎么,在塔底下待得不耐烦了吗?"

那麒麟双目赤红,在半空中朝他发出了咆哮。

"滚!!"

"五百年不见,这就是你要对我说的?你这个——"

他说到一半,却猛然出手,朝黑雾中探去。黑雾搅动起来,伴随着刺耳的众鬼哭号,声声都在耳边。可段清棠丝毫不为所惧,一把抓住了那麒麟头上的角,将它拖了出来,甩在一旁。

黑雾瞬间便滴落在地,重新成为墨汁。

被甩在地上半天爬不起来的,只不过是个丁点儿大的小鬼头,额上生着只银白色的犀角。

"手下败将。"段清棠宣布道。

一支笔跟那小鬼同时被甩了出来,一路滚到他的脚下,被他踩住了。

"生花笔？还真是怀念啊。"他捡起笔来，摇了摇头，"可惜只学会了一点装神弄鬼的皮毛。"

他转身还要再摘佛珠，腿上却一沉，是那小犀牛扑了上来，死死抱住他不放。

"你不能拿走佛珠！常公子说过，那是镇压莲心塔用的。"

莫名的恼怒再度席卷上来，段清棠只觉得额角的血管都在根根爆裂，一瞬间已是动了杀心。可他表面上还是平静得很，只低了头，抚摸着小犀牛的角。

"我还记得，这神州大陆上一共两只成年的白灵犀，都被我拿来做了镇墓兽。你是他们的后代子孙吗？为何不乖乖待在我的坟墓旁边，替我守墓？"

他抓着小犀牛的角，将他提在了半空。小犀牛痛得眼中都是泪水，却倔犟地一声不吭。

"明明我才是你的主人，你应该效忠的人是我！"

小犀牛在半空朝他踢打着，并不肯屈服。

"常公子，常公子，你们，口口声声念着的都是他。可他现在又在哪里？"

生花笔从他袖子里滑了出来，他握住它，犹如握住利刃。

"背叛主人的小畜生，我现在就可以画出刀子来割开你的喉咙，看你的常公子如何救你——"

没有反应。

他忽然发现，生花笔从刚才开始，对他就毫无反应。就像对待一个真真正正的死人一般。这副身体没有佛珠加持，终究只是傀儡罢了。

他略一走神，生花笔自己却发起光来，笔尖上生出了重重花枝，尽是重瓣山桃，将他缠绕在其中，一时间不得动弹。连抓住小犀牛的那只手，都不由得松开了。

那小犀牛摔在地上，却顾不得伤痛，只望着角落中，又惊又喜地道："常——"

难怪。段清棠嘿嘿地笑了起来。那姓常的一出现，连生花妙笔也自动认了主人。可惜他太蠢，不曾想过，现在握着这支笔的人是谁。

段清棠竖起了蛇目，连指尖也生出了利爪，狠狠一握。既然不能为他所用，那就都毁去好了。

如此珍贵的生花妙笔，顷刻之间便成了一堆碎片，从他掌心簌簌而落。

那人类居然半点心痛都没有，只顾着将小犀牛扶起来，护在身后。他脸上的泪都还没有干，整个人都还在微微发抖，像是拼尽全力才能保持站立。

可他的眼神，跟那只饕餮如此相似。

"你手上的，是她的血吧？"段清棠嘲讽道，"这可是你亲手做下的事。若我是你，早就找个地方自我了断算了——"

小犀牛闻言不由得瑟缩起来，抓紧了那人的袖子。

那人轻声道："我是恨不得自我了断，可我不能。她失去知觉前，用最后的力气在我耳边说了三个字——"

莲心塔。

"这是她拼死也要保护之物，现在，她将它托付给了我。"

他朝前走了一步，又一步。

"所以，我现在还不能死。"

段清棠哈哈大笑起来。笑声中，他甩出了银白色的蛇尾，眨眼间便膨胀了身躯，那些原本困住他的桃枝，轻而易举地便被他折断了。

"那么，你要用什么来阻止我呢？就用这种不堪一击的花朵？"

"你忘记了。"那人忽然抬起头，莫名其妙地说了一句，"你忘了这桃花的含义，也忘记了跟她的约定。"

"那些都只是累赘而已！"段清棠喊道，"这神州大陆，是属于我们人类的。是我们的祖先射下了九个太阳，治理了洪水，驱逐了妖兽——这每一寸土地，都浸着他们的血！这本来就是一场你死我活的战争，要回忆有什么用？"

"有用的。"

那人微微颔首。与此同时，那些被段清棠折断的桃枝，重又开始了生长，竟然比之前更加茂盛，重新将他围困。

怎么可能？妙笔生花已经被自己捏碎了不是吗？

段清棠又惊又怒，偏偏那人还在啰唆："我们人类，是能从回忆中吸取教训的生物。我们的祖先曾经为了生存而不得不屠杀妖兽，同时也被妖兽所吞噬，双方的仇恨和鲜血都因此层层累积。但这并不代表着，我们的未来、我们的子孙也必须如此。"

那人拥紧了怀中的小犀牛。

"总有一日，人类和妖兽能够共存，一起安宁地生活。这是我的心愿，也是她的。"

朱成碧说的一点都没有错，这人简直是，太软弱了！

段清棠完全失去了耐心。他将蛇身胀满了一圈又一圈，硬生生地再度撑断了桃枝，紧接着取出了绿桐，自半空中朝那啰唆的家伙扑了过去。他倒是要看看，等他将绿桐笛从那人身体里抽出来的时候，那张脸上会是什么表情——

然而他的身体却突然僵硬了，直直地从空中掉落。蛇尾抽动，一寸寸地重新化为傀儡。

他不甘心地抬头去看——就在他胸腹之下，蛇身的七寸之处，钉着一截致命的桃枝。

"看似不堪一击，却有莫大的威力。"那人站在他面前，摇了摇头，"谁叫你夺的是大白的蛇珠？"

原本叫他捏碎了的生花妙笔的碎片，此刻竟然微微生光，悬浮了起来，朝那人手心之上飞去，重新拼凑出笔的形状。

在段清棠逐渐消失的意识里，一个似曾相识的声音在说："安心定志，则无坚不可摧。从今往后，你便真正为我生花妙笔之主。"

很久很久以前，似乎也有同样的声音，对他说过类似的话。但那是在何时、何地，他却已经记不得了。连组成段清棠这个人的所有回忆，都已经一点一点地散落成了碎片，重新回归到永寂的黑暗之中。不过，好歹这一次，他弄清了那双金眼真正的颜色。

这一次一定要记下来，可千万别再忘记了——

这是闪过他脑海的最后一个念头。

·十三·

"所以，这个段清棠并不是真正复活，而是木头制成的傀儡？"

朱成碧散了长发，靠在榻上问道。她气息仍有些不稳，歇了一会儿才接着往下说："我还以为白泽既然得了金蚕，便能顺利找到他的坟墓——这么看来，它也未曾找到段的真身，只好借助檀先生的傀儡术和大白的蛇珠，令其强行复活。"

"哪儿有那么好找，你当初不是找遍了神州大陆，也不曾找到吗？你还是少操点儿心吧。"常青忍着心疼答道。

挖心之伤虽不是无法痊愈，但也颇为沉重。害怕勾起他的内疚，朱成碧甚至不允许他看望，连樱桃和翠烟都赶了出来，要独自待着舔舐伤口。常青只觉得度日如年，日日都在她门外转悠，若不是还有鼠王替他传递消息，知道她确实日渐好转，他简直都快要把楼板给走穿了。

十几天来，这还是他第一次被允许探望她。她面色苍白，虚弱了不少，但是一望见他便眯着眼睛笑了起来："可曾带了什么好吃的给我？"

"自然是有的。"他握紧了手中的水晶匣子，"不过，你得闭着眼睛，我才喂给你。"

她不疑有他，果真闭了眼，乖乖地将他喂来的东西吃了，接着又靠回榻上，两个人有

264

一搭没一搭地聊着。

"那么,小萱原来是段清棠的守墓灵犀的后代?"

"嗯,所以我在猜测,他所画出的那幅画,是不是年幼时曾在段清棠的坟墓中见过,不过,也只是猜测而已。"

这么说起来,或许小萱会知道段清棠的坟墓的确切位置?他想到这里,刚要开口,就见朱成碧已经闭了眼,靠在软枕上,沉沉睡去。他心中有万般不舍,伸手轻抚着她额前的碎发。

"汤包?"她迷迷糊糊念道,"不要走。"

"我不走。"

"我带你走遍神州,去吃各种各样的好吃的——所以你不要走。"

"……好。"

他手中的水晶匣子已经完全空了。最后一枚黑色的忘忧糕,已经在刚才由他亲手喂给了她。等她醒来的时候,就会将他忘得一干二净。

白泽仍在他体内,不知何时会卷土重来。鼠王跟他解释过那法阵的规则:一旦他松懈,白泽再现,它便会理直气壮地向朱成碧再次索要她的心脏来作为祭品。

那样可怕的场景,只发生一次就够了,绝不能再有第二次。在确定能完全战胜白泽,不被它所控制之前,他都不会再留在她身边。这是,艰难万分的选择,却是最好的办法。

常青离开无夏城的那日,满城飞絮,杨柳依依。他原以为在天亮之前就出发,可以走得悄无声息,可一出天香楼,就被无数晶亮的小眼睛给围住了。各种各样的妖兽们口口声声,都说是曾被他所救过,受过他的恩惠,簇拥着他出了城。鼠王牵着他的衣袖,一口一个美人地叫着,泪汪汪地将他送到了苍梧山上,再送下去,只怕是要跟着他一起上路了。

"多谢各位,常某就此别过。"

生花妙笔跳出了他的袖子,在空中勾勒出一只甩着长毛的狻猊。他骑了上去,朝送别的兽群拱了拱手,那狻猊便踏入了空中,带着他飞了起来。

他越飞越高,眼前是开阔的大地,袖侧是万千流云。

那些属于他跟她两个人的回忆,有他一个人念念不忘,就足够了。

未来,又将是一段新的传奇。

【完】

番外·长乐铃

·一·

无夏城天香楼里的常大人最近有个烦恼。

他想画一只铃铛，却总也定不下式样。

这念头从他在带着凌虚谷的一众妖兽回无夏城的云船上，望见天香楼上盘踞着火焰鬃毛的金眼巨兽时就开始往外冒。待这三百多口子都在无夏城中安顿好了，陆九色在天香楼对面的煎饼摊子也搭了起来，常青总算是得了些许空闲，除了时常去看看煎饼摊旁的小萱，其余的功夫都花在了琢磨铃铛上。

为了这事儿，他还专门拜访了无夏城里的鼠王。

鼠王的宫殿在地下，常青也是戴上了鼠王送的玉镯，才得以缩小了体型，坐在由八只锦衣玉带的大老鼠所抬的坐辇上，进了鼠王宫中。

鼠王得知美人要来，早换上了新的衮服冠冕，带了一众臣子亲自到殿前来接。大约是格外喜气洋洋的缘故，看上去竟比之前还要胖出来一圈。

常青刚在鼠王灯火通明的殿内坐下，一群宫娥打扮的小白鼠便朝他围了上来。有持着孔雀羽毛做的扇子，要替他扇风的。也有头顶着金盘，将盘子里新鲜的水果和干果直接呈到了常青的手边的。

那一双双望着自己的小眼睛实在是过于殷切，常青拗不过，只得在其中一只金盘里抓了把核桃。

然后眼看着那只金盘下的老鼠姑娘"嘤"了一声，当场晕了过去。

"……"常青有些无语。

"没事，太幸福了而已。"鼠王在一旁幽幽地补充，"孤也很嫉妒她，孤也想亲自喂美人吃核桃啊！"

"陛下不必如此。"常青连忙哄道，"我这边还有件要紧的事，非得请教陛下不可。"

鼠王被他这句话哄得颇为开心，连尾巴都忍不住摇晃起来。

常青便将"想画只铃铛"的事说了出来，又说想寻个特别又好看的样式。

那日在云船上，他望着饕餮巨兽时说的那番话，鼠王是听得一清二楚的，因此瞬间便明白过来他这是要画给谁，不由得皱起了眉头。

"若只是想要画个漂亮铃铛，倒是容易。不过那一位仙寿绵长，到如今怕是有数千年，见过的铃铛不知有多少，要想合她心意，只怕是难得很。"鼠王难得正经八百地说，老气横秋，听起来居然像个大人。

常青正是如此想，才踌躇至今。鼠王也晓得这是件难事，但还是得为美人解忧，便唤了身边的宫娥们，叫她们将宫里收藏的铃铛拿了出来，一一呈给常青过目。鼠王的这些铃铛大多造型华丽，诸如仙桃、祥云、麒麟、长命锁等等。

常青看了足有两个时辰，眼看着花了，却还是没有拿定主意。

好在他自己也清楚，这种事情最是急不得，于是跟鼠王道了谢，又从地底宫殿里告辞出来。

夜色正好，他索性弃了坐辇，沿着钱塘江边一路朝天香楼走去，没曾想却遇到了趴在江边屋顶上晒月亮的钱塘君。

常青之前就听朱娘说过，为了保持鳞片的漂亮光泽，这位龙君每个月都要挑月光最好的两个晚上，从江水中出来，将长长的龙身拽直了晒个通透，好让每一枚鳞片都吸满月光。为了避免惊扰到无夏城中的寻常人类，他还为自己施了隐身之法。

可常青自幼与妖兽为伍，并非寻常人类，钱塘君枕在青瓦白墙上的巨大龙头，叫他看了个一清二楚。

267

"咳咳。"他站在那龙头之下，清了清嗓子。

钱塘君原本舒服惬意得很，闭了眼睛正打着瞌睡。一听得他咳嗽，吓得差点从屋顶上滚下来。

"龙君，近来可安好？"常青开口问候。

"安好安好。"钱塘君连忙应着，又朝他身后张望了一阵，待确定他是独自一人后，明显放松了下来，万分和蔼地问道，"如此深夜，常公子还未安睡，可是有心事？"

常青不晓得是不是错觉，提到"心事"两个字，那灯笼大小的龙眼明显更亮了，显示出熊熊燃烧的"八卦"二字来。

"这个，正好有一事请教。若是要戴在脖子上的话，什么样的铃铛比较合适？"常青一路走来，心中一直琢磨着这个问题，此刻便脱口而出。

"喔，让吾想想，既然是要送你家掌柜的，不如公子画个饕餮纹的铃铛？"钱塘君在下巴上点着龙爪，建议道。

"谁说是要送她了！"常青顿时恼羞成怒。

钱塘君没有说话，可龙脸上明明白白地写着"我们全都知道了"几个字。

"我，我新近在外面捡了只野猫，想养在天香楼里，可它身形太小，怕被掌柜的踩着，这才……"常青只觉得脸上发烫。

"喔……"钱塘君一本正经地答道，"既是小野猫，想必如今胃口很好，遇到什么吃什么，对不对？"

"嗯，也对。"常青点头。

"脾气还很刁蛮，动不动就要爬到楼顶喷火，对不对？"

"也……等等……"常青刚要点头，忽然觉得哪里不太对劲。

"所以嘛！公子便画个有饕餮纹的青铜铃铛，送给这只贪吃的小野猫，绝对没错的！"钱塘君严肃地说，"待她下回再来吃吾等，吾等听到铃声，也好望风而逃——公子你这是惠泽众人，功德无量啊！"

· 二 ·

常青在鼠王的宫殿里抓核桃吃的时候，朱成碧正在跟大白喝酒。

鉴于朱成碧以往的斑斑劣迹，例如醉了之后炸掉半边天香楼之类，大白原本是不肯再与她喝酒的。可他转念又一想，放眼整个无夏，除了自己这条千年白蛇，还有谁敢请朱成碧喝兑了水的青梅酒，还不怕她尝出来之后发飙的？若是自己不陪她喝，放她一只饕餮四处乱跑，到时候不知从谁那里喝了真正的烈酒，发起真正的酒疯来，岂不是叫人欲哭无泪？

大白深觉责任重大，因此得了朱娘的召唤，二话没说，乖乖地捧来了酒壶，又乖乖地盘在一旁，就等着她尝出不对，要发飙时好上前阻拦。

可他左等右等，朱娘都只是在闷头喝酒，一句话都不说。大白思来想去地觉得不对。

连兑水的青梅都肯喝了，这只饕餮近来肯定有心事！

"你想要个铃铛？"大白瞪圆了眼睛问，"就，就前几天，常青捡回来那只野猫，脖子上那种哐当乱响的玩意儿？"

"什么野猫，"朱娘恨恨地道，"那是只混血的猫妖！就会在汤包面前装可怜，明明是有主人的！那只铃铛，就是它家主人亲手给戴上去的。"

提起这件事情来，朱成碧就有些气鼓鼓的。

她肯允许常青捡别的妖兽回来，暂时寄养在天香楼，已经算是格外地宽容开恩了。可那只猫妖完全不懂得收敛，成天地在常青怀里蹭来蹭去，拖着嗲嗲的长音撒娇，这也就罢了，晚上还钻在他被子里睡觉！

最过分的是，它还成天在楼里转悠，炫耀脖子上的铃铛！

不是翠烟和樱桃拦着，它早就变成猫肉煲了好吗！

"那猫妖说，主人给的铃铛和旁人给的不一样。有了它，就再也不怕失散了。只要铃铛一响，主人就知道它在哪里，会来找它。"朱成碧轻声道。

"不怕失散"这四个字，真真正正地说中了她的心事。

自饮下麒麟血以来，每次动用生花妙笔，常青额上的白泽眼纹都越发明显，妖化也越来越严重。她有心与他分担，可他什么都不肯告诉她，非要自己一个人死扛，她也不好再多说些什么。

她只是害怕会失去他，害怕总有一日，他们会在这茫茫人世间失散。

若是能有一样依凭之物，哪怕是一只小小的铃铛——

"说起来，他给翠烟和樱桃都画过衣服首饰，可什么都没有送过我，连个铃铛都没有。"朱成碧很委屈。

就他平日抠索成那个样子，根本买不起吧？大白腹诽。

"他又不肯跟我签订契约，又总是有事情瞒着我。我忧心有一天——"

"说来说去，还是担心你家男人跑了。"大白叹气。

"才，才，才不是我家的！"这只饕餮又开始做娇羞状，还用袖子遮住了脸。

说这种话的同时可以不要那么用力地踩我尾巴吗？！大白在心中喊着。

"那为什么，不直接，告诉他，你想要个铃铛？多简单啊。"大白一边拽着自己的尾巴一边说。

奈何朱成碧的力气比他大得多，拽了半天，硬是没拽出来。

"自己开口要的，多没意思啊，得要他主动送给我！"朱成碧嘟哝着，一面脚上使劲。

大白疼得嗷了一声："好好，我明白了！明日！明日我就去找他！亲自提点他！"

朱成碧这才肯抬了脚，喜滋滋地站起身来："好了，时候也不早了，我得回去陪他睡觉了，省得又叫那只猫妖抢了先。"

大白在旁边"噗"的一声，连蛇信子都喷了出来："陪，陪他睡——"

"怎么了？"朱成碧转过金眼来望着他。

"没有，我什么都没有听见，什么都没有说，什么都不知道！"大白连连否认。开玩笑，他还不想被做成成龙虎斗，正好跟那只猫妖炖在一处！

朱成碧终于满意了，最后也没忘了叮嘱一句："记着，我可没让你去找他，是你自己要去的啊！"

· 三 ·

这天夜里，常青其实早早便歇息了，只是在床榻上翻来覆去，也不曾真正地睡着。

只要一闭上眼睛，便尽都是些火焰围困中的兽群，翅膀上插着箭矢的鸟，一双双黑亮的眼睛都望着他，无声地哀求和控诉着。他心中明白，这是那白泽为了干扰自己使出的手段，可他之前明明曾给出过承诺，如今又无力达成，胸中的愧疚煎熬，却不是作假。

当初在凌虚谷，生花妙笔无法被顺利驱动，恐怕也与此有关。

想到这里，常青不禁烦躁起来。反正也是睡不着，他索性披衣起身，重又铺开了宣纸，取了生花笔，准备琢磨铃铛的式样。

笔尖倒是提了起来，却悬在了空中，久久不曾落下。

他始终不知该给她画一个怎样的铃铛才好。总觉得这样也不合适，那样也不行。思来想去，竟望着窗外，走起神来。

窗外便是莲心塔。

不晓得是不是因为满月的缘故，今晚的月亮瞧上去分外地大，衬托得莲心塔几乎成为了黝黑的剪影。那些飞檐和其下悬挂着的风铃，就像是直接探入了月轮中的阴影，和那桂花树的影子纠缠在一处。

"大师，"常青喃喃："我该如何做？"

他不是不知道，身上附着的白泽日益强大，自己完全被它吞噬只是迟早之事。不仅如此，神州大陆上仅剩的灵脉也开始断绝，眼下虽然救回了凌虚谷中的妖兽，暂时替他们找到了栖身之所，可他心中总是有着隐隐的担忧。

那些被逼到绝境的妖兽，在失去赖以生存的灵脉之后，必然会朝着莲心塔和通天引而来，要做最后的、亡命的一搏。

可朱成碧绝不会退让的，到时候必然会有一场恶战。

而他竟不知，那时，还能不能在她身边。

"我该如何做，才能佑她平安喜乐？"

风吹了起来。

有一瞬间，莲心塔塔尖和飞檐下的重重风铃，同时铃铃作响。

仿佛是在对他的问题作出回应。

那一瞬间，常青的眼中只剩下了圆月，和月下的莲心塔。

他手中的笔就像是得了神通，自行在纸上运行起来，绘出了一个完美无瑕的圆。

"我知道了！"一朝顿悟，常青欢喜不禁。

谁知朱成碧偏偏在这一刻自窗外倒吊下来个脑袋，不解地问："你知道什么了？"

常青被她吓得魂飞魄散，赶紧用手捂住了那张纸："没什么！你，你赶紧去睡觉！"

他忍了又忍，终于还是忍不住念叨起来："这几日为了做忘忧糕，也不晓得你一共睡了几个时辰，熬得眼睛下面都是黑圈！"

"哼，我才不要自己睡，"朱娘恨恨道，"我也要陪你睡！"

说完这种任性的话，她居然真的化出兽形来，蹦去了他的床榻上，就势趴在了一侧，还用尾巴拍了拍空着的那半边："来啊？"

常青简直哭笑不得，只得靠过去，一下一下，安抚式地摸着她脖子上长长的鬃毛。

饕餮的原形何等威风，如今这只虽然是缩小版的，却也占据了他大半个床榻。她还觉得不满足似的，偏过了头颅，沉沉地靠着他的肩膀，连尾巴也缠在了他腿上。

就像是将他整个霸占在了怀里，一点也不要别人分享去。

这点子小心思，常青知道得一清二楚。

"你也是，"他哄道，"那不过是只猫，也值得这般在意？"

这种时候，那饕餮却装作听不懂的样子，抖了抖耳朵，眯缝着眼睛，将脖子朝他靠得更近了些，连喉咙里都"呼噜呼噜"响起来，活像只大猫。

明显的是被他摸得舒服了，还想要更多。

等等，这种撒娇的手段，之前从未见过，该不会是跟那只猫妖现学的吧？

"你呀……"常青摇着头，手底下却不曾怠慢。光摸还不过瘾，他索性用手当做梳子，将那明亮的，火焰一般的鬃毛梳了一遍又一遍。

真漂亮。他第一眼见她时，就这样想，如今也还是一样赞叹着。

如此蓬勃，如此美丽，强大而令人折服的神兽，宛如洞彻黑夜的光焰。叫人目眩神迷。

要是没有遇到自己这个寿命短暂的人类就好了。常青心中酸楚，忍不住想。要是能让她一直这样无忧无虑，自由自在，做她天上地下唯我独尊的那只饕餮，就好了……正想到这里，脸颊上却一阵温软——是那饕餮凑过来，将他舔了舔。

"好吃呀，很好吃呀。"娇媚的少女声音感叹道，她已经叫他揉得金眼迷离，连说话都含混不清，"要不，现在就吃掉吧？"

常青的脸就有点红。也不知怎地,他忽然想起了曾在桃花林里向他逼过来的饕餮将军,想起她犹如牡丹花瓣一般艳丽的唇,想起她那时身上淡淡的酒香,还有迷离的金眼,正如现在一样……

"你……你不睡,我先睡了。"他颇有些仓皇,倒头便在她身侧躺下,装睡起来。

说来也怪,叫她这么一闹,他脑中竟然清静了些,之前的火焰也好哀嚎也罢,全都消失了。他静静躺着,听着她近在咫尺的心跳,慢慢地真的睡了过去。

那饕餮却没有睡,只是垂着眼睛,看着他。

过了许久,是属于少女的,白皙纤秀的手指,摸上了他的前额。

那里是白泽眼纹所在的位置。

"你以为我不知道,你一夜一夜不得安睡……可若是我在这里,你就能睡得好些。"朱成碧轻声说。

她是吞噬了重重罪孽的凶兽,自带血腥和杀伐之气,那想要附身于他的白泽,终究还是有所忌惮的。

他们都害怕她,畏惧她,或者,憎恨她,诅咒她。

可唯独这个人类,从一开始就不怕她。不但不怕,他还真当她只是个小姑娘,叨叨她,管束她,也对她百般照顾。如果说只是被她的人形所迷惑了,可每次她现出兽形来,他望着她的眼神反倒更加痴迷了,手上也越发肆无忌惮,不仅敢揉她的头,有时甚至敢揉她的肚子。

她没有忘记,上一个这么揉她头的人就在外面,已经变成了冰冷的石塔。

这个人,这双手,都是她好不容易才遇到的。这人那么容易心软,闻起来又那么好吃,每次靠近他,她的心中便是滚烫的,满满都要流淌出来的欢喜。

她想要这个人,不想和他分开。

上一次,她没能护住莲灯,这一回,便是天倾地覆,粉身碎骨,她也要护着这个人。

"你不用担心,忘忧糕已成。"朱成碧对着常青的睡颜道,"你身上的白泽也好,我在雾镜中见到的未来也好,总是有办法的。"

心意已决,她便也打起呵欠来,将头朝他的肩膀上拱了拱,也睡了过去。

谁也不曾注意到，一旁的桌面正在隐隐生光。

常青之前留在纸上的圆形墨迹开始朝外凸起，流动，最终凝结成了一只满月般浑圆的铃铛。

·四·

"所以，这就是你最终画出来的铃铛？"

大白懒洋洋地盘在朱成碧的美人榻上，蛇尾尖儿上吊着只用红绳系着的铃铛，举在空中，一面问道。见常青点头，他又将蛇尾一晃，那铃铛便铃铃作响。

"看起来很普通嘛。"

也不怪大白嫌弃，这只常青千辛万苦才琢磨出来的铃铛上没有任何花纹，除了晶莹剔透了些，就是只随处可见的圆形铜铃而已。

"你举起来，再对着光看看。"常青建议道，"那缝里另有玄机。"

大白依言行事，果然看出了不一样的地方——铃铛上那条细小的缝隙并非单纯的一条直缝，而是恰好对应着莲心塔的形状。对着光看过去时，这铃铛就像是挂在莲心塔背后的一轮满月，立刻就珠圆玉润起来。而且，铃铛内用作铃芯的，是一朵极为精巧的九瓣银莲。

"这倒有点意思。"大白颔首。他眼尖，又望见铃铛的内壁上似乎还刻有花纹，凑过去看，"哎这里面还有些字哈——"

常青出手如风，飞快地将铃铛自他的蛇尾上夺了过去。

"不给看就不给看，不过就是你写给人家的情书，也值得藏这么紧。"大白哼哼。

"不是情书！"常青的耳朵尖儿都红了，辩解道，"是我……想给她的祝语罢了。"

人类的文字本身便是一种咒符。若在桃木上刻下祝福之语，悬于门口两侧，便可令邪祟远避，亦能汇聚好运；反过来，它也能形成最恶毒的诅咒，在人心上留下久不愈合的伤痕——就看持笔之人怀抱着何等信念了。

常青素来都是用那生花笔作画，却很少敢用它写字，便是这个缘故。

但这一回，他是真心实意地想给她祝福。

"你说，这铃铛可会合她心意？"常青颇为犹豫地问。

合的，肯定合的。就那个吃货，只要是你送的，哪怕是天底下最丑的铃铛都会美滋滋地拿去戴了，还要成天在我们面前晃来晃去，逼着我们夸好看的。大白差点就要这样说。可他又转念一想，喵的，这家伙昨天才要我过来当说客，提醒你送她铃铛，今早你就拿着刚画好的铃铛，凑过来问我合不合她心意。

她也太心想事成了吧！如此一来，老子的尾巴岂不是白疼了吗？？大白很不忿。他一不忿，就很想搞点事情。

"这可不好说。"他故意扶着下巴，显出深思的样子来，"你想想，你见过的哪个妖兽，是脖子上有铃铛的？只有在人类手底下，用来干活的牛羊牲口，或者是猫狗一类的玩意儿，才会戴这种东西。"

大白说得好有道理，常青哑口无言。

"她的性子你再清楚不过，天上地下谁都不放在眼里，骄傲得很的。"大白继续说，"会不会接受，还真的不好说。"

"你说得对。"常青举着那只铃铛，叹了口气说，"可这只铃铛真的很配她。她今早在我床上未醒，我偷偷给她试戴——"

"噗——"大白又一次吐了蛇信子。

他这次又听到了什么？！什么叫做"在-他-床-上"！

常青不解地看着他。

求生欲和好奇心犹如水火，同时在大白内心交织。最后他实在忍不住，凑过去咳了两声，低声问道："所以她昨晚真的陪你睡——"

话刚说到一半，常青的脸就开始红了。

不仅脸，连脖子都红了。

这个平日里最是絮叨不过，连逮着他带兑水的青梅酒给朱成碧，都能念上足足一个时辰的人，居然百年罕见地一个字都说不出来，连耳朵尖都是红通通的。只差开始冒蒸汽了！

直到此刻，大白才正视起这件事来。

他立刻恐怖地意识到，自己很可能是无夏城里唯一一只知道这个不得了的秘密的蛇，极有可能随时会被炖了灭口。

他现在就已经望见神农鼎悬在头顶，马上就要罩下来了！

"咳咳，这个问题你不用回答了，真的不用。"大白从美人榻上滚了下来，一手还夸张地捂着心口，"我忽然旧伤复发，现在就得回西湖闭关养伤，立刻便要启程，你不用送了！"

说完这句话，他便沿着圆窗蹿上了楼顶，迅速爬走了，动作快得就跟朱成碧在后面追一样。

只剩下常青站在原地，手里还拿着那只"送不出去"的铃铛，发愁得很。

"叹什么气呢！"朱成碧忽然在他身后说。

他吓了一跳，刚想把铃铛藏回袖子里去，就被她抓了个正着，一把抢了过去。

"哎呀，原来你偷偷画的，竟是这个！"朱成碧将挂铃铛的绳子挑在指尖，喜滋滋地说。

"还给我！"常青想过来抓，被她一闪，躲了过去。

她才不要还给他呢，这么漂亮的铃铛！肯定是他特意画来给自己戴的！

朱娘喜不自禁，就像小孩子终于得到了朝思暮想的玩具。她将那铃铛往自己的脖子上比画着，一面还故作矜持地问："给谁画的？"

常青眼看要败露，情急之下，脱口而出："不是给你的！"

短暂的静默。

常青隐约觉得周围的气温在缓缓下降。

"喔，"朱成碧装作不在意的样子，将铃铛抛回去给他，"那，是给明月奴画的？她倒是挺可爱的，哈？！"

常青莫名地寒战了一下。

明月奴就是那只混血猫妖的名字，是只浑身雪白长毛，拥有金银妖瞳的小美猫，声娇体软，温柔黏人。常青其实是颇为喜欢撸她时的手感的，不然也不会把她抱回家来。

但他此刻打死也不会承认这一点。

不要以为他没有看见朱成碧唇边已经气呼呼地露出来的虎牙！

"钱塘君！"还好他机智地想到了这个名字，"没错，是给钱塘君的。"

朱娘沉默了。

"你，你看！"常青把心一横，索性接着作死，"这玩意儿的大小，是可以随着佩戴者体型变化而改变的。"

他拽了拽铃铛上的绳子，那圆形的铃铛晃了晃，迎风便长了起来，转眼间，便成了西瓜般大小，连带着上面的红绳也增长增粗，垂在一旁。

"这无夏城里，除了你和钱塘君，还有谁用得到这么大的铃铛？"

"哦。"朱娘面无表情地说。

下一秒，她的人形整个从中间爆裂开来，成了无穷无尽朝上方喷射的阴影，到了天香楼的上空才重新凝聚起来，形成了一团浓厚黏稠的黑云。

那云中有细小的金色闪电划过，慢慢地生出山羊般的长角，其下是一对熊熊燃烧着金焰的兽眼。

"你要去哪儿？"常青冲到窗前问。

朱成碧没搭理他，扭转了兽头，拖着黑云，气势汹汹地朝着钱塘江的方向去了。

"这是怎么地了？好端端的，怎么姑娘又炸了？"翠烟在一旁探头探脑。

"城门失火，殃及池鱼。啊不，龙啊。"她家常公子站在窗前望着天空，虚弱地说，"翠烟啊，去备些糕点果子，就你家掌柜上回练手做糟了的那些，过几日咱还得给钱塘君赔礼道歉去……"

·五·

对于即将笼罩在头顶的乌云一无所知的钱塘君，此刻正在给他家兄弟，也就是住在洞庭湖里的洞庭君写信。

说是信，其实叫做檄文更合适些。他那位兄弟与他不同，并不是位死心塌地的甜党，居然是个大逆不道的咸党，完全不懂得甜食的妙处，整日里只知道搞些鲜肉火腿粽、咸蛋黄酥之类的异端，连吃豆花都要放辣椒酱。

简直是岂有此理！谁不知道只有甜豆花才是正宗，其余的都是歪道！

每年五月的龙族家庭聚会上，洞庭君都要因为这事跟他争辩，争着争着还会吵起来，吵着吵着又打起来。两只龙于是升上天空，于云间互相缠斗，每回都给人间带去一场连绵不休的降雨。

人间所谓的梅雨季节，就是这样来的。

无夏城就在他的辖区内，首当其冲，居民们常被搞得衣衫被褥都无法晾干，连墙上

都生出了蘑菇，苦不堪言。时间长了钱塘君就有些内疚，所以正在写信跟洞庭君商议，不如今年把武斗改成文斗，我家做甜食，你家做咸食，到时候拿出来比比谁家更好吃就行了。

会提这种建议，是因为钱塘君前段时间得了机缘，寻到了罕见的八样材料，做了一只八宝蜜粽，成品可谓仙气逼人，到夜里还葳蕤生光。龙君觉得自己这回赢定了，这信也就写得眉飞色舞，只差直接说"你快来跟哥哥投降"……

一旁的夜明珠就亮了起来。这通信用的夜明珠是一对，另一只让朱成碧搜刮去了，送给了常青。

也不知道常公子此刻找他，所为何事？

钱塘君一接通，便听见常青急急地说："龙君，我家掌柜的突然暴走，现在朝你那里去了！"

"哎？！这好端端的，为何会暴走？"钱塘君问出了和翠烟一样的疑问。

"咳咳，"常青的声音听起来多少有些尴尬，"总之你早做准备——"

来不及了。

钱塘君只听得头顶一阵轰然巨响，紧接着便是琉璃瓦的碎片"稀里哗啦"地砸了下来，纷纷掉落在他面前的书桌上。他呆滞地抬头，便见一只由汹涌的阴影组成的巨大兽爪，穿过了水晶殿顶精致的壁画，"咔嚓"一声踩在了他家玉石镶嵌的地板上，蛛网般的裂纹迅速地蔓延开去。

钱塘君还没来得及心痛地板，就有更多的阴影沉淀下来，将他整个宽大的殿堂堵得是满满当当。

阴影中一张铜目巨口的兽脸晃动着朝他逼近，将他整条龙逼到角落里，嗅了嗅。

"尊，尊驾？"钱塘君哆哆嗦嗦地问。

"心情不好，肚子饿了。"那饕餮用少女的声音说，听起来居然有些委屈，"想吃东西。"

吾不好吃！钱塘君差点就要脱口而出，又在最后一刻改了口。他抖着手，招呼着身边的虾兵蟹将：

"快！还不快去把那八宝蜜粽呈上来，献给尊驾！"

"但那不是要给洞庭君……"小虾米有些迟疑。

"快去！"钱塘君胡子都要气直了，如今哪里还顾得了那许多！没看见吾离饕餮之口只有一步之遥了吗？

世人总说甜食能安抚情绪，也是有些道理的。这仙气逼人，香甜无比的八宝蜜粽，总算是在关键时刻救了钱塘君一命。

朱成碧重新显露出少女的形态来，跷着腿儿坐在龙君的桌上，"嗷呜嗷呜"地撕咬着那只粽子，嘴里还在愤愤地念着："画都画好了，呜，凭什么不给我！呜！"

那么好看的铃铛，她明明，明明很喜欢的！差一点就要戴上了的！想到激愤处，朱成碧恨恨地一捶桌子，桌上除了她之外，所有的东西都跟着跳了三寸高。

"莲灯也是，他也是，一个两个都是大骗子！"她指控道。

"大骗子！"钱塘君在一旁附和。

没想到这句话却引起了朱成碧的不满，将那对金眼瞪了起来，盯着他："我可以说他，你不可以！"

"是是是。"钱塘君赶紧点头。

没想到这一盯，却叫朱成碧发现了钱塘君胸前挂着的一样物件，伸手便拽了过来。

是一颗流光溢彩的大珠子。

"这是什么？"她问。

"这是，这是小神的本命龙珠。"钱塘君赔笑。

朱成碧更不满了，连嘴都噘了起来："你都有本命龙珠了，干吗还要汤包给你画铃铛？"

给吾？铃铛？钱塘君顿时想到之前晒月亮时听常公子说过的话，瞬间明白过来，只觉得欲哭无泪。公子啊，你们二位神仙打架，可不可以行行好不要殃及路人？

"没有！没有！不敢劳烦公子给小神画铃铛！"钱塘君把脑袋摇得像个拨浪鼓，"吾体质特殊，除了本命龙珠，任何首饰都不能佩戴，否则容易有性命之忧！"

朱成碧露出了怀疑的眼神："真的？"

"真的！"

当然是真的，这不还没敢戴那铃铛，眼下立刻就要有性命之忧了吗？！

"那他还说是给你画的？"朱成碧疑惑起来，"他还给我看了，那铃铛可以变幻大小。这无夏城里能戴的，除了你，就是……"

我。

这个字在心中一闪而过，朱成碧忽然便想通了。

她家汤包这个人哪里都好，就是面皮太薄。想要他当面承认自己殚精竭虑就是为了画铃铛送给她，是断断不可能的。想必是被她逼得急了，才胡扯出钱塘君的名字当挡箭牌。

"钱塘君啊，"朱成碧所有的郁闷都烟消云散，心情大好，鼓励式地拍着钱塘君的肩膀，"这回你做得不错，我很满意。"

她环视着室内的一片狼藉，接着又说："这次既吃了你的蜜粽，又砸了你家宫殿，改天我做点别的赔给你。眼下还有重要的事，先告辞了。"

啊？龙君很茫然。他做什么了？

·六·

少女背对着他，裹在雪白的绢被之下酣睡，只露出玉石般晶莹的脚趾，如漆的黑发披散了一床。

常青一进自己的卧房，便见到如此景象，无声地叹了口气。

"又在这里睡，被子也不盖好。"他张口就开始念叨，一边还伸手去掀她的被子，"起来，要着凉的，回自己床上去——"

绢被之下，却不是他之前以为的朱成碧，而是个从未见过的陌生少女，睁着对异色的金银妖瞳。她像是刚睡醒，还有些迷糊，柔软温热的身体沿着他的手臂蹭了上来，嘴里还喵喵叫着："公子……"

常青飞快地收回了手，就跟被烫到一般："明月奴？你怎么在这儿？"

他收手的动作不小，带得少女脖子上一样晶莹的物件玲玲作响。常青一眼便看清，那竟是他画的铃铛，当下便沉了脸，索要道："那铃铛不是给你的，还来。"

"公子，"那猫妖嘟起嘴来撒娇，"这铃铛里有你用生花妙笔写的祝福，附着的念力非同凡响，可助月奴增长几百年的寿数呢，戴都戴上了，公子如何忍心……"

"那不是给你的祝福，"常青坚持道，"还来！"

"公子！为什么月奴不能戴？"明月奴顿时泪光盈盈，仿佛受了欺负一般，"月奴也可以一直留在公子身边，做你的猫啊，之前你那么疼爱我，难道我不是你见过的最美的妖兽吗？"

"我见过最美的妖兽，你不能及她之万一。"常青非常冷酷地回答，"这铃铛是给一人画的，也只有她一人能戴。"

旁边绘着桃枝的帘幕飘动了一下。明月奴朝那个方向望了一眼，忽然开口问："为何非得是她？"

"公子，你明明见识过如此多的妖兽。九尾狐千娇百媚，腓腓可以解忧，重明鸟能驱逐邪祟，便是我一个小小的猫妖，也能为你暖床，为何非要钟情于她？"她越来越咄咄逼人，说到激愤处，甚至站了起来，指着门外道，"她身上罪孽重重，你又不是没有看到——"

"明月奴！"常青喝道。

猫妖叫他吓得一哆嗦，住了口。

"果真是我不好，平白无故带你回来，惹她生气。"常青低声喃喃，接着又对猫妖道，"铃铛还我，你即刻就走吧。你的主人想必也在等你。"

明月奴像是根本没有预料到自己会被赶走，瞪大了眼睛，半晌才叫了起来："公子，你好狠的心！我不信你心里没有我——"

"我心里装着她，就只有她！"常青打断了她，"从见她第一眼起便是如此，到我死时，也是如此。"

"我不信！"猫妖的面上浮现出一丝狠厉，"之前你想要麒麟血时，她明明一点情面都不讲，连你也吞了！"

常青一窒，脸色瞬间便苍白起来。

这是他最大的伤处，日夜都在疼痛不休，却叫一个猫妖当面戳中了。

"连你也知道，是我想要麒麟血，是我叛了她。"他非常缓慢地，一个字一个字地说。

自他选择回到她身边，她再不曾提过这件事，待他一如往昔，反倒是他自己良心不安。

"我那时不知道……我也不知道是从什么时候开始……"他无意识地开合着手，喃喃道。

是从什么时候开始的呢？

是从总是想要偷看她？趁她睡着后，一遍一遍画她的脸，她的睫毛，她脸上的红晕，直到睁眼闭眼都能看见，直到刻骨铭心，便是用利刃也无法将她从心中挖掉时？

还是从总是忧心她肆意妄为，忍不住要叨叨她少吃点，别喝酒，不要荤素不忌，见谁都惦着上去啃一口，还有，寒冬里不要光着脚到处乱跑，夏天里晒太阳多了容易中暑，做人偶尔也要勤奋些，别成天就光知道睡时？

还是从他第一次望见她，那盘踞在天香楼顶长声哀嚎的凶兽时？

他听得懂她濒临疯狂的痛楚孤寂，也听得懂她无处安放的思念和哀悼。

她那么孤独，却又那么美丽。

是什么奇妙的缘分，让他得以遇见她，从此念念不忘，不可自拔。

然而他醒悟得太晚了。他一直在反复提醒自己，人和妖兽之间绝无可能，她与你相差如此多的寿命，怎么可能会对你当真？

"若我早点知道自己心意，或许就不会……"

可他偏偏要等到最后一刻，直到看到她脊骨尽断，趴在地上，却为了无夏城，还想着要化出兽形来，那一刻，那一刻……

"公子！你怎么了！"明月奴望着他的脸，惊得叫了起来。

他却毫不在意，平静地继续说了下去："月奴，你离家这段时间，你主人一直在张贴告示，四处寻你。可见他心中有你，你还是回家吧。不要因一时赌气而错过，不要像我此刻一样，追悔莫及。"

明月奴沉默了一阵，却又换了一种声调，对着一旁的桃枝帘幕说："姑娘，你让我激公子一把，如今听他如此说，你可满意？"

耳边传来衣裳摩擦的窸窣声。朱成碧从那帘幕后出来，带着他熟悉的芙蓉熏香的味道，站在了他的身侧。

少女纤秀的手指擦过了他的脸颊，指尖沾了他的眼泪，居然就这么拿去放在自个儿唇上，伸出舌头来舔了。

接着她便笑眯了眼道："好甜！"

常青破涕为笑，用袖子擦着脸："又胡说，满满都是后悔，肯定再苦不过。"

"我没说错。"朱成碧凝视着他，抚摸着他的脸，指尖从那泪痕上再一次划过，"这是你为我流的泪。数千年里，没人为我流过泪，世间没有任何蜜糖能比得上它。"

明月奴在一旁咪了一声，恢复了原形，跑开了。只留下那只铃铛在床榻上。

朱成碧过去捧起那铃铛来，问："既然是送我的，为何不直说？"

"我以为你不喜欢。"常青实话实说。

"确实不喜欢，"朱成碧分明已经高兴得连尾巴都露了出来，"啪啪"地拍在楼板上，却还在继续嘴硬，"不过，既然是你辛苦画的，那我就勉为其难地收下了。"

她将那铃铛捧在心口，回过头来朝他粲然一笑。

那一瞬，世上其余的部分全都黯淡无光。

那一年的五月，倒是破天荒地没有梅雨，因为钱塘君在龙族聚会上，祭出了一只其貌不扬却令人惊艳的甜粽。这粽子也不知是用什么做的，单单只是摆在白玉盘中，甚至还没有打开粽叶，便已经散发出无比甜蜜的香味。除了洞庭君那个顽固的咸党还在死撑，其余的龙君们无不为之倾倒，一个接一个醉醺醺地瘫倒在地，开始不由自主地回忆起各自美好的初恋往事来。

"用什么做的？"朱成碧在钱塘君面前信口胡诌，"那可是珍贵至极的'美人泪'，几千年里连我也只是得了这么几滴，就给你用了一滴，还不赶紧谢恩？"

至于那时常青就在她身后，听到她这句话，尴尬得连声咳嗽什么的，都是后话了。

·七·

后来呢？

后来便是段清棠被白泽复活成了木制的傀儡，操纵着凌虚谷的妖兽们进攻莲心塔。朱成碧为了让常青忘记一切，为了避免他被炸死的天命，给他吃了白色的忘忧糕。

可天命依然朝着最终的结局运转，直到她义无反顾启动了召唤白泽的大阵，又孤注一掷地向白泽献上了她的心。

她是成功地逆天转命，却也成功地让常青和白泽融为了一体。

这一次，是常青在千钧一发之际，重新夺回了自己的身体，才没有让白泽彻底地挖出她的心来。

可下一次呢？

还能有下一次吗？

常青无比庆幸，自己给她画了这只铃铛。
这样，就算他给她吃下黑色的忘忧糕，转身离去，也能走得安心。

自那之后，便是漫长无止境的分离。
可他的心意不曾变过。
纵使隔着千山万水，纵使不能在她身边陪伴。
那铃铛上刻着的八个字，他亲笔给她的祝福庇佑，也不曾有过任何衰减。
仙龄永继，长乐安康。
是为长乐铃。

花絮·禁酒令

"怎么着？他不是刚亲亲热热地给你画了个铃铛吗？怎么转眼你俩又吵架了？"大白万分惊讶地瞪着眼前背小包裹的朱成碧。

"也没有吵架啦……"朱成碧咕哝，"总之，都怪明月奴！都是她非要说，她体型娇小，正好适合给汤包暖床。"

"然后呢？"

"我当然气不过啊，我就说我也能，然后变出原型跑去他床上躺着。"朱娘一提起来就生气，"谁晓得，他那张床也太不结实了，咔嚓一声就塌了！"

……这世上经得起您老人家体重的床也不多吧？！

"然，然后呢？那家伙让你赔他床？"

"倒是没有，是我转念一想，大好机会，不如正好拐他去睡我的床！"

"咳咳，忽然不想听后面的了……"

"不行，一定得听，后面跟你也有关系！"朱成碧拽着大白的脖子嚷嚷，"我叼他去我床上，结果得意忘形，忘记把你给我的青梅酒收起来了，让他抓了个正着！"

大白的头顶仿佛有惊雷闪过。

上回朱成碧喝了不知道从谁那里搜刮来的烈酒，吐出火来炸了半边天香楼，逼得常公子从账上支了三千多两银子用于修缮，差点没把他活活心疼死……

"三千七百四十五两零二十一文。"朱成碧有气无力地说。

"……你倒是背得清楚。"

"废话啊！我被念叨了足足三个月，汤包每天都在耳边重复啊！"

"这好像不是重点，重点是……"

"重点是，他当时就托青鸟和飞鳐传讯给全江南现存的妖兽们，谁再敢带酒给我，谁就是公然与他为敌，不仅要负责赔偿我发酒疯的所有损失，还会被他追杀到天涯海角。"

闹这一出时大白就在现场，到现在还记得。

他跟常公子上辈子就认得（虽然常公子自己毫无印象），可两辈子相识的时间加在一起，他也没有见这人如此震怒过。而且以常公子言出必行，有诺必践的性子，"追杀到天涯海角"保不齐是认真的。

"……我带给你的是青梅。"大白企图垂死挣扎，"兑了十倍水的青梅！那也能叫酒？"

"那也叫酒，汤包说的。"朱成碧可怜巴巴，"所以我被赶出来了，还被罚不许吃晚饭。"

"等等，你把我供出来了？"

"怎么可能，我这么讲义气的一只饕餮，怎么可能做这种事！"朱成碧鼓起了脸颊。

还好还好，大白用尾巴尖从额头上擦掉一滴冷汗，接着又听朱成碧说："我只是跟他说，他不让我喝，我去找能让我喝的人，就跑来找你了，大白，我们是不是好酒友？"

大白简直五雷轰顶。

然而更糟的还在后头：他眼睁睁看着朱成碧从背着的小包裹里掏出了一只小小的瓮，"砰"地一声拔掉了瓮口的塞子。

浓烈的酒香顿时袭来，大白尾巴一软，几乎要栽倒在地。

他眼疾手快地要去抢那酒瓮，却被朱成碧闪身躲过了。

"好友相逢，开心！来，这是我珍藏多年的杏花汾，干了！"朱娘豪气冲天地说，朝他眯眼一笑，接着捧着那酒瓮凑到嘴边，"咕咚咕咚"……

完蛋了。

大白绝望地揪着头发。

他上辈子作了什么孽要认识这对活宝啊！

花絮·生辰礼

"生辰贺礼？"常公子觉得有点好笑，"这就不用了吧？"

"怎么能不用呢，"朱成碧噘着嘴，"我盼了好久的，好不容易等到，一年只有一回的！"

"可我眼下吃穿用度什么都不缺啊，况且……"有你就够了，他想。

"可是，我有一样好吃的，一直没舍得吃，养在东海这么久，为的就是等你生辰时带你去吃的！"朱成碧很是委屈。

说到底，她还是想借此机会大吃特吃。

常青有点想笑，又觉得心软，不由得声音也带了一丝宠溺："既如此，便都依你好了。"

眼见得朱娘欢呼了一声，跑去拽着翠烟的袖子，一迭声地说："快快快，收拾东西，咱们立刻出发，算算日子，海市也该开了！"

而此刻，在遥远的蜃楼阁里，原本安详闭目的雪公子不知为何忽然打了个喷嚏，还伴发了一阵莫名的恶寒。

"要不今年的海市先不开了？"他默默地想。

五日后，晴天碧海，惠风和畅。

天与海之间，一艘挂着白帆的三桅帆船缓缓驶过。朱成碧气息奄奄地趴在船栏上，手里还抓着团扇。

"又不让吃雪公子，连割一条下来让我解个馋都不行……"她眼泪花花地嘟哝着。

常青正好从她身后经过，听得她抱怨，忍不住回道："早知道你说的生日贺礼是指雪公子，说什么我也不会答应你出海！"

"为什么不能吃？"朱娘抗议。

"人家是蜃楼阁之主。每日里有多少人需要向蜃楼阁主求教，又有多少珍贵的史料,逝去的先人,绝迹的技艺……世上仅此一份,全都在蜃楼阁的保管之下。偏就你想着吃他——你就只知道吃他!"常大人只觉得额角青筋一阵跳动,头痛不已。

"就是因为他承载如此之多的记忆,尝起来的滋味一定是前所未有的复杂!说不定每一口,都抵得上我之前吃过的数十种美味叠加呢!"朱成碧毫无悔意,兴奋得两眼放光,接着又无力地趴了回去,"可你不许我吃。"

能随便吃吗?那是个活生生的人……妖兽啊!

常青现在都还记得,雪公子晓得了自己这回居然是常青的生日大餐后,递过来的幽怨眼神。

"公子,你我近日无怨,往日无仇,你这是……"

这是误会啊!

他还以为她会像之前一样带自己出东海,捕个山一样高的红鳐啊,背着岛屿的梭子蟹什么的,万万没想到是要来吃你啊大人!我也不想的!

常大人在心中默默地泪流满面。

这样下去他以后还敢随便庆祝生辰吗?

不过,既然想到了生辰,似乎是个转移她注意力的好办法。

"咳,要不这样吧。"他朝她走近了些,在她身后诚恳地说,"这次算我欠你一次,等到你生辰的时候,我满足你一个愿望好吗?"

朱成碧的生辰有些特殊,是按她遇到莲灯,又被莲灯赐名的日子算的。

这话果然引起了朱娘的注意,让她转过脸来看了他一眼:"那我还是想吃雪公子。"

"这个不行。"常青耐着性子,一口否决。

"那我想见莲灯。"她又趴了回去。

"你刚刚才在蜃楼阁里见过他……"

你还和他饮了茶,下了棋,还絮叨了半天关于我的事情。

到后来,你俩只是静默相对,再无一言。

旁边的杏花树让风一吹,花瓣如雨般簌簌而落,掉落在你俩肩上。

你的发间,到现在还残留着花瓣。

"那个是假的。"她垂下眼去,"你们不要哄我,我又不是小孩子。我晓得那只是

幻影，只有无夏城里的莲心塔是真的。"

随着这句话，她发间的杏花花瓣如同雪做的一般，转眼便消融于无痕。

常青离她近了，望见这一幕，不由得心中酸涩。

"阿碧……我知道，自己只不过是个普通的人类，并无通天彻地之能。对于已经发生之事，无法挽回也无法弥补，可从今往后，从今往后……"他停顿了一下，接着说道，"只要是你的愿望，只要是我能达成的，你肯说出，便是赴汤蹈火，我也在所不辞，如何？"

他就这样，给出了他的诺言。

一个人类能给她什么呢？他自己也想不出，可只要她要，只要他有，没有什么舍不得的，也没有什么不能付出的。

她望着他，接着慢慢地，慢慢地重新展颜笑了起来，眼中如有璀璨星光："真的？"

"真的！"他郑重其事地点头。

若是能让你常常这样欢喜，就算是倾我所有也——

"那我要喝酒！要烈酒！"

"不行！！！！"常公子的怒吼响彻在海面上空。

饕餮记 贰

作者
殷羽

封面绘图
九千坊

内文插图
Abi小怪

封面设计
杨小娟

内文版式
严岩

图片总监
杨小娟

特约编辑
刘姚　罗长敏

责任发行
周冬梅

出版社
中国致公出版社

总出品
湖北知音动漫有限公司

制作出品
知音动漫图书·漫客小说绘

图书在版编目（CIP）数据

饕餮记.贰/殷羽著.— 北京：中国致公出版社，2019（2020.12重印）

ISBN 978-7-5145-1489-6

Ⅰ.①饕… Ⅱ.①殷… Ⅲ.①长篇小说–中国–当代 Ⅳ.①I247.5

中国版本图书馆CIP数据核字(2019)第208167号

本书由殷羽授权湖北知音传媒股份有限公司知音动漫有限公司正式委托中国致公出版社，在中国大陆地区独家出版中文简体版本。未经书面同意，不得以任何形式转载和使用。

饕餮记.贰/ 殷羽 著

出　版	中国致公出版社
	（北京市朝阳区八里庄西里100号住邦2000大厦1号楼西区21层）
出　品	湖北知音动漫有限公司
	（武汉市东湖路179号）
发　行	中国致公出版社(010-66121708)
作品企划	知音动漫图书·漫客小说绘
责任编辑	徐　慧
特约编辑	刘　姚　罗长敏
装帧设计	杨小娟　严　岩
印　刷	浙江新华数码印务有限公司
版　次	2019年12月第1版
印　次	2020年12月第2次印刷
开　本	710mm×1120mm　1/16
印　张	18.5
字　数	350千字
ISBN	978-7-5145-1489-6
定　价	38.00元

版权所有，盗版必究（举报电话：027-68887933）
（如发现印装质量问题，请寄本公司调换。电话：027-68890818）